国家社科基金项目研究成果

跨学科视野中的
陀思妥耶夫斯基小说研究

何云波 —— 著

图书在版编目 (CIP) 数据

跨学科视野中的陀思妥耶夫斯基小说研究 / 何云波著 .—北京：北京大学出版社 , 2022.9
ISBN 978-7-301-33319-8

Ⅰ . ①跨⋯ Ⅱ . ①何⋯ Ⅲ . ①陀思妥耶夫斯基 (Dostoyevsky, Fyodor Mikhailovich 1821—1881)—小说研究　Ⅳ . ① I512.074

中国版本图书馆 CIP 数据核字 (2022) 第 160430 号

书　　　名	跨学科视野中的陀思妥耶夫斯基小说研究	
	KUAXUEKE SHIYE ZHONG DE TUOSITUOYEFUSIJI XIAOSHUO YANJIU	
著作责任者	何云波　著	
责 任 编 辑	朱丽娜	
标 准 书 号	ISBN 978-7-301-33319-8	
出 版 发 行	北京大学出版社	
地　　　址	北京市海淀区成府路 205 号　100871	
网　　　址	http://www.pup.cn　　新浪微博：@北京大学出版社	
电 子 信 箱	zln@ pup.cn	
电　　　话	邮购部 010-62752015　发行部 010-62750672	
	编辑部 010-62759634	
印 刷 者	天津中印联印务有限公司	
经 销 者	新华书店	
	650 毫米 ×980 毫米　16 开本　17.25 印张　300 千字	
	2022 年 9 月第 1 版　2022 年 9 月第 1 次印刷	
定　　　价	88.00 元	

未经许可，不得以任何方式复制或抄袭本书之部分或全部内容。
版权所有，侵权必究
举报电话：010-62752024　电子信箱：fd@pup.pku.edu.cn
图书如有印装质量问题，请与出版部联系，电话：010-62756370

目 录

绪 论 ·· 1
  一、国内外研究现状 ·· 2
  二、研究内容与方法 ··· 17

第一章　思想如何表达 ·· 22
  第一节　作为"政论家"的陀思妥耶夫斯基 ························· 22
  第二节　小说中"思想"存在的形态 ································· 33
  第三节　思想自杀者的言说 ·· 49

第二章　上帝如何叙述 ·· 60
  第一节　上帝与人 ·· 61
  第二节　约伯记：另一种叙事 ·· 71
  第三节　耶稣基督的多副面孔 ·· 80
  第四节　叙事神学 ·· 95

第三章　小说与伦理叙事 ·· 108
  第一节　叙事伦理与伦理叙事 ······································· 108
  第二节　作者与隐含作者 ··· 118
  第三节　叙事话语与伦理困境 ······································· 131

第四章　文学视野中的法律 · 151
第一节　《死屋手记》：人身上的人 · 151
第二节　《罪与罚》：罪与救赎 · 163
第三节　《卡拉马佐夫兄弟》：法律误判与良知审判 · 181
第四节　在文学与法律之间 · 197

第五章　小说中的诗学 · 208
第一节　诗学叙事 · 208
第二节　美是一个谜 · 225
第三节　叙事诗学：诗性叙事 · 237

结　语 · 257
参考文献 · 262
后　记 · 268

绪 论

19世纪的俄国文学史,同时也是一部思想史、社会心理史、宗教史、伦理史乃至法律史,这就为从哲学、宗教、伦理、法律等角度解读俄罗斯文学提供了一个巨大的可阐析的空间。陀思妥耶夫斯基就是其中一个具有代表性的作家。不少学者也注意到陀思妥耶夫斯基作品中包含的哲学、宗教、伦理、法律、心理学的内涵,但更多地还是把关注的焦点放在陀思妥耶夫斯基作品表达了什么,而很少关注"哲学""宗教""伦理""法律"在他作品中"存在"的方式,它们是怎么被叙述出来的,叙事中的"思想"与哲学家的"思想"有什么不一样,文学视野中的"法律""伦理"有何独特性……基于此,便有了本课题的命题的提出:跨学科研究视野中陀思妥耶夫斯基小说研究。

以比较文学跨学科研究而言,人们大多讨论的是文学与其他艺术门类、学科的相互影响,它们之间的同与异。以陀思妥耶夫斯基为例,哲学、心理学、宗教等等影响了他的写作,他的作品对哲学、心理学、宗教等也有着反作用,这是人人皆知的常识,无需再花很多篇幅去证明。本课题关注的焦点是"思想"是如何表达的。叙事中的"哲学"与哲学家们的"理论哲学",《圣经》中的"上帝"与陀氏作品中的"上帝",文学视野中的"法律"与法学视野中的"法律",文学的伦理与伦理学意义上的伦理、现实的伦理,小说的诗学与理论诗学,尽管它们有诸多相通之处,但不同的出发点,不同的话语言说规则,决定了其表达立场、存在方式的差异。如此，与其不断地强调不同学科的相互影响，不如更进一步去关注一下，小说中的"哲学""宗教""伦理""法律""诗学"是如何被叙述出来的，它们如何体现了小说叙事或者文学之为文学的独特性。如此，关于陀思妥耶夫斯基思想艺术的研究和比较文学的跨学科研究，才有可能往前迈进一步。

一、国内外研究现状

陀思妥耶夫斯基是19世纪俄罗斯文学中一个最复杂、最说不清的作家。他既是文学家，又被当作哲学家、心理学家、传道者，这为研究者从多方面、多角度阐释其小说提供了可能。

（一）俄罗斯视野中的"思想家"陀思妥耶夫斯基

在俄罗斯，人们很早就关注到陀思妥耶夫斯基创造了一种新的小说样式——"思想"小说。当然在陀思妥耶夫斯基创作初期，人们还是更多地把他当作一个批判现实主义作家，果戈理传统的继承者，因而对其"思想"的意义的发掘也更多的是从这一角度出发。如别林斯基对《穷人》的赞赏，乃是因为它是一部揭示小人物悲剧的社会小说。而杜勃罗留波夫在《逆来顺受的人》中分析《被侮辱与损害的》，认为小说只写了一些"逆来顺受的人"，却不能给他们指出出路。"那么，这些不幸的、逆来顺受、受尽屈辱、受尽污蔑的人的处境，就应当是毫无出路吗？"① 杜勃罗留波夫自然有他的答案，但未必是陀思妥耶夫斯基认同的。

19世纪末、20世纪初俄国的一批宗教哲学家则塑造了另一个意义上的陀思妥耶夫斯基，即作为"思想家""宗教哲学家"的陀思妥耶夫斯基。有的则索性把陀思妥耶夫斯基当作"哲学家""精神领袖""先知""神的代

---

① 杜勃罗留波夫：《文学论文选》，辛未艾译，上海译文出版社，1984年版，第485页。

言人"。① 俄国哲学家别尔嘉耶夫在《陀思妥耶夫斯基的世界观》中认为"思想"在陀思妥耶夫斯基的创作中起着巨大的核心作用,但陀思妥耶夫斯基的世界观是他天才的对人类和世界命运的直觉,这是一种艺术的直觉,但又不仅仅是艺术的,它还是思想的、认识的、哲学的,这是——灵知(гнозис)。这里,已经涉及陀思妥耶夫斯基作为叙事小说中的"思想"的特质,即非体系的,直觉的,是一种"灵知"。正因为如此,要走进陀思妥耶夫斯基,也就必须"信徒般地、整体地、直觉地体验他动态的思想世界,深入他本原的世界观的隐秘之地"②。别尔嘉耶夫正是凭借他的天才的直觉洞察力,以"人""自由""恶""爱""革命""俄罗斯"等为关键词,展开他追踪陀思妥耶夫斯基精神的探险之途。

而在《悲剧的哲学——陀思妥耶夫斯基与尼采》中,列夫·舍斯托夫将"哲学家"尼采与"文学家"陀思妥耶夫斯基放在一起来讨论,将他们的哲学归结为"悲剧的哲学"。舍斯托夫还撰有《在约伯的天平上》一书,第一部分"死的启示"首先即以陀思妥耶夫斯基为例,讨论人生之"生"与"死"的问题。在舍斯托夫看来,陀思妥耶夫斯基是具有双重视力的人,可怕的死亡天使不是在他站在断头台上等待处死的时候,也不是在他经受苦役的时候降临的,监狱使他对外面的世界有着无限的向往,而一旦成了自由人,他发现,自由生活越来越像苦役生活。陀思妥耶夫斯基的创作,昭示的正是:生就是死,而死就是生。

舍斯托夫还在《旷野呼告》"作者序"中将陀思妥耶夫斯基与克尔凯郭尔联系在一起,指出世上存在两种真理:思辨的真理和启示的真理。康德、黑格尔们推崇的是"思辨的哲学",寻求理性之普遍而必然的判断。克尔凯郭尔与陀思妥耶夫斯基的哲学则是"存在"的哲学、信仰的哲学。他们离开黑格尔而走向特殊的思想家——约伯。"这样一来,信仰就不是对

---

① 弗·索洛维耶夫:《一八八一年一月三十日在高级女子讲习班悼念费·米·陀思妥耶夫斯基的演讲》,见弗·索洛维耶夫:《精神领袖:俄罗斯思想家论陀思妥耶夫斯基》,徐振亚、娄自良等译,上海译文出版社,2009年版,第3—5页。

② 尼·别尔嘉耶夫:《陀思妥耶夫斯基的世界观》,耿海英译,广西师范大学出版社,2008年版,第4页。

我们所闻、所见、所学的东西的信赖。信仰是思辨哲学无从知晓、也无法具有的思维之新的一维,它敞开了通向拥有尘世间的一切存在的创世主的道路,敞开了通向一切可能性之本源的道路,敞开了通向那个对它来说,在可能与不可能之间不存在界限之人的道路。"①

这种"信仰的哲学"也许更接近于文学的存在之维。正像罗赞诺夫专门选取陀思妥耶夫斯基《卡拉玛佐夫兄弟》中的"宗教大法官"一章,进行哲学的解读。《论宗教大法官的传说》称陀思妥耶夫斯基对于欧洲来说有如一场"精神革命"。文章要揭示的问题乃是:在启蒙的现代之后,人类面临的将会是什么样的"终末论"的审判? 罗赞诺夫提出,必须把陀思妥耶夫斯基的思想作为"体系"来理解。但这里所谓的体系,不是黑格尔意义上的,而是就思想的"尖锐"而言。罗赞诺夫没有分门别类地去归纳陀思妥耶夫斯基的思想,而是通过被称为"长诗"的《宗教大法官》一章,将其与陀思妥耶夫斯基的整个思想、创作联系起来,作哲学的解读。

刘小枫在为《论宗教大法官的传说》写的"中译本前言"中称哲人柏拉图是用诗的形式写哲学,而但丁、陀思妥耶夫斯基等也"很可能是古典意义上的哲人,尽管他们用了诗的叙述方式"②。但总的来说,俄国思想家们更关注的是陀思妥耶夫斯基的"思想",至于这些思想是怎样被叙述出来的,或者说陀思妥耶夫斯基作为"叙事的哲学家",其独特性在哪里,相对来说往往容易被忽视。别尔嘉耶夫也似更相信他的"直觉洞察力",直接进入陀思妥耶夫斯基的"精神世界",揭示陀思妥耶夫斯基的"世界观"的同时,有的时候就难免融进了许多他个人的"世界观"。倒是安东尼·赫拉波维茨基主教在《从牧人视角研究费·米·陀思妥耶夫斯基作品中的人物和生活》一文中,首先涉及陀思妥耶夫斯基作品的叙事逻辑,即所谓"小说中传达世界观的方法"。在他看来,思想家和道德教育家采用的方法有两种:"一种是经院的、演绎的,或者是演示的方法;另一种是心理

---

① 舍斯托夫:《旷野呼告》,方珊、李勤译,华夏出版社,1991年版,第22页。
② 刘小枫:《论宗教大法官的传说》"中译本前言",见罗赞诺夫:《论宗教大法官的传说》,张百春译,华夏出版社,2007年版,第5页。

的、归纳的,或者是直觉的方法。"前一种方法"以被历史所承认的权威人物的论点,或者以逻辑学、形而上学,特别是法学的普遍原理,或者最终以合法政权的要求为基础来构筑道德戒条和规范。这是一种唯名主义的道德,追求的是逻辑上的真理,或者是在逻辑上站得住脚的权威"①。而"美文学,作为艺术文献,就其自身任务而言便是直觉性的,但是当它不满足于无结果的描写外界的生活现实,立下宗旨要把读者引向高度的概括,引到在伦理、政治、哲学或者宗教领域作出种种结论的时候,便极难做到不损害其艺术性。那时,作家或者会歪曲现实生活,或者会选择一些偶然的类型,力图促使读者对一个阵营的代表人物产生普遍的同情感,而对另一个阵营产生敌对情绪,与此同时都没有什么根据来证明自己思想内在的正确性。所谓的'倾向性'正是这两种不那么真实的影响读者思想感情的方式之一,是当代天主教徒传教活动的方式"。而陀思妥耶夫斯基则不一样,他"在描绘内心生活的规律和社会活动的画面时并不从业已形成的哲学和道德的观念出发,而是以描绘过程作为这些观念的先导,通过画面逐步归纳出这些观念来,就如读者渐渐理解这些观念一般"。② 陀思妥耶夫斯基把人的内心生活作为观察对象,而不加以任何进一步的普遍哲理性说明,从而使读者完全有可能跟着作者的思路一步步往前走;与此同时,他在内心活动的规律中指出道德概念和推论如何萌生,如何从里到外渐渐扩大。作者不是从外到内,而是从内到外观察所有的事物,也为读者作出逻辑的推理。这种推理跟演绎的推理方法不同,是一种"归纳的,心理的,直觉的"方法。"因此,陀思妥耶夫斯基不是用故事来吸引读者,而是向他展示现实,让他自己说出,从这种现实中应该十分清楚地得出什么样的哲理性结论,让他了解现实,即便他坚决拒绝作出结论。任使读者冷眼旁观佐西马长老和自杀者斯梅尔加科夫,以及同其几乎相似的伊万·卡拉马佐夫,不去确定自己对这两类人的态度,任使他拒绝对他们所抱的生

---

① 见弗·索洛维耶夫:《精神领袖:俄罗斯思想家论陀思妥耶夫斯基》,徐振亚、娄自良等译,上海译文出版社,2009年版,第116页。
② 同上书,第120页。

活理想作出评判,这两类人依然出现在他的眼前、他的身边,要否定他们的现实存在,否定他们同他们的思想之间清清楚楚地显示出来的联系是办不到的。"①

这正构成了陀思妥耶夫斯基独特的叙事逻辑。当然,赫拉波维茨基主教在指出了陀思妥耶夫斯基思想叙事的特点之后,并没有就此深入地展开,他更关心的还是"陀思妥耶夫斯基写的是什么"。他认为,陀思妥耶夫斯基作品的核心思想就是"重生",他以下重点要探讨的问题就是:"第一个问题:促使别人重生的应是怎样的人?第二个问题:谁能够促使别人重生,在什么样的程度上?第三个问题:一个人的意志转化为另一个人的意志,这是怎样发生的?"②陀思妥耶夫斯基重视的是人物的心灵发展的"过程",也许我们可以称之为"过程哲学"或曰"过程诗学",可惜赫拉波维茨基的"牧人视角"决定他更重视的是陀思妥耶夫斯基作品的"思想",至于这些在"叙事"中体现出的"思想"与一般的宗教哲学思想,究竟在表达上有什么差异,尽管他也注意到了,但这种文学批评的任务,就不是他想要完成的了。

倒是巴赫金敏锐地发现了这一问题。他在1929年出版了《陀思妥耶夫斯基创作问题》,1963年,《陀思妥耶夫斯基创作问题》经修改,更名为《陀思妥耶夫斯基诗学问题》再版。巴赫金谈到,维·伊万诺夫在他写的《陀思妥耶夫斯基和悲剧小说》中摸索到了陀思妥耶夫斯基艺术世界的基本结构特点,不是确立他人之"我"为客体,而是当作另一主体,这构成了陀思妥耶夫斯基观察世界的原则。但巴赫金同时强调,伊万诺夫没有揭示出,"陀思妥耶夫斯基看待世界的这一原则,如何变成了对世界进行艺术观察的原则,构筑小说的语言整体的原则。应该说上述的原则只有作为具体地构筑文学作品的原则,而不是作为抽象的世界观中的宗教伦理原则,对文艺学家才有重要意义。而且只有如此,上述的原则才有可能通

---

① 弗·索洛维耶夫:《精神领袖:俄罗斯思想家论陀思妥耶夫斯基》,徐振亚、娄自良等译,上海译文出版社,2009年版,第121页。

② 同上书,第124页。

过具体文学作品的经验材料,得到客观地揭示"①。而巴赫金正是从陀思妥耶夫斯基如何对世界进行艺术观察,如何构筑小说的角度,发现了陀思妥耶夫斯基小说的复调与对话性。"有着众多的各自独立而不相融合的声音和意识,由具有充分价值的不同声音组成真正的复调——这确实是陀思妥耶夫斯基小说的基本特点。"②巴赫金将对陀思妥耶夫斯基小说思想内涵的揭示与艺术表达方式的讨论有机地结合起来,为我们从跨学科的角度研究陀思妥耶夫斯基小说,提供了很好的借鉴与启示。

(二) 西方视野中的陀思妥耶夫斯基的"思想"

自19世纪后期陀思妥耶夫斯基进入西方作家、学者、读者的视线中以来,陀思妥耶夫斯基独特的思想与艺术受到西方世界的广泛关注。尼采一接触陀思妥耶夫斯基便仿佛找到了知音。弗洛伊德撰《陀思妥耶夫斯基与弑父》一文,称陀思妥耶夫斯基是"创造性的艺术家""神经病患者""道德家"和"罪人"。陀思妥耶夫斯基的小说不断地在与"超人"哲学对话,他的"心理分析小说"与弗洛伊德的精神分析学说也有不少暗合之处。后来,存在主义小说家也从陀思妥耶夫斯基的小说中找到了许多与"存在主义"相通的思想。很难说陀思妥耶夫斯基一定影响了这些哲学、心理学派别,但正是陀思妥耶夫斯基小说中"思想"的无比丰富性,让不同思想观点的人能够各取所需。

一些当代西方的学者也对陀思妥耶夫斯基的哲学作了深入的阐析。如美国学者玛琳娜·科斯塔列夫斯基的《陀思妥耶夫斯基与索洛维约夫:完整视域中的艺术》(1997),通过叙述小说家陀思妥耶夫斯基与哲学家索洛维约夫的交往,揭示文学与哲学的互动。莉莎·克纳普的《根除惯性:陀思妥耶夫斯基与形而上学》、伊琳娜·帕佩尔诺的《陀思妥耶夫斯基论作为文化机制的俄国自杀问题》、尼娜·斯特劳斯《陀思妥耶夫斯基与女

---

① 巴赫金:《陀思妥耶夫斯基诗学问题》,白春仁、顾亚铃译,生活·读书·新知三联书店,1988年版,第34—35页。

② 同上书,第29页。

性问题》、英国学者马尔科姆·琼斯的《巴赫金之后的陀思妥耶夫斯基》,这些著作涉及陀思妥耶夫斯基"哲学"的各个方面,并作了颇为深入的阐析。

而美国学者苏珊·安德森的《陀思妥耶夫斯基》作为"世界思想家译丛"的一本,显然也是把陀思妥耶夫斯基当作了"哲学家",一位用小说来展示其思想的特殊的"哲学家"。安德森在"前言"中谈道:"没有人怀疑陀思妥耶夫斯基是一位伟大的作家,但是把他归为哲学家,许多人就会觉得奇怪,因为除去他的文集《作家日记》,他只写小说。我在这本书里想要证明的是:尽管大多数哲学家选择了用随笔的风格做哲学,但是以小说的方式来做哲学不仅是可能的,而且有时候一位伟大的作家能够在小说中更加有效地做哲学。"[①]安德森辟专门的一节"哲学和小说"来讨论两者的关系。在安德森看来,对陀思妥耶夫斯基展示哲学的研究,需要回答下列问题:有什么哲学上有价值的东西能够在小说中完成吗?在小说中进行哲学探索有限度吗?人们能够通过小说的方式把哲学搞得像通过传统的方式那么好吗?它能否在小说中做得更出色?

认为搞哲学与写小说不相容的人会觉得哲学关乎真理,而小说却是不真实的;哲学家追求"清楚",小说则往往"模棱两可"。在安德森看来,小说同样在以虚构的方式提供某种关于生活的"真理"。而后者,恰恰体现了典型的哲学家和典型的小说家风格的差异。一部好的小说,论题的传达往往是间接完成的,读者也必须参与到推理的过程中,这样反而可以给人更多的回味。一部好的小说在情感上的冲击往往要比传统的哲学著作更大。

安德森引用别林斯基评《穷人》的话来说明陀思妥耶夫斯基小说思想表达的魅力:"你已触及了问题的本质;你一下子就指出了主要的东西……我们试图用言词来解释它,但是你,一个艺术家,通过一触、一击、一个形象,就点中要害。以至人们能够用自己的手去感知它,这样即使是

[①] 苏珊·安德森:《陀思妥耶夫斯基》,马寅卯译,中华书局,2004年,第1页。

最缺乏推理能力的读者也能够马上掌握一切！这就是艺术的神奇之处。这就是艺术的真理！这就是艺术家对真理的服务！"在安德森看来,陀思妥耶夫斯基的小说致力于回答两个根本的哲学问题:什么是人的困境？我们应该如何过我们的生活？尽管安德森其后对陀思妥耶夫斯基"哲学"的论述是粗疏的,但对哲学与小说关系的讨论,却可以给我们提供一些思路上的启示。

德国学者赖因哈德·劳特的《陀思妥耶夫斯基哲学——系统论述》则对陀思妥耶夫斯基的哲学作了更全面的阐析。该书"导言"部分,专门讨论了陀思妥耶夫斯基对哲学的态度和方式。劳特认为,陀思妥耶夫斯基的小说创造了两种新的小说类型:心理类小说和哲学小说。后期从《地下室手记》开始的哲学小说讨论了一些极为重要的哲学问题,诸如关于生活的意义,关于死与不朽,关于理想及其在实践中实行的可能性,关于宗教与道德的意义,关于无神论和虚无主义的道德后果,关于自由、意志、责任问题等等。然而,为什么陀思妥耶夫斯基没有实现他那用纯理论形式阐述自己哲学的打算？为什么他在其小说中将所有哲学理论都与人物的行为联系起来？或许如某些批评家所说,陀思妥耶夫斯基与所有俄国人一样,都没有能力进行哲学思考,不能清楚而系统地表达自己的思想。陀思妥耶夫斯基没有受过任何哲学训练,不拥有独创的世界观,他的理论主张是模糊的、不准确的和自相矛盾的,也没有任何体系。他的思想在方法方面没有经过深思熟虑。为什么会这样？劳特试图做出解答。他认为陀思妥耶夫斯基事实上提出了大量的有独创性的新思想,他的文本充满着各种矛盾,但相互之间又有着紧密的逻辑联系。而就体系而言,仅仅《地下室手记》就表明,陀思妥耶夫斯基有着进行系统思维的杰出才能。

在回答陀思妥耶夫斯基为什么没有撰写纯哲学著作的时候,他总结为：

(1) 他需要有感受强烈的内在经验,而要达到普遍真理,他只能在生动的案例中获得这种经验。

(2) 只有在那种经常能感受到的内在经验中,他才能观察到感觉与表象是从无意识东西中产生的。任何过早的抽象都截断了他的去路。

(3) 为了评价思想,他需要一种用事实本身的逻辑作检验的实际演绎。

(4) 艺术创作是他用来描绘心灵现象的。只有在表露于外的现象中,他才能表达他内心发出的声音,而哲学体系的逻辑结构则只会妨碍他这么做。

(5) 他承认思想逻辑与事实逻辑之间的差别,但他宁愿要这后一种逻辑。基于这些原因,他以小说的形式阐述自己的经验和思想,而哲学——他的各种观察和沉思的概括总结——作为贴近生活的真理与对现实的艺术描绘应有紧密的相互联系。①

显然,劳特也注意到了陀思妥耶夫斯基哲学作为一种"叙事"的独特性。但是,他在为陀思妥耶夫斯基辩护时,又竭力把陀思妥耶夫斯基纳入一般的哲学家的层面,证明他也有成体系的哲学。全书分五篇,分别为心理学、形而上学、伦理学、否定哲学、实定哲学,从而完整地阐述了陀思妥耶夫斯基的哲学体系。但该书局限也就在这里,它把关注的焦点还是放在陀思妥耶夫斯基的哲学"是什么"上,而很少去探讨这些"哲学"是怎么被叙述出来的,怎么体现了作为小说中的哲学的独特性。

(三) "思想家"陀思妥耶夫斯基在中国的命运

自1918年《新青年》发表了周作人翻译的论文《陀思妥夫斯奇之小说》(作者为英国人 W. B. Trites),中国读者开始知道了陀思妥耶夫斯基。这也决定了中国读者最早接受这位作家的途径:西方或西方的俄国人眼中的陀思妥耶夫斯基。1920年,上海《国民日报》发表了乔辛煐译的《贼》,这是陀氏作品最早的中译文。紧接着《东方杂志》又刊出了铁樵译的《冷眼》(即《圣诞树和婚礼》)。译者还对陀思妥耶夫斯基有一简单的介

---

① 赖因哈德·劳特:《陀思妥耶夫斯基哲学——系统论述》,沈真等译,东方出版社,1996年,第31页。

绍:出身贫苦,作品多描写堕落社会,人道主义色彩鲜明,长于心理分析。这简单的分析却奠定了中国陀思妥耶夫斯基评论的基调,这几点以后被反复提及。1921年,陀思妥耶夫斯基诞辰百年,形成了中国陀氏评论的第一个小高潮。王圣思在总结20世纪20年代中国的陀氏评论的特点时强调:一般评论都参考西方和俄国陀氏评论的观点,但中国评论者也有自己关注的侧重点,即多看中其人道主义情感、博爱思想、平民精神、社会现实因素。① 三四十年代,社会学、阶级论的观点和方法被进一步强化,多强调陀氏作品中平民与贵族、被压迫者与压迫者的阶级冲突,以及社会底层人民对俄国专制现实的不满和反抗。

50年代,社会学批评有进一步演化为庸俗社会学、单纯的政治批评的趋势。中国的文艺学大多跟随苏联,陀思妥耶夫斯基评论亦不例外。王圣思以"两分法"来概括苏联评论的特点:"既承认陀氏是伟大的俄罗斯作家,肯定他对穷人的同情,对资产阶级的仇恨,同时批判他反对社会主义、反对革命、宣传逆来顺受的宗教哲学。"② 他还归纳了50—60年代中国陀氏评论的特点:

> 均以总论的形式出现,带有重新评价陀氏、指导阅读的倾向。采用鲜明的阶级分析方法,对作家个人政治定性:世界观是矛盾的,流放前相信革命,流放后皈依宗教,宣扬忍耐,是反动的。运用唯一的社会学批评标准,表现在作品评价上,只肯定《穷人》和《死屋手记》,对《罪与罚》《被侮辱与被损害的》《卡拉马佐夫兄弟》等提出批判地吸收其中一部分,即对俄国社会现实的真实反映,对穷人的悲惨处境的刻画,对资产阶级及金钱关系的揭露等。否定《两重人格》《地下室手记》《群魔》等作品;把别林斯基对《两重人格》的批评作为判断这部作品的主要依据;把《地下室手记》主人公的思想、心理与作家思想、心

---

① 王圣思:《20世纪20至40年代中国的陀思妥耶夫斯基评论》,见《静水流深》,上海教育出版社,2002年版,第188—189页。

② 王圣思:《陀思妥耶夫斯基与中国的社会学批评》,见《静水流深》,上海教育出版社,2002年版,第207页。

理划上等号,把作家部分创作意图如与车尔尼雪夫斯基等革命民主主义者的争论等同于作品主题;用作品直接图解历史,认为《群魔》是最反动的作品,歪曲革命家形象,污蔑革命斗争。否定陀氏的病态描写、白痴式主人公、分裂的人格等等。最彻底批判的是他为社会寻求出路开出的宗教药方,要人们驯服忍从。①

苏联学者格·弗里德连杰尔在《陀思妥耶夫斯基的现实主义》(1964年)一书中曾谈到他的写作意图:"虽然笔者不专门以论战为目的,但细心的读者会发现,本书的矛头是针对那些资产阶级学者的论著对陀思妥耶夫斯基的创作所作的阐释的。这些学者否定这位伟大的俄国小说家的作品的现实主义性质,竭力为适应当代哲学界和政界反动势力的需要而阐释这些作品的思想和形象。与这类歪曲陀思妥耶夫斯基面貌的阐释相反,笔者力求展示他的作品的深刻的社会批判倾向,以及他的作品所饱含的对于资产阶级社会的生活准则和价值观念的激烈抗议,尽管他的思想和创作中存在重重矛盾。"②

很明显,前面我们提到的那些俄国思想家、哲学家对陀思妥耶夫斯基"思想"的解读,正是弗里德连杰尔论战的对象。"思想者"陀思妥耶夫斯基便呈现出不同的面貌,成了"双面人"甚至"多面人"。俄国以别林斯基为首的民主主义批评家,强调了陀思妥耶夫斯基的现实主义、人道主义、对小人物的同情,而在俄国宗教哲学家们的眼里,陀思妥耶夫斯基的价值主要体现为他是伟大的宗教家、先知、人类灵魂的救赎者。在苏联评论者眼里,这一切又成了陀思妥耶夫斯基思想的消极面,陀思妥耶夫斯基的价值在于其批判性,对"资产阶级社会的生活准则和价值观念"的批判。中国的陀思妥耶夫斯基评论,显然更多地继承的是别林斯基及苏联社会学批评的传统。直到1986年,刘翘在《陀思妥耶夫斯基创作论稿》中仍然强调,真正伟大的艺术家,他们往往善于用艺术形式表现出社会形态的急剧

---

① 王圣思:《陀思妥耶夫斯基与中国的社会学批评》,见《静水流深》,上海教育出版社,2002年版,第207—208页。

② 格·弗里德连杰尔:《陀思妥耶夫斯基的现实主义》,安徽文艺出版社,1994年版,第1页。

变革,从而使自己成为"时代的喉舌,阶级意识的代表"。陀思妥耶夫斯基思想的威力和艺术的感染力在于"他那种深沉地同情平民的悲惨生活、对社会罪恶的不平抗议、并坚信人类美好的未来的人道主义情绪",而其"思想"的另一面,却体现出"小资产阶级及其知识分子的劣根性"。流放不仅损害了作家的"肉体",也伤害了他的"灵魂",使作家皈依了宗教,相信"俄国进步的知识分子完全脱离了人民精神这一牢不可破的根基,即脱离了俄国人民长期积淀下来的宽容忍顺、和谐虔诚的精神,而这种精神正是俄国人民抵御资本主义意识侵袭的有力武器"。这一思想对他的创作一直起着"消极作用"。①

当然,中国读者、评论者对陀思妥耶夫斯基"精神"的某些方面的拒绝,有社会历史、意识形态的原因,陀思妥耶夫斯基的宽恕、忍让、仁爱的宗教哲学显得不合时宜。另一方面,中国与西方对陀思妥耶夫斯基的不同的接受,也有着民族文化差异的因素。正像王圣思在《陀思妥耶夫斯基中译本与中国现代文学创作》一文中谈到,陀思妥耶夫斯基作为中国文化的异端总是有意无意地被排斥。"屠格涅夫给人以诗意、宁静、和谐以及忧郁的感受,陀氏则给人以混乱、骚动、痉挛和痛苦的印象。中国读者在一般的审美情感上情不自禁地倾心于屠格涅夫,即便在三四十年代就已对他进行理性的批判。而对陀氏的接纳则不由自主地却步,在陀氏评论中对他表现出理性评价的肯定,在文学创作中对他表现出感情鉴赏的疏远。"②

鲁迅在1926年即为韦丛芜翻译的陀思妥耶夫斯基小说《穷人》写过一篇《〈穷人〉小引》,他谈到陀思妥耶夫斯基的"在高的意义上的现实主义"时,认为主要在于揭示了"人的灵魂的深",③可谓抓住了陀氏小说的精髓。可以说鲁迅在理智上是深为敬佩陀思妥耶夫斯基的。但时隔十

---

① 刘翘:《陀思妥耶夫斯基创作论稿》,吉林大学出版社,1986年版,第2—4页。
② 王圣思:《陀思妥耶夫斯基中译本与中国现代文学创作》,见《静水流深》,上海教育出版社,2002年版,第202—203页。
③ 鲁迅:《〈穷人〉小引》,见《鲁迅全集》(第七卷)《集外集》,人民文学出版社,2005年版,第106页。

年,鲁迅在另一篇文章《陀思妥耶夫斯基的事》(1935)中又谈到自己虽然"敬佩然而总不能爱"的作家有两个,一个是但丁,一个就是陀氏。读但丁时,见"有些鬼魂还在把很重的石头,推上峻峭的岩壁去,这是极吃力的工作,但一松手,可就立刻压烂了自己。不知怎地,自己也好像很是疲乏了。于是我在这地方停住,没有能够走到天国去"。而陀思妥耶夫斯基,"他把小说中的男男女女,放在万难忍受的境遇里,来试炼它们,不但剥去了表面的洁白,拷问出藏在底下的罪恶,而且还要拷问出藏在那罪恶之下的真正的洁白来"。在中国作家中,鲁迅对陀思妥耶夫斯基"精神"的领悟,可以说最有会心之处。鲁迅叹其伟大,却也常想"废书不观"。陀氏作品中那种"夹着夸张的真实,热到发冷的热情,快要破裂的忍从",在鲁迅看来,"作为中国的读者的我——却还不能熟悉陀思妥耶夫斯基式的忍从——对横逆之来的真正的忍从。在中国,没有俄国的基督。在中国,君临的是'礼',不是神"。中国人多追求中庸,"只有中庸的人,固然并无坠入地狱的危险,但也恐怕进不了天国的罢"。①

    这里有着鲁迅作为个体的阅读体验,也有着民族文化上的深层原因。鲁迅作为"战士",时刻举着投枪准备投向旧世界的战士,自然无法接受陀思妥耶夫斯基的"太伟大的忍从"。其实,在中国作家中,鲁迅是与陀思妥耶夫斯基在"精神"上最为接近的一个作家,那种"绝望""绝决""暮年似的孤寂""热到发冷的热情",使他们有着一种深入骨髓的"共鸣"。鲁迅在反思中国传统文化的同时,在一定程度上走近了陀思妥耶夫斯基,但他们选择的出路是不一样,这决定了,鲁迅没有走到但丁、陀思妥耶夫斯基意义上的"天国"中去。而就中国文化传统而言,儒家式的现实伦常、中庸,道家式的精神自由,禅宗式的审美人生,与陀思妥耶夫斯基的十字架上的苦难中的救赎,构成了两种不同的人生取向。刘小枫将中西文化归结为"逍遥"与"拯救",陀思妥耶夫斯基便典型地代表了"拯救"的一维。陀思妥耶

---

① 鲁迅:《陀思妥耶夫斯基的事》,见《鲁迅全集》(第六卷)《且介亭杂文二集》,人民文学出版社,2005年版,第425—426页。

夫斯基的小说,充满了人生的苦难、灵魂的分裂与煎熬,有一种让你不敢、不想、不忍面对又不得不面对的真实与残酷。而中国传统文人,更执着于此生此世,一卷书,一杯酒,一盏茶,一局棋,"林间扫石安棋局,岩下分泉递酒杯",这是一种艺术化的人生。笔者在《陀思妥耶夫斯基与俄罗斯文化精神》的后记中,有一段感慨:

> 中国文化向来重视对审美式人生的追求。所谓"春有百花秋有月,夏有凉风冬有雪,若无闲事心头挂,便是人间好时节"。虚融淡泊,自得无碍,自有它动人的魅力。由此,我们总在有意无意地拒绝苦难,拒绝苦难中的拯救与超越。当然,我们也就在心理上拒绝了陀思妥耶夫斯基,拒绝了整个俄罗斯文化所蕴含的那一份悲怆。①

有意味的是,20世纪90年代以来,在中国的陀思妥耶夫斯基研究中,在突破传统的社会学批评的局限的同时,有一种回归俄罗斯文化传统的趋向。何云波的《陀思妥耶夫斯基与俄罗斯文化精神》(湖南教育出版社,1997年)首开其先河,从文化心理构成、宗教、城市、人物类型、西方形象、精神分析、现代主义等角度讨论陀思妥耶夫斯基小说的文化内涵,其与俄罗斯民族精神的关系。赵桂莲的《漂泊的灵魂——陀思妥耶夫斯基与俄罗斯传统文化》(北京大学出版社,2002年)则以"美"与"爱"、"善"与"恶"、"苦难""自由"为关键词,对陀思妥耶夫斯基的四部作品(《白痴》《群魔》《罪与罚》《卡拉马佐夫兄弟》)作了充满哲学色彩的解剖。王志耕的《宗教文化语境下的陀思妥耶夫斯基诗学》(北京师范大学出版社,2003年)在俄罗斯宗教文化语境下剖析陀思妥耶夫斯基诗学,去发现"陀思妥耶夫斯基作为一个俄罗斯作家的内蕴",解读陀思妥耶夫斯基某些公认的诗学原则与宗教文化的关系,这本身就构成了跨学科意义上的哲学、宗教与诗学的对话。

中国学者何怀宏则专门写过一本讨论陀思妥耶夫斯基哲学的著作,名为《道德·上帝与人——陀思妥耶夫斯基的问题》。作为哲学博士,何

---

① 何云波:《陀思妥耶夫斯基与俄罗斯文化精神》,湖南教育出版社,1997年版,第271页。

怀宏关注的焦点是陀思妥耶夫斯基的哲学、伦理"思想",这从书的章节的设计就可以明显地看出来:"个人行为的道德问题""集体行为的道德问题""怜悯的爱""上帝的问题""人的问题""社会秩序的构想""时代与文明"。第一章"作为问题的思想"还专门讨论了陀思妥耶夫斯基笔下"思想者"与"思想"的特点。书中谈到,陀氏笔下"思想者"经常被置于一种极具悲剧性的情节之中,这些"思想者"还有一种"生长性""未完成性""反省性",他们往往把思想本身当作"头等重要的事情",而"不管其成败利害"。① 而从思想的叙述的角度说,陀思妥耶夫斯基小说中的思想都是作为"问题"出现,思想总是处在紧张的对话与交锋之中,而直到最后也难有一个明确的答案。小说中的所有人物的思想几乎都是被"说"乃至被"转述"出来的,思想在"他人在场"的情况下显露出来,在证明、交代、反驳中使其思想具有一种紧张性和活力。同时,陀思妥耶夫斯基很少直接表达自己的思想,以至使读者很难判断,究竟哪一些是属于作者的思想。"这种思想的问题性和对话性,使他没有用哲学的方式去直接陈述思想。简言之,陀思妥耶夫斯基的思想正是作为一种问题的思想存在的,其思想的独特和深刻所在正在于其问题性,在于其作为问题的未完成性和开放性,以及问题本身的深刻性和根本性,这种作为问题的思想的确很难被整理成系统的思想,甚至它本身就拒斥被体系化,它甚至很难被概念准确地表达,它必须与人物形象和情境紧密联系在一起才能够和盘托出,才能够保持其生动性和紧张性。"②

显然,何怀宏注意到了陀思妥耶夫斯基"叙事的哲学"不同于一般的哲学的特性,但可惜的是,后面的章节并没有将这一思路贯穿下去,而还是致力于对陀思妥耶夫斯基"哲学思想"的一般意义上的探讨,这不能不说是个遗憾。

此后,季星星的《陀思妥耶夫斯基小说的戏剧化》(首都师范大学出版

---

① 何怀宏:《道德·上帝与人——陀思妥耶夫斯基的问题》,新华出版社,1999年版,第41页。

② 同上书,第51页。

社,1999年)、彭克巽的《陀思妥耶夫斯基小说艺术研究》(北京大学出版社,2006年)等,致力于对陀思妥耶夫斯基小说艺术的诗学特征的探讨。冷满冰的《宗教与革命语境下的〈卡拉马佐夫兄弟〉》(四川大学出版社,2007年)、田金全的《言与思的越界——陀思妥耶夫斯基比较研究》(复旦大学出版社,2010),从政治、宗教哲学的角度挖掘陀思妥耶夫斯基小说的内涵,可算是文化研究与比较文学研究的结合。

一百多年来,国内外的陀思妥耶夫斯基研究非常丰富,以上仅从比较文学跨学科研究的角度,对其做了一个梳理。这些研究涉及陀思妥耶夫斯基的小说与哲学、宗教、伦理学、心理学、诗学等的关系。总的来说,国内外不少研究论著对陀思妥耶夫斯基的思想,他的哲学观、宗教观、历史观、伦理观等都有很好的阐析,但不足也是共同的,即他们更关注的是陀思妥耶夫斯基的"思想"是什么,至于这些思想是怎样被叙述出来的,或者说陀思妥耶夫斯基作为"叙事的思想家",其独特性在哪里,相对来说往往容易被忽视。因而,这些研究更多还是属于对陀思妥耶夫斯基及其小说的"思想"研究,而难以成为真正意义上的跨学科研究。

本书在吸收前人研究成果的基础上,试图引入跨学科研究的视野,即以哲学、宗教、法律、伦理学、诗学等为一端,以陀思妥耶夫斯基小说为另一端,看看各种不同的"思想"是怎样被作为"小说家"的陀思妥耶夫斯基叙述出来的,叙事中的哲学、宗教、伦理等与理论哲学、现实的宗教、伦理有什么联系与差异,小说中的法律怎样体现了文学的独特视角,小说中的诗学以什么形态呈现出来等等。通过这种研究,既可以深化对陀思妥耶夫斯基及其小说的认识,相信对比较文学跨学科研究的理论建构也不乏启示意义。

二、研究内容与方法

陀思妥耶夫斯基的小说,有着丰富的哲学、宗教、法律、伦理、心理学、诗学的内涵,本书尝试运用跨学科研究的方法,展开科际阐发。文学与其他知识领域,既相互影响,也是一个互为阐发的过程。就陀思妥耶夫斯基而言,他的小说是怎么言说哲学、宗教、伦理、法律、诗学的;叙事中的哲学、宗教、伦理、法律、诗学怎么体现了一种独特性;文学与其他知识领域、学科之间,既相通又相异,它们如何对话,其话语的通约性何在,正是本课题研究需要解决的问题。本书除绪论外,共分五章:

第一章"思想如何表达"讨论陀思妥耶夫斯基小说的哲学叙事。陀思妥耶夫斯基经常被人们称作"哲学家",他的思想表达的途径有两个:政论与小说。作为"政论家"的陀思妥耶夫斯基在《作家日记》中以"独白体"的方式表达思想,但当他将小说笔法引入政论,又使其思想的表达具有了生动性、丰富性、论辩性。而在陀思妥耶夫斯基的小说叙事中,"思想"被纳入小说具体的情境中,凭借对人物命运的关注,借助个体的经验、心灵的运动来表达,在各种对话、争辩中,"思想"呈现出巨大的张力。非体系化、矛盾、对话、未完成,构成了陀思妥耶夫斯基小说"叙事哲学"的特点。那些"思想自杀者"的言说,也正体现了这一特点。"哲学"高度融汇在他的小说叙事中,实现"哲学"与"叙事"的成功对接。当然,另一方面,当"哲学"直接出现在他的小说中,成为"说教",则可能影响到小说的艺术感染力。

第二章"上帝如何叙述"讨论陀思妥耶夫斯基小说关于"上帝"(广义上的神和神学)的叙述的问题。在《圣经》中,上帝全知全能,人蒙神恩而得救,其中最重要的就是"信",后来的宗教理论家们也不断地在"论证"这一点。而在陀思妥耶夫斯基小说中,"信"却成了一个"问题"。陀思妥耶夫斯基小说中关于"上帝"的思想都是作为"问题"出现,其小说展示的往往是信或不信的过程,而非结论。在作品中,各种思想总是处在紧张的对话与交锋状态,充满悖谬性、矛盾性。而"信"与"不信"的最终结果,往往是放在实践中去检验。在陀思妥耶夫斯基小说中,关于上帝、关于耶稣基督、关于义人约伯的叙述,都异于《圣经》及其"理论神学",而体现出"叙事神学"所独有的视角与立场。这是一种过程神学、对话神学、实践神学,它们本质上构成了陀思妥耶夫斯基所独有的"生命神学"。

第三章"小说与伦理叙事"讨论陀思妥耶夫斯基小说关于伦理的叙事。"伦理叙事"就是叙述作品对与伦理相关的人物与事件的叙述、表达，而"叙事伦理"则是作家在叙事中遵循的伦理规范。文学当然负有道德教化的使命，但小说中的伦理叙事，又常常呈现出道德相对性、模糊性。这一方面与作家思想的复杂性、矛盾性有关，另一方面也是小说中伦理叙事本身的逻辑使然。作者——隐含作者——叙述者——叙述接受者——隐含读者——读者，组成了一个复杂的叙事链条。"作者"与"隐含作者"构成的"双重自我"，导致不同的"作者"也在作品中形成了不同的"声音"。而"叙述者"对叙事的控制、叙事视角与方式，也可能影响到叙事进程中的伦理取向。如果说宗教伦理、现实伦理追求的是善与恶、是与非的严格区分，那么在小说叙事中，当作家一方面有自己的立场，另一方面在创作中又试图去尊重、理解小说中每个个体的价值与选择，必然呈现出一种暧昧与模糊。在陀思妥耶夫斯基的小说中，各种问题常常与伦理纠结在一起，罪与罚、恶与善、爱与上帝，成为其核心命题。陀思妥耶夫斯基试图为小说中陷入困境的人们寻找出路，但又常常陷入更大的困惑中，这正体现了陀思妥耶夫斯基小说伦理叙事的特点。

第四章"文学视野中的法律"以陀思妥耶夫斯基的小说为例，讨论文学与法律的关系。法律多关注程序的合法性，文学则更关注人的精神；法律倚重理性，而文学诉诸感情；法律的立场常常体现为对主流意识形态的维护，文学则常常充满了批判的反思；法律追求一般意义上的社会"公理""正义"，文学则更关注普遍的人性；法律设置的是普遍的准绳，文学更注重一己的生命感觉，注重揭示人性的深度与复杂性。陀思妥耶夫斯基的《死屋手记》《罪与罚》《卡拉马佐夫兄弟》，都与法律案件有关，涉及犯罪、刑事侦讯、审判、监狱等，本质上都是关于"罪孽"与"救赎"的故事。而文学视野中的"罪"与"罚"并不同于法律层面的"罪"与"罚"。文学之"罪"，除了行为之"罪"，更是思想之"罪"、人性之"罪"、道德之"罪"。因而，惩罚也就不限于法律意义上的对人的自由的强制性剥夺，陀思妥耶夫斯基更关心的是罪犯是否主动认罪。只有主动去承受苦难，诚心接受来自上帝的恩惠,才能真正地获得精神的新生。陀思妥耶夫斯基以他独特的关于"罪"与"罚"的叙事,很好地诠释了什么是文学视野中的"法律"。

第五章"小说中的诗学"讨论陀思妥耶夫斯基小说中的诗学叙事和叙事诗学。陀思妥耶夫斯基小说,本身就有不少与诗学相关的言说,比如作家的创作、典型人物的塑造、艺术真实与"幻想"、何为"美"、何为"诗"、何为"偶合家庭"……它们一方面体现了陀思妥耶夫斯基的诗学观,同时作为叙述元素又直接参与了小说的意义建构,构成一种独特的"诗学叙事"。而"叙事诗学",则是指小说家在叙事中遵循的诗学原则。陀思妥耶夫斯基小说诗学的一个重要特点就是诗性叙事,它主要体现在:其一,他小说中不少地方直接引用诗歌参与叙事及其意义的建构;其二,充满肉欲的激情、以"我"观物的视角、人物描写的心理化,使陀思妥耶夫斯基的小说有别于俄国传统的现实主义,具有了一种将现实主义、浪漫主义、现代主义融为一体的"诗性";其三,这种诗性既与人的欲望、激情相关,又超越感性的肉体、超越智性、理性的思辨,与灵性、神性结合,在心灵的交流、感悟中,寻找"生命的最高综合",从而构成了一种充满"神性"色彩的"启示诗学"。

本书研究的重点不在讨论陀思妥耶夫斯基小说表达了什么样的"思想",而在于"思想"是如何被表达的,其独特性何在。以往的研究往往只关注作家表达了什么,包括笔者曾经做过的《陀思妥耶夫斯基与俄罗斯文化精神》,它可以算是文学的文化研究,但并非比较文学意义上的跨学科研究。本课题研究力图将叙事学与文化研究方法结合起来,展开跨学科的文学叙事研究。这种研究不是泛泛地去讨论哲学、宗教等怎么影响了陀思妥耶夫斯基的小说。以前面我们谈到的"叙事神学"为例,讨论陀思妥耶夫斯基的神学思想,不一定构成跨学科研究。只有把神学当作一种话语体系,讨论它如何进入陀思妥耶夫斯基的小说中,如何通过叙事的方式被展现出来,理论的神学与叙事的神学,作为两种不同的话语,在这两端之间,才有了某种可比性。而以文学与法律研究而言,如果文学作品仅仅成了法学讨论的一个案例、一些素材,或者讨论法律文本如何运用了文学表达的一些手段,这种研究,其实并无多少跨学科研究的意义。

　　本课题研究的难点在于,不同学科之间,往往有各自的出发点,各自不同的立场,这就面临不同的视域如何整合的问题。在不同学科互释的过程中,无论是文学与哲学、法律,还是文学与历史学、文学与伦理学、文学与宗教等等,他们既有不同的立场、视角,同时也属于不同的知识系统,所谓科际阐发,以法学、历史学、伦理学、哲学、宗教的视角来阐发文学,或以文学来阐发其他学科,既可以为我们提供一种新的视野,也存在一个话语的通约性、阐发的有效性的问题。就像文学中具有无限的审美魅力的爱情描写,未必都是符合现实伦常和伦理学规范的。这就引出一个问题:文学与伦理学,对话如何可能? 叙事伦理与伦理叙事的独特性何在? 再如以文学与法律而言,法律意义上的"罪"与"罚"都是针对人的行为的,而陀思妥耶夫斯基小说中的"罪"与"罚"则更多的指向人的精神、人性,所以,行为意义上的罪犯在小说叙事中又可能成为被同情的对象。那么,文学与法律在体现不同的立场的同时,是否拥有共通性话语,文学与神学、文学与伦理学等等的关系亦然,这些都是需要我们在研究中努力解决的问题。

　　跨学科研究的价值正在于,在对各学科"话语"的梳理中,以其他学科为参照,本学科研究中的一些被遮蔽的问题被凸显出来。比如,文学在被道德化的同时,又常常在"背叛"现实的伦常。文学与法律最终的目标都是追求人类的公平与正义,人的真正的自由与解放,但其途径却常常大相径庭,文学在质疑、批判现实的"法律"的同时,也为法学研究提出了一些新的无法避免的问题,而这些问题通常是在本学科视野内被"遮蔽"的、不"存在"的。不同学科正是在这相互阐发中,互相辩难、启发、印证,在越界的对话中,寻求融通的可能。陀思妥耶夫斯基的小说,正为我们讨论这些问题提供了极好的案例。反过来,对这些问题的讨论,也有助于我们进一步理解陀思妥耶夫斯基,理解他的艺术世界。

第一章

思想如何表达

陀思妥耶夫斯基经常被人们称作"哲学家",但他又是通过叙事来表达思想的"哲学家"。"叙事的哲学"与哲学家们的"理论哲学",体现的是两种不同的话语言说规则。如果说哲学与文学都是致力于对世界的探询、对人的生存的关注、对生命的意义的追问,它们都以语言为媒介,那么,它们的差别,首先便是其表达方式上的不同。"表达"的差别,决定了其"思"的独特性。

第一节 作为"政论家"的陀思妥耶夫斯基

作为"作家"的陀思妥耶夫斯基可以说有两个面目:小说家与政论家。当然这两者又不是截然分开的。《作家日记》可以说集中地展现了陀思妥耶夫斯基作为"政论家"的面目。而他的小说,也充满了"思想性",作家也由此被称为"哲学家"。下面我们就来看看陀思妥耶夫斯基在其《作家日记》中是如何展开其"政论"的。

一

19 世纪 60 年代,陀思妥耶夫斯基与其长兄米哈伊尔·陀思妥耶夫斯基就创办过《时代》(1861—1863)与《时世》(1864—

1865)月刊。《时世》1865年停刊,陀思妥耶夫斯基一直想再办一个刊物。1972年,受弗·梅谢尔斯基公爵之邀,陀思妥耶夫斯基出任《公民》报主编,从1873年开始,在该报设立《作家日记》栏目,发表自己撰写的评论文章与小说。1874年初,陀思妥耶夫斯基离开《公民》报,开始筹备自己的刊物《作家日记》。1871年1月,《作家日记》第1期与读者见面。《作家日记》出了两年后停刊,一直到1881年才复刊,但只出了一期,陀思妥耶夫斯基就去世了。刊物出版的那天,正是陀思妥耶夫斯基的葬礼。

陀思妥耶夫斯基在小说《群魔》中有一个情节,借小说人物之口,说到类似于《作家日记》这种体裁与结构的作品:小说的一位人物莉莎向另一位人物沙托夫说她准备编一本书,这本书"只限于选择那些多少能够表现当前人民精神生活和俄罗斯人民的个性的事例。当然,什么材料都可以收入:奇闻逸事,火灾,捐款,一切善举与恶行……然而在一切材料中只选那些能反映时代特征的东西;选入的材料都要能表现一种观点,一种方针,一种意图,一种能阐明总体、阐明事实总和的思想"。沙托夫进一步说出了他的理解:这"将是一种有倾向性的书,是按照一定的意向编成的一部事实汇编","这部事实汇编也将指出应该如何来认识这些事实"。①

《作家日记》就体裁而言,包括政论、杂文、回忆和小说,内容涉及政治、经济、法律、战争、家庭、教育、文学、艺术各个方面,可谓无所不包。这里无意于讨论《作家日记》写了些什么样的内容,而更想关注的是,这些"内容"是怎么被传达出来的。

巴赫金曾谈到作为政论家的陀思妥耶夫斯基是怎样表达思想的:"陀思妥耶夫斯基不仅是撰写中长篇小说的艺术家,而且他还是一个政论家思想家。在《时间》《时代》《公民》《作家日记》上发表过有关的文章。在这些文章中,他表达了一定的哲学的、宗教哲学的、社会政治的和其他的思想;他在这里(文章中)发表的思想,是作为自己肯定无疑的思想,是采取

---

① 参见《作家日记》(上)译者序,张羽译,《陀思妥耶夫斯基全集》(第十九卷),河北教育出版社,2010年版,第7页。

系统独白体的形式,或采取独白的演说体的形式(这是纯粹的政论体)。同样的这些思想,他在自己给不同人的书信中,有时也讲到过。在这里(文章和书信),这些当然绝不是思想的形象,而是用独白体直接肯定的思想。"①

大致而言,《作家日记》除少数的几篇虚构小说外,其他的文章有一些作家的回忆性文字,更多的是对当时发生的事件、社会关注的热点问题的评论。虽为政论、评论性文字,但陀思妥耶夫斯基作为小说家,"议论"也常常具有其独特的个性。以回忆性文字而论,其中最有代表性一篇《老一代人》,叙述作家与赫尔岑、别林斯基那一代人的交往,及其他们对作家思想的影响。这类文字很容易写成一般性的描述文字,陀思妥耶夫斯基却非常善于抓住人物个性与思想中最本质性的东西。例如写赫尔岑,说赫尔岑是"我们贵族社会的产儿,首先是俄罗斯贵族和世界公民,唯独俄罗斯才能出现的人物",他"生来就是侨民",虽然类似的"侨民"其中"大多数人从未离开过俄罗斯"。"在过去一百五十年的生活里,俄罗斯贵族老爷,除极少数外,最后的根柢都腐烂了,与俄罗斯根基、俄罗斯真理的最后联系都动摇了。历史注定要通过赫尔岑这个最鲜明的人物类型表明我们的有教养阶层的大多数人与人民之间的这种裂痕"。他们脱离人民,抛弃上帝,或者成为"无神论者",或者成为"遁世者"。赫尔岑是"作为俄罗斯的贵族公子才会成为社会主义者"。他成功地处理了自己的家业,心满意足地在国外过起了衣食无忧的生活,他发动了革命,煽动别人参加,同时却"喜欢舒适的生活和家庭的恬静"。"这是一位艺术家、思想家、杰出的作家,学识渊博、机智灵敏的人物,惊人的健谈家(他的言谈甚至优于他的写作)和极其擅长内省反思的人。"②陀思妥耶夫斯基对赫尔岑的评价是否公允姑且不论,其对人物思想与个性的把握,对赫尔岑所代表的贵族出身

---

① 巴赫金:《陀思妥耶夫斯基诗学问题》,白春仁、顾亚铃译,生活·读书·新知三联书店,1988年版,第138页。

② 《作家日记》(上),张羽译,《陀思妥耶夫斯基全集》(第十九卷),河北教育出版社,2010年版,第7—9页。

的"西欧派"的概括,正体现了陀思妥耶夫斯基看问题的敏锐和作为"作家"的特质。

在《老一代人》中,陀思妥耶夫斯基还写到另一个重要人物别林斯基。与作为"内省反思型"的赫尔岑不一样,陀思妥耶夫斯基称别林斯基是"豪爽而又热情奔放的人"。陀思妥耶夫斯基写道,在认识别林斯基的时候,他就已经是一个"激进的社会主义者",他们的交谈径直从"无神论"开始,而给作家留下最深印象的是"他那灵敏得惊人的辨别力和执著地献身于一种思想的自由特点"。陀思妥耶夫斯基写到别林斯基对基督教的看法,有一段写得非常生动:

> "可是您知道吗,"——有一次晚上,他面对着我,尖声喊道(他十分慷慨激昂的时候,有时候就会喊叫)——"您知道吗,在社会极其不合理、人不可能不干坏事的条件,在经济会导致人去干坏事的条件下,是不能向人历数他有多少罪恶,不能用种种义务和自愿让人抽打面颊之类的说教去压抑人,也不能要人去做那种按照自然法则他即使想做……但也做不到的事,否则就是荒唐的,残忍的。"

> 这天晚上不只是我们两个人谈话,在座的还有别林斯基的一位朋友,别林斯基很尊重这位朋友,常常听从他的意见;他也是一位年轻的、刚刚开始写作的文学家,此人后来在文学界颇有声望。

> "看着他,我都觉得可怜,"别林斯基突然中断了慷慨激昂的言辞,把脸转向自己的朋友,还用手指着我,"每一次,我一提到基督,他的脸色立刻就变了,仿佛要哭的样子……请相信,您的基督假如出生在我们这个时代,那会是一个最不显眼、最平凡的人,在当今科学和当今推动人类的力量面前,他将变得黯淡无光。"

> "不,不!"别林斯基的朋友接过话茬儿说(我记得,我们是坐着,他则在屋中来回走动)。"不!假如基督在今天出现的话,他就会参加运动、领导运动……"

> "对,对!"别林斯基立刻表示赞同,快得惊人,"他必定会成为社

会主义者,同社会主义者走在一起。"①

陀思妥耶夫斯基由此感叹:"这样满腔热情地相信自己的思想,可想而知,这是最幸福的人们中间的一个。"陀思妥耶夫斯基自己虽然相信了上帝,但其"信"却充满了疑虑,使他一生都痛苦不堪。这里记别林斯基的"信仰",其"小说"笔法,一个活生生的别林斯基的形象便立在了读者面前。

二

《作家日记》虽为"政论",但各篇表达却各有特点。《老一代人》作为回忆性文字,偏重记事,夹叙夹议。而下一篇《环境》则带有很强的辩论性、对话性。正如巴赫金所言,"把某一思想当作一个完整的个人立场,用一个个声音进行思维——陀思妥耶夫斯基的这一趋势,甚至表现在他的政论文的布局方法上。……甚至在自己的论辩文章里,他实际上也不是在说服,而是组织不同的声音,使不同的思想意向交锋,多数情况下是采用某种虚构的对话"②。

陀思妥耶夫斯基一生都非常关心犯罪及其惩罚的问题。当时社会上流行把犯罪更多地归结为社会环境的原因,在法庭审判中,对犯罪的惩罚也多流行"一味为人开脱",陀思妥耶夫斯基对此不以为然。在他看来,这可能是在"滥用权力"。"事实上,在那里,陪审员明白,在法庭上,他只要一坐到自己的位置上,他就不止是一个心肠仁慈、感情丰富的人,他首先是公民。他想的是(无论正确与否),履行公民义务高于个人心灵上的善行。"③但作家在阐发自己的观点时,《环境》不断地引入各种声音,与作家的"声音"形成对话:

---

① 《作家日记》(上),张羽译,《陀思妥耶夫斯基全集》(第十九卷),河北教育出版社,2010年版,第12—13页。
② 巴赫金:《陀思妥耶夫斯基诗学问题》,白春仁、顾亚铃译,生活·读书·新知三联书店,1988年版,第140页。
③ 《作家日记》(上),张羽译,《陀思妥耶夫斯基全集》(第十九卷),河北教育出版社,2010年版,第19页。

"假定说吧,"有人说道,"你们那些牢固的原则(即基督教的原则)全然未变,确实是首先应该做一个公民,也要高举旗帜……就像您说的那样,——再假定说,暂时没有人反对您的话,那么请想一想,在我们这里,公民从何而来呢?只须想想昨天还是什么样子就够了!公民权利(而且是这样一些权力!)突然间从山顶上滚下来,落到他面前。这些权利把他压得直不起腰来,对他来说,这些权利目前纯粹是重荷,重荷!"

"当然,您说的也有道理",我回答说,多少有点儿气馁,"但是,俄罗斯人民毕竟是……"

"俄罗斯人民?请原谅,"我听见另一个人说,"人人都说,恩赐是从山顶上滚下来的,都把他压垮了。但是,实际上,他可能不只是感受到,他得到的那些权利是一种恩赐,不仅如此,他还觉得,他不花分文就得到这些权利,也就是说,他觉得,现在他还不配得到这些恩赐。……在我们还没有成熟到像你们的公民那样之前,我们还是宽恕吧。由于恐惧而宽恕。很可能,我们坐在陪审员的席上的时候,心中却在想:'我们自己比受审的人更好吗?我们富有,不愁吃穿,可是,一旦我们处于他那种境地,那我们干的勾当可能比他干的还要坏,——所以我们还是宽恕一点吧。'可能这样还好,这是发自内心的温情。也许,这就是走向未来某种更高级的基督教的温情的基础,直至今日世界上还未有过的温情!"①

这里通过直接引语,为给犯罪者开脱的人辩护。"有人""另一个人",可以是他者,也可以是作家内心的另一种声音。而"我"却"多少有点儿气馁"。这里的"我",作为叙述者,在参与对话,也只代表了一种声音。可以说,作为叙述者的"我"只是一个对话者,他可以是作者的代言人,但不是整个的作者。作者的声音,在后面,逐渐占据主导地位:

---

① 《作家日记》(上),张羽译,《陀思妥耶夫斯基全集》(第十九卷),河北教育出版社,2010年版,第20—21页。

实际上,假如我们认为,我们自己有的时候比罪人还坏,从而我们也就承认,对罪人的犯罪行为我们应负一半责任。他如果践踏了大地为他制定的法令,现在他站在我们的面前,那么罪责就在于我们。因为,我们大家要是都好的话,他也就会好,现在就不至于站到我们的面前……

"那么就这样判他无罪吗?"

不,完全相反。正因如此就该说真话,把恶称之为恶;但是,因此自己要把判决的罪行的一半重负承担起来。我们走进法庭时就带着我们有罪的思想。这是真诚的痛苦,现在人人都害怕这种痛苦,我们将怀着这种痛苦走出法庭,这就是对我们的惩罚。这种痛苦如果是真挚的和强烈的,我们就使自己净化,使自己变得更好。自己变好了,我们就能矫正环境,把环境变好。只有这一条道路才能改善环境。那种回避自己的怜悯心,为了自己不感受痛苦而干脆判决无罪——这是容易做的。然而,这样我们就会一步一步走向一个结论:根本就没有犯罪行为,一切都是"环境的罪过"。我们就会得出循环性的结论,甚至把犯罪看做义务,看做反抗"环境"的义举。"由于社会是龌龊的,在这样的社会就不能不反抗、不犯罪而心安理得地生活下去"。"由于社会很坏,不动刀枪就不能生存下去"。这就是与基督教义相反的关于环境的学说所主张的,基督教义充分承认环境的压力,怜悯犯罪者,但它认为,同环境斗争是人的义务,它划定环境问题与义务问题的界限。①

在陀思妥耶夫斯基看来,基督教在认定人的责任的同时也承认人的自由。人是"自由"的,也就意味着他要为自己的选择承担责任。"罪在环境","只有恶劣的环境,而罪行则是根本不存在的",这不过是"诡辩论"。陀思妥耶夫斯基认为,人民并不否认罪行,"他相信环境完全取决于他,取

---

① 《作家日记》(上),张羽译,《陀思妥耶夫斯基全集》(第十九卷),河北教育出版社,2010年版,第21—22页。

决于他的不断忏悔和自我完善。毅力、劳动和斗争——这就是改造环境的东西。"①

以下陀思妥耶夫斯基通过一个具体的事例来说明对罪犯的不当宽容所带来的后果:一个农民多年来毒打自己的老婆,折磨她、凌辱她,最后导致她上吊。法庭上,陪审员们却判决:"有罪,但应予宽恕。"还有哭泣的孩子因为惹烦了母亲,母亲抓住孩子的小手在开水下浇了十来秒钟,最后结果也是"应该得到一切宽恕"。为此,陀思妥耶夫斯基采取小说笔法,详细描写丈夫折磨老婆的过程:

> ……他忽然扔开皮带,发疯似的抓起棍棒、树枝,碰到什么就拿什么,最后那三下毒打落在她背上时,棍棒折断了,——这才算完事!他走到一边,在桌子旁坐下来,呼哧带喘地喝起克瓦斯来。②

事实的呈现,本身便具有了"思想"的力量。辩护律师们喜欢把一切归于"环境",比如对那"母亲"的有可能的辩护:

> "陪审员先生们,当然,这件事当然不可能是人道的,但是要从整体上看这件事,请注意环境和情况。这个女人贫穷,是家中唯一的劳动力,承受着种种苦恼。她没有钱雇保姆。很自然,在那种时刻,由于折磨人的环境而造成的残暴可以说已经成为习性,先生们,她把孩子的手放到茶炊的开关下是很自然的……"③

这种"辩护"其荒谬性,不言自明。陀思妥耶夫斯基由此呼吁:辩护律师先生们,不要再用你们的"环境"来狡辩了。

三

陀思妥耶夫斯基将小说笔法引入政论,优点是增强了政论的生动性、

---

① 《作家日记》(上),张羽译,《陀思妥耶夫斯基全集》(第十九卷),河北教育出版社,2010年版,第25页。
② 同上书,第31页。
③ 同上书,第32—33页。

丰富性、论辩性,但也可能带来思想表达的含混、歧义。比如《作家日记》1876年10月号有一篇《判决》,登出后引起一些读者的误解乃至引来讽刺揶揄的文章,《判决》何以会引起误解,就可能跟表达有关。

《判决》前有一小引:"这是一名由于苦闷而自杀者的议论。显然他是一个唯物主义者。"①以下则全部是自杀者的自白。

这位自杀者一开始就提出疑问:

> 实际上,这个大自然有什么权力让我出生在这个世界上,它根据的是自己的哪些永恒的法则?我是作为有意识的人被制造的,我也意识到这个大自然:他有什么权力没有我的允许就把我制造为有意识的我?造成有意识的我,就是造成忍受痛苦的我,但是我不愿意忍受痛苦,我为了什么要忍受痛苦呢?大自然通过我的意识向我宣告,存在着某种整体的和谐。人类的意识根据这一宣告制造了宗教。②

这让人想起陀思妥耶夫斯基《地下室手记》中的主人公的自白。陀思妥耶夫斯基小说中的很多主人公都在质疑生存的意义:如何才能获得幸福,活着还是不活。《判决》中的主人公也强调:"假如让我自觉地选择,那么,不言而喻,我宁愿只是让我存在的这一瞬间成为幸福的人,至于整体及其和谐,在我消逝之后,与我毫不相干,在我消逝之后,不管这个整体及其和谐是否还存在于世间,或者,与我同时灭亡,都是一样。"③这是因为,人类不存在永恒,一切都是易逝的、短暂的:"然而,像现在这样永无休止地向自己提出问题,即使是我有仁爱之心和人类对我的爱这种最高尚的和真挚的幸福,我也不可能幸福,因为我知道,明天这一切就将被消灭:我、整个幸福、全部爱、整个人类都将转化为零,化为从前的一片混沌。在这样的情况下我绝不能接受任何幸福,这不是由于我没有同意接受幸福的愿望,也不是为了原则而固执己见,仅仅是因为乌有在威胁着明天,我

---

① 《作家日记》(上),张羽译,《陀思妥耶夫斯基全集》(第十九卷),河北教育出版社,2010年版,第465页。
② 同上。
③ 同上。

不会,也不可能幸福。"①主人公最后宣布:

> 那么,作为不容置疑的原告与被告,法官与受审者,我判决消灭这个肆无忌惮地、卑劣地使我遭受苦难的大自然和我自己……但是,由于我不可能消灭大自然,我就消灭我自己一个人。唯一的原因就是忍受这种无任何人承担过失的压制太苦恼了。②

显然,主人公之选择自杀,就像陀思妥耶夫斯基小说中的一系列"思想自杀者",有他自身的自成体系的逻辑。在陀思妥耶夫斯基看来,这名自杀者在自己开枪之前,为了辩解,也可能是出于告诫的目的,亲自写了这篇随笔。尽管陀思妥耶夫斯基自己觉得,他的文章的目的已经够清楚了:"我觉得,把最天真的读者想象成简单到自己猜测不出文章的潜在含义和文章的目的,看不出文章的规劝性质,那是可耻的。"陀思妥耶夫斯基和他的朋友们也心存疑虑:"是否所有的人和每一个读者都能明了文章的目的呢?会不会事与愿违,给某些人造成完全相反的印象呢?"有些本来就有自杀倾向的人"会不会受到文章的诱惑?"结论应该是:"在文章的结尾应该以作者的名义用直言不讳的、简洁明了的言语把写这篇文章的目的阐析清楚,甚至加上规劝。"③

担心的事情果真发生了。然后有了陀思妥耶夫斯基在《作家日记》1876年12月号上的《迟到的规劝》。有读者问:《判决》莫非是在为自杀辩解?《消遣》周刊还刊出了一篇尖酸刻薄的文章:

> 每个发着高谈阔论——如同陀思妥耶夫斯基先生日记中所刊登的那种议论——而死去的自杀者是不值得任何怜悯的;这种人是拙劣的利己主义者,沽名钓誉的人,人类社会中极其有害的成员。他甚至不能把自己这件蠢事做得不引人注意;他在这件事情也不能把自

---

① 《作家日记》(上),张羽译,《陀思妥耶夫斯基全集》(第十九卷),河北教育出版社,2010年版,第466页。
② 同上书,第467—468页。
③ 同上书,第533页。

己的角色扮演好,不能把自己装出来的性格进行到底;他虽然能不发表任何议论而轻易地死去,可他却要发表高谈阔论⋯⋯

啊,生活中的福斯塔夫们,装腔作势的骑士们!⋯⋯①

陀思妥耶夫斯基很生气,很无奈,只好在《迟到的规劝》之后,再写一篇《毫无根据的论断》。做出自己的明确的论断:

> 我的文章《判决》涉及人的存在的基本的和最高的思想,这就是人的灵魂不死这一信念的必要性和不可避免性。这是一篇"由于逻辑上的自杀"而苦恼不堪的人的自白,自白的潜在意义就是必须作出这样的结论:没有对自己的灵魂和灵魂不死的信念,人的生存就是不自然的,不可思议的和不堪忍受的。⋯⋯我声明(暂时仍然拿不出依据),没有人的灵魂不死的共同信念,对人类的爱就是不可思议、不可理解而且是根本不可能的。⋯⋯总之,灵魂不死的思想——这就是生活自身,就是生机勃勃的生活,是生活的最确切的表述,是真理和人类的正确意识的最主要源泉。这就是我的文章的目的,我想,任何一个读过这篇文章的人自然会看清楚这个目的。②

从《判决》不加任何作者的评判到需要如此明确地点出文章的观点、结论,归根结底,陀思妥耶夫斯基作为小说家,还是习惯于小说的表达方式:点到即止,充分相信读者,给读者留下一些思考、想象的空间。对于《判决》中自杀者的自白,陀思妥耶夫斯基提到,是"为了辩解,也可能是出于告诫的目的","辩解"还是"告诫",连作家自己也不肯定,难怪读者误解了。总的来说,陀思妥耶夫斯基在《作家日记》中大部分时候是以"政论家"的面目出现的,但"小说"式的表达也时时融入其中,体现了《作家日记》在体裁上的含混性和表达上的多样性。

---

① 《作家日记》(上),张羽译,《陀思妥耶夫斯基全集》(第十九卷),河北教育出版社,2010年版,第536—537页。

② 同上书,第538—542页。

第二节 小说中"思想"存在的形态

陀思妥耶夫斯基是"思想家",但他首先是"小说家",他更多是通过自己的艺术作品传达思想,可以说,在文学转向现代性的过渡时期,陀思妥耶夫斯基找到了一种体现内心生活和具体的自由精神的最佳形式,它"能够自然而然地把目击者的自白、把自己的灵魂在人间地狱的苦难历程、把对罪与罚的本质、对自由、对被毁灭的人民和对俄罗斯的思考都结合到一起,使所有这一切东西不会变成随笔,或是专题论文,但却是热情洋溢的布道书,是活生生的直观画面"[①]。

安德森在《陀思妥耶夫斯基》中曾说道:"真正伟大的哲理小说是罕见的,一个人必须真正有写小说的天才,才能成功地做到这一点。在技巧不够高超的作家手里,总有用哲学压倒小说的危险。一个人试图直截了当塞进小说中的哲学越多,产生好小说的可能性越小。这样的小说读起来像是一个试图把哲学与小说结合起来的哲学家的作品,而不是一个恰好也是一个哲学家的天才的小说家的作品。陀思妥耶夫斯基是恰好兼为哲学家的伟大作家的最好典范之一。"[②]

也就是说,如果一部小说很容易就可以发现它的"哲学性",把它归为"哲理小说",导致"哲学压倒小说",未必是成功的小说。反过来,如果能把"哲学"化为无形,同时在小说的"故事"中感受到其思想的独特、深刻,便是"伟大的哲理小说"。陀思妥耶夫斯基固然属于后者,但在他的小说的叙事中,"哲学"也常常以两种形态出现。一种是"哲学"直接出现在他的小说中,成为"说教";一种则把"哲学"高度融汇在他的小说叙事中,实现"哲学"与"叙事"的成功对接。

---

① 谢列兹尼奥夫:《陀思妥耶夫斯基传》,刘涛等译,海燕出版社,2005年版,第211页。
② 苏珊·安德森:《陀思妥耶夫斯基》,马寅卯译,中华书局,2004年版,第12页。

一

恩格尔哈特在《陀思妥耶夫斯基的思想小说》中指出:"陀思妥耶夫斯基描绘了思想在个人意识和社会中的生活情状,因为他认为在知识分子社会中,思想是决定一切的因素。"①

在陀思妥耶夫斯基的小说中,"思想"不仅是作品中所描写的一个要素,还常常会成为作品中的"主人公",占据主导地位。《地下室手记》就是主人公的"思想"自白;《罪与罚》主导主人公杀人的是流行的某种思想;《卡拉马佐夫兄弟》中,各种思想始终处在交锋状态;《少年》作为一部成长小说,主导成长的是主人公信奉的某种思想。巴赫金在《陀思妥耶夫斯基诗学问题》中,专辟一章讨论"陀思妥耶夫斯基小说中的思想":

巴赫金强调,他的分析不涉及作品的各种思想内容方面,而是这些思想在作品中的艺术功能。"个人生活同世界观、最隐秘的感情同思想,达到了艺术的融合。个人生活变成为某种非为私念而基于一定原则的生活,高级的观念思维变成个人隐秘的思维、感情强烈的思维。"②

在巴赫金看来,一般在文学中,思想的处理完全是独白型的。思想或者得到肯定,或者遭到否定。所有肯定的思想都同作者从事观察和描绘的意识结合成为统一体;而未被肯定的思想则分派到各个主人公身上,不过这时它们已经不是有价值的思想而是成了社会典型或某种个性表现自己思想的典型实例了。知之最多、最善理解、无所不见者,仅仅作者一人而已。只有他是个思想家。在作者的思想上只打下了他的个性的烙印。这样一来,在他身上思想所具有的充分而直接的价值同个性特点结合到一起,并不互相削弱。但只是在他身上如此。在主人公身上,个性特点扼杀了他们的思想所具有的价值;如果这些思想保存住自己的价值,那它们就要摆脱主人公的个性特点,而同作者的个性特点结合到一起,由此便产

---

① 巴赫金:《陀思妥耶夫斯基诗学问题》,白春仁、顾亚铃译,生活·读书·新知三联书店,1988年版,第51页。
② 同上书,第120—121页。

生了作品的思想单向性。如果出现第二个趋向,一定被人们看作是作者世界观里存在不体面的矛盾。被肯定的、具有充分价值的作者思想,在独白型作品中能肩负三方面的功能:第一,思想是观察和描绘世界的原则,选择与组织材料的原则,是使作品的一切因素保持思想观念上的一致性的原则。第二,思想可能是从描写当中引出的或多或少比较明确、或比较自觉的结论。第三,作者的思想可能直接地表现在主要人物的思想体系的立场上。[1]

而陀思妥耶夫斯基擅长的,却正是描绘他人的思想,但又能保持其作为思想的全部价值,同时自己也保持一定的距离,不肯定他人的思想,更不把他人的思想同已经表现出来的自己的思想观点融为一体。思想在他的作品中成为艺术描绘的对象,陀思妥耶夫斯基本人也便成了一个伟大的思想艺术家。[2]

以长篇小说《少年》为例,小说颇似教育小说,写主人公的一段成长史。小说中的"少年"——阿尔卡季·马卡罗维奇·多尔戈鲁基,叙述自己成长的历程。叙述者强调:

> 一个月前,也即 9 月 19 日之前的一个月内,我在莫斯科决定跟他们所有人都断绝关系,彻底专心致志于自己的思想。我之所以写下"专心致志于自己的思想"这句话,是因为这样的措辞几乎可以表达我整个的主要想法——我在这世界上的生存目的。至于什么是"自己的思想",以后要谈的太多了。在我多年的莫斯科生活中,在充满了幻想的离群索居的日子里,自中学六年级起我就形成了自己的思想,从此以后,也许我一刻也不曾抛弃过。这一思想占据了我整个生活。[3]

---

[1] 巴赫金:《陀思妥耶夫斯基诗学问题》,白春仁、顾亚铃译,生活·读书·新知三联书店,1988 年版,第 125—126 页。
[2] 同上书,第 128 页。
[3] 《少年》(上),陆肇明译,《陀思妥耶夫斯基全集》(第十三卷),河北教育出版社,2010 年版,第 17—18 页。

尽管主人公并没有说他的"思想"是什么,却先点出了"思想"在他生活中的重要性。依据、凭借某种"思想"而活着,作人生的选择,本身就是陀思妥耶夫斯基小说中许多人物的特点。作为"主人公"的"少年"小心地守护着自己的思想:"'我的思想'还存在一些我尚未解决的问题,可是除我之外,我不希望由别人来解决。最近两年,我甚至不看书,生怕碰到不利于我的'思想'的什么论述……而且每次这样出丑之后,唯一能引以自慰的是,我的'思想'仍一如既往地秘藏在我心中,我没有泄露给任何人。有时我会心惊胆战地想到,万一我把我的思想告诉了别人,那我就立即一无所有了,我会变得跟所有人一样,或许连思想也会抛弃掉,因此我才珍惜它,爱护它,害怕失言。可这一回,在杰尔加乔夫家里,我几乎第一次跟他们接触就不能自我克制:当然,我什么也没有泄露,但不可饶恕地失言了:结果出了丑。回想起来真令我难堪!不,我不该与人交往,即使现在我也这么想,我这话还将管用四十年。因为我的思想——需要一个角落。"①

将"思想"小心地藏在自己心中的某个角落里,生怕失去它,典型的少年心性。既害怕与人交流,使自己的"思想"发生动摇,有时又忍不住在与人的交流中透露自己的部分思想:"说来话长,我的部分思想就是:不希望别人来搅乱我的安宁。只要我手头还有两个卢布,我就想独自生活,不依靠任何人(别急,我知道你们会反驳的),而且什么事也不干——哪怕是为了那个伟大的、未来的人类。……人身自由,就是说我个人的自由,是首位的,除此之外我什么都不管。"②"少年"与人争辩:"你们会说:'合理地对待人类于我也有利。'但是如果我认为所有的这些合理,所有这些兵营式的组织,这些'法朗吉',都是不合理的呢?③既然我在这世上只能活一

---

① 《少年》(上),陆肇明译,《陀思妥耶夫斯基全集》(第十三卷),河北教育出版社,2010年版,第69—70页。

② 同上书,第71页。

③ 译者注:"少年"在这儿反对的是傅立叶主义,该主义的信奉者为劳动群众设计了一种未来的合理生活,即"法朗吉"(或译"法伦斯泰尔",一种社会生产消费的联合组织)里的生活,按照傅立叶(1772—1837)的学说,"法朗吉"应该是新型社会结构的细胞。阿尔卡季在这里的立场部分与《地下室手记》中主人公的立场相近似。

回,什么'法朗吉',什么未来,关我屁事!就让我自己来关心我的利益吧:这会开心些。我干吗要去关心一千年以后你们那个人类会怎么样?因为按照你们的准则,我为此既得不到爱,又过不上未来的生活,甚至我的英雄行为也得不到承认!不,诸位,既然事情是这样,那我就要毫不客气地为自己而活,哪怕以后大家全都完蛋!""少年"急切地要表达自己的"思想",结果却引起大家的哄笑。

一直到小说第五章,主人公才第一次把他的"思想"明白表述出来:"我的思想,就是成为罗特希尔德",而秘诀全在于两个字眼:"顽强不屈和锲而不舍"。① 为了实践自己的思想,"少年"为此开始试验自己,能不能过修道院的生活并遵守苦行戒律,为此整整第一个月只吃面包和水;从每月5卢布的零用钱中省出一半,两年后攒下70卢布;到彼得堡后,还做了第三个试验:去了一趟拍卖场,将拍卖到的东西转让给他人,赚了7卢布95戈比;后来又去赌场,为了钱,也为了试验自己……

值得注意的是,小说中第一人称自叙的"我",是事件的经历者,也是"写作者",事过境迁后的记录者。小说开篇就交代:"我沉不住气,要坐下来记述我初涉人世的这段经历,虽说不这样做本来也行。但我确知:往后我再也不会坐下来写我自己的经历,哪怕我活到百岁。只有自恋到过于下贱的人,才会恬不知耻地写他自己。唯一能替自己辩解的是,我写作的目的不同于他人,即不是为了博取读者的赞扬。如果说我忽然想到要把我去年以来的一切遭遇原原本本地记录下来,那么这种想法是出自内心的渴望:发生的一切太让我震惊了。我只记录事情,尽量避免不相干的东西,主要是避免文学上的文采。"②

小说中的"我",一个是当时作为事件的亲历者的"我",一个是"现在"的作为叙述者的我。随着主人公的成长,这两个"我"的"思想"是不一样的。正像小说中所说:"当然,现在的我和那时的我有天壤之别。"他会

---

① 《少年》(上),陆肇明译,《陀思妥耶夫斯基全集》(第十三卷),河北教育出版社,2010年版,第101页。

② 同上书,第3页。

导致两者的立场的差异:"当时我就意识到了这些,但只是挥挥手没有当回事。可是现在我却一边写一边感到脸红。"①"我跟着克拉夫特走了出来。我毫不知耻"②显然取的是后来的"我"的视角。后一个"我"对之前的"我"有种种的反思,有时也可能导致叙述的困难:

> 不过既然我的札记已写到了这里,我也就决定现在来谈谈"我的思想"。自从它诞生以来,我还是第一次将它形之于笔墨。我决定所谓公诸于读者,也就是为了以下行文清楚起见。再说,如果我不说清是什么在推动我、鞭策我采取一步步的行动,那么不单是读者,就连笔者我自己也会难于解释这些行为。本人无能,这种"含蓄暗示法"③又使我落入了小说家的"文采"俗套,而这正是我在上文中自己所嘲笑过的。在开始记述我在彼得堡的故事、包括我的全部丑事时,我就认为有必要预先交代"我的思想"。但并非因追求"文采"诱使我沉默至今,实在是碍于事情本身,即做起来太难了。即使是现在,一切已经过去了,我仍感到要表述这个"想法"有无法克服的困难。除此以外,无疑我还得以当时的形式来叙述它,就是说,应该叙述它当时——而不是现在——在我头脑中是怎么形成和呈现的,而这又平添了一层困难。有些东西几乎是无法言传的。那些最简单、最清楚的思想,恰恰也就是令人难以理解的思想。要是哥伦布在发现美洲之前就开始向别人叙述自己的思想,我深信,人们会在很长时间内都理解不了他,而且也不会想着去理解。我说这话,绝对没有把我比作哥伦布的意思,要是有人这么推想,那他只能感到惭愧。④

这导致了叙述的困难,"思想"本来就是很难表达清楚的,"最简单的

---

① 《少年》(上),陆肇明译,《陀思妥耶夫斯基全集》(第十三卷),河北教育出版社,2010年版,第378页。
② 同上书,第75页。
③ 译者注:一种修辞格,或译"省略暗示法""省略加强法",也就是在表现某种思想时,言不尽意,限于暗示。此处指前文老提到"我的思想",可又始终未曾阐明。
④ 《少年》(上),陆肇明译,《陀思妥耶夫斯基全集》(第十三卷),河北教育出版社,2010年版,第99—100页。

思想最难理解,……也最难表述,何况我还要把'思想'描述成早先原有的样子呢"①。叙述者不厌其烦地向读者交代:"我最苦恼的是,我这么饱含热情地记述自己的亲身经历,会授人以柄,以为我现在还跟当年一样。其实读者应该记得,我已经不止一次地感叹过:'哦,但愿能改变过去,一切重新开始!'要是我现在没有彻底改变,没有变成一个完全不同的人,我就不可能发这样的感叹了。"②作品最后,叙述者交代:"我写完了。也许有读者很想知道:我的'思想'丢到哪儿去了?我相当神秘地预告我的新生活已经开始,这到底指什么?其实这新生活,这条展现在我面前的新路,就是我的'思想',只不过已经完全改变了面貌,以至让人认不出而已。……旧的生活已经消逝,新的生活才刚刚开始。"③一个告别了过去的新人也就诞生了。

可以说,《少年》是写的一个人的成长历程,更是一个人思想、心灵的成长史。作为"叙述者"的"我"反思自己的过去,构成了现在的"我"和过去的"我"的反差。而作者陀思妥耶夫斯基的思想立场,通过叙述者(文本中的作者)得到了体现。

二

尽管在陀思妥耶夫斯基的小说中,"思想"常常是最重要的"要素",但小说中"思想"的存在,他不是抽象的、纯理念的,而要借助于"情境"。也就是说,要在故事中去展开"思想",检验"思想"。巴赫金谈到陀思妥耶夫斯基对思想的描绘方法,所谓"构形见解":

> 很能说明问题的一点是,以格言、名言、箴言形态出现的个别思想、论点、提法,虽脱离语境和人的声音,也能以无人称形式继续保持自己的原意,这样的思想在陀思妥耶夫斯基作品里,是根本没有的。可是从列夫·托尔斯泰、屠格涅夫、巴尔扎克等人的作品中,可以摘

---

① 《少年》(上),陆肇明译,《陀思妥耶夫斯基全集》(第十三卷),河北教育出版社,2010年版,第120页。
② 同上书,第467页。
③ 同上书,第747页。

出(人们也在摘引)多少这类单个的精粹的思想呀!在作品中,它们分散在作品人物议论和作者议论中,离开了人的声音,它们仍保持着自己的与人称无涉的全部格言意义。①

这就意味着,陀思妥耶夫斯基的小说中的"思想",它不是可以脱离小说情境的单独的存在,而是有机地融合到"故事"中的。亚里士多德把哲学称作是"形而上学",它是对自然与人生种种问题的抽象的思考,借助于归纳、推理、演绎,通过严密的逻辑思维,建构理论的体系。而小说首先是讲故事,揭示现实生活中的每一个个体的命运,表达人的喜怒哀乐。这也就决定了其"思想"首先是个体的、经验的、充满感性色彩的。昆德拉把小说分为三种,一是叙事的小说,二是描绘的小说,三是思索的小说。思索的小说中的叙事者不光是讲故事,更是提出问题的人、思索的人。而"思索的小说"又不同于哲学。"哲学在一个抽象的空间中发展自己的思想,没有人物,也没有处境。……思考从小说的第一行开始就直接引出了一个人物——托马斯——的基本处境;它陈述了他的问题,即在一个没有永恒轮回的世界中的存在之轻。"②昆德拉把小说家称作"存在的探究者",小说中的"思想",多是源于对小说中人物的存在境况的关注。也就是说,小说中的"思想"往往需要有一个情境,哲学思考才能落到实处,才会具有"文学性"。"哲学在没有人物没有境况的条件下发展它的思想,而小说中的思想是为了引入人物的基本生存境况。"③这正构成了哲学的"思想"与小说的"思想"的区别所在。

陀思妥耶夫斯基被称作"心理学家""哲学家",然而他的身份首先是小说家。他通过小说来拷问人的灵魂,探求人心灵的秘密,表达对人生的思考。因而,他小说中涉及的种种问题,诸如生命、死亡、信仰、道德、自

---

① 巴赫金:《陀思妥耶夫斯基诗学问题》,白春仁、顾亚铃译,生活·读书·新知三联书店,1988年版,第143页。

② 昆德拉:《关于小说艺术的谈话》,见《小说的艺术》,董强译,上海译文出版社,2004年版,第37页。

③ 吴晓东:《从卡夫卡到昆德拉——20世纪的小说和小说家》,生活·读书·新知三联书店,2003年版,第320页。

由、意志等等，都是因为它们在困扰着小说中的人物。于是，在陀思妥耶夫斯基的小说里，很多人便都成了哲学家。"地下人"是哲学家，那些自杀者也常常是哲学家，连"杀人者"，就像《罪与罚》中的拉斯柯尔尼科夫，也是源于某种"思想"去杀人。

而在《卡拉马佐夫兄弟》中，老二伊万是大家公认的"思想家"，老三阿辽沙总在寻找着"信仰"，老大德米特里看起来放荡不羁，荒淫无度，为情欲所左右，与父亲为争夺情妇而大打出手，然而，他也时时在为人生的许多问题而苦恼、痛苦乃至绝望。他这样剖析自己及其家族：

> 咱们卡拉马佐夫家的人都是这样，你虽然是天使，可是在你身上也潜伏着这虫子，它会在你的血液中兴风作浪，对，确实会兴风作浪，因为情欲就是狂风恶浪，甚至比这更凶猛！……上帝与魔鬼在那里搏斗，战场便在人们心中。①

在这一刻，德米特里又成了"哲学家"。作为"肉欲的化身"，他也不乏"圣洁的理想"，正是"上帝与魔鬼"在心中的搏斗，才会使他那么痛苦，既为肉欲所驱逐，又时时处在自省、自责之中。而他的这种自省、自责，也包括对整个的"人"的省察。在他看来，连"天使"阿辽沙都潜伏着情欲的"虫子"，这是卡拉马佐夫家族的天性，又何尝不是整个人类的天性。德米特里对自己的灵魂的剖析，相对于思想家们的理性的追索、考辨，也就具有了更丰富的内涵，更大的情感的冲击力。

"上帝与魔鬼在那里搏斗，战场便在人们心中"，这决定了美是可怕的、神秘的，同时也可能是神圣的、崇高的。德米特里的一切思考、矛盾、困惑，都是来自他自身的人生体验，心灵的挣扎。正如劳特所说："既然陀思妥耶夫斯基是以经验为出发点的，他的方法可以称之为归纳法。他的全部注意力都指向心灵和心灵中发生的种种过程。"②正是这种凭借个体

---

① 陀思妥耶夫斯基：《卡拉马佐夫兄弟》，荣如德译，上海译文出版社，2006年版，第116—117页。
② 赖因哈德·劳特：《陀思妥耶夫斯基哲学——系统论述》，沈真等译，东方出版社，1996年版，第19页。

经验深入描写人的内心生活的方法,决定了他小说中人物的思想永远是与心灵的运动联系在一起的。正如巴赫金所说:"陀思妥耶夫斯基作为艺术家,他创立自己的思想,与哲学家和科学家的方法不同,他创立的是思想的生动形象,而这些思想是他在现实生活当中发现的、听到的、有时是猜测到的;也就是说这是已经存在或正进入生活的富有力量的思想。"这些思想可能是极端的、片面的,甚至是"荒唐可笑的",但又是生动的、鲜活的,有着一种尖锐的睿智、片面的深刻。①

美国学者斯托尔克耐特在《文学与思想史》中谈到思想家和艺术家表达"思想"的差异时指出:"最突出的是思想从思想家转向艺术家时通常所发生的那些变化。诗人和哲学家可以说都抱有'同样的'观念。然而,我们应该牢记,诗歌里或文学里的思想的发展经常是想象的、象征的或比喻的。这和那种因强调定义和精确而带有书卷气的智力的或科学的论述具有明显的不同。思想家关心的是含义,希求的是多少保持严格的一致性。而有想象力的作家则通常更急于表明某种思想如何影响了生活,它又怎样烘托了拥有这种思想的人的情感。他不必花费心思去使他的读者相信,只有他的观点才是真实的或唯一的。"②

在陀思妥耶夫斯基的小说中,他一向摈弃那种格言式的思维类型,容不得"无人称的真理"(巴赫金语),而是将人物的思索纳入小说具体的情境中,凭借对人物命运的关注,借助个体的经验、心灵的运动来表达思想,这正是陀思妥耶夫斯基小说"叙事哲学"的特点之一。

三

在陀思妥耶夫斯基小说中,当每一个个体都处在"思考"之中,都从自己的立场出发,成为某一种"思想"的代表,他们便都成了"哲学家",不同

---

① 巴赫金:《陀思妥耶夫斯基诗学问题》,白春仁、顾亚铃译,生活·读书·新知三联书店,1988年版,第135页。

② 牛顿·P.斯托尔克耐特:《文学与思想史》,见《比较文学研究资料》,北京师范大学出版社,1986年版,第525—526页。

的思想在那里对话、交锋,便构成了小说的一种对话性。

巴赫金从陀思妥耶夫斯基如何对世界进行艺术观察、如何构筑小说的角度,发现了陀思妥耶夫斯基小说的复调与对话性。"有着众多的各自独立而不相融合的声音和意识,由具有充分价值的不同声音组成真正的复调——这确实是陀思妥耶夫斯基小说的基本特点。"① 在巴赫金看来,主人公与作者、人物之间,人物与自我的对话,便构成了陀思妥耶夫斯基小说的复调。在巴赫金看来,陀思妥耶夫斯基描绘思想、塑造思想的形象有几大特点:

其一,只有未完成的蕴含无尽的"人身上的人",才能成为思想的人;这个人的形象才能同有充分价值的思想的形象,结合到一起。这是陀思妥耶夫斯基能描绘思想的第一个条件。② 陀思妥耶夫斯基的所有主要人物,都是冥思苦想的人,每个人都有种"伟大的却没有解决的思想"。……主人公的形象同思想的形象紧密联系着,主人公的形象不可能离开思想的形象。我们是在思想中并通过思想看到主人公,又在主人公身上并通过主人公看到思想。③

其二,陀思妥耶夫斯基塑造思想的形象,他深刻理解人类思想的对话本质,思想观念的对话本质。陀思妥耶夫斯基发现了,看到了,也表现出来了思想生存的真正领域。思想不是生活在孤立的个人意识之中,它如果仅仅留在这里,就会退化以致死亡。思想只有同他人的思想发生重要的对话关系之后,才能开始自己的生活,也即才能形成、发展、寻找和更新自己的语言表现形式、衍生新的思想。人的想法要成为真正的思想,即成为思想观念,必须是在同他人的另一个思想的积极交往之中。④

的确如此,作为思想家的陀思妥耶夫斯基,一旦进入他的复调小说,便会改变自己存在的形式,成为艺术性的思想形象。它们同人物形象(如

---

① 巴赫金:《陀思妥耶夫斯基诗学问题》,白春仁、顾亚铃译,生活・读书・新知三联书店,1988年版,第29页。

② 同上书,第130页。

③ 同上书,第131—132页。

④ 同上书,第132页。

索尼雅、梅什金、佐西马)结合成不可分割的统一体,摆脱开了那种独白型的封闭性和完成性,实现了完全的对话化,以完全平等的身份同其他的思想形象(拉斯柯尔尼科夫、伊万·卡拉马佐夫和其他人的思想形象)一起参加到小说的大型对话中。……艺术家陀思妥耶夫斯基总是战胜政论家陀思妥耶夫斯基。①

从思想表达的角度说,这也正是叙事哲学的特点。正如劳特所说:"陀思妥耶夫斯基的那些哲学小说则完全是另外一回事。它们都围绕某些哲学理论展开叙述,这些哲学理论由一个或几个小说人物为代表,并体现在他们之中。哲学思想的代表都力求彻底思考自己的这一思想,照着思考的结果去塑造自己的生活和行为。而他们的生活本身就表明这理论能把生活引到什么地方。各种不同的哲学往往通过它们的代表彼此发生强烈的冲突,艺术家就在这种冲突中研究它们之间的相互作用。这正是艺术家为之入迷的、始终贯穿于他的创作中的那种生活哲学的实质所在。"②

在哲学领域,苏格拉底曾经创造了一种"对话"体,让"思想"在相互的辩诘中逐渐凸显。但这种对话的哲学在西方思想史上并没有被继承下来,哲学家们都惯于构筑自己的理论体系,追求体系的严密、完整,当然这体系也就成为封闭性的、确定的、完成的。"一般来说,文学家更为关心的是引起我们对思想的注意,而不是他自己对思想进行论证或分析。而在哲学上,对思想的反映则表现为知识、见解或信仰,也就是说,通常都包含某种确定的主张。但在文学里却常是另外一种情况:我们所关心的思想并不要求我们对其进行任何符合逻辑的评价。"③

陀思妥耶夫斯基正是这样。他小说中的人物,经常处在思想的交锋状态,他让不同的思想、观点都在小说中以自己的方式展示出来,每一种

---

① 巴赫金:《陀思妥耶夫斯基诗学问题》,白春仁、顾亚铃译,生活·读书·新知三联书店,1988年版,第138—139页。

② 赖因哈德·劳特:《陀思妥耶夫斯基哲学——系统论述》,沈真等译,东方出版社,1996年版,第9页。

③ 牛顿·P. 斯托尔克耐特:《文学与思想史》,见《比较文学研究资料》,北京师范大学出版社,1986年版,第526页。

声音都是独立的存在,价值相等,它们处在相互的争辩、交锋中,但作者并不厚此薄彼,作出自己的权威的评判。正像在《卡拉马佐夫兄弟》中,小说一开始,围绕老卡拉马佐夫与长子德米特里的争端,一家人及相关的人士聚集在修道院,加上那些修士们,"争论"就开始了。一开始,是围绕伊万关于教会与国家的关系的一篇文章,伊万提出:"教会应当把整个国家包含在自身之内,而不仅仅在国家中占一席之地;即使由于某种原因目前还做不到这一点,那么从本质上说,无疑必须把这一点作为整个基督社会今后发展的直接目标和首要目标。"①教会最终将成为统治整个大地的王国,它获得了一些修士的赞同,也被另一些人看作是"不折不扣的教皇极权论","基督教社会主义者"的"美妙的乌托邦空想"。接着,针对对罪犯的惩罚,是通过流放、苦役、鞭笞之类使其改邪归正,还是借助于"自身的良知","争论"又接着发展下去。

《卡拉马佐夫兄弟》从始至终都贯穿着这种"争论"。各色人等都在探索着社会的、人生的种种问题,寻求着出路,他们又始终处在不确定、迷惑之中。有时,连他们自己也不相信自己,自己也在跟自己对话、争辩。就像伊万,他写文章鼓吹教会的王国,但是,正如长老所说:"十之八九您自己既不相信您的灵魂不灭,也不相信您在文章中关于教会和教会法庭问题所写的那些话。"②拉基津也对阿辽沙说:"这就是你们卡拉马佐夫家的全部问题所在:好色、贪财、疯癫的一家子!眼下令兄伊万经常发表一些神学方面的游戏文章,也不知出于什么愚不可及的动机,其实他本人是个无神论者,而且自己也承认这是卑鄙的恶作剧——令兄伊万便是这么个人。"③

由于被这些问题折磨着,由于"绝望而在苦中作乐",伊万既在杂志上发表文章,又在社交场中与人辩论,寻求着问题的解答又永远得不到肯定或否定的解答,为此痛苦不堪。这也是陀思妥耶夫斯基小说中很多人物

---

① 陀思妥耶夫斯基:《卡拉马佐夫兄弟》,荣如德译,上海译文出版社,2006年版,第63页。
② 同上书,第72页。
③ 同上书,第83页。

的精神状态。矛盾,悖谬,构成了其共同的特征。

陀思妥耶夫斯基的《地下室手记》,作为一部忏悔录式的作品,尽管从始到终是主人公的"独白""回忆",它在某种意义上又是一部典型的思想"对话"小说。陀思妥耶夫斯基在"作者注"中曾强调:"我欲以一种较平常更为醒目的方式将不久前的一个人物带至公众面前。这是尚且活着的一代人中的一个代表。在这个题为'地下室'的片段里,这个人物将介绍他自己和他的观点,似乎还想对他出现和一定会出现在我们之中的原因进行解释。"①主人公在介绍他自己的观点的时候,经常自己在跟自己对话。另一方面,他也经常会设置一个想象中的"对象",与之展开争辩:

> 你们,先生们,据我所知,你们那种写着人的利益的清单,不过是你们从统计数字和经济学公式中得出的平均数而已。要知道,你们说的利益,就是幸福、财富、自由、安宁等等;因此,一个人,比如说,他要公然地、明知故犯地违反这整张清单,在你们看来,嗯,对,当然在我看来也是一样,他就是一位蒙昧主义者或者一个彻头彻尾的疯子,不是这样吗?②

小说就是以这样一种方式,展开对二二得四一般的数学逻辑、理性法则的质疑。"我"的自白,便成了"我"与"你们"的对话。"你们会说","你们坚信","你们还会说"……对话不断地进行下去,而"地下人"要强调的是人都需要一种"独立的意愿":"自身的、随意的、自由的意愿,自身的,即使是最野蛮的任性,自己的,有时甚至达到疯狂的想象——这一切便是那个被遗漏的、最有利益的利益,正是他不适于纳入任何一种分类,而总是使所有的理论与体系解体。"③

这是一个关于人类的理性与意志、普遍法则与个性自由的关系的哲学命题。按照那个时代流行的理性主义、实证主义哲学,掌握了二二得四

---

① 《地下室手记》,刘文飞译,《陀思妥耶夫斯基全集》(第六卷)《中短篇小说集》,河北教育出版社,2010年版,第169页。
② 同上书,第187页。
③ 同上书,第193页。

的自然法则,"一切都得到了精确的计算与定义",人类按照这种理性法则来生活,"水晶宫"便将建立起来,"幸福鸟"也将展翅飞来。"地下人"却说:"先生们,我们是否来把这理智整个儿一脚踢开,唯一的目的就是让所有这些对数表都见鬼去,让我们重新按照我们愚蠢的意志来生活!"①

陀思妥耶夫斯基曾在为《少年》写的未发表的《前言稿》中谈到《地下室手记》:"地下室之因——是丧失对公共规则的信仰。'没有任何神圣的东西'。"作者强调,以往的一些作家只表达了浅薄自爱的诗意:"唯有我一人写出了地下室的悲剧性,这种悲剧性在于受苦、自虐,意识到美好的东西却无能力去达到,而且关键是,这些不幸者深信所有人全都如此,因此连改正都无必要!"②陀思妥耶夫斯基显然对"地下人"持否定态度。但"地下人"表达的思想,却未必全是作者不赞同的。就像前面"地下人"对"二二得四"的"石墙"的冲撞,对人类按照理性法则建构的"水晶宫"的嘲讽,其实也表达了陀思妥耶夫斯基所思所想。陀思妥耶夫斯基被小品文作者称为"地下室诗人",恐怕也与"地下人"过于雄辩有关吧!

不少论者都看到了陀思妥耶夫斯基文本中的这种"悖谬"性,并将之当作是作品的局限。劳特在《陀思妥耶夫斯基的哲学》中为之辩护:"当然,在他的大量创作中可以发现相当多的矛盾,特别是光看字面意义的话。尤其在一些政论文中,某些句子含糊不清,模棱两可,有的时候会令人生厌。然而,一俟你开始研究陀思妥耶夫斯基的作品,这种矛盾便会很快消失,因为一旦你开始研究,……这时,对他那思想的非凡的逻辑联系,你就会感到惊讶。……他善于在其作品的各个人物之间区分不一致的和矛盾的思想,并相应地通过这些思想表达完整的世界图景。……毫无疑问,陀思妥耶夫斯基应被看作各种世界观大厦的奠基人。"③

---

① 《地下室手记》,刘文飞译,《陀思妥耶夫斯基全集》(第六卷)《中短篇小说集》,河北教育出版社,2010年版,第192页。

② 《少年》(下),陆肇明译,《陀思妥耶夫斯基全集》(第十四卷),河北教育出版社,2010年版,第757页。

③ 赖因哈德·劳特:《陀思妥耶夫斯基哲学——系统论述》,沈真等译,东方出版社,1996年版,第12页。

其实,非体系化、矛盾性,恰恰是陀思妥耶夫斯基"叙事哲学"的特点。因为这种矛盾,反而使其小说具有了一种巨大的思想的张力。

在巴赫金看来,未完成是人和世界的一种积极状态,它意味着变化、新生和发展的可能性。完成则意味着停滞、僵化、一成不变。陀思妥耶夫斯基小说的"未完成",恰恰给读者提供了阅读需要填充的许多"空白"。哲学家往往最为忌讳的就是自己思考得不彻底,为了自己论点的完整性不惜执于一端。而小说家则尽可"不负责任"地把这种"不彻底""悖谬"展示给读者。陀思妥耶夫斯基还常常将他的矛盾、困惑转嫁到他小说的人物身上。于是,一些如佐西马长老一般的理想人物固然体现了作家的"理想",而像伊万一类被否定的矛盾的人物的"思考",也许恰恰也是困扰作家自己的问题。甚至有时,陀思妥耶夫斯基的所"思"可以通过否定性人物的口表达出来,而一些正面的理想的人物的堂皇之词,又可能是他所不信的。于是,想要从小说的各色人等身上,归纳出作家的统一的成体系的"思想",也就只能是徒费工夫了。而这种不确定性、矛盾性,恰恰是叙事的"哲学"的魅力所在。

昆德拉认为小说乃是建立在相对性与暧昧性之上的对人的存在的探究。面对复杂的人生,宗教与意识形态往往把小说相对性、暧昧性的语言转化为独断的教条的言论。而"小说作为建立于人类事件相对性与暧昧性之上的世界的表现模式,跟极权世界是不相容的。……一个建立在惟一真理上的世界,与小说暧昧、相对的世界,各自是由完全不同的物质构成的。极权的惟一真理排除相对性、怀疑和探询,所以它永远无法跟我所说的小说的精神相调和"①。复杂性,不确定性,正体现了小说的精神,它拒绝独白,拒绝"真理"的专断。陀思妥耶夫斯基小说也是这样,当他像他的主人公们一样处在紧张的探索中,其思想的表达也是尖锐的、充满张力的。而当他试图充当起"导师"的角色,负起教化世道人心的使命,反而有可能背离了小说的精神,其思想变得"平庸"起来。

---

① 昆德拉:《小说的艺术》,董强译,上海译文出版社,2004年版,第18页。

第三节　思想自杀者的言说

陀思妥耶夫斯基不少作品中都写到自杀。《罪与罚》中斯维德里加依洛夫的自杀;《群魔》中基里洛夫与斯塔夫罗金的自杀;《白痴》中伊波利特的自杀;《一个荒唐人的梦》中荒唐人的自杀;《温顺的女性》中温顺的妻子抱着圣像的自杀;《卡拉马佐夫兄弟》中斯乜尔加科夫的自杀……这些自杀又各有不同,有的是因为生活的压迫,有的是信仰的丧失、精神的痛苦,有的是源于理性的思想的主动选择,后者被称为思想自杀者,或曰逻辑自杀者。而这种自杀,往往具有了形而上的意义。

一

加缪在《西西弗的神话》中说:"真正严肃的哲学问题只有一个:自杀。判断生活是否值得经历,这本身就是在回答哲学的根本问题。"[1]在基督教看来,人的生命是由天父赋予的,人都是天父的子民,任何人都没有权利对自己的生命尊严进行宣判,自杀就是放弃自己活着的权利,因而自杀就是反抗天父,就是违反宗教伦理。而从个体的角度说,如果活着就是受难,自杀便成了对受难的抵抗。"自杀只不过是承认生活着并不'值得'。诚然,生活从来就不是容易的。但由于种种原因,人们还继续着由存在支配着的行为,其中最重要的原因就是习惯。一个人自愿地去死,则说明这个人认识到——即使是下意识的——习惯不是一成不变的,认识到人活着的任何理由都是不存在的,就是认识到日常行为是无意义的,遭受痛苦也是无意义的。"[2]

在小说《白痴》中,对于伊波利特而言,因为肺痨被医生判决只有六个月甚至更短的生命,对一个"被判了死刑"的人而言,如何活着,度过余下

---

[1] 加缪:《西西弗的神话》,杜小真译,生活·读书·新知三联书店,1987年版,第2页。
[2] 同上书,第5页。

的生命的时光,便成了一个问题。"但是情况了解得愈清楚,我就愈是急切地想活;我抓住生命不放,无论如何想活下去。不错,我当时可能怨恨过那神秘的和冷酷的命运,他要像拍死一只苍蝇那样把我压死,当然并不知道为了什么要这样做;但是为什么我不怨恨命运就算了呢?我明知自己已不能再开始生活,为什么我还要当真开始生活呢?明知自己已没有什么可尝试的了,为什么还要尝试呢?而我甚至连书都读不下去,并且停止了读书,心里想,只剩下六个月了,干吗还要读书,还要求知呢?这个想法使得我不止一次地扔下书本。"①

这是在梅什金公爵的生日聚会上,伊波利特的自白。伊波利特向来宾读他的匆匆写就的自述《必要的解释》。本来,既然时日不多,伊波利特原本可以顺其自然,安享生命的最后时光。而之所以使他产生"最后的信念",所谓"只能活几个星期就不必再活"的想法,乃是因为对生活的厌恶。伊波利特曾看见罗戈任曾走进他的房间,但他无法分清这是梦还是现实,是罗戈任还是幽灵。这也成了伊波利特完全"下定决心"的原因:"因此促使我作出最后决定的不是逻辑,不是合乎逻辑的信念,而是厌恶。我不能留在人世了,因为人世的生活具有如此奇怪的捉弄我的形式。这个幽灵使我感到屈辱。我不能屈从于以蜘蛛的模样出现的神秘的力量。"②

伊波利特在罗戈任那里曾看到一幅关于基督的画,使他产生"奇怪的不安",因为那个从十字架上卸下来的基督是一具在上十字架前就"受尽折磨的人的身体,遍体鳞伤",这"人"的身体消解了基督的"神性",也使人对"永恒的生命",对"来世的生活和神"产生了疑问。"这一切都存在,但是我们根本不懂得来世的生活及其规律。如果这一切是如此难以理解、甚至根本不可能理解,那么难道我还要对我无力领会那无法理解的东西负责吗?"自杀,擅自处置自己的生命,在"神"那里是被禁止的,自杀的人只能进地狱,将永远上不了天堂,但是既然"永恒的生命""来世的生活"都

---

① 《白痴》(下),张捷、郭奇格译,《陀思妥耶夫斯基全集》(第十卷),河北教育出版社,2010年版,第533页。

② 同上书,第555页。

是无法理解、值得怀疑的,那干嘛还要遵从"神"的旨意呢?自杀便成了遵从个人的生命意志的一种选择:"倘若我有决定自己不出生的权利,那么我一定不会同意在这种嘲弄人的环境下生存。但是我还有决定自己死的权利,虽然因此而需要放弃的日子屈指可数。权利不大,反抗也就不大。"①在伊波利特看来,"大自然宣判我只能再活三周,这大大限制了我的活动,也许只有自杀是我还能按照自己的意志来得及开始和结束的唯一行动。有什么办法呢,也许我就是想要利用采取行动的最后机会?抗议有时不是一种小小的行动……"②

"一个人意识到自己微不足道和软弱无力时所感到的羞愧有一个极限,他不能越过这个极限,一旦越过,他就开始从自己的羞愧中得到巨大的快感。"③从这个角度说,温顺成了一种"巨大的力量"。伊波利特想要从这种宗教式的温顺的"巨大的力量"中摆脱出来,自杀便成了他的一种主动选择,一种证明自我的方式。

值得注意的是,伊波利特之所以要读他的《必要的解释》,在众人面前宣布他即将来临的"死讯",在某种意义上就是要在众人面前证明自己的"存在感"。可是,他的郑重的诚挚的"自述"与听众的漫不经心甚至不耐烦形成一种鲜明的对照。在深夜,在生日聚会、喝酒、吵闹中,伊波利特要朗读自己的"长文",显然是不合时宜的。"最好不读","别读啦","有什么好读的,现在是吃酒菜的时候","文章?是要给杂志投稿吧","也许很枯燥吧"……众人的反应让伊波利特在尴尬中,决定以掷硬币的方式,来选择"读"还是"不读"。当结果是"读",伊波利特"仿佛被命运所作的决定压垮了似的",即使宣判他死刑,他的脸色也不会变得更为苍白。

而当终于读完,"在他的目光和微笑中立刻流露出最高傲、最轻蔑和最令人不快的厌恶表情。他急于提出挑战。但是听众也极为愤怒。大家

---

① 《白痴》(下),张捷、郭奇格译,《陀思妥耶夫斯基全集》(第十卷),河北教育出版社,2010年版,第560页。
② 同上。
③ 同上书,第558—559页。

吵吵嚷嚷,气恼地从桌旁站起来。疲倦、酒劲发作和紧张更使他们的感受变得乱糟糟的,似乎成为一堆稀泥"①。伊波利特为此气急败坏,"我为读这样一篇胡话而感到后悔;不过,我又为没有把你们烦死而感到遗憾……"太阳出来了,伊波利特决定履行诺言,冲到凉台的台阶口,掏出事先准备的袖珍手枪,顶在自己的太阳穴上,扣动了扳机……却因为忘记放火帽,没有打响。

"接踵而来的令人啼笑皆非的场面简直难以叙述。开头普遍出现的惊恐很快开始变为嬉笑;有的人甚至哈哈大笑起来,他们幸灾乐祸,从这件事情中寻找乐趣。伊波利特歇斯底里发作似的号啕大哭,捶胸顿足……"②最后昏厥过去。

伊波利特的自杀,以证明自我的独立意志始,以受尽羞辱终。充满思想的言说,终无人倾听,也许这是陀思妥耶夫斯基小说许多主人公的共同命运。

二

以思想自杀或曰理性自杀者而言,《群魔》中的基里洛夫是一个更具代表性的人物。

基里洛夫的出场,是小说中的另一位人物利普京带来的。在斯捷潘·特罗菲莫维奇的客厅,利普京"带来了一位不认识的先生,此人一定是从外地来的"③。小说以叙述人"我"的眼光"匆匆打量客人":"这人还年轻,约莫二十七八岁年纪,穿着相当考究,身材瘦削而匀称,黑头发,脸色苍白,略带一点儿土色,一双黑眼睛没有光泽。他看起来沉静,心不在焉,说话不连贯,不知怎地常常不合语法,如果需要选一个比较长的句子,

---

① 《白痴》(下),张捷、郭奇格译,《陀思妥耶夫斯基全集》(第十卷),河北教育出版社,2010年版,第562页。

② 同上书,第567页。

③ 《群魔》(上),冯昭玙译,《陀思妥耶夫斯基全集》(第十一卷),河北教育出版社,2010年版,第112页。

他会奇怪地颠倒词序,意义不清。"①

基里洛夫作为一名建筑工程师,在国外待了四年,回来想要在铁路桥梁建设处得到一份工作。他在国外期间,"很少见到人",基里洛夫自称:"我也完全不了解俄国人民,并且……根本没有时间研究!"②在陀思妥耶夫斯基笔下,这是一个脱离了俄罗斯民族、脱离了"人民"根基的人。

基里洛夫的思想,起初也是经过了利普京的转述。利普京说基里洛夫正在写一篇"十分有趣"的论文:关于俄国自杀事件增多的原因,以及关于社会中导致自杀事件增多或者得到抑制的一般原因。这却引起基里洛夫的不快。基里洛夫说那根本不是在写论文,也没有发表,所以利普京根本"没有权力"。利普京由此修正,那是"文学作品",不是"论文"。利普京又开始透露基里洛夫的"思想":"他甚至完全否定道德,而赞成最新的原则——为了最终的美好目的摧毁一切。为了在欧洲确立健全的理性,他要求砍掉一亿个以上的人头,比最近这次和平大会上要求的还要多得多。在这个方面阿列克谢·尼雷奇比谁都激进。"③

这令人想起《罪与罚》中拉斯柯尔尼科夫的杀人理论。而这种"转述"显然不合基里洛夫的意,"工程师面带轻蔑的淡淡的笑容倾听着"。基里洛夫强调,"我最不喜欢议论,我从来不想议论",在国外,为了自己的目标不同不相干的人见面。"如果我不同你们谈我的思想……那完全不是因为我害怕你们向政府告密。"④

显然,在基里洛夫出场的时候,他的"思想"属于被表达的状态,不符合基里洛夫的"本意"。而"我"第二次与基里洛夫见面,是去找沙托夫,沙托夫不在家,碰上住在那里的基里洛夫。基里洛夫主动请"我"喝茶。"我"说起利普京:"他刚才说您想写一部作品,他是撒谎,是吗?"基里洛夫这时承认:"他说的是事实;我是在写文章。"然后又补充:"关于人头的

---

① 《群魔》(上),冯昭玙译,《陀思妥耶夫斯基全集》(第十一卷),河北教育出版社,2010年版,第113页。
② 同上书,第116页。
③ 同上书,第117页。
④ 同上书,第118页。

话是他自己造出来的,是他在书上读到的,他自己先告诉我,他不懂,我只不过在寻找原因,为什么人们不敢自杀?"①在基里洛夫看来,小的原因是"疼痛":

"有两类人,有的人自杀或者出于悲伤,或者因为恼怒,或者是疯子,或者反正都一样……这些人自杀是突然的,这些人很少考虑疼痛,而是突然的;有的人是出于理性——这些人考虑得很多。"②

而大的原因是"冥界",因为自杀可能导致的来自"冥界"惩罚。那么如何才能突破这些障碍,跨过去呢?那就是要让人自己就成为"神"。

"活着是痛苦,活着是恐惧,因此人是不幸的。现在一切都是痛苦和恐惧。现在人爱活着,因为他爱痛苦和恐惧。人正是这样做的。现在是为了痛苦和恐惧而活着,这就是全部骗局的所在。现在人还不是未来的人。将出现新的人,幸福而自豪的新人。谁能克服痛苦和恐惧,他自己就是神。另外那个神就不会有了。"③

"谁想要最大的自由,谁就应该敢于杀死自己。谁敢于杀死自己,谁就知道了骗局的秘密。此外没有自由,一切都在这里,此外就一无所有。谁敢于杀死自己,谁就是神"。④

于是,自杀就成了人之成为神的必经之途。人既不再害怕"疼痛",也克服了来自"冥界"的"恐惧":"谁杀死自己只是为了消灭恐惧,谁就立即成为神。"⑤

基里洛夫自有他自己的世界、自己的思想的逻辑,而在"我"看来:"不消说,他是个疯子。"⑥两个世界的无法通约在这里显露无遗。

---

① 《群魔》(上),冯昭玙译,《陀思妥耶夫斯基全集》(第十一卷),河北教育出版社,2010年版,第141页。
② 同上。
③ 同上书,第143页。
④ 同上书,第143页。
⑤ 同上书,第144页。
⑥ 同上书,第145页。

而基里洛夫自己的世界,也充满了无法解决的矛盾:

> 神是少不了的,因此神应该存在。
> 但是我知道没有神,也不可能有神。
> 难道你不理解,一个人同时抱有这两种思想是活不下去的吗?①

这构成了基里洛夫式的悖论。而基里洛夫之自杀,便成了摆脱这种悖论的一种努力。对基里洛夫来说,他之自杀,是想要体现自己的"自由意志",使自己成为"神人":

> "如果没有神,那么我就是神。"
> "您的这一点我一直不能理解:为什么您是神?"
> "如果神存在的话,那么全部意志就是他的意志。如果不存在神,那么全部意志就是我的意志,我必须表达我的自由意志。"
> "为什么您必须表达它?"
> "因为全部意志都成为我的了。难道整个地球上就没有一个人在抛弃了神并相信了自己的自由意志之后,敢于最充分地表达自己的自由意志吗?这就好像一个穷人在接受了自己的遗产之后,害怕了,不敢走近钱袋,认为自己能力薄弱,不能拥有它。我要表达我的自由意志。即使世界上只有我一个,但我一定要做到。"
> "那您就做吧。"
> "我必须枪杀自己,因为我的自由意志的最充分表达就是自己打死自己。"
> "但是世界上不止您一个人自己杀死自己,自杀的人多的是。"
> "它们自杀都是有原因的。然而,没有任何原因而只是为了表现自由意志的,却只有我一个。"②

这是一种具有形而上意义的自杀,它首先需要解决的是自己人生的

---

① 《群魔》(下),冯昭玙译,《陀思妥耶夫斯基全集》(第十一卷),河北教育出版社,2010年版,第759页。

② 同上书,第761页。

问题、信仰的问题,与他人无关。所以,基里洛夫经常会沉浸在自己的世界里,不跟人交流,也不在乎自己很穷。然而,现实却常常要把他拉回到世俗的功利的政治的层面,让他成为其中的一颗棋子。彼得·韦尔霍文斯基作为无政府主义的阴谋家、"五人小组"的组织和操纵者,需要为他们杀害大学生沙托夫的行为(因为他们认为沙托夫有可能背叛)找一个替身。既然基里洛夫早就决定要自杀,那么让基里洛夫主动写一份声明,承担罪责也就顺理成章了。基里洛夫开始也答应了,但面对鲜血,他又后悔了。彼得·韦尔霍文斯基来找他,是想让基里洛夫写下声明,便赶紧自杀,基里洛夫却还沉浸在关于神的存在、关于自杀的意义的思考中。"三年来我寻找我的神明的特性,终于发现我的神明的特性是自由意志!通过它我才能够在主要之点上表现我的不甘驯服和新的极端的自由。因为这种自由是很极端的。我杀死自己,为了表现我的不甘驯服和新的极端的自由。"①这种"不甘驯服和新的极端的自由",与被诱导,违背自己的意志,以欺骗的方式签下声明的行为,也就构成了一个绝妙的反讽。

三

关于自杀的叙述,在陀思妥耶夫斯基的《作家日记》中,也有不少篇章涉及这一话题,如《两起自杀事件》《判决》《迟到的规劝》《毫无根据的论断》《关于自杀和傲慢》。后面几篇都是因为《判决》所引起的读者和批评家的"误会",引发的陀思妥耶夫斯基的辩解。因为《判决》的主体是一个具有自己的"思想"的自杀者的独白,如果放在小说中,与《白痴》中伊波利特的《必要的解释》,可谓有异曲同工之妙。而《作家日记》中还有两篇"虚构的故事",可算作是"小说"一篇是《温顺的女人》,一篇是《一个荒唐人的梦》,它们都涉及自杀。而《一个荒唐人的梦》,为自杀者的出路,提供了另外的一种可能。

---

① 《群魔》(下),冯昭玛译,《陀思妥耶夫斯基全集》(第十一卷),河北教育出版社,2010年版,第764页。

《一个荒唐人的梦》同样是一个"荒唐人的自叙"。故事一开始,主人公即自陈:"我是一个荒唐的人,现在他们把我叫作疯子……过去我总是荒唐可笑,这我知道,可能我刚一降生就是如此。可能我七岁时就知道我是荒唐可笑的。随后我上学校读书,随后又上了大学,瞧着吧,我越是学习,我就越觉得自己荒唐可笑。因此对我来说我在大学学的全部最终仅仅是为了向我证明和说明,我越是深入钻研,我就越荒唐可笑。"①关键是,主人公自己也高度认同自己的"荒唐可笑":"如果世上还有那么一个人比所有的人都知道我是荒唐可笑的,那么这个人就是我自己。"②这使"我"感到十分委屈,"我"又是如此高傲,"如果我真的哪怕在某人面前允许自己承认自己是荒唐可笑的,那么我就会觉得,立即会在当天晚上用左轮手枪击碎自己的脑袋。"既然世上到处都是一个样,或者也没有什么意义,剩下的就是什么时候离开这个世界了。

　　有天,当"我"在大街上走的时候,朝天空瞥了一眼,在云团之间是深不可测的黑斑。"我突然在其中的一处黑斑上看见一颗小星星,于是我盯着不眨眼地看。这是因为这颗小星星给我提供了一种思想,我决定在当天夜里把自己杀死。"③

　　最后决定杀死自己的契机是那样微不足道。那天晚上,在思虑着有关自杀的事时候,"我"却突然睡着了,还做起梦来。"梦嘛,好像不是理性在驱使,而是愿望在驱使,不是头脑在驱使,而是心灵在驱使……在梦境中理性会产生根本无法理喻的东西",在梦里:

　　　　我突然完全不知不觉地站在另一星球仿佛天堂一样灿烂、美好的阳光中。……④

　　在这里,动物与人和平相处,动物因他们的爱抚而变得驯服,树木也

---

① 《作家日记》(下),张羽、张有福译,《陀思妥耶夫斯基全集》(第二十卷),河北教育出版社,2010年版,第709页。
② 同上书,第710页。
③ 同上书,第712页。
④ 同上书,第722—723页。

懂得人的语言,"他们如同孩子一样活泼、欢快。他们在他们十分美好的树丛和森林间漫游,他们唱他们十分美妙的歌曲,他们吃清淡的食物,他们用他们树木上的果实,用他们树木中的蜂蜜以及他们宠爱的动物的乳汁来充饥。为了取得自己的食物和为了获得自己的衣着,它们只从事少许轻松的劳动。他们也有他们的爱情,也生儿育女,但是我从来也没有在他们身上看见过那种残酷情欲的发作,而这种残酷情欲差不多都落在我们这块土地上的所有人头上,几乎每一个人都有份,而且它成为我们人类差不多全部罪恶的渊源。"① 而这一切,因为地球上的"人"的介入发生了改变。"我把他们所有的人全都变得骄奢淫逸、放荡不羁了","很快就产生了情欲,情欲产生了忌妒,忌妒产生了残酷",他们丧失了对过去曾有过的幸福生活的信念,反而膜拜起他们心灵的意愿来,"把他们的这种意愿神化,建造了很多很多的庙宇开始向自己的思想、向自己的'意愿'祈祷"。② "为了掠夺一切,他们不惜借助残暴手段,而如果不能得手——他们就退而自杀了事。出现了种种崇拜虚无和为了在卑贱中获得永世安宁而自我毁灭的宗教。最后,这些人疲于他们毫无意义的努力,在他们脸上露出了痛苦的表情,于是这些人就大张旗鼓地宣扬说,痛苦是一种美,因为只有在痛苦中才有思想。他们就在自己的歌曲中赞美痛苦。"③

古希腊诗人赫西俄德在史诗《农作与时日》中曾把人类社会经历的历程分为五个时代:黄金时代、白银时代、铜器时代、半人半神—英雄时代、铁器时代。荒唐人的"梦",也许就代表了人类关于黄金时代的梦想及其从黄金时代到铁器时代的失落。荒唐人从梦中醒来后,他突然觉得自己焕发了新的生命。这个"梦"向我宣示了真理,"就让它是梦吧,让它是梦好啦,而你们奉为至宝的生命我却打算用自杀将它毁灭,但我的梦,我的

---

① 《作家日记》(下),张羽、张有福译,《陀思妥耶夫斯基全集》(第二十卷),河北教育出版社,2010年版,第725页。
② 同上书,第730页。
③ 同上书,第731页。

梦,——啊,它却向我宣示了一种崭新的、伟大的脱胎换骨的强有力的生命!"①于是,荒唐人放弃了自杀的欲念,他宣誓要终此一生,去传道,去宣讲"真理","因为我看见过它,我亲眼看见真理的万丈光芒!"②他不想也不能够相信,"恶是人们正常的状态"。荒唐人相信,"只需要一天的时间,只需要一个小时——一切就会立刻安排妥当! 主要的就是——像爱自己一样去爱所有的人,这就是主要的,一切的一切就在于此……"③

也许,这又是一个梦。以对生活的怀疑始,以道德的拯救终。陀思妥耶夫斯基关于"自杀"的言说,从不断的纠问、辩驳、交锋,到传道,由哲学而道德,而宗教,正代表了作家的矛盾。一方面不同意那些理性自杀者的思想逻辑,希望为他们找到如"荒唐人"一般的出路,另一方面,又给了那些"理性"自杀者以充分言说的权利,有时甚至让读者怀疑,那是不是也代表了作家内心中的另外一种"声音"。其实,这也构成了陀思妥耶夫斯基小说"思想"叙事的一大特点。

---

① 《作家日记》(下),张羽、张有福译,《陀思妥耶夫斯基全集》(第二十卷),河北教育出版社,2010年版,第717页。
② 同上书,第733页。
③ 同上书,第734页。

第二章

上帝如何叙述

神学有两种,一种是宗教理论家们构建的理论神学,一种是文学叙事作品中体现出来的"神学",我们姑且称之为"叙事神学"。讨论文学与宗教的关系,我们往往更多地把注意力集中在宗教如何对文学产生影响,其作品如何体现了作家的宗教思想,而很少关注这些"思想"是如何被表达出来的。显然,文学作品中的"上帝"与宗教经典中的"上帝"的面目是不一样的,由此引出一个问题:上帝是如何被叙述的?当然,这里的"上帝"指的是广义上的"神"与"神义"。

本章以陀思妥耶夫斯基小说为例,讨论文学中关于"上帝"的叙述的问题。在基督教《圣经》中,上帝全知全能,人蒙神恩而得救,其中最重要的就是"信",后来的宗教理论家们也不断地在"论证"这一点。而在陀思妥耶夫斯基小说中,"信"却成了一个"问题"。陀思妥耶夫斯基小说中的关于"上帝"的思想都是作为"问题"出现,其小说展示的往往是信或不信的过程,而非结论。在作品中,各种思想总是处在紧张的对话与交锋状态,充满悖谬性、矛盾性。而"信"与"不信"的最终结果,往往是放在实践中去检验。这决定了陀思妥耶夫斯基叙事神学是一种过程神学、对话神学、实践神学。对陀思妥耶夫斯基"叙事神学"的讨论,也许可以为我们探究文学与宗教的关系提供一些新的思路。

第一节　上帝与人

关于上帝的叙事有两类,一类是《圣经》及各种宗教文本中关于上帝的叙述,一类是文学作品中的上帝叙事。《圣经》中的上帝是绝对的、先在的、全知全能的,而人只是上帝的子民、羔羊,而在各种文学作品中,上帝可能会以各种面目出现,上帝与人的关系也会变得极为复杂。陀思妥耶夫斯基的小说,便为我们提供了关于上帝叙事的一个极具特色的样本。

一

我们先来看看《圣经·旧约》中关于上帝的叙事。

> 起初,神创造天地,地是空虚混沌,渊面黑暗;神的灵运行在水面上。神说"要有光,就有了光"。①

这是《旧约·创世记》的开篇"神创造天地",这里的"神"(上帝)是天地的创造者,神造了光,然后是空气、地、海、地上的各种植物和有生命的物,然后"照着自己的形象"造人。神先造了一个男人,给他取名叫亚当,又从亚当身上取了一根肋骨,造了一个女人夏娃。神把人安置在伊甸园里,告诉他们园里树上所有的果子都可以吃,只是智慧树和生命树上的果子不能吃,吃了就会"死"。可是,有一次蛇却对女人说:"你们不一定死,因为神知道,你们吃的日子眼睛就明亮了,你们便如神能知道善恶。"②

> 于是,女人见那棵树的果子好作食物,也悦人的眼目,且是可喜爱的,能使人有智慧,就摘下果子来吃了;又给她丈夫,她丈夫也吃了。他们二人的眼睛就明亮了,才知道自己是赤身露体,便拿无花果树的叶子,为自己编作裙子。③

---

① 《旧约·创世记》第1章。
② 同上书,第3章。
③ 同上。

这里,人类之所以要吃果子,一为因为果子好吃,"好作食物",这是出自人之本能;二是因为好看,"悦人的眼目",这是人类审美意识的觉醒;第三,更重要的是,吃了果子,"能使人有智慧",代表了人类对智慧的追求。人吃了果子眼睛就明亮了,"才知道自己是赤身露体"。可以说,夏娃、亚当吞吃代表"智慧"的禁果,体现了人自我意识的觉醒,人类从此区别于其他动物,走出了人之所以为人的第一步。但是,这对人类的"成长"来说至为重要的一步,为什么要受到上帝的惩罚,要从此被驱逐出伊甸园呢?《圣经》里写得明白,这是因为人"违背主命",也就是说不听话。同时,这也是对人类自大行为的惩罚。吃了智慧树的果子,神说:"那人已经与我们相似,能知道善恶,现在恐怕他伸手又摘生命树的果子吃,就永远活着。"①"逐出伊甸",便成了对人类妄自尊大行为的一种惩罚。人尽管是神"照着自己的形象"造的,但你永远不可能跟"神"完全一样。

人类被逐出伊甸园后,还有一次妄自尊大的行为,就是想要"建造一座城和一座塔,塔顶通天,为要传扬我们的名,免得我们分散在全地上"。耶和华神说:"看哪,他们成为一样的人民,都是一样的言语,如今既作起这事来,以后他们所要作的事就没有不成就的了。我们下去,在那里变乱他们的口音,使他们的言语彼此不通。"②于是,这城与可能通天的塔终于没能建成。

《圣经》"创世记"的叙事,上帝(耶和华神)先天地而存在,是万物的创造者,对人拥有绝对的权威。人作为上帝创造的生物,始终只能听命于上帝。否则将落入"罪"之中。

我们再来看被称为《旧约》中关于摩西带以色列人出埃及的叙事,从《出埃及记》《利未记》《民数记》一直到《申命记》,讲述了摩西受命带以色列人出埃及,历经四十年的跋涉,最后到达神所应许的"流奶与蜜之地"的过程。

---

① 《旧约·创世记》第 3 章。
② 同上书,第 11 章。

摩西是以色列人的孩子,因埃及法老看到在埃及的以色列人越来越多,吩咐以色列人家出生的孩子,"若是男孩,就把他杀了"。这样摩西一出生,就被丢弃在河边,这个弃儿被法老的女儿看见,收养了他。摩西长大后,被耶和华神看中,因为"我的百姓在埃及所受的困苦……故此,我打发你去见埃及的法老,使你可以将我的百姓以色列人从埃及领出来。"① 摩西对神说:"我是什么人,竟能去见法老,将以色列人从埃及领出来呢?"神对摩西说:"我是自有永有的",就说"那自有的打发我到你们这里来。"摩西回答说:"他们必不信我,也不听我的话",耶和华神便赋予他各种法力。摩西又说:"主啊,我素日不是能言的人……我本是笨嘴拙舌的。"然后神又赐他口才,"指教你所当说的话"。摩西还是不想去:"主啊,你愿意打发谁,就打发谁去吧!"直到耶和华神发怒,摩西才不得不应允。

当摩西去见法老,要求把以色列人带走,借助神的法术,法老勉强答应,又一次次后悔。最后还是借助于耶和华神的威力:

> 到了半夜,耶和华把埃及地所有的长子,就是从坐宝座的法老,直到被掳囚到监里之人的长子,以及一切头生的牲畜,尽都杀了。……夜间,法老召了摩西、亚伦来,说:"起来,连你们带以色列人,从我民中出去,依你们所说的,去侍奉耶和华吧!也依你们说的,连羊群带着走吧!并要为我祝福。"②

当摩西终于带着以色列人离开,法老又后悔了,来追袭以色列人。到了海边,耶和华神把海水分开,让以色列人过去,然后再把水合上,把追来的埃及的车辆、马兵都淹没了。那时,摩西和以色列人向耶和华唱歌说:"我要向耶和华歌唱,因他大大战胜,将马和骑马的投在海中。耶和华是我的力量、我的诗歌,也成了我的拯救。这是我的神,我要赞美他;是我父亲的神,我要尊崇他。"③

---

① 《旧约·出埃及记》第3章。
② 同上书,第11章。
③ 同上书,第15章。

当以色列人到达西奈山,耶和华召摩西和亚伦上山,"只是祭司和百姓不可闯过来上到我面前,恐怕我忽然出来击杀他们",耶和华"要在山的四周定界限,教山成圣。"就是在西奈山上,耶和华向摩西传了"十诫":

> 除了我以外,你不可有别的神;
> 不可为自己雕刻偶像;
> 不可妄称耶和华你神的名;
> 当记念安息日,守为圣日。
> 当孝敬父母;
> 不可杀人;
> 不可奸淫;
> 不可偷盗;
> 不可作假见证陷害人;
> 不可贪恋人的房屋;也不可贪恋人的妻子、仆婢、牛驴,并他一切所有的。①

这里的话语模式,都是"当"或"不可",这"十诫"也就成了以色列人需要遵循的基本律法。

而在往"流奶与蜜之地"的过程中,以色列人一碰到困难,就经常会抱怨摩西不该带他们离开埃及,摩西只好祈求耶和华神为他们解困,满足他们的要求,"众百姓发怨言,他们的恶语达到耶和华的耳中。耶和华听见了就怒气发作,使火在他们中间焚烧,直烧到营的边界。百姓向摩西哀求,摩西祈求耶和华,火就熄了。"这成了出埃及记的一种基本的叙事程式。

出埃及记表面上看起来是关于英雄摩西的故事,但实际上的主人公是耶和华神。神主宰以色列人奔向理想家园的整个进程。神的全能、绝对的权威与人的无助、软弱形成鲜明的对照。

---

① 《旧约·出埃及记》第 20 章。

二

而在陀思妥耶夫斯基的小说中,尽管他小说的主题经常写的是"罪"与"罚"的故事,结局往往是主人公最终走向上帝。但在这过程中,不同的人物,往往对上帝抱有不同的态度。上帝不再是"自有永有的",不再拥有绝对的权威,甚至有时,上帝是否存在都成了一个问题。

《群魔》中基里洛夫说:"我一辈子只想一件事,神把我折磨了一辈子。"[①]"我必须表明我不信神","对我来说,最高的理想莫过于没有神。人类的历史可以为我作证。人所做的只有一件事,就是臆造出一个神来,以便能够活下去,而不用自己杀死自己;这就是迄今为止'全部'的世界历史。在世界史上只有我第一次不希望臆造神。我要让人们彻底认识这一点"。[②]

基里洛夫之选择自杀,就是在他看来,既然没有"神",那他自己就是神,就有表达自己"自由意志"的权利。自杀,成了对既有的上帝与人、权威与服从的既有秩序的一种反叛。

在《卡拉马佐夫兄弟》中,关于上帝的存在的问题,更是成了许多人物关心、争论的一个焦点问题。小说一开始,众多人物聚集在修道院,就展开了关于宗教与上帝,教会与国家,信与不信的争论。其中一节"一位信仰不坚定的女士"写一位女地主来求见佐西马长老,因为令这位女地主苦恼的是:

"我的痛苦在于……不信……"

"不信上帝?"

"哦,不,不,这是我连想也不敢想的,可是未来的生活——这实在是个难猜的谜!这问题谁也解答不了!……人死了以后将究竟是

[①] 《群魔》(上),冯昭玙译,《陀思妥耶夫斯基全集》(第十一卷),河北教育出版社,2010年版,第144页。

[②] 《群魔》(下),冯昭玙译,《陀思妥耶夫斯基全集》(第十一卷),河北教育出版社,2010年版,第762页。

一种怎样的生活——这个念头一直使我激动,甚至使我痛苦,使我恐惧、惊慌……"

那么怎样才能把信仰找回来,"怎样确信,通过什么?"佐西马长老给出的答案是"通过切实的爱的经验。您要设法脚踏实地,坚持不懈地去爱世人。"①

这里写了一个从"不信"到"信"的过程,作为人精神导师的"长老"给出了一个明确的答案。而小说更多的时候,是大家都在争论,都难有一个明确的结论。就像在卡拉马佐夫家里,不断在发生关于上帝的家庭论争。老卡拉马佐夫问伊万:

"有没有上帝?不过得认认真真说!我要你现在拿出正经样儿来。"

"不,没有上帝。"

"阿辽沙,有上帝吗?"

"有上帝。"

"伊万,有没有灵魂不灭之类的玩意儿,哪怕是一点儿,只有一丁点儿,有没有?"

"也没有。"

"绝对没有?"

"绝对没有。"

"是彻头彻尾的一个零,还是有点儿什么?也许还有点儿什么?那终究不等于零吧!"

"彻头彻尾的零。"

"阿辽沙,有没有灵魂不灭这回事?"

"有。"

"有上帝,还有灵魂不灭?"

---

① 陀思妥耶夫斯基:《卡拉马佐夫兄弟》,荣如德译,上海译文出版社,2006年版,第57页。

"既有上帝,还有灵魂不灭,灵魂不灭就在于上帝。"①

在卡拉马佐夫家里,不光几兄弟时时在争论,有时,吃饭时,连厨子、私生子斯乜尔加科夫也会不由自主地参与进来。他与老仆格里果利辩论上帝的问题:"没什么。上帝头一日创造了光,第四日才造日月星辰。那么头一日的光又是从哪儿来的呢?"②于是乎,大字不识的厨子又成了哲学家、诡辩家、怀疑论者。

在卡拉马佐夫四兄弟中,阿辽沙是对上帝信仰最坚定的一个。但有时,他也会对自己产生怀疑。有一次阿辽沙跟 Lise 说:

"那是一股'土生的卡拉马佐夫力量'——它是原始、狂暴、放荡不羁的……甚至有没有神灵御风凌驾于这股力量之上——我也不知道,我只知道我自己也是一个卡拉马佐夫……。我是修士吗?Lise,我是修士吗?刚才你好像说过我是一个修士,是不是?"

"是的,我说过。"

"也许我还不信上帝。"

"您不信上帝?您怎么啦?"Lise 小心翼翼地轻声说。

但阿辽沙没有回答这个问题。他这句突如其来的话包含的内容过于神秘,主观色彩太浓,或许他自己也不清楚,但已经毫无疑义在折磨着他。③

有没有上帝,也是困扰了伊万·费尧多罗维奇一辈子的问题。在伊万·费尧多罗维奇的梦中,伊万向魔鬼——他自己的心造的幻影——提出了一个同样的问题:"有没有上帝"。魔鬼告诉他:"你认真要我回答,亲爱的,我真的不知道——这话我是凭着良心说的。"④

这个问题如此无解,于是,在陀思妥耶夫斯基的小说中,有时,有没有

---

① 陀思妥耶夫斯基:《卡拉马佐夫兄弟》,荣如德译,上海译文出版社,2006年版,第147页。
② 同上书,第135页。
③ 同上书,第245页。
④ 同上书,第706页。

上帝的问题便变成了我们是否需要上帝的问题。答案是,即使没有上帝,我们也需要上帝。就像十三岁的郭立亚跟阿辽沙讨论信仰问题:"当然,上帝只是一种假设……但是……我承认上帝是需要的,为了秩序……为了世间有序可循以及其他……即使没有上帝,也有必要造一个上帝"①

德米特里尽管并没有杀父,因为一次次想要杀父,使他自觉有罪,自觉要接受来自上帝的惩罚。他对阿辽沙说:"小弟,最近两个月我觉得自己换了一个人,一个新人在我身上诞生了。"②"在那边的地下,我怎能没有上帝?……如果上帝从地面上被赶走,我们在地底下欢迎他!苦役犯没有上帝不行,他们甚至比非苦役犯更需要上帝!"③

于是,关于上帝存在的问题,变成了一个道德问题,一个人的心理需要的问题。陀思妥耶夫斯基小说中的人物时时处在"信"与"不信"的焦虑之中。"也许,实际上并不存在什么上帝,只是由于人们希望有这么一个最高正义、永恒的爱和美的化身,才把他创造出来。或许,上帝只是我们的心灵对完美理想的一种需要?这种需要越是具有欺骗性,越是嘲弃你,你的渴求就越是急切,你的信念就越是坚定……或许,上帝,上帝,是否连他也是自身难保呢?"④这也导致在他的小说中,"信"与"不信"始终成为一个问题。

三

上帝成为道德理想的象征,同时,在陀思妥耶夫斯基心目中和他的笔下,上帝又是与俄罗斯民族紧紧联系在一起的。上帝在道德化的同时,也被民族化了。民族成了"上帝的躯体"。

陀思妥耶夫斯基把人类的历史看作就是一部宗教发展史。陀思妥耶夫斯基在《三大思想》一文中把世界历史划分为三大宗教思想的斗争,这

---

① 陀思妥耶夫斯基:《卡拉马佐夫兄弟》,荣如德译,上海译文出版社,2006年版,第609页。
② 同上书,第651页。
③ 同上书,第652页。
④ 谢列兹尼奥夫:《陀思妥耶夫斯基传》,刘涛等译,海燕出版社,2005年版,第364页。

三大思想依次是罗马天主教、新教和东正教,他们分别代表了法兰西、德意志、俄罗斯三个民族。前面两种思想都已经面临种种危机,而第三种思想,这就是"斯拉夫思想,新生的、正在成长起来的思想,很可能这就是解放全人类的以及欧洲的命运问题的第三种可行的思想"①。而这第三种思想,就蕴含在东正教中。

1870年10月21日陀思妥耶夫斯基在给阿·尼·迈科夫的信中也强调:"俄国的使命就在于东正教,在于来自东方之光,它将指引西方盲目的、失去了基督的人类。欧洲的不幸,一切的不幸,无一例外地都起源于罗马教会同流合污而丧失了基督,而且后来还以为没有基督也可以生活。"②

面对俄罗斯社会的混乱、罪孽的滋生,《卡拉马佐夫兄弟》中佐西马长老开出的药方就是"唯有上帝能拯救俄罗斯",这上帝又是俄罗斯人的上帝。俄罗斯社会必须依赖上帝,依靠东正教。"我们在地上确实就像是在盲目游荡,假如我们面前没有可贵的基督的形象的话,我们真会完全迷路,遭到灭亡,就像洪水来临前的人类一样"(《卡拉马佐夫兄弟》)。

另一方面,上帝往往又是民族化了的,民族就是上帝的躯体。《群魔》中斯塔夫罗金与沙托夫有一段谈话,沙托夫强调,每一个民族都在"寻找上帝","自己的上帝"。"上帝是整个民族从其起源到终结的综合起来的特性。从来没有过所有民族或者许多民族共同拥有一个上帝的事,从来都是每一个民族有他们特殊的上帝。"③"民族就是上帝的躯体。任何一个民族之所以成为一个民族,只有当他有自己特殊的上帝、毫不妥协地排斥其他一切上帝的时候,当他相信,能以自己的上帝战胜其他所有上帝并将其驱逐出世界的时候。……尽管其他民族也有自己特殊的伟大的上

---

① 《作家日记》(下),张羽、张有福译,《陀思妥耶夫斯基全集》(第二十卷),河北教育出版社,2010年版,第569页。
② 《陀思妥耶夫斯基选集·书信选》,冯增义等译,人民文学出版社1986年版,第264页。
③ 《群魔》(上),冯昭玙译,《陀思妥耶夫斯基全集》(第十一卷),河北教育出版社,2010年版,第310页。

帝,唯一的'体现上帝的'民族是俄罗斯民族",①为此,在沙托夫看来,为了俄罗斯,为了自己的民族,也得有上帝。

"您自己相信上帝还是不信?"

"我信仰俄罗斯,我信仰她的正教……我信仰基督的躯体……我相信基督将在俄国第二次降世……我相信……"沙托夫在狂热中嗫嚅着。

"那么上帝呢?信仰上帝?"

"我……将信仰上帝。"②

信上帝,既成了一种道德需要,也是民族的需要。《白痴》中的梅什金公爵,在叶潘钦家的聚会上,有一番慷慨激昂的陈辞。他强调天主教不是"基督教",而是"敌基督",而社会主义"也是天主教和天主教实质的产物",而俄罗斯需要把自己的文明传播给他们:"也许人类的新生和复活只有依靠俄罗斯思想,依靠俄罗斯的上帝和基督才能实现,到那时你们就会看到一个壮实而又诚实、英明而又温和的巨人出现在惊讶的世界面前……"③

梅什金公爵的话,在一定程度上也代表了陀思妥耶夫斯基的观点。向全世界显示他们从未见过的俄罗斯基督,而俄罗斯基督的根基就在人民之中。东正教、君主专制、民族性,在陀思妥耶夫斯基的思想体系中都被糅合在一起了。上帝是民族的道德理想,民族是上帝的躯体。俄罗斯正是上帝的特定选民,负有拯救整个人类的伟大历史使命,领导世界实现全人类的最终统一。"以基督名义的全世界统一……这就是我们俄国的社会主义……"这是他临终前的遗愿。陀思妥耶夫斯基的最高理想就是全世界的民族、宗教在俄罗斯的旗帜下统一起来,所有的国家都上升为一个统一的大教会,此时,人类的黄金世纪也就到来了,历史将走向永恒,"再没有时日了"。

---

① 《群魔》(上),冯昭玛译,《陀思妥耶夫斯基全集》(第十一卷),河北教育出版社,2010年版,第313页。

② 同上书,第313页。

③ 同上书,第316页。

显然,在陀思妥耶夫斯基小说关于"上帝"的叙事中,人与上帝构成一种"对话"性关系,而"上帝"也被道德化、民族化了,这构成了有别于《圣经》叙事的独特的"陀氏叙事"。

第二节　约伯记:另一种叙事

《旧约》中关于上帝的叙事,有一篇颇为独特,这就是《约伯记》。约伯无辜受难的故事曾深深地感动陀思妥耶夫斯基,而其中的苦难与考验、质询与皈依,也成了陀思妥耶夫斯基小说叙事的一个原型。

一

我们先来看看《旧约》"约伯记"的叙事。

《约伯记》一开始写道:"乌斯地有一个人,名叫约伯;那人完全正直,敬畏神,远离恶事。"①有一次,神的众子侍立在耶和华面前,撒旦也在其中。耶和华对撒旦说:"你曾用心察看我的仆人约伯没有?地上再没有人像他完全正直,敬畏神,远离恶事。"撒旦回答说:"约伯敬畏神岂是无故呢?……你且伸手毁他一切所有的;他必当面弃掉你。"②于是,耶和华把约伯交给撒旦,让约伯的财物都丧失,儿女都死掉,又让约伯自己全身也长满毒疮,看约伯会怎么样。

此后,约伯开始咒诅自己的生日。约伯的三个朋友来看他,其中一个朋友提幔人以利法回答说:"神所惩治的人是有福的,所以你不可轻看全能者的管教。"③约伯不服,自述苦况,愿得死亡,并责友无慈爱之心,并问神:"鉴察人的主啊,我若有罪,于你何妨?为何以我当你的箭靶子,使我厌弃自己的性命?为何不赦免我的过犯,除掉我的罪孽?"④

---

① 《旧约·约伯记》第 1 章。
② 同上书,第 1 章。
③ 同上书,第 5 章。
④ 同上书,第 7 章。

书亚人比勒达回答说:"这些话你要说到几时?口中的言语如狂风要到几时呢?神岂能偏离公平?全能者岂能偏离公义?或者你的儿女得罪了他,他使他们受报应。""神必不丢弃完全人,也不扶助邪恶人。"①

约伯承认神之智力,称自己"怎敢选择言语与他辩论呢?"另一方面又责问神:"善恶不分,都是一样。"②接着,约伯又进一步追问:"你手所造的,你又欺压,又藐视,却光照恶人的计谋。这事你以为美吗?你的眼是肉眼?你查看岂象人查看吗?你的日子岂象人的日子?你的年岁岂象人的年岁?就追问我的罪孽,寻查我的罪过吗?其实,你知道我没有罪恶,并没有能救我脱离你手的。……你为何使我出母胎呢?不如我当时气绝,无人得见我。这样,就如没有我一般,一出母胎就被送入坟墓。"③

这责问既大胆放肆又有理有力,拿玛人琐法的回答却有些强词夺理:"多嘴多舌的人岂可称为义吗?……你考察,就能测透神吗?你岂能尽情猜透全能者吗?他的智慧高于天,你还能做什么?深于阴间,你还能知道什么?其量,比地长,比海宽。他若经过,将人拘禁,招人受审,谁能阻挡他呢?"④

约伯回答:"我真要对全能者说话,我愿与神理论。你们是编造谎言的,都是无用的医生。……人欺哄人,你们也要照样欺哄他吗?……他必杀我,我虽无指望,然而我在他面前还要辩明我所行的。这要成为我的拯救,因为不虔诚的人不得到他面前。"⑤

约伯还历述神之不公,恶人藐主反享平安:"恶人为何存活,享大寿数,势力强盛呢?"约伯的述说,让三个朋友无言以对。巴拉迦的儿子以利户向约伯发怒,因约伯自以为义,不以神为义,他又向约伯的三个朋友发怒,因为他们想不出回答的话来。于是,以利户亲自出马,欲以诚实折服约伯,并言神惩人以苦乃为救其生命,责约伯自义向神烦言,劝约伯归荣

---

① 《旧约·约伯记》第8章。
② 同上书,第9章。
③ 同上书,第10章。
④ 同上书,第11章。
⑤ 同上书,第13章。

耀于神。接着,以利户述神之威能奇妙:"在神那里有可怕的威严。论到全能者,我们不能测度;他大有能力,有公平和大义,必不苦待人,所以人敬畏他。凡自以为心中有智慧的人,他都不顾念。"

最后,耶和华终于亲自出来了,从旋风中回答约伯说:"谁用无知的言语使我的旨意暗昧不明?"神以造物之妙诘问约伯:"谁为雨水分道?谁为雷电开路?使雨降在无人之地,无人居住的旷野,使荒废凄凉之地得以丰足,青草得以发生。雨有父吗?露水珠是谁生的呢……你能使云彩扬起声来,使倾盆的雨遮盖你吗?"①耶和华又对约伯说:"强辩的岂可与全能者争论吗?与神辩驳的,可以回答这些吧"

约伯回答说:"我是卑贱的,我用什么回答你呢?只好用手捂口。我说了一次,再不回答;说了两次,就不再说。"

约伯的"不再说",可以理解为被耶和华神说服了,也可以是被神的威严震慑住了,也可以是心中不服但无法再说……

值得注意的是,这标为"约伯认罪自责"的一节,约伯似乎并没有真正"认罪"。他还在申辩,不明白的为什么不能问呢?他还在祈求,"求你听我","求你指示我"。但其实耶和华神也有苦衷,关于义人约伯的不幸遭遇,不过是他与撒旦打的一个赌,不过是对约伯的一场考验。这是不能让约伯知道的。耶和华神只好以自己的万能,"天下万物都是我的",你们只可服从,不可妄议,以此来让约伯住口。约伯尽管厌恶自己,厌恶自己的言语,"在尘土和炉灰中懊悔",他还是不能明白:义人为什么要无辜受难,而那些恶人却活得好好的。

义人约伯受难的真正原因,既然上帝不能说。约伯那三个朋友,貌似是来安慰约伯(约伯说,"你们安慰人,反叫人愁烦"),实际上是来代神发声,其言语自然不能令耶和华神满意。耶和华神对提幔人以利法说:"我的怒气向你和你两个朋友发作,因为你们议论我不如我的仆人约伯说

---

① 《旧约·约伯记》第38章。

的是。"① 这里,耶和华神在否决自己的代言人的同时,客观上,在一定程度上,又肯定了约伯那些自以为是的"妄言"。

《约伯记》的结局自然是皆大欢喜。耶和华使约伯"从苦境转回",并且"赐给他的比他从前所有的加倍。"还使约伯重新有了七个儿子,三个女儿。"此后,约伯又活了一百四十年,得见他的儿孙,直到四代。这样,约伯年纪老迈,日子满足而死。"②

二

陀思妥耶夫斯基在1875年写给妻子的一封信中曾谈到第一次阅读《约伯记》的感受:"我读《约伯记》时几乎感到病态的愉悦,我往往放下书,在房间里来回走一个小时,几乎要流下眼泪……这是我一生中最初看到的令人震惊的书之一,我当时几乎还是个孩子。"③

是《约伯记》的哪些方面使陀思妥耶夫斯基产生"病态的愉悦",使他"震惊",陀思妥耶夫斯基没有深说,他人也就只能揣测,而无法求证。也许是约伯的苦难与重新获得拯救感动了"几乎还是个孩子"的作家,也许好人却要如此受难使一个孩子感到"震惊"。成年后,或者成了作家后,陀思妥耶夫斯基一定还许多次读过《约伯记》,阅读感受是否还完全一样,或者是不是开始有了一些疑惑,开始有了站在约伯立场的质询?我们无从得知。但其作品中与约伯有关的叙事,又可以给我们提供一些线索。

在《卡拉马佐夫兄弟》中,有一节"已故司祭苦修僧佐西马长老生平",这由佐西马长老自述,阿辽沙记录整理的"生平",其中写到"《圣经》对佐西马神父一生的影响":

> 我把关于《圣经》的回忆也归于故乡印象之列,因为我在老家时虽然还很小,却对《圣经》有浓厚的兴趣。当时我有一本插图精美的书,名为《新旧约圣经故事一百零四则》,我就是从这本书学认字的。

---

① 《旧约·约伯记》第42章。
② 同上。
③ 《陀思妥耶夫斯基选集·书信选》,冯增义等译,人民文学出版社,1986年版,第319页。

它至今还在我这里的书架上,我把它作为我的珍贵的纪念保留着。但在我学会阅读以前,我记得在八岁那年就已经第一次受到神的感应。在受难周的星期一,母亲只带我一人(我记不得当时兄长在什么地方)去教堂做礼拜。那日天朗气清,此刻我回想起来犹历历如在目前,氤氲之气从香炉里袅袅升起,而阳光通过教堂圆顶的小窗向我们倾泻下来,炉中香如层层烟波向着日光升腾,仿佛融化在上帝的荣光之中。我看到这幅景象心有所动,这是我有生以来第一次有意识地让上帝语言的第一颗种子落入我的心田。①

佐西马长老童年关于上帝与《圣经》的记忆,带有浓厚的陀思妥耶夫斯基的影子。陀思妥耶夫斯基生长在一个具有浓厚宗教意识的家庭。母亲是一个虔信基督的俄罗斯妇女,她从小给孩子们讲述《圣徒列传》的故事,以《新旧约圣经故事一百零四则》作为他们的识字课本,在他们幼小的心灵中撒下圣爱的种子。在佐西马关于"母亲"的记忆里,便有陀思妥耶夫斯基的印痕。

佐西马长老回忆,他和母亲一起在教堂,一个少年手捧一本大书走到教堂中央,把书放到诵经台上,打开来开始朗读:"乌斯地,有一个人名叫约伯;那人完全正直,敬畏上帝。"②

以下便是佐西马转述的约伯故事:

> 乌斯地,有一个人名叫约伯,那人完全正直,敬畏上帝,他有多少家产,多少骆驼,多少羊和驴,他的儿子吃喝玩乐,他非常爱他们,祈求上帝保佑他们,因为他们吃喝玩乐恐怕犯了罪。有一天魔鬼随众子来到神的面前说,我在地上地下走来走去,上帝问他:"你察看我的仆人约伯没有?"上帝指着他的伟大而神圣的仆人向魔鬼夸耀。魔鬼听了上帝的话冷笑道:"你只要把他交给我,你将发现你的仆人将出怨言并诅咒你的名字。"于是上帝把他如此钟爱的信徒交给魔鬼。魔

---

① 陀思妥耶夫斯基:《卡拉马佐夫兄弟》,荣如德译,上海译文出版社,2006年,第321页。
② 同上书,第322页。

鬼袭击了他的儿女和牲畜,如晴天霹雳一下子把他的财产毁坏殆尽。于是约伯撕裂自己的衣服,伏在地上下拜,说:"我赤身出于母胎,也必赤身归回。赏赐的是耶和华,收取的也是耶和华。耶和华的名是应当称颂的,从现在一直到永远!"①

在这段转述中,佐西马突出了上帝与魔鬼的赌约,但完全省略了约伯的震惊、不解和质询。"于是约伯撕裂自己的衣服,伏在地上下拜",在这里,约伯没有任何迟疑就接受了上帝加在他身上的一切。显然这里有佐西马自己的目的,突出任何情况下没有理由的"信"的重要性。佐西马谈到《约伯记》给他带来的"惊异、惶惑和喜悦":

当时经中提到的骆驼曾牢牢地吸引住我的想象力,还有如此跟上帝说话的魔鬼,还有把自己的仆人置于绝境的上帝,还有他的仆人表示"即使你处死我,你的名也是应当称颂的"这样的话——然后还有教堂里柔和甜美的歌声:"愿我的祷告上达天听",接着又是神父香炉里的袅袅青烟以及跪在地上的祈祷!从那以后,我每次读到这篇神圣的故事总止不住潸然泪下——昨天我还拿起来读过。②

这里显然有着陀思妥耶夫斯基的童年记忆和阅读体验。但同时佐西马也谈到一些"嘲笑者"和"渎神者"对《约伯记》的质疑:上帝怎么可以把自己心爱的圣徒交给魔鬼捉弄,任凭魔鬼夺去他的儿女,击打他,使他长毒疮,害得他不得不拿瓦片刮身体?而这一切又是为了什么?仅仅为了可以向魔鬼夸耀:"瞧,我的圣徒为我可以承受什么样的苦难!"③还有,上帝让约伯在丧失儿女之后又有了另一些儿女,于是便有了这样的疑问:"他失去了以前的儿女,怎么能爱这些新的儿女?回想起失去的儿女,无论新的儿女在他看来如何可爱,他和他们在一起难道能和从前一样幸福

---

① 陀思妥耶夫斯基:《卡拉马佐夫兄弟》,荣如德译,上海译文出版社,2006年版,第322页。
② 同上。
③ 同上。

美满?"①

佐西马对前一问题的回答是:这里伟大就伟大在其中有个奥秘——如过眼烟云的人间凡事在此与永恒的真理碰在一起了。永恒真理的效应在尘世真理面前得到了显示。造物主像在创造天地的最初几日每日赞叹"我造出的东西是好的"那样,看着约伯,重又赞叹自己的创造。而约伯在称颂上帝的同时不仅是为他效力,也是为他千年万代绵延不绝的全部创造效力,因为这正是他的使命。②而对后一问题的回答是:但这是可能的,可能的。昔日的悲痛会渐渐转为祥和安谧的欢乐——这正是人生的一大奥秘。③

这样的回答如同《约伯记》中三个朋友的劝告,其实并没有触及实质,或者说是在避实就虚。《约伯记》中一些被质询的问题,其实是没有办法回答的。这也为文艺作品中关于"约伯"叙事提供了许多可供延展的空间。《卡拉马佐夫兄弟》中伊万的幻影——魔鬼对伊万说:"比方说,当年仅仅为了树立一个义人约伯,曾经送了多少人的性命,玷污了多少人清白的名声,为了考验他还恶毒地把我当猴耍! 哼,在秘密揭开之前,对我来说,有两种真理,一种是他们那边的,暂时我还不谙底细;一种是我的。眼下还难说究竟哪一种更地道……"④

两种不同的"真理",便为陀思妥耶夫斯基的小说提供了充满对话性的叙事空间。

三

原型批评家诺思洛普·弗莱在《伟大的代码——圣经与文学》一书中说:"我们也许可以把《约伯记》作为圣经叙事的缩影,正如《启示录》是圣经意象的缩影。……约伯和亚当一样,堕入一个苦难的背井离乡的世界,经过忏悔(也就是彻悟),恢复了他原来的状态。和《创世记》不同的是,这

---

① 陀思妥耶夫斯基:《卡拉马佐夫兄弟》,荣如德译,上海译文出版社,2006年版,第323页。
② 同上书,第322页。
③ 同上书,第323页。
④ 同上书,第712页。

里没有违背契约的行为吸引神学律师,而且约伯所受的折磨并不是对他们的惩罚,而是一种考验。"①

《约伯记》作为"圣经叙事的缩影",构成了一种文学原型,这就是苦难与考验、质询与皈依。质询是因为作为义人的约伯无缘无故地受难,他想要追问为何如此。这是一种理性的追问,往往具有强大的逻辑力量。

在陀思妥耶夫斯基的小说中,对上帝及其上帝所创造的世界的质询、怀疑,也常常是有力的,雄辩的。《卡拉马佐夫兄弟》中的伊万与梦中的魔鬼,被当作是约伯原型的体现,他身上正体现了约伯的对立性:对上帝的接受和对上帝所创造的世界的拒绝。② 伊万是否可看作是约伯原型的体现,姑且不论,但伊万所提出的问题,人,比如孩子,为什么会无辜受难,却成了一个历史性的难题。伊万一直被神的问题所困扰。他强调:"我不是不接受上帝,……我是不接受他所创造的世界即上帝的世界。"其中让他绕不过去的一个坎,就是孩子们的苦难。"土耳其人"以虐杀儿童为乐,父亲用藤条抽打才七岁的亲生女儿,"直至抽得性起,真正是野性勃发",将军唆使猎狗把孩子撕成碎片……

面对这施之于孩子的"恶",阿辽沙吐出两个字:枪毙。接着,阿辽沙又痛心地问:"你为什么要试探我?"

伊万回答,因为"你在我心目中相当可贵,我不想对你撒手,我不愿把你拱手让给佐西马"。③

佐西马为"圣",伊万即为"魔",阿辽沙何去何从,贯穿了小说的始终。对阿辽沙的"试探",让我们想起上帝与魔鬼打的那个赌,那对约伯的"考验"。

而伊万用来"试探"阿辽沙的问题,又是如此尖锐:如果大人受苦,还有可能是因为他们的"恶",那么孩子何辜?"如果人人都得受苦,以便用

---

① 弗莱:《伟大的代码——圣经与文学》,郝振益等译,北京大学出版社,1998年版,第250页。
② 王志耕:《宗教文化语境下的陀思妥耶夫斯基诗学》,北京师范大学出版社,2003年版,第166页。
③ 陀思妥耶夫斯基:《卡拉马佐夫兄弟》,荣如德译,上海译文出版社,2006年版,第270页。

苦难换取永恒的和谐,那么,请回答我:这跟孩子们有什么相干?令人百思不得其解的是:为什么他们也必须受苦?为何要他们以苦难为代价换取和谐?为什么他们也成了肥料,用自身为他人栽培和谐?"①伊万强调,如果要以孩子的眼泪建造和谐,"单是那个被关在臭茅房里捶胸向上帝哭诉的小女孩的眼泪,就不是所谓的永恒和谐所能抵偿的。之所以不能抵偿,因为孩子的眼泪白流了。……我不愿母亲与唆使猎狗咬死她儿子的凶手拥抱!……全世界有哪一个人能宽恕或有权利宽恕?我不要和谐。这是出于对人类的爱。"②

"这是反叛。"从阿辽沙"低手垂目轻轻地说"的姿态与语气,可看出阿辽沙内心的不自信与犹疑。伊万又问:"你想象一下,你在建造一座人类命运的大厦,目的是最终让人们幸福,给他们和平和安宁,但为此目的必须而且不可避免地要摧残一个——总共只有一个——小小的生命体,就算是那个用小拳头捶自己胸部的小女孩吧,用她那得不到补偿的眼泪为这座大厦奠基,你会不会同意在这样的条件下担任建筑师,告诉我,别撒谎!"③

阿辽沙说:"不,我不会同意",接着,阿辽沙想起一个"人",眼睛顿时闪亮:"你刚才问,全世界有哪一个人能宽恕或有权力宽恕?但这个人是有的,他能宽恕一切,宽恕所有的人和所有的事,因为他本人就为所有的人和所有的事献出了自己无辜的血。你把他给忘了,而大厦就是在他身上建造起来的,人们就是向他高呼:'主啊,你是正确的,因为你的路开通了。'"④

阿辽沙事实上无力回答伊万的"质询",就如同约伯与三个朋友的争辩,三个朋友无法安慰约伯,也无法解决约伯的疑惑。最后,阿辽沙抬出耶稣基督,这里依赖的不是说理,而是一种"信"。就像上帝最后出现在约

---

① 陀思妥耶夫斯基:《卡拉马佐夫兄弟》,荣如德译,上海译文出版社,2006年版,第271页。
② 同上。
③ 同上书,第272页。
④ 同上书,第270页。

伯面前,不是靠说理,而是凭借其威严、灵光马上就使约伯心悦诚服。佐西马长老说《约伯记》中包含着一种难以言明的"奥秘"。这"奥秘"只能靠一颗充满"信"的心灵去领悟。

有研究者指出,"约伯的形象蕴含了信仰的对立统一性,即在痛苦中的质询和无条件的皈依。"①而"约伯的皈依不是一种逻辑的推理,如果是这样的话,那么便滑入了理性主义的轨道。这种皈依是基于一种信念,一种先验的信仰,因此它是最早的非理性神正论。这种无因果关系的信仰与因果关系中的怀疑与质询构成矛盾,这正是约伯的形象引起无数争论的原因"。②

陀思妥耶夫斯基小说的叙事也是这样:逻辑的推理与启示的真理,不信与信,往往构成了他小说两套话语模式。"逻辑的推理"的推理往往导向对人生的怀疑——就像那些"逻辑自杀者",甚至导向对上帝的质疑。"启示的真理"则凭借"信",无条件的"信",接受全知全能者的上帝的一切。这两套话语在陀思妥耶夫斯基小说中交替出现,有时并行不悖,有时则相互辩难,构成了巨大的思想张力。

第三节　耶稣基督的多副面孔

如果说《旧约全书》中的上帝——耶和华神是个威严的父亲,《新约全书》中被上帝派到人间、替人类赎罪的耶稣基督则柔和得多,也更充满一种神圣的悲剧感。对陀思妥耶夫斯基来说,耶稣基督在他心目中也更亲切。他小说中耶稣形象以多种面目出现,构成了一个独特的文化符号。

一

《旧约全书》是犹太教的经典,《新约全书》则是基督教的经典。基督

---

① 王志耕:《宗教文化语境下的陀思妥耶夫斯基诗学》,北京师范大学出版社,2003年版,第166页。
② 同上书,第169—170页。

教源于犹太教,但其教旨、立场、取向已有不小的差异。比如《旧约全书》中的主人公上帝耶和华神与《新约全书》中作为上帝独生子被派到人间的耶稣基督,加上圣母或圣灵,虽三位一体,但又一体分殊,各有情性。

先来看《新约全书》中"福音书"对耶稣基督的叙述。

> 耶稣基督降生的事记在下面:他母亲马利亚已经许配了约瑟,还没有迎娶,马利亚就从圣灵怀了孕。她丈夫约瑟是个义人,不愿意明明地羞辱她,想要暗暗地把她休了。正思念这事的时候,有主的使者向他梦中而现,说:"大卫的子孙约瑟,不要怕,只管娶过你的妻子马利亚来,因她所怀的孕是从圣灵来的。她将要生一个儿子,你要给他起名叫耶稣,因他要将自己的百姓从罪恶里救出来。"①

《旧约》中耶和华神是先天地而生、至高无上的。耶稣基督却拥有了神与人的双重身份,名义上的父亲是约瑟,实际上的父亲是上帝,这也就决定了耶稣基督将拥有神性与人性的双重品格,此其一。其二,耶稣基督降临尘世,目的是要"将自己的百姓从罪恶里救出来",也就是说,耶稣基督是个救赎者,要以自己的肉身拯救有罪的人类。

耶稣基督长大后,开始招门徒,传道,其基本教义便体现在"登山训众"中。但耶和华神所传的"诫命"与耶稣基督的"福音"虽一脉相承,但侧重已有不同。比如《论仇恨》:"你们听见有吩咐古人的话,说:'不可杀人',又说:'凡杀人的,难免受审判。'只是我告诉你们:凡向弟兄动怒的,难免受审判。"这里"有吩咐古人的话"是《旧约》中耶和华神的话,耶稣基督却把"不可杀人"改成了连动怒也不可。《论起誓》中"你们听见有话说:'以眼还眼,以牙还牙。'只是我告诉你们:不要与恶人作对。有人打你的右脸,连左脸也转过来由他打;有人想要告你,要拿你的里衣,连外衣也由他拿去;有人强逼你走一里路,你就同他走二里;有求你的,就给他;有向你借贷的,不可推辞。"还有《论爱仇敌》:"你们听见有话说:'当爱你的邻舍,恨你的仇敌。'只是我告诉你们:要爱你们的仇敌,为那逼迫你们的祷告。这

---

① 《新约·马太福音》第1章。

样,就可以作你们天父的儿子。因为他叫日头照好人,也照歹人;降雨给义人,也给不义的人。你们若单爱那爱你们的人,有什么赏赐呢?就是税吏不也是这样行吗?你们若单请你弟兄的安,比人有什么长处呢?就是外邦人不也是这样行吗?所以你们要完全,像你们的天父完全一样。"①

从"以眼还眼,以牙还牙"到"不要与恶人作对",从"当爱你的邻舍,恨你的仇敌"到"要爱你们的仇敌",耶稣基督大大强化了仁慈、宽恕、忍让的精神,这也是基督教的核心精神,它使基督教从犹太教中分离出来,有了自己的独特品质。

耶稣基督在人世间传播福音,却不被人理解,到处受驱逐、辱骂,直至被犹大出卖,送上十字架。"巡抚的兵就把耶稣带进衙门,叫全营的兵都聚集在他那里。他们给他脱了衣服,穿上一件朱红色袍子;用荆棘编作冠冕,戴在他头上;拿一根苇子放在他右手里,跪在他面前,戏弄他说:'恭喜,犹太人的王啊!'又吐唾沫在他脸上,拿苇子打他的头。戏弄完了,就给他脱了袍子,仍穿上他自己的衣服,带他出去,要钉十字架。"②

耶稣基督本是来替人类赎罪的,却被送上十字架,受尽戏弄、折磨。十字架上的救赎,苦难的洗礼与复活,也就成了基督教的核心所在。

而在陀思妥耶夫斯基的小说中,"苦难",也往往被看作是主人公救赎自己的必由之路。十年苦役,使陀思妥耶夫斯基经历了"碱水""盐水""血水"的浸泡,消除了身上的罪恶,在对基督的皈依中焕然成了新人。这使陀思妥耶夫斯基欣然感到痛苦的可贵。而基督教所宣扬的,也正是人须受苦,方蒙救赎。人子耶稣以自己的血肉拯救了世界的恶。而耶稣的门徒们,为拯救世人,宣讲福音,"直到如今,我们还是又饥又渴、又赤身裸体、又挨打、又没有一定的住处。并且劳苦、亲自作工。被人咒骂,我们就祝福。被人逼迫,我们就忍受。被人诽谤,我们就善劝。直到如今,人还是把我们看作世界上的污秽、万物中的渣滓"③。基督教对苦难的理想

---

① 《新约·马太福音》第 5 章。
② 同上书,第 27 章。
③ 《新约·哥林多前书》第 4 章。

化,使陀思妥耶夫斯基深切地感到,世人要想赎罪,就必须经过苦难的净化,背负起沉重的十字架,舍己以跟随基督,方能走向天国之路。陀思妥耶夫斯基笔下的人物,正是沿着这条道路,走向了新生。"受苦是伟大的……在受苦中会产生一种理想",波尔菲里这样开导拉斯柯尔尼科夫。拉斯柯尔尼科夫在杀人后,正是经受了精神上和肉体上的巨大的痛苦,才使他有了向上帝悔罪的迫切需要。而索尼雅,"耻辱"和"卑贱"与另一种"神圣的感情"既互相对立,又互为依存,乃至拉斯柯尔尼科夫要跪在她的脚下,向人类的一切痛苦膜拜。于是,一个"杀人犯",一个"卖淫妇",一同背着十字架,一块儿去受苦,终于在那遥远的西伯利亚,一同享受到了上帝的灵光。德米特里,这位敢于摧毁一切的人,在牢狱里,在上帝的默然的注视下,也突然感到了受苦的伟大。他对阿辽沙说:"兄弟,我在最近两个月里感到自己身上产生了一个新人。一个新人在我身上复活了!他原来藏在我的心里,但是假如没有这次这一声晴天霹雳,他是永远也不会出现的……我没有杀死父亲,但是我应该去,我甘愿接受!……是的,我们将身带锁链、没有自由,但是那时,在我们巨大的忧伤中,我们将重新复活过来,体味到快乐,——没有它,人不能活下去,上帝也不能存在,因为它就是上帝给予的,这是他的特权,伟大的特权。……罪犯是少不了上帝的,甚至比非罪犯更少不了他!那时候,我们这些地底下的人将在地层里对上帝唱悲哀的赞美诗……"正是苦难,像一声"晴天霹雳",震醒了德米特里沉睡已久的良知,使他自愿地接受对本不直接属于自己的罪过的惩罚,在痛苦中获得新生。①

二

耶稣基督的受难,也深深地感动了陀思妥耶夫斯基。如果说《旧约》中的上帝是高高在上的,耶稣基督在陀思妥耶夫斯基心目中,却首先是个

---

① 何云波:《陀思陀耶夫斯基与俄罗斯文化精神》,湖南教育出版社,1997年版,第40—41页。

人,以自己的血肉之躯替人类赎罪。《白痴》中自杀者伊波利特在《必要的解释》中谈到,有一次在罗戈任家看到一幅画:刚从十字架上卸下来的基督,遍体鳞伤,显露出可怕的痛苦。陀思妥耶夫斯基曾看过赫尔拜因的《死神舞》,艺术家把传说中的殉难者描绘成一个腐朽中的死人,给陀思妥耶夫斯基以巨大的震撼:"如果尸体的确就是这个样子——它一定就是这个样子,他所有的弟子都看到了这具尸体,包括未来信仰他、崇拜他、皈依十字架的圣徒们,他们看到这个情景,又怎么能够相信,这个苦难圣者的尸体能够复活呢?"①这就像《卡拉马佐夫兄弟》写到的佐西马长老的死,佐西马在某些信徒眼中已成了圣人,但长老死后,尸体很快腐烂,奇迹没有发生,使不少信徒感到失望。

无论是佐西马长老,还是耶稣基督,他们作为"人"的属性,使他们让人觉得更亲切可感,而基督为了替人赎罪所受的苦难,也就更能打动人。陀思妥耶夫斯基曾在1854年给娜·德·冯维辛娜的一封信中谈到自己"信"的历程:

> 我是时代的孩童,直到现在,甚至(我知道这一点)直到进入坟墓都是一个没有信仰和充满怀疑的孩童。这种对信仰的渴望使我过去和现在经受了多少可怕的折磨啊!我的反对的论据越多,我心中的这种渴望就越强烈。可是上帝毕竟也偶尔赐予我完全宁静的时刻,在这种时刻我爱人,也认为自己被人所爱,正是在这种时刻,我心中形成了宗教的信条,其中的一切对于我来说都是明朗和神圣的。这一信条很简单,它就是,要相信:没有什么能比基督更美好、更深刻、更可爱、更智慧、更坚毅和更完善的了,不仅没有,而且我怀着忠贞不渝的感情对自己说,这绝不可能有。不仅如此,如果有谁向我证明,基督存在于真理之外,而且确实真理与基督毫不相干,那我宁愿与基督而不是真理在一起。②

---

① 谢列兹尼奥夫:《陀思妥耶夫斯基传》,刘涛等译,海燕出版社,2005年版,第372页。
② 《陀思妥耶夫斯基选集·书信选》,冯增义等译,人民文学出版社,1986年版,第64页。

1854年陀思妥耶夫斯基还在西伯利亚的鄂木斯克过着流放的生活，在这样的时刻，"谁都会像'一棵枯萎的小草'一样渴求信仰，而且会得到信仰，主要是因为在不幸中能悟出真理"。① 而同时，耶稣基督是一个"绝对美好的人"。"没有什么能比基督更美好、更深刻、更可爱、更智慧、更坚毅和更完善的了"，而他的替人受难，那种苦难、圣爱与拯救，也就更具有打动人、震撼人的力量。所以，如果基督不代表真理，作者宣称，他宁愿与基督而不是与真理在一起。耶稣基督代表的不是理性，而是一种感性的、直觉的、启示的"真理"。

耶稣基督是"神"，但又是"人"，是一个完美的亲切可感的"神人"。另一方面，世上又有不少人要把自己封为"神"，以求拯救大众与自我。《群魔》中斯塔夫罗金与基里洛夫的谈话：

"谁能教会人认识大家都好，谁就使世界归于完满。"

"那个曾经教导的人，已经被钉在十字架上了。"

"他还会来的，他的名字是人神。"

"是神人吧？"

"是人神，这里有差别。"②

耶稣基督便是这样的一个"神人"。而反过来，那些想要挣脱上帝的束缚，完全由自己主宰自己，体现自我的"自由意志"的人，就成了"人神"。就像基里洛夫说，如果上帝不存在，那么"我"就是自己的"神"。《卡拉马佐夫兄弟》中的"魔鬼"对伊万说：

我喜欢那些血气方刚、对生活充满渴望的年轻朋友的梦想！……只要打破人类头脑中关于上帝的观念……整个旧的世界观，特别是旧道德将自行崩溃，于是万象更新。人们将联合起来，从生活中获取生活所能提供的一切，但肯定仅仅为了现世的幸福和快乐。人在精神

---

① 《陀思妥耶夫斯基选集·书信选》，冯增义等译，人民文学出版社，1986年版，第64页。
② 《群魔》(上)，冯昭玙译，《陀思妥耶夫斯基全集》(第十一卷)，河北教育出版社，2010年版，第295页。

上将变得伟大,拥有尊神、巨人一般的自豪感,那时会有人神出现。人凭着自己的意志,依靠科学每时每刻不断征服已经没有疆界的自然,从而将每时每刻获得如此高度的享受,足可取代过去对天国欢乐的向往。将来每个人都知道自己死后不会复活,每一个人都会像神一样自豪而平静地接受死亡。①

这成为了"人神"的新人可以"心安理得地跨越横在过去作为奴隶的人面前的一切道德障碍",并且,"法律是不存在的"。② 就像《罪与罚》中的拉斯柯尔尼科夫,就像《群魔》中那些试图建立"地上的天国"而无所不为的人。"人"成了"神",就可以为所欲为了。

沃尔什基在《陀思妥耶夫斯基的宗教道德问题》中说:"陀思妥耶夫斯基本人最后像尼采一样超越了人,但是超越人之后,他教导人们向上帝学习,而不是向超人学习。尼采将个性中最有个性的东西分离开来并置于个性之上,把人身上的个人因素作为某种超人的东西加以客体化,不由自主地将这种东西加以神化,最后走向了贵族式的对人神的崇拜。"③ "神人"与"人神",也就成了陀思妥耶夫斯基小说中对立的两极。

三

说到"人神",《卡拉马佐夫兄弟》中伊万创作的"长诗"《宗教大法官》中的"宗教大法官",即为一例。

在伊万虚构的这个"诗剧"里,故事发生在 16 世纪,在西班牙的塞维利亚,距先知替"他"写下"我将很快回来",已经过去了 15 个世纪。"主啊,快到我们中间来吧!"人类向他呼唤了许多个世纪,他终于来了。正是宗教裁判雷厉风行之时,"本着无限仁慈的恻隐之心,他仍以十五世纪前

---

① 陀思妥耶夫斯基:《卡拉马佐夫兄弟》,荣如德译,上海译文出版社,2006 年版,第 713 页。
② 同上。
③ 弗·索洛维耶夫:《精神领袖:俄罗斯思想家论陀思妥耶夫斯基》,徐振亚、娄自良等译,上海译文出版社,2009 年版,第 162 页。

在人间行走时的凡人面貌再次在人间行走。"①但大家都认出了他,把他围住,跟随着他,他又一次行奇迹,让一个自幼双目失明的老者看见了光明,让一个七岁的死去的女孩站了起来。担任宗教法庭庭长的红衣主教在一旁看着,脸上"阴云密布",示意卫兵把那人拿下。"瞧,他的权势就有这么大,民众已被驯服,给收拾得俯首帖耳,对他战战兢兢,惟命是从,所以人群在卫兵面前立即闪开,卫兵在蓦地出现的一片死寂中对那人下手,把他带走。"②

那天晚上,"宗教大法官"去看关在"宗教裁判所"的监牢里的耶稣:"是你吗?你?……不要回答,别开口。你又能说什么呢?你会说些什么我太知道了,你也没有权利对你以前说过的话再作什么补充。你为什么要来妨碍我们?你是来妨碍我们的,这你自己也知道。但你可知道明天会怎样?我不知道你是什么人,也不想知道,你究竟是不是此人,但是我明天就要作出裁判,把你作为最邪恶的异端在火刑堆上烧死。今天吻你脚的那些民众,只要我一挥手,明天就会争先恐后地往烧你的火堆上扒煤,你这可知道?"③

"那个曾经教导的人,已经被钉在十字架上了。"
"他还会来的,他的名字是人神。"

基里洛夫的预言兑现了。只不过统治这世界的不再是那个人,而是另外的人,"他的名字是人神"。

"宗教大法官"说,他和他的教会的功劳,为了使人们幸福,为此消灭了"自由"。那些人为了"面包",便心甘情愿地放弃了自由。《新约》中写"耶稣受试探":

当时,耶稣被圣灵引到旷野,受魔鬼的试探。他禁食四十昼夜,后来就饿了。那试探人的进前来,对他说:"你若是神的儿子,可以吩

---

① 陀思妥耶夫斯基:《卡拉马佐夫兄弟》,荣如德译,上海译文出版社,2006年版,第275页。
② 同上书,第276页。
③ 同上书,第277页。

咐这些石头变成食物。"耶稣却回答说:"经上记着说:'人活着,不是单靠食物,乃是靠神口里所出的一切话。'"魔鬼就带他进了圣城,叫他站在殿顶上对他说:"你若是神的儿子,可以跳下去,因为经上记着说:'主要为你吩咐他的使者用手托着你,免得你的脚碰在石头上。'"耶稣对他说:"经上又记着说:'不可试探主你的神。'"魔鬼又带他上了一座最高的山,将世上的万国与万国的荣华都指给他看,对他说:"你若俯伏拜我,我就把这一切都赐给你。"耶稣说:"撒旦退去吧("撒旦"就是"抵挡"的意思,乃魔鬼的别名)因为经上记着说:'当拜主你的神,单要侍奉他。'"于是魔鬼离了耶稣,有天使来伺候他。①

"宗教大法官"对重新降临人间的耶稣说:"你排除了能使人得到幸福的唯一途径,幸好你离去时把事情移交给了我们。"②"你给人们面包,他们就向你跪倒,因为最无可争议的东西莫过于面包"。"宗教大法官"进一步说:"有三种力量——世上仅有的三种力量——能彻底征服这些孱弱的反叛者的良心,为他们造福。这三种力量是:奇迹、秘密和权威。"耶稣基督放弃了奇迹信仰,"当有人讥诮他,戏弄他,向他叫喊'你从十字架上下来,我们就相信你时',你没有从十字架上下来。你没有下来是因为你仍然不愿意通过奇迹来役使人,你苦苦追求的是自由信仰,而不是奇迹信仰。"③耶稣基督也不想建立地上的权威,结果,"我们不跟你一起干,我们跟他一起干……我们从他那里接受了罗马和凯撒的剑,并宣布只有我们才是世上的王"④。"宗教大法官"宣称:"我们的王国必将建成。"

"宗教大法官"及其所代表的教会,取代基督,成了新的"神":人神。这"人神",其体现的精神是社会生活中的恶魔精神,是人类历史命运中的恶魔精神。正如尼・亚・别尔佳耶夫《宗教大法官》所说:

> 宗教大法官曾经、今后也会以不同的面貌出现在历史上。宗教

---

① 《新约・马太福音》第4章。
② 陀思妥耶夫斯基:《卡拉马佐夫兄弟》,荣如德译,上海译文出版社,2006年版,第278页。
③ 同上书,第282页。
④ 同上书,第284页。

大法官的精神存在于天主教、一般也存在于古老的早期教会、俄国的专制制度、任何暴力的集权国家之中,而现在这种精神又渗入实证主义、妄想取代宗教、建造巴别塔的社会主义。哪里有对人的监护,对他们幸福和享受的虚伪关心,同时又蔑视他们,不相信他们的崇高起源和崇高使命,哪里就有宗教大法官的精神。哪里视幸福高于自由,将暂时置于永恒之上,以爱人类反对爱上帝,哪里就有宗教大法官的精神。哪里强调真理对人的幸福无用,不了解生命的意义就可以安排好生活,哪里就有它。哪里人类沉湎于魔鬼的三种诱惑——石头变成面包,表面的奇迹和权威,世上的万国,哪里就有宗教大法官。①

别尔佳耶夫由此提出了上帝精神与魔鬼精神的区别:

> 承认个性的绝对意义和使命,承认自由和爱是通向拯救、世界的解放和世界的联合之路——这是识别上帝精神的依据。不尊重个性,将它变成工具,为了暂时的利益背叛自由,以暴力的方法取代爱的方法,以表面的联系支持世界的分裂——这是识别宗教大法官的精神、魔鬼精神的依据。②

四

在陀思妥耶夫斯基小说中,往往有着两个世界:启示世界与魔幻世界,其主人公,也往往可以分出两个系列,分别代表了基督精神与魔鬼精神。以"魔鬼"系列论,《地下室手记》中的"地下人",《罪与罚》中的拉斯柯尔尼科夫、斯维德里加依洛夫,《卡拉马佐夫兄弟》中的卡拉马佐夫家族(阿辽沙是个例外,但身上也有着卡拉马佐夫气质),《群魔》中的"反叛者"。《群魔》一开始即引用《新约》中《路加福音》第8章中关"鬼入猪群"的一段:

---

① 弗·索洛维耶夫:《精神领袖:俄罗斯思想家论陀思妥耶夫斯基》,徐振亚、娄自良等译,上海译文出版社,2009年版,第289页。
② 同上书,第315页。

> 那里有一大群猪在山上吃食。鬼央求耶稣,准他们进入猪里去。耶稣准了他们。鬼就从那人出来,进入猪里去。于是那群猪闯下山崖,投在湖里,淹死了。放猪的看见这事就逃跑了,去告诉城里和乡下的人。众人出来要看是什么事;到了耶稣那里,看见鬼所离开的那人,坐在耶稣脚前,穿着衣服,心里明白过来,他们就害怕。看见这事的,便将被鬼附着的人怎样得救,告诉他们。①

以自由派自居的斯捷潘·特罗菲莫维奇临终前幡然醒悟:"这同我们俄国一样。这些从病人身上进入猪里去的魔鬼——这是在我们伟大的亲爱的病人,我们的俄国身上千百年来积累起来的所有瘟疫,所有疮疡,所有污泥浊水,所有大大小小的魔鬼!这是我永远热爱的祖国,但是一个伟大的思想,一个伟大的意志将从天而降,它会庇护俄国,就像庇护那个魔鬼附体的疯子一样,于是所有这些魔鬼,所有这些污泥浊水,所有这些在体表上溃烂的肮脏东西……都会自动要求进入猪身中去,而且已经进去了!"②

与此同时,陀思妥耶夫斯基小说也塑造了一系列具有基督精神的主人公。耶稣原型在陀思妥耶夫斯基作品中便有着多重变体。

首先是救世者基督。耶稣,在基督教中首先是救世的象征。于是,像《群魔》中的吉洪主教,《少年》中的马卡尔,《卡拉马佐夫兄弟》的佐西马长老,作为圣徒,便都成了救世的基督的象征。就像佐西马长老,小说有一段说道:

> 那么,究竟什么是长老呢?长老就是能把你的灵魂、你的意志纳入他的灵魂和意志的人。一旦选定了长老,你就不再有自己的意志,自愿舍弃一切,完全交与长老,由他做主。受戒者自愿接受这种考验,接受这种可怕的试炼,希望在长久的考验之后战胜自我、控制自

---

① 《群魔》(上),冯昭玙译,《陀思妥耶夫斯基全集》(第十一卷),河北教育出版社,2010年版,第1页。

② 《群魔》(下),冯昭玙译,《陀思妥耶夫斯基全集》(第十一卷),河北教育出版社,2010年版,第809页。

我,直至通过终身修炼最后达到完全自由即不受自身制约的境界,免蹈一辈子始终未能找到自我的那些人的覆辙。①

这是圣徒,他能引导人走向精神的新生,人人都成为圣者,互相友爱,不分贫富,没有高低,大家全是上帝的儿子,真正的基督的天国降临了。佐西马长老接见"有信仰的村妇们",一一排解她们内心的烦忧,把阿辽沙引向爱的光明的世界,他临终的训言,告诫教士尊重人民,主与仆相亲相爱,成为兄弟,用温和的爱征服世界。任何人都不能成为别人的裁判官……如此等等,颇似耶稣的登山训众。可以说,佐西马长老就是降临尘世拯救世人的耶稣基督形象的象征。

其次是历难者基督。耶稣基督,是个救世主,也是个历难者,降临尘世,代世人受罪、遭戏弄、被驱赶、被钉十字架,最后才得复活。而陀思妥耶夫斯基笔下的索尼雅、梅什金公爵,正是历难者基督的象征。《罪与罚》中的索尼雅代表的正是一切受苦和为别人牺牲自己的形象。索尼雅生长在一个小官吏家庭。父亲失业、酗酒,为挑起家庭生活的重担,以出卖自己的肉体来养活家中老小。她温驯胆小,孤独无助,受尽恶人欺侮。但她作为妓女,却以自己的爱,感化了杀人者拉斯柯尔尼科夫。

而《白痴》中的梅什金公爵,既是基督公爵,又被人称为"白痴"。陀思妥耶夫斯基在1868年1月12日给阿·尼·迈科夫的一封信中,谈到《白痴》的创作动因,说想要"描绘一个十全十美的人。依我看来,再也没有比这更困难的了,尤其在我们这个时代"。② 梅什金从瑞士的一个美丽的山庄来到风雪迷茫的彼得堡,就像从乐园来到地狱。他怀着一颗童稚之心,真诚待人,试图以爱、宽恕来拯救世人,但却痛感无力。为他所爱的人最终还是被人杀害,爱着他的人最终得到的不过是精神上的痛苦。他自己也不为人所理解,被叫做"白痴""可怜的骑士"。他在与阿格拉雅行将订婚之际,在她家的客厅里面对众多贵族男女的审视,被窃笑,被当作一个

---

① 陀思妥耶夫斯基:《卡拉马佐夫兄弟》,荣如德译,上海译文出版社,2006年版,第25页。
② 《陀思妥耶夫斯基选集·书信选》,冯增义等译,人民文学出版社,1986年版,第188页。

可笑的幻想家。如此种种,都与耶稣到尘世传福音,不被人理解,被众人驱逐、嘲笑,颇为相似。耶稣"救了别人,但不能救自己"①。梅什金想救别人但救不了,连自己也旧病复发;耶稣复活回到父的身旁,梅什金重返瑞士山庄,形成一种奇妙的对应。

第三是纯真者基督。在基督教中,儿童以其纯真,往往被当作天国的主人。《新约》记载,当门徒问耶稣谁是天国里最大的,耶稣叫一个小孩来站在他们中间,说:"你们若不回转,变成小孩的样式,断不得进天国,所以凡是自己谦卑像小孩子的,他在天国里就是最大的。凡为我的名接待一个像小孩子的,就是接待我。"②耶稣为孩子作祷告,说"因为在天国的,正是这样的人"③。而"凡要承受上帝国的,若不是小孩子,断不能进去"④。陀思妥耶夫斯基也经常把孩子当作基督教的最高理想,当作未来和谐的象征、自我回归的目标。为此,陀思妥耶夫斯基创造了一大批儿童形象,把他们当作人间的基督。正如《少年》中所说,他们是"天堂里的光芒,是未来的启示"。而人的理想就是向孩童的回归。梅什金和那些可爱的孩子一起而恢复了健康,阿辽沙在儿童的欢笑中找到了纯真的理想。而这些圣徒本身也都充满了童性。梅什金是个"十足的孩子",马卡尔老人,"少年"在他那一刹那的笑声里发现了一种"孩子气的,极其动人的东西闪了一下"。《卡拉马佐夫兄弟》以孩子们欢快的笑声作结,小说虽然没有最后完成,但应该说已经有一个很好的尾声。正是在孩子们的欢笑声中,人们仿佛瞥见了天堂里的一线光芒。⑤

陀思妥耶夫斯基的整个创作,就被看作是一部伟大的神圣小说。基督教的核心是罪与救赎,陀思妥耶夫斯基经常写的也就是"罪"与"罚"的故事。"世界的罪恶,人心中'善'与'恶'的对立,世界的拯救(从魔幻世界

---

① 《新约·马太福音》第 27 章。
② 同上书,第 18 章。
③ 同上书,第 15 章。
④ 同上书,第 10 章。
⑤ 何云波:《陀思陀耶夫斯基与俄罗斯文化精神》,湖南教育出版社,1997 年版,第 81—84 页。

到启示世界),人的复活(从'魔鬼'走向'上帝'),最后在人及人类向自己的童年的回归中找到了最高理想,它构成了陀思妥耶夫斯基艺术世界的整个体系。"①

上帝与魔鬼在那里交战,而斗争的战场便是人心。陀思妥耶夫斯基小说中的人物,有不少是"双重人格者""分身人"。他们在"上帝"与"魔鬼"、"善"与"恶"之间摇摆,往往会有一个精神"父亲"或"母亲"。拉斯柯尔尼科夫身上的"恶"使他倾向于斯维德里加依洛夫,而精神母亲索尼雅却是他向"善"的动力。索尼雅跟着拉斯柯尔尼科夫去服苦刑,在西伯利亚流放地,犯人们都喜欢索尼雅,叫她:"妈妈,你是我们的母亲,温柔可爱的母亲!"索尼雅成了所有苦役犯的母亲,俄罗斯的圣母。

《少年》中的阿尔卡其·多尔戈鲁基,他的实际父亲是维尔西洛夫,名义上的父亲是马卡尔·多尔戈鲁基。马卡尔教导"少年"信上帝、爱人、行善,使"少年"感到在马卡尔那里"可以回避一切魔力,在那里我有最后得救的希望"。名义上的父亲成了实际上的精神之父。《卡拉马佐夫兄弟》中,阿辽沙一方面承袭了"卡拉马佐夫气质",那种"原始的、疯狂的、粗野的"力量,二哥伊万也时时以其怀疑、反叛在影响着阿辽沙,强调不可把阿辽沙轻易送给佐西马长老,而精神父亲佐西马却使阿辽沙走向爱的光明的世界。当阿辽沙请求留在修道院,佐西马长老对他说:

> 那边更需要你。那边不祥和,你去侍候,会用得着的。万一邪魔作祟,你就念祈祷文。听我说,我的儿(长老对他喜欢用这样的称呼),今后这里也不是你待的地方。记住这话,我的儿。一旦上帝把我召去,你就离开修道院。永远离开。
>
> 我祝福你在尘世刻苦修炼。你要行的路还很长很长。将来你也该成家,应该这样。你必须经受一切磨难,才能回来。要做的事有许许多多。但我对你很放心,所以派你去干。基督与你同在。要维护基督,他也会保佑你的。你将看到大悲苦,并将在悲苦中领悟幸福。

---

① 何云波:《陀思陀耶夫斯基与俄罗斯文化精神》,湖南教育出版社,1997年版,第84页。

这就是我给你的赠言：到悲苦中去寻找幸福。努力干，不断地努力！①

当佐西马长老去世，阿辽沙守在灵前，由于心力交瘁，竟渐渐地打起盹来……迷糊中，他听见帕伊西神父念道：

> 第三日，在加利利的迦拿有娶亲的筵席，耶稣的母亲在那里。耶稣和他的门徒也被请去赴席。②

没有酒了，耶稣对人说：把缸倒满了水，他们就倒满了。耶稣让水变成了酒。基督之创造奇迹，不是来访问疾苦，而是给人们增添喜庆气氛，把欢乐带给穷人。这时，有一个人也来到了喜庆的筵席，"他，这个干瘪矮小的老人，脸上布满细细的皱纹，神情愉快，慈和地笑着"，走到阿辽沙面前。阿辽沙"似乎有什么东西一下子把他的心充盈得发胀，狂喜的热泪从他的灵魂深处迸涌……"，当阿辽沙醒来，走到星空下：

> 大地的静谧与天空的静谧融合为一体，泥土的秘密和星星的秘密交织在一起……阿辽沙站在那里，看着周围的一切，倏地像被砍倒似的爬了下来，贴在地上。
>
> 他不知道为什么要拥抱大地。他说不清为什么如此按捺不住地想要亲吻大地，把整个大地吻遍……
>
> 他趴下时是个脆弱的少年，站起来将成为一名矢志不移的坚强斗士。③

阿辽沙在昏睡中，耶稣基督之灵，佐西马之灵，仿佛都已植入他的心中。当他醒来，又与大地交换了生命，相互融为了一体。阿辽沙就是以这种方式，完成了他的成年仪式。弗雷泽将具有图腾崇拜特点的这一成年仪礼看作是"死亡与复活的仪礼"：

---

① 陀思妥耶夫斯基：《卡拉马佐夫兄弟》，荣如德译，上海译文出版社，2006年版，第79页。
② 同上书，第396页。
③ 同上书，第399页。

在许多尚未开化的野蛮氏族中,尤其是在那些奉行图腾制的氏族中,孩子们到了青春期,按习俗都要举行一定的成年礼,其最常见的做法之一就是假装杀死已到青春期的孩子又使他复活。假如说这样是为了将孩子的灵魂转入其图腾,那么,对这种仪式就可以理解了。因为要想把孩子的灵魂招出体外,很自然地就会想到把孩子杀死,或者至少使孩子昏迷如死(原始人把昏迷不醒看得同死亡一样,不能区别)。孩子极度昏厥后苏醒过来,可以说是身体机体的逐渐恢复,然而原始人则解释为这是从孩子的图腾身上输入新的生命。所以从这些成年礼的本质就是假装死亡和复活的现象来看,可以说是人与其图腾交换生命的仪礼。①

陀思妥耶夫斯基的小说中,精神之"父""母"往往成了主人公精神的引导者。这使我们想到基督教的"双重血统"原型。"太初有道……道成肉身"②,道即圣灵、精神,是无限的,而肉身却是物质,是可触摸的、有限的。灵与肉的统一,便是耶稣乃上帝的圣灵藉马利亚的肉身而生,这注定了耶稣的双重血统,名义上的父亲是约瑟,实际上的父亲却是上帝。它体现在陀思妥耶夫斯基创作中,便成了"双重血统"母题。③

第四节　叙事神学

笔者曾在《上帝如何叙述——〈卡拉马佐夫兄弟〉与陀思妥耶夫斯基的"叙事神学"》一文中,通过对《卡拉马佐夫兄弟》神学叙事的分析,提出了"叙事神学"的概念。④ 这里的"叙事神学",指的是在文学作品中,关于"神""神学"的叙事。我们前面讨论了宗教经典如《圣经》的神学叙事与陀

---

① 弗雷泽:《金枝》,徐育新等译,中国民间文艺出版社,1987年版,第987—988页。
② 《新约·约翰福音》第1章。
③ 何云波:《陀思陀耶夫斯基与俄罗斯文化精神》,湖南教育出版社,1997年版,第79—80页。
④ 何云波:《上帝如何叙述——〈卡拉马佐夫兄弟〉与陀思妥耶夫斯基的"叙事神学"》,《燕赵学术》2012年秋之卷,四川辞书出版社,2012年。

思妥耶夫斯基小说关于"神"的叙事的联系与差异。总体说来,在陀思妥耶夫斯基小说中,叙事神学是一种过程神学、对话神学、实践神学,这也正是"叙事神学"的特点所在。

一

首先,陀思妥耶夫斯基小说中的叙事神学是一种过程神学。

基督教中的"过程神学",广义地说,包括各种凡强调事件、变化及相关性的神学看法。狭义地说,"过程神学"是指 1930 年代以降,在芝加哥神学院,以马太(S. Mathews,1863—1941)为首,经哈特肖恩、怀特海等人发展的神学运动。该神学针对主流教会中较为静止的传统神学,强调天主和一切现实都是在一个恒久的变化"过程"中,并向前运动——没有一样东西是固定不变或永恒的。上帝具有"原有的性质"和"后有的性质",是一个过程化了的上帝。中国学者蒋济永受此启发,在诗学研究中提出了"过程诗学"的概念,他强调诗学的概念名称、诗学话语、诗学观念、诗学形态等都是一个不断变换的过程。① 本节通过陀思妥耶夫斯基的小说提出"过程神学",则是指在陀思妥耶夫斯基小说中,人物对上帝的"信"与"不信",都是处在过程中,很少有终极的答案,而上帝也是多重的、过程性的,处在被不同的人建构的过程中,每个人心目中都有自己不同的上帝。

如果说在《圣经》里,上帝全知全能,是不可怀疑的,人只能"信",不能"疑",那么在陀思妥耶夫斯基小说中,"信"往往成了一个过程。陀思妥耶夫斯基曾在 1868 年 12 月 23 日给阿·尼·迈科夫的一封信中谈到构想中的一部小说:"构思一部规模宏大的长篇小说,名为《无神论》。主人公最后才找到基督和俄罗斯大地,俄罗斯的基督和俄罗斯的上帝。"②1870 年 4 月 6 日,他又一次对迈科夫谈道:"长篇小说的总标题已经有了:《大

---

① 蒋济永:《过程诗学》,中国社会科学出版社,2002 年版,第 5 页。
② 《陀思妥耶夫斯基选集·书信选》,冯增义等译,人民文学出版社,1986 年版,第 214 页。

罪人传》,但每一部中篇小说还有单独的标题。贯穿在小说各部的一个主要问题,就是那个我有意无意之间为此苦恼了一辈子的问题——上帝的存在。主人公在自己的一生中,时而是无神论者,时而是信神的人,时而是宗教狂和教派信徒,时而重又成为无神论者。"①

显然,陀思妥耶夫斯基想在自己这部规模宏大的长篇小说中,写出一个人在"信"与"不信"中,最终找到上帝的过程。这一宏大构思虽然最终没能实现,但在他往年的作品中,如《群魔》《少年》《卡拉马佐夫兄弟》中,都有所体现。作者在记事录中曾谈到《卡拉马佐夫兄弟》:

> 混蛋们以信仰上帝是没有教养和反动来刺激我。这些傻瓜做梦也想不到否定上帝的这种力量,它表现在宗教大法官和前一章中,整部长篇小说也就是对这两章的回答。我并非像傻瓜(宗教狂)那样信仰上帝。这些人居然想教训我并嘲笑我没有教养! 他们愚蠢的天性做梦也想不到我已经克服了否定的力量。他们岂能教训我。②

宗教大法官和之前的一章,也即伊万在阿辽沙面前,对上帝和上帝所创造的世界的质疑,其否定的力量是空前的。因而,要从"否定"走向"肯定",要做出有力的"回答",需要更大的力量,付出更多的心力,其实最后也可能无能为力。可贵的,不是作者提供的答案,而是其过程本身,就具有了巨大的艺术力量。

其实,"信"与"不信",也使陀思妥耶夫斯基苦恼了一辈子。

陀思妥耶夫斯基很早开始就立志研究"人和生活的意义",另一方面他又感到这个世界是一个"沾染了邪恶的天上神灵的炼狱",为此感到痛苦。他在1838年给哥哥的信中曾谈道:"哥哥,活着而没有希望是悲哀的。向前看,未来使我感到可怕。我似乎在没有一丝阳光的寒冷极地的氛围中奔跑……"③在这样的境地中,他渴求信仰,渴求找到灵魂的安息

---

① 《陀思妥耶夫斯基选集·书信选》,冯增义等译,人民文学出版社,1986年版,第247页。
② 《陀思妥耶夫斯基论艺术》,冯增义、徐振亚译,漓江出版社,1988年版,第387页。
③ 《陀思妥耶夫斯基选集·书信选》,冯增义等译,人民文学出版社,1986年版,第6—7页。

之处。但是,他又时时感到怀疑的痛苦。他把自己当作一个"时代的孩童","直到进入坟墓都是一个没有信仰和充满怀疑的孩童。"陀思妥耶夫斯基也曾一度参加彼得拉舍夫斯基小组,相信空想社会主义,并因此遭受牢狱之灾。四年监禁和六年流放生涯改变了他的信仰。陀思妥耶夫斯基曾在日后的《作家日记》中谈到自己信念改变的原因:"与人民的直接接触,在共同的苦难中与人民兄弟般的结合,自己已经和他们一样,和他们不相上下,甚至相当于他的最低的地位。……同时,我,大概,是比较容易回到人民根子上去,理解俄国人的内心,承认人民精神的一个人。我出身于俄罗斯家庭,而且是笃信宗教的家庭。从我记事的时候起,我就记得父母对我的爱。在我们家里我们在很早的童年便会念福音书了。当我还只有十岁的时候,我几乎知道了卡拉姆津写的俄国史中的全部主要历史事件。这部书是父亲每晚给我们念的。每次朝拜克里姆林宫和莫斯科寺院对于我来说是一件庄严的事。"①

回到东正教,回归人民根基,成了陀思妥耶夫斯基的选择。而对陀思妥耶夫斯基来说,他之所以需要上帝,既是自身的情感需要,也是一种道德的需要。小说《白痴》曾写道:"可想而知,有一种思想比一切灾难、荒歉、酷刑、瘟疫、麻风更厉害,比整个地狱之苦更厉害,而要是没有这种把大家拴在一起、给心灵引路、使生命的源泉永不枯竭的思想,人类是无法熬过来的!请给我们指出,在我们这个混沌和铁路的时代,有什么能和那种力量相比?……财富增加了,但是力量减弱了;把大家拴在一起的思想没有了;一切都变软了,一切都酥化了,人人都酥化了!"这个时代需要宗教的道德力量"把大家拴在一起"(《白痴》),陀思妥耶夫斯基由此痛感到上帝存在的必要性。

但也正因为如此,陀思妥耶夫斯基对上帝"存在"的"确信",很多时候又是充满疑问的。这种疑问也常常体现在他的作品中。陀思妥耶夫斯基的小说,关于上帝与人的信仰的叙述,都要放在具体的情境中。人们把陀

---

① 《陀思妥耶夫斯基论艺术》,冯增义、徐振亚译,漓江出版社,1988年版,第173页。

思妥耶夫斯基称作"心理学家""哲学家""宗教家",然而他的身份首先是小说家。他通过小说来拷问人的灵魂,探求人心灵的秘密,表达对人生的思考。

劳特说,陀思妥耶夫斯基把"他的全部注意力都指向心灵和心灵中发生的种种过程"。① 在心灵的运动中去描写主人公的"不信"与"信",构成了陀思妥耶夫斯基小说的一大特点。在《卡拉马佐夫兄弟》中,不光是德米特里,卡拉马佐夫家的老二伊万、老三阿辽沙也处在紧张的思考中。尽管结局,阿辽沙走向了上帝,伊万则在痛苦的思想矛盾中走向精神分裂。而作家着力展现的是他们"信"与"不信"的过程,"信"与"不信"都经历了痛苦的思想斗争。小说的吸引力就在对这一"过程"的展现中。"信"中有"疑","疑"而有"信",将"信"将"疑",构成了小说的巨大的思想张力。

正因为如此,上帝在不同的人心目中,也就具有了不同的面目。对佐西马长老来说,上帝是绝对的善的化身;在阿辽沙那里,上帝充当的是他人生的引导;在老卡拉马佐夫眼里,上帝就是人心里的另一条"虫子";对德米特里来说,上帝是他人生最后的宣判者;而伊万,总处在信仰的折磨中,一会儿,要以上帝之国来救赎世俗之国,一会儿,上帝(耶稣)又成了宗教大法官审问、驱逐的对象;连私生子斯乜尔加科夫也在怀疑,也在质疑上帝存在的合理性……伊万所虚构的"宗教大法官"一节,很好地诠释了上帝(耶稣)在后世的人间的命运。

在传统宗教文本中,上帝往往充当了绝对、唯一、最后裁判的角色。而陀思妥耶夫斯基的小说,将人物的"信"纳入小说具体的情境中,凭借对人物命运的关注,借助个体的经验、心灵的运动来表达"信"的过程,正构成其作为"叙事的神学"的特点。②

---

① 赖因哈德·劳特:《陀思妥耶夫斯基哲学——系统论述》,沈真等译,东方出版社,1996年版,第19页。
② 何云波:《上帝如何叙述——〈卡拉马佐夫兄弟〉与陀思妥耶夫斯基的"叙事神学"》,《燕赵学术》2012年秋之卷,四川辞书出版社,2012年版。

二

陀思妥耶夫斯基小说中的叙事神学也是一种对话神学。

传统的神学,往往都是独白型的文本,我讲你听。上帝与人的关系,更多的是一种主宰与服从的关系。而在陀思妥耶夫斯基小说中,当每一个个体都处在"思考"之中,都从自己的立场出发,成为某一种"思想"的代表,他们便都成了"神学家"、上帝的代言人或对话者。不同的思想在那里对话、交锋,便构成了小说的一种对话性。

巴赫金从陀思妥耶夫斯基如何对世界进行艺术观察,如何构筑小说的角度,发现了陀思妥耶夫斯基小说的复调与对话性。在巴赫金看来,主人公与作者、人物之间、人物与自我的对话,便构成了陀思妥耶夫斯基小说的复调。从思想表达的角度说,这也正是叙事神学的特点。

陀思妥耶夫斯基在《答卡维林》的一篇札记中谈到《卡拉马佐夫兄弟》:

> 宗教大法官和描写孩子的一章。根据这几章您将可能科学地而不是在哲学方面如此傲慢地对待我,虽然哲学并非我的专业。在欧洲,无神论表现出这样的力量是没有的,也未曾有过。所以,我不是像小孩子那样信奉基督并宣扬他,我的颂扬是经过怀疑的巨大考验的,正像我的长篇小说中魔鬼讲的那样。[①]

《卡拉马佐夫兄弟》一开始,修道院聚会,就是关于宗教、教会、神学的众声喧哗,这种争论直到小说的终结。每一个都在参与其中的争论,每一个人都在力求发出自己的声音。争论或在社交聚会的场合,或在家庭餐会中展开,或多人,或双人,或自己与自己,就像伊万与自己的幻影。

佐西马长老总在训导人如何才能相信上帝,相信爱。伊万却总在怀疑上帝的存在。信与不信,也贯穿了小说的始终。阿辽沙是信的,伊万却总在怀疑着,苦恼着。在其后的一次聚会中,兄弟俩又讨论起上帝的问题

[①] 《陀思妥耶夫斯基论艺术》,冯增义、徐振亚译,漓江出版社,1988年版,第390页。

来。"如果上帝不存在,必须把他造出来……至于我,早已拿定主意不去考虑:是人创造了上帝,还是上帝创造了人?"①上帝的存在问题,归根结底与人性的善恶,与人是否能"信"自己有关。阿辽沙相信人的善性,相信可以用爱来宽恕一切。而伊万说:"我一向无法理解,怎么可能爱自己的邻人。"人类充满了种种残暴的"兽行",在伊万看来,如果世上不存在魔鬼,那么是人按照自己的模样创造了魔鬼。"人的兽行"导致了世上的种种罪孽,包括"孩子的苦难",父亲虐待女儿,用树条"贴肉"地抽打亲生女儿,将军唆使爱犬将用石子打了他狗的男孩撕成碎片,面对这一切,阿辽沙也不由自主地说出了两个字:枪毙。

伊万对上帝的追问,尖锐而冷酷,连虔信的阿辽沙都被一步步引向矛盾中。"疑"与"信",在这里构成了两极,阿辽沙处在中央,成为两种思想的试验场。

在陀思妥耶夫斯基小说中,关于"神"的对话、争论,有时非常郑重、严肃,有时不过是自己跟自己过不去,有时只是为了展示自我的存在感、"辩"的能力。正像《卡拉马佐夫兄弟》,在家庭餐会中,谈到一个士兵的故事:这个士兵因不肯背弃基督教信仰而受酷刑,被活剥其皮而死。平时沉默寡言的私生子斯乜尔加科夫,突然冒出来,辩道:他即使背弃基督教义和自己受过的洗礼,从而把一条命保全下来做好事,以经年累月的积德抵偿自己的怯懦,也算不得什么罪过。况且,我一开口说我不是基督徒,甚至刚一动念,至高无上的上帝审判庭立刻会宣布把我革出教门。我就已经不是基督徒了,自然也就无所谓"背弃"。斯乜尔加科夫这番宏论,可称得上是真正的"诡辩"了。但这"诡辩",竟也令人无从辩驳。

关于上帝与耶稣基督的争论,有时连孩子也参与其中。14 岁的郭立亚也煞有介事地与阿辽沙谈论"神"的问题:"上帝只是一种假设……但是,我承认上帝是需要的,为了秩序……为了世间有序可循以及其他……

---

① 陀思妥耶夫斯基:《卡拉马佐夫兄弟》,荣如德译,上海译文出版社,2006 年版,第 261 页。

即使没有上帝,也有必要造一为上帝。"①郭立亚宣称自己是个社会主义者。而耶稣基督"这是一个充分体现人道精神的人物,假如他生活在我们的时代,无疑会参加革命,或许还能扮演举足轻重的角色……"②阿辽沙问"这些东西你是从什么地方捡来的",郭立亚说,他经常和拉基津谈论某些问题,别林斯基老先生也曾经这样说过。于是,在孩子郭立亚的"思想"中,也就有了神学校学生拉基津和大思想家别林斯基的"声音"。

于是,在陀思妥耶夫斯基小说关于"神学"的对话中,便有了各种声音。而各种声音充满了矛盾、悖论,因为这种矛盾,反而使其小说具有了一种巨大的思想的张力。一般的神学要求的是非此即彼,陀思妥耶夫斯基的"叙事神学"却是亦此亦彼,用庄子的话说,就是此亦一是非,彼亦一是非。因为不确定,反而使其具有了多种可能性。模糊性、多义性、复杂性,正构成了叙事的"神学"与一般意义上的"神学"的区别所在。

在传统社会,万能的无所不在的上帝拥有绝对的权威,主宰着宇宙的一切。信仰是单向度的,独白性的。而陀思妥耶夫斯基的神学则是一种怀疑的、肯定与否定相纠结的神学。而正是这种怀疑,有时又恰恰使思想处在活跃的状态,闪现出智慧的火花。正像《卡拉马佐夫兄弟》中的伊万始终处在"怀疑"中。他与阿辽沙总在探讨着一些永恒的问题:"咱们首先必须解决亘古长存的问题,这才是咱们所关心的。"③而其首要的问题就是有没有上帝和灵魂不灭。这些问题直到最后也可能没有确切的答案,作家也很少试图给出唯一的答案,这构成了陀思妥耶夫斯基小说思想表达的"未定性""未完成性"。

在陀思妥耶夫斯基小说中,如果说常常存在各种声音"众声喧哗"的情况,当他需要表达理想时,也会出现一种独白的主导性话语。《卡拉马佐夫兄弟》便存在着这样的两套话语:对话性话语和独白性话语。不确定性、矛盾性,使不同的声音始终处在一种对话的状态,任何一种声音都无

---

① 陀思妥耶夫斯基:《卡拉马佐夫兄弟》,荣如德译,上海译文出版社,2006年版,第608页。
② 同上书,第610页。
③ 同上书,第260页。

法凌驾于它种声音之上。而当作家需要为迷途的"罪人"们提供一条理想的出路时,他会偏离自己的"中立"的立场,提供一种代表"真理"的权威的声音。就像小说中的佐西马长老,他的身份是救世者耶稣在人世间的使徒,职责在训导、教化人。对于尘世间那些不信者、迷途者来说,长老便常常成了他们切实的人生的引导。

"怎样确信?通过什么?"

"通过切实的爱的经验。您要设法脚踏实地、坚持不懈地去爱世人。随着你在爱世人的实践中不断取得成功,您也就会逐步相信上帝确实存在,相信您的灵魂确实永生不灭。"①

"你们要彼此相爱,神父们,"长老教导说(据事后阿辽沙的回忆):"要爱上帝的臣民。……你们要不知疲倦地向人们宣讲福音……勿敲诈勒索……。勿贪金银,勿藏财宝……。恪守信仰,坚持旗帜并把它高高举起……"②

"他是神圣的,他心中藏着能使所有的人获得新生的秘密,藏着最终将在世上确立真理的那股伟力,那时人人都是圣贤,都将相亲相爱,没有贫富贵贱之分,大家都是上帝的子女,真正的基督王国也就来临了。"③

类似这样的训诫,在小说中比比皆是。小说中还有一节"佐西马长老的谈话及训示摘要",甚至成了一种完全的论述文体:略论俄罗斯修士及其可能的涵义;略论主与仆以及主仆能否在精神上成为兄弟;关于祈祷,关于爱,关于和别的世界的接触;能否为同类当法官?关于终生不渝的信仰;关于地狱和地狱之火,神秘论。单看这些小节的标题,就可知其语言

---

① 陀思妥耶夫斯基:《卡拉马佐夫兄弟》,荣如德译,上海译文出版社,2006年版,第57页。
② 同上书,第180页。
③ 同上书,第28页。

表述的方式。

这种论述文本,基本上偏离"叙事",而接近于理论化的神学。它们的涵义是确切的,不可置疑的,正因为如此,反而又缺少了一些叙事的生动性、丰富性,而更多充满了一种枯燥的说教的意味。

别尔嘉耶夫曾经谈到陀思妥耶夫斯基的小说与政论:"陀思妥耶夫斯基——首先在他的艺术创作中,在他的小说中是一个伟大的、最伟大的思想家。在他的政论文章中,其思想的力量和尖锐性却削弱和钝化了。……甚至他关于普希金那广受赞誉的谈话也是过于夸大的。这个谈话的思想和作家日记的思想,较之《宗教大法官》和《地下室手记》中的思想,则是薄弱而苍白的。"[①]在陀思妥耶夫斯基小说中,这种"政论性"也往往不会加强他思想的深度,而反而弱化了其艺术的力量。陀思妥耶夫斯基小说真正吸引人之处,不是这种"确信",而是不同的思想在其交锋中所体现的一种思想的张力。

三

陀思妥耶夫斯基小说中的叙事神学还是一种实践神学。

陀思妥耶夫斯基小说中各种人物的"思想",常常处在激烈的交锋中,见仁见智,难分高下。作者也很少直接站出来作评判,那么,对这些理论的检验,便只能留给生活本身了。

陀思妥耶夫斯基小说的故事,有时仿佛成了为某种理论提供一个背景,一种情景,或者说,一个思想的试验场。就像《罪与罚》,主人公拉斯柯尔尼科夫,相信一种流行的理论,为了正义,为了实现某种理想,某些人有权越过法律,乃至去犯罪、杀人。拉斯柯尔尼科夫也就成了一个"理论杀人者"。《罪与罚》要表现的,就是在拉斯柯尔尼科夫在这种理论的指导下杀了人之后,又如何忍受心灵的折磨,良知的拷问,最终走向悔罪的历程。

[①] 转引自王志耕:《宗教文化语境下的陀思妥耶夫斯基诗学》,北京师范大学出版社,2003年版,第76页。

当拉斯柯尔尼科夫在西伯利亚的流放地里诚心接受对其"罪"的惩罚,一种曾经雄辩的理论也就瓦解了。

《卡拉马佐夫兄弟》也是如此。检察官伊波里特称卡拉马佐夫三兄弟分别代表了"不加藻饰的俄罗斯""全盘欧化"和"民粹精神"。这三种"思想"或"精神"聚集在一个家庭里,种种的故事由此展开。老二伊万被人们称作"哲学家",同时也是一个信奉个人主义的无神论者。小说开始,通过别人的转述谈到伊万的思想:

> 世上没有任何力量能迫使人们爱其同类,人爱人类这样的自然法则根本不存在,如果说迄今为止世上有爱或有过爱,那并不是自然法则使然,而纯粹是因为人们相信自己可以永生。……所以,倘若把人类认为自己可以永生的信念加以摧毁,那么,不仅人类身上的爱会枯竭,而且人类赖以维持尘世生活的一切生命力都将枯竭。这且不说。到那时就没有什么是不道德的了,到那时将无所不可,甚至可以吃人肉。但这还没完。最后他断言,对于每一位既不信上帝,也不相信自己能永生的个人来说,如我们现在便是,自然的道德法则必须马上一反过去的宗教法则;人的利己主义,哪怕是罪恶行为,不但应当允许,甚至应当承认处在他的境地那是不可避免的、最合情合理的、简直无比高尚的解决办法。①

伊万的思想结局如何,在后面情节的发展过程中,几个人物的命运,便成了这种思想的验证。老大德米特里是这一思想的直接的行动者,生活放荡不羁,总在扬言要杀死自己的父亲,最终被送上法庭。而私生子斯乜尔加科夫,作为实际上的杀父者,他实践的正是伊万的思想。他对伊万坦白,杀人首先是为了钱:"原先有过这样的想法,以为有了这些钱可以去莫斯科,甚至去国外开始新的生活,这种想法确实有过,主要是受了'无所不可'的影响。您教我的这个道理完全正确,当时您对我说过许多这样的话:既然没有永恒的上帝,也就没有任何道德可言,那还要道德做什么?

---

① 陀思妥耶夫斯基:《卡拉马佐夫兄弟》,荣如德译,上海译文出版社,2006年版,第71页。

我就是这样想的。"而伊万,明知道斯乜尔加科夫有可能杀人,却借故离家外出,给了斯乜尔加科夫动手的机会。所以,斯乜尔加科夫对伊万说:"是你谋杀了他!……要说杀人——你自己绝对不可能,也不愿意。可是由别的什么人去干谋杀,这您是愿意的。"

扪心自问,伊万也只好承认,自己是个思想的杀人犯。他为此处在痛苦的自责与焦虑之中,于是,有了那段著名的"伊万·费尧多罗维奇的梦魇"。魔鬼出现在他面前,而这魔鬼实际上是他自我的幽灵,"心造的幻影"。他与"心造的幻影"对话,"心造的幻影"讲了一个关于天堂的传说:

"当年在你们人间有这样一位思想家和哲学家,他'否定一切,包括法律、良心、信仰,'尤其否定身后生命。他死了,他认为从此进入黑暗和寂灭,不料出现在他面前的却是身后生命。他大为惊讶而又愤慨,说:'这违背我的信念。'为此他被判罚……对不起,我只是转述我听来的内容,这仅仅是传说……他被判罚在黑暗中走一百万的四次方公里(我们那里现在采用米突制),什么时候走完这一百万的四次方公里,什么时候向他敞开天堂之门并宽恕一切……"①

事实上,这是伊万的自画像,连伊万自己也难以直面自己了。"动摇、惶惑、信与不信的思想斗争——这一切有时候对于像你这样识羞耻的人来说,实在太痛苦了,简直想上吊。"幻影的出现,就是要让伊万相信这样一个"自我"的存在。伊万无法面对这样的一个"自我",恨得咬牙切齿,"你愚蠢而且庸俗,你蠢得要命。不,我讨厌你!我该怎么办,我该怎么办?"他骂幻影是"蠢驴",让他别玩哲学。他说:"跟你在一起实在乏味,我受不了,简直活受罪!要是能把你赶走,我不惜付出很大的代价!"人取代神成为新的上帝,这曾经是伊万的理想。但此刻,这一切通过幻影的嘴说出来,伊万一边听着,一边"双手捂住自己的两只耳朵,眼睛瞧着地上,但开始全身打战"。他把这当作是"本性中愚蠢的东西",早就被克服淘汰了的。他骂幻影"为什么我的灵魂会产生像你这样的奴才?"

---

① 陀思妥耶夫斯基:《卡拉马佐夫兄弟》,荣如德译,上海译文出版社,2006年版,第707页。

这是伊万的自省。他的思想曾经影响了德米特里和斯乜尔加科夫，但他们的行动最终证明了伊万思想的可怕。如今，自我的魔鬼直接将他的思想的灵魂展示出来，他感到自己都无法面对自己了，最后只好走向精神分裂。

陀思妥耶夫斯基的"神学"永远不仅仅是停留在理论的层面，而是一种实践的神学，用实践来检验理论。理论的正确或荒谬，也就不证自明了。劳特说陀思妥耶夫斯基小说所表达的思想是从客体经验出发的"归纳法"，同时，它也是一种"演绎法"，有了一种思想，然后推演到现实生活中，用现实来检验它。思想永远与实际的人生联系在一起，思想的过程也是人生的过程，它影响到人的选择、命运，它同时也就构成了一种生命神学。

第三章

小说与伦理叙事

自美国学派将跨学科研究引入比较文学,比较文学跨学科研究在影响研究与平行研究的框架下,基本上将注意力集中在不同学科的相互影响和其同与异的比较上,而很少进一步进行理论思考。笔者曾在《越界与融通——跨文化视野中的文学跨学科研究》一书中提出将跨文化视野引入比较文学跨学科研究中,是基于不同文明知识体系的差异,使"文学""艺术""哲学"之类都有着各自的内涵。而另一方面,同一知识体系中,不同学科之间,共用一套话语,也可能出现价值取向的歧异。以文学与伦理学为例,文学中的伦理与现实伦常未必都是一致的。或者,作者的伦理道德观念与作品中所体现出的伦理也可能有差异(这里涉及作者与隐含作者的关系)。这正是叙事中的伦理的独特性。讨论陀思妥耶夫斯基小说与伦理叙事的关系,为我们讨论文学与伦理学的关系提供了一个颇具特色的个案。

第一节 叙事伦理与伦理叙事

在讨论陀思妥耶夫斯基小说与伦理学的关系之前,我们有必要弄清何为叙事伦理与伦理叙事,叙事中的伦理与现实中的伦理,有何共通之处和差异。文学既负有道德教化的使命,但有时,文学中具有无限的审美魅力的描写,未必就是符合现实伦常和伦理学规范的。这就引出一个问题:文学与伦理学:对话如何可能?叙事伦理与伦理叙事的独特性何在?对此问题的思考,对比较文学跨学科研究的理论建构与创新,应该也不乏启示意义。

一

目前中国学界关于文学伦理学的讨论颇为热烈,这里有必要先澄清一下文学伦理学中伦理叙事与叙事伦理两个概念。不少讨论此问题的学者,或者是将两者混淆使用,或者要区分但语焉不详。其实,我们可以简单地从字面意义把两者区别开来。所谓"伦理叙事"就是叙述作品对与伦理相关的人物与事件的叙述、表达。"叙事伦理"则是作家在叙事中遵循的伦理规范。

从这个角度说,柏拉图强调:"除了颂神的赞美好人的诗歌以外,不准一切诗歌闯入国境。"[1]文艺应该宣示平和中庸的道德和有利于城邦治理的理想,而诗歌在本质上不是模仿心灵的善,而是模仿多变的性格,诗人不能教人认识真理,所以柏拉图拒绝让诗人进入"理想国"。还有中国的孔子,将自己关于"仁"的思想推之于文艺,提出诗的功能在于"兴、观、群、怨"。他以"哀而不伤,乐而不淫","思无邪"来概括《诗经》,要求诗歌"发乎情,止乎礼义",显然都是属于"叙事伦理"的范畴。

从文学批评的角度说,"叙事伦理"常常容易走向对文学的道德批评。有学者谈到,中西不少文艺作品都存在道德安全问题,比如对杀人犯的美化。文章由此提出了小说叙事"道德底线"的问题,并将"不可杀人、诚信诚实、不可诲淫"规定为叙事伦理的"道德底线"。[2] 这涉及对叙事伦理与现实伦理关系的理解的问题:文学是否有自己的叙事逻辑,是否只能完全根据现实伦理对虚构作品中的人与事去做道德的规训。

---

[1] 柏拉图:《文艺对话集》,朱光潜译,人民出版社,1963年版,第87页。
[2] 王成军:《论中西小说的叙事伦理》,见《承接古今汇通中外——中国比较文学学会第八届年会暨国际学术研讨会论文集》,宁夏人民出版社,2008年版。

在中西文学中,道德感也一直是文学家们孜孜以求的,以致不少小说成了道德训诫之作。反过来,一些违背社会普遍道德习俗的作品又被看作有伤风化。柏拉图曾经要把诗人逐出他的理想国,他为此罗列的罪状是:

一、诗人只是摹仿者,他得到的只是影像,并不曾抓住真理;

二、他的作品对于真理并无多大价值;

三、他逢迎人性中低劣部分;

四、他培养发育人性中低劣的部分,摧残理性的部分。

要把诗人逐出他的理想国,其中一个重要的理由,就是柏拉图将文艺道德化。"我们一向对于身体用体育,对于心灵用音乐",柏拉图将感性的诗和音乐看成是铸造人的心灵的重要途径。而反过来,当诗人、艺术家"逢迎人性中低劣部分",就要被逐出理想国了。

叙事需要遵循道德的约束,有一定的道德底线。陀思妥耶夫斯基的小说《群魔》最初在《俄国导报》上刊发,其中第二部第九章《谒见吉洪》,已经排版,但被主编卡特科夫从校样上拿了下来。陀思妥耶夫斯基为此做了修改,并给编辑部的柳比莫夫写信:"我向你起誓,我不能不保留问题的实质,这是一个意义重大的典型(我确信如此),我们的典型,俄罗斯的典型,一个无所事事的人,却又并不愿意无所事事,因为他失去了与本民族的一切联系,主要是失去了信仰,他因为无聊而道德败坏,但是他的良心没有泯灭,他做出痛苦的紧张的努力以求获得新生,重新开始信奉上帝。由于接近虚无主义者,这现象是严重的。我起誓,这是存在于现实中的现象。这是一个不信我国信徒的信仰而要求完全彻底信仰的人……"[①]如此重要的构思,还是没能获得发表机会(直到1922年才首次在单行本中补入),因为这一章中"斯塔夫罗金的忏悔",涉及主人公诱奸一位14岁的未成年少女。尽管是"忏悔",也不被允许与读者见面。

[①] "题解",《群魔》(下),冯昭玙译,《陀思妥耶夫斯基全集》(第十二卷),河北教育出版社,2010年版,第904页。

陀思妥耶夫斯基《罪与罚》在《俄国导报》发表时,也曾面临类似的问题。《罪与罚》第四部第四章,主人公拉斯柯尔尼科夫为所欲为的理论与索尼雅宗教思想的对立也许过于尖锐,编辑部要求修改。陀思妥耶夫斯基做了修改,给柳比莫夫写信:"罪恶与善行毫不含糊地分开了,再也不会混淆,再也不可能被曲解了。"①

问题是,文学并一定都是跟着普遍的道德伦理亦步亦趋。以小说论,叙事中的伦理自有其特殊性,或者经常会表现出道德选择的两难。比如,在欧美文学中:关于爱情、婚姻的描写,最动人的爱情,往往不一定来自婚姻之内。比如薄伽丘的《十日谈》,100个故事中,很多都是描写世俗男女之情的故事,其中不少是婚外情。歌德的《少年维特之烦恼》,是维特爱上有夫之妇的故事,维特因爱情的失意而自杀,曾经感动了许多的读者。托尔斯泰的《安娜·卡列尼娜》,安娜对爱情自由的追求及其最后卧轨自杀的悲剧,也使很多读者为之洒下同情之泪。肖洛霍夫的《静静的顿河》,格里高力在两个女人阿克西妮亚和娜塔莉亚之间的痛苦选择,他的婚外恋情,又被看作是"人的魅力"的展示。帕斯捷尔纳克的《日瓦戈医生》,日瓦戈与拉拉之间的美好爱情,也是一个关于第三者、婚外情的故事。而作者对之却作了美化,在拉拉身上,世俗的女性的特征慢慢消隐,母亲般的圣洁、慈祥逐渐凸现,使人感到,这仿佛就是一位圣母。《日瓦戈医生》被认为向我们展示了俄罗斯文学中常见的圣母崇拜原型。

面对这种种"婚外情",不同时代、立场的作家,态度自然不完全一致。托尔斯泰面对安娜的追求,就很矛盾。不少文学史研究者都注意到这一点:"作家对安娜的态度是矛盾的。小说的题辞:'伸冤在我,我必报应',表明了这种双重态度。从托尔斯泰所赞赏的宗法制的贤妻良母出发,从禁欲主义出发,他谴责安娜破坏了家庭幸福。……但现实主义的创作态度,又使他同情安娜的不幸命运,进而为她辩护,揭露贵族社会的荒淫无耻和极端虚伪,控诉逼死安娜的整个上流社会,有罪的正是那个在精神上

---

① 《陀思妥耶夫斯基·书信选》,冯增义等译,人民文学出版社,1986年版,第156页。

奴役妇女的社会制度本身。"①

客观地说,上述作品中所涉及的爱情,都是与现实的一夫一妻制的婚姻道德相冲突的。但文学评论家们常常会为这些情感辩护,为之找到正面的意义。正像文学史家们一方面承认《十日谈》"描写的爱情故事,大多是婚外情,即偷情。用今天的观念看,是不符合婚姻道德的",但同时又认为,薄伽丘作这样的描写,是"从人性的自然性出发",而"作者对婚外爱情的描写与肯定,更主要的原因是对封建婚姻制度、门阀观念的挑战和批判。因为违背当事人意愿的封建包办婚姻、讲究门第的婚姻,严重摧残了人的身心健康,阻碍了人性的自由发展"。② 这在文艺复兴提出人权人性、个性解放的时代,自然被认为具有进步意义。

歌德的《少年维特之烦恼》,维特也被看作是"一个已经觉醒的先进知识青年的形象","向往自由平等,追求爱情幸福和个性解放,反抗等级观念,憎恶种种陋习",而有夫之妇绿蒂之遵守妇道、拒绝维特的追求,反而被看作是"具有'奉公守法'的弱点,屈服于封建的婚姻制度和社会习俗"。③

在文学家和文学批评家的视野里,"奉公守法"被当作了人的弱点,违背现实伦常的感情却一次次得到肯定和歌颂。为何会如此?怎么才能给出一个合理的解释?就是我们首先需要解决的问题。

二

这里便涉及文学与伦理及伦理学的关系。我们不妨先来看看中国学界对此问题的探讨。

近年来,国内有学者受西方学界启发,提出"文学伦理学批评"的主张,认为文学伦理学批评又可以称为伦理学批评或文学伦理学,还可称之为文学的新道德批评。"实际上,它不是一门新的学科,而只是一种研究

---

① 二十四所高等院校:《外国文学史》(第三卷),吉林人民出版社,1980年版,第365页。
② 张世君:《外国文学史》,华中科技大学出版社,2007年版,第158页。
③ 聂珍钊主编:《外国文学史》(第二卷),华中科技大学出版社,2004年版,第126页。

方法,即从伦理道德的角度研究文学作品以及文学与作家、文学与读者、文学与社会关系等诸多方面的问题,对存在的文学给以伦理和道德阐释。"①

事实上,文学作为人学,从一开始就涉及种种伦理道德问题。当代一些中国学者,对中国文学与伦理道德的关系问题也颇为关注。如赵兴勤的《古代小说与传统伦理》,从伦理的角度探讨中国古代小说。揭示了古代小说与伦理的复杂关系。卜召林等著的《二十世纪中国文学与道德》则是对二十世纪中国文学与道德关系的探讨。当然,这里讨论的仅仅是文学与道德的关系的问题。聂珍钊在《英国文学的伦理学批评》中,则试图通过从伦理的角度对英国文学的阐释,构建一套伦理学批评的理论。他在前言中为文学伦理学批评下了一个定义:

> 文学伦理学批评作为方法论,它强调文学及其批评在肯定艺术性的前提下的社会责任,强调文学的教诲功能,并以此作为批评的基础。就文学家而言,他们创作作品应该对社会负责任;就批评家而言,他们同样也应该对批评文学负社会责任。文学家的责任通过创作作品表现,而批评家的责任则通过对作品的批评表现。因此,作家的创作自由、艺术主张需要服从社会责任,批评家的批评标准和价值观念也需要服从社会责任,而这种责任在创作和批评中具体体现为对一个民族、国家普遍认同和接受的伦理道德价值的尊重。②

在作者看来,文学伦理学批评的核心就是从伦理和道德的立场对文学的存在给以阐释,这是文学研究与伦理学研究相互结合的方法。作者由此对伦理学与文学伦理学做了区分:伦理学是以道德作为自己的研究对象的科学,它以善恶的价值判断为表达方式;而文学伦理学批评的领域是虚拟化了的人类社会,它以阅读获得的审美判断为其独特的表达形式。伦理学把处于人类社会和人的关系中的人和事作为研究对象,对现实生

---

① 聂珍钊等:《英国文学的伦理学批评》,华中师范大学出版社,2007年版,第6页。
② 同上书,第2页。

活中的伦理关系和道德现象进行研究,并作出价值判断;而文学伦理学研究则把通过语言艺术虚拟化了的社会和人作为研究对象,研究的是虚拟社会中的道德现象。

不过,作者在这里,一方面强调"文学伦理学批评不仅要对文学史上的各种文学描写的道德现象进行历史的辩证的阐释,而且还坚持用现实的道德价值观对当前文学描写的道德现象作出价值判断",另一方面又指出"伦理学运用逻辑判断和理性推理的方法研究社会;而文学伦理学批评运用审美判断和艺术想象的方法研究文学"。① "现实的道德价值观"与"审美判断",有时便难免产生矛盾。就像前面说到文学史上许多作家都描写过婚外恋情,这些恋情与现实的道德价值观可能是背道而驰的,从审美的角度,它们又往往具有巨大的艺术魅力。如何解释这一矛盾,如何调适现实伦常与审美判断之间的冲突,作者并没有给出答案。

《英国文学的伦理学批评》也试图将"文学伦理学批评"与"道德批评"区分开来。书中以柏拉图与亚里士多德为例,认为柏拉图是从现实的道德观念出发批评作家和作品,并按照他当时的道德标准评价作家及作品的好坏,混淆了艺术真实与社会真实的区别;亚里士多德则把艺术世界与现实世界区别开来,不仅用文学解释伦理学问题,也用伦理学解释文学,更接近文学伦理学批评的原则。作者由此指出,文学伦理学批评"坚持从艺术虚构的立场评价文学",道德批评则"从现实的和主观的立场批评文学"。然而,在对具体的作品的讨论中,作者的观点有时又是游移不定的。如就欧里庇得斯的悲剧《美狄亚》而言,从道德批评的角度,人们会更关心杀子复仇所带来的道德后果;而从文学伦理学的角度,则更倾向于去探讨杀子复仇的原因与理由,对之寄予同情。这固然有道理,但在涉及托尔斯泰的《安娜·卡列尼娜》时,作者又强调,多数批评家从道德批评的立场把安娜看作旧道德的受害者、反叛者,对她寄以同情;而以文学伦理学的眼光来看,"安娜对家庭和丈夫的背叛是有害的,因为她的不忠行为破坏了

---

① 聂珍钊等:《英国文学的伦理学批评》,华中师范大学出版社,2007年版,第28页。

当时的伦理秩序与道德规则"①。这一评判,使人对究竟什么是"道德批评",什么是"文学伦理学"又疑惑起来。

《英国文学的伦理学批评》前言中强调,文学伦理学批评作为一种原创性的批评方法,还处于理论建构中,可能存在缺陷。该书是集体成果,不同的执笔者也可能存在认识与理解上的差异。其实,整个学界对文学伦理学批评的理解,也是千差万别乃至互相对立的。如聂珍钊先生强调,伦理批评的核心原则"体现为对一个民族、国家普遍认同和接受的伦理道德价值的尊重",一种"社会责任感",这又回到对文学进行道德批评的老路上去了。

三

这便涉及如何理解伦理叙事了。归根到底,艺术的叙事有它自身的逻辑,艺术作品也正是因为揭示了现实的复杂性,而有它独立存在的价值与意义。

刘小枫正是基于这一点,提出了"伦理叙事"这一概念。1999年他在上海人民出版社出版的《沉重的肉身——现代性伦理的叙事纬语》一书,在引子中就专门讨论了"叙事"与"伦理"的关系。他把伦理学分成两种:理性伦理学和叙事伦理学。理性伦理学"探究生命感觉的个体法则和人的生活应遵循的基本道德观念,进而制造出一些理则,让个人随缘而来的性情通过教育培育符合这些理则"。叙事伦理学则"不探究生命感觉的一般法则和人的生活应遵循的基本道德观念,也不制造关于生活感觉的理则,而是讲述个人经历的生命故事,通过个人经历的叙事提出关于生命感觉的问题,营造具体的道德意识和伦理诉求"。② 理性伦理学关注道德的普遍状况,叙事伦理学关注道德的特殊状况;理性伦理学的质料是思辨的理则,叙事伦理学的质料是个人的生活际遇;理性伦理学想要搞清楚,人

---

① 聂珍钊等:《英国文学的伦理学批评》,华中师范大学出版社,2007年版,第38页。
② 刘小枫:《沉重的肉身——现代性伦理的叙事纬语》,上海人民出版社,1999年版,第4页。

的生活和生命感觉应该怎样,叙事伦理学想搞清楚,一个人的生命感觉曾经怎样和可能怎样。在刘小枫看来,叙事的虚构是更高的生命真实,叙事伦理学是更高的、切合个体人身的伦理学。

刘小枫又将现代的伦理叙事分为两种:人民伦理的大叙事和自由伦理的个体叙事。人民伦理的大叙事让民族、国家、历史目的变得比个人命运更为重要,其教化是动员、是规范个人的生命感觉。自由伦理的个体叙事则只是"个体生命的叹息和想象,某一个人活过的生命痕印或经历的人生变故"。① 这是一种"陪伴的伦理",在刘小枫看来,小说存在的唯一理由,"就是个体偶在的喃喃叙事,就是小说的叙事本身:在没有最高道德法官的生存处境,小说围绕某个个人的生命经历的呢喃与人生悖论中的模糊性和相对性厮守在一起,陪伴和支撑每一个在自己身体上撞见悖论的个人捱过被撕裂的人生伤痛时刻"。②

显然,刘小枫对"伦理叙事"作了自己独特的诠释,他更钟情的是通过自由伦理的"叙事"所激起的个体生命的"呢喃"。全书通过一系列的"故事"来探讨个人生命面对纷繁人生的那种沉重的复杂的感觉及其所作出的艰难的伦理选择。《丹东与妓女》讲丹东沉溺于个人的享乐,与妓女玛丽昂鬼混,在丹东及其门徒们看来,这是基于人的自然权利,"基于自然权利的感觉偏好也是一种道德",而在革命领袖罗伯斯庇尔看来,这是对革命、对人民公意的背叛。在"自然性的个体享乐"与"公意道德的恐怖革命"之间,一种是"要求以享乐克服痛苦的消极自由",一种是"要求以积极自由建立的道德公意的社会制度克服痛苦",丹东因为选择了前者最后被处死,但丹东的选择所产生的疑问却长久地留给了后人。③

四

丹东的难题,在李安导演的《色戒》中又一次出现了。王佳芝被组织

---

① 刘小枫:《沉重的肉身——现代性伦理的叙事纬语》,上海人民出版社,1999年版,第7页。
② 同上书,第148页。
③ 参见何云波:《文学与伦理学:对话如何可能》,《湘潭大学学报》2015年第1期。

派去锄奸,却爱上了汉奸。从个体伦理的角度说,爱上谁那是她个人的自由。从人民伦理的角度说,那就是对革命的背叛。

可导演李安并没有一味地去谴责王佳芝,反而予以充分的理解与同情。至少,他的价值立场是中立的,对话性的。这便涉及叙事作品中所体现的伦理的特殊性。归根结底,理性伦理学和叙事伦理学,其出发点是不一样的。理性伦理学强调的是人人都需遵守的规范,叙事作品中的伦理更重视个体的生命感觉。尊重个体的生命感觉,每个人的选择也就可能都有了他的合理性,而缺少了绝对的道德依据。①

现代小说家昆德拉把小说的兴起看作是一个现代性的道德事件,小说精神建立在相对性与暧昧性之上,塞万提斯小说之伟大,就在于他认可了小说的道德相对性与模糊性。昆德拉在《受到诋毁的塞万提斯遗产》一文中说:

"一直统治着宇宙、为其划定各种价值的秩序、区分善与恶、为每件事物赋予意义的上帝,渐渐离开了他的位置。此时,堂吉诃德从家中出来,发现世界已认不出来了。在最高审判官缺席的情况下,世界突然显得具有某种可怕的暧昧性;惟一的神圣的真理被分解为由人类分享的成百上千个相对真理。就这样,现代世界诞生了。作为它的映象和现代模式的小说,也随之诞生。"②现代小说的诞生,也就具有了某种伦理的意义。"塞万提斯认为世界是暧昧的,需要面对的不是一个惟一的、绝对的真理,而是一大堆相互矛盾的相对真理(这些真理体现在一些被称为小说人物的想象的自我身上),所以人所拥有的、惟一可以确定的,是一种不确定性的智慧。"③面对复杂的人生,宗教与意识形态往往把小说相对性、暧昧性的语言转化为独断的教条的言论。而小说作为建立在人类事件相对性与暧昧性之上的世界的表现模式,与极权世界是不相容的。极权的惟一真理排除相对性、怀疑和探询,而复杂性,不确定性,正体现了小说的精神,

---

① 参见何云波:《文学与伦理学:对话如何可能》,《湘潭大学学报》2015年第1期。
② 昆德拉:《小说的艺术》,董强译,上海译文出版社,2004年版,第7页。
③ 同上书,第8页。

它拒绝独白,拒绝"真理"的专断。

可以说,昆德拉提供的是一种自由主义的生存伦理观,一种"晕眩的伦理"。它排斥专制的真理,排斥道德归罪,即排斥依教会的教条或国家意识形态或其他什么预先就有的真理对个人生活作出或善或恶的判断。它需要的是理解这个人的生活,呵护脆弱的个体生命,从这个意义上说:叙事就是一种个体的生存的伦理。

刘小枫把讨论昆德拉小说叙事理论的一章取名叫"永不消散的生存雾霭中的小路",叙事小说所呈现的人生也许永远就是"行走在生存雾霭之中",这也恰恰构成了小说叙事伦理的特点。理性的伦理寻求规范、整合、统一、教化,叙事伦理则只呈现人的生存本身,让人在生存的雾霭中去体味、感受人生,至于评判、归罪,那是上帝的事情,与小说家无关。

刘小枫对叙事伦理的讨论,昆德拉对小说精神的强调,得以超越狭窄的对文学作品进行道德评判的"道德批评",将伦理与叙事置于两端,突出文学与伦理的复杂关系、文学之为文学的独特性。叙事的伦理被看作是一种"倾听"的伦理,"陪伴"的伦理,它更强调相对性、暧昧性、对话性,更愿意去倾听主人公内心的声音,去理解而不是评判他们的选择。

由此涉及文学与伦理、伦理学的关系。跨学科研究不能仅仅限于去讨论两者之间的异同和相互的影响,而需要更进一步去关注,既然它们之间的立场、出发点是不一样的,对话何以成立,如何相互融通,就成为需要我们解决的问题。而陀思妥耶夫斯基的小说,其"叙事的伦理"也呈现出极大的复杂性,需要我们去做细致的辨析。

第二节 作者与隐含作者

小说伦理叙事中呈现的道德相对性、模糊性既与作家思想的复杂性、矛盾性有关,另一方面也是小说中伦理叙事本身的逻辑使然。作者——隐含作者——叙述者——叙述接受者——隐含读者——读者,组成了一个复杂的叙事链条。"作者"与"隐含作者"构成的"双重自我",导致不同的"作者"也在作品中形成了不同的"声音"。如果说宗教伦理、现实伦理追求的是善与恶、是与非的严格区分,而在小说叙事中,当作家一方面有自己的立场,一方面在创作中又更多地试图去尊重、理解小说中每个个体的价值与选择,必然呈现出更多的暧昧与模糊,善恶是非之间,也就不再那么泾渭分明了。

一

现实生活中的作家,往往也是一个复杂的个体,表现出多重的面目。陀思妥耶夫斯基便是一个典型。

很多时候,陀思妥耶夫斯基是以道德家的面目出现的。陀思妥耶夫斯基的妻子安娜在《回忆陀思妥耶夫斯基》中也多次描写到陀思妥耶夫斯基的善良、无私、对亲友的关怀,应该不是溢美之词。晚年,当陀思妥耶夫斯基声誉日隆,他更是扮演了一个社会拯救者、人类精神导师的角色。陀思妥耶夫斯基在纪念普希金的一次讲话中,说普希金是"先知和启示者",普希金"已经在祖国找到了自己的理想,以自己慈爱的和敏锐的心灵完全接受并热爱它们",[①] 普希金在人民身上找到了自己的信仰,他在自己的长诗中也已经"显示出根据人民的信念和真理解决问题"。如果说普希金在《茨冈》的主人公阿乐哥身上"已经找到并天才地指出了在我们脱离人民的社会中历史地必然产生的那种不幸的、在祖国大地上流浪的人,历史性的俄国受难者"[②],《叶甫盖尼·奥涅金》中的奥涅金也是这样一个在俄国大地上找不到根基的多余人。而达吉雅娜却是一个"牢牢立足于自己基础之上的一个坚强的人……她只凭自己高尚的本能就已经预感到真理在哪里和它的本质",达吉雅娜是"正面的美的典型,这是俄国妇女的赞歌"。[③] 作为有夫之妇的达吉雅娜,面对奥涅金的追求,做出了自己的选择:

[①]《陀思妥耶夫斯基论艺术》,冯增义、徐振亚译,漓江出版社,1988年版,第269—270页。
[②] 同上书,第270页。
[③] 同上书,第274页。

> 我已经嫁给了别人,
> 我要永远忠实于他。

在陀思妥耶夫斯基看来,达吉雅娜讲出了"长诗的真理",她的"宗教观念,她对婚姻神秘的看法","难道一个人可以把自己的幸福建筑在别人的不幸的基础上吗?幸福不仅仅在于爱的享受,而在于精神的高度和谐"。①

这里便包含了陀思妥耶夫斯基的道德理想。普希金作为"人民诗人"不仅向人民显现了人民性的理想,也显现出了"世界性的观念"。"成为一个真正的俄国人也就是意味着,力图彻底地调和欧洲的矛盾,以自己一般人的和联合一切的俄国心为欧洲的苦闷指明出路,通过兄弟般的爱将所有我们的兄弟都放在自己心上,最后,可能,会根据基督经书的条文讲出伟大的普遍和谐,各民族兄弟般的彻底一致的确定意见!……在一切民族中,俄罗斯的心灵更是命中注定要追求全世界性、全人类兄弟般的团结,在我们的历史上,我们有才华的人的身上,普希金的艺术天才中我看到了这种痕迹。"②在普希金身上,包含了"天才的世界性和全人类性",包含了"伟大的启示"。而陀思妥耶夫斯基在颂扬普希金时,在某种程度上也有夫子自道的意味吧!

陀思妥耶夫斯基在给1880年6月8日给妻子安·格·陀思妥耶夫斯卡娅的信中谈到这次演说:

> 我一出场,礼堂里爆发了雷鸣般的掌声,我久久不能开始演说。我不断向大家点头致意,用手势请他们让我演说——什么也帮不了忙,一片狂热、激动的情绪(全是由《卡拉马佐夫兄弟》引起的)。我终于开始演说,每一页,甚至每一句,都被雷鸣般的掌声所打断。我声音洪亮,充满了火一般的热情。演说稿中有关塔季扬娜的全部内容受到热烈欢迎(我们的理想战胜了二十五年的迷误,这是个伟大的胜

---

① 《陀思妥耶夫斯基论艺术》,冯增义、徐振亚译,漓江出版社,1988年版,第277页。
② 同上书,第285页。

利)。当我最后宣布世界大同的时候,全场仿佛丧失了理智一般。当我结束了演说的时候——我无法向你形容高声的喊叫和兴奋的号哭:素昧平生的听众在流泪,在痛哭,他们互相拥抱,并且彼此发誓做最好的人,今后不再互相仇视,而要相亲相爱。①

陀思妥耶夫斯基也被当做了"先知",其演说成了一个历史性的事件,"从此博爱来临,再也不会有隔阂了!"②

康·尼·列昂季耶夫在《论普世之爱——费·米·陀思妥耶夫斯基在普希金纪念日之演讲》中说:

> 陀思妥耶夫斯基先生可以配得上一个现在已经不再使用的称号——他是一位出色的道德家。"道德家"一词远比政论家这个称号适用于他的活动和影响的性质,甚至当他就说明问题的手段而言不是一位叙述者,而是一位思想家和指导者,比如他在那部极为出色的《作家日记》中那样时也是如此。他注意人的心理结构远多于社会制度,而遗憾的是,现在大家关切的都是社会制度。十九世纪的人类似乎对个人布道,对直接诉诸心灵的道德劝善完全失望了,便把全部希望都寄托在改造社会,即寄托在某种程度的强制性纠正上。③

这也是陀思妥耶夫斯基人生的一个顶峰。陀思妥耶夫斯基在《卡拉马佐夫兄弟》中,借佐西马长老,频频发出各种道德的训诫。作为"道德家"的陀思妥耶夫斯基的面目,已经时有体现。而在纪念普希金的聚会上的演说,更彰显了这一角色,"先知",那是"神"一般的"人"。

二

在精神分析学家弗洛伊德那里,陀思妥耶夫斯基却复杂得多,陀思妥

---

① 《陀思妥耶夫斯基·书信选》,冯增义等译,人民文学出版社1986年版,第431—432页。
② 同上书,第432页。
③ 弗·索洛维约夫:《精神领袖——俄罗斯思想家论陀思妥耶夫斯基》,徐振亚、娄自良等译,上海译文出版社,2009年版,第51—52页。

耶夫斯基"道德家"的面目,也被赋予了更多的意义。弗洛伊德在《陀思妥耶夫斯基与弑父》一文中,将陀思妥耶夫斯基丰富的人格,区分出四个方面:有创造性的艺术家、神经病患者、道德家和罪人。①

说陀思妥耶夫斯基是罪人,在弗洛伊德看来,是因为陀思妥耶夫斯基选择的素材,全是"暴戾的、杀气腾腾的、充满利己主义欲望的人物",这便表明作家的"内心有着相类似的倾向"②。弗洛伊德认为,陀思妥耶夫斯基具有相当强的破坏本能,这从他对待自己所表现出的受虐狂和罪恶感及他对待读者的残酷中可显示出来。陀思妥耶夫斯基正因为是个"罪人",他同时也就成了"道德家",因为,"一个人,先是犯了罪,然后又在自己的忏悔中树立高尚的道德准则,这样他就会受到谴责",罪孽感越强,道德的惩罚就越严厉,正是在这个意义上,道德家与罪人成了一体两面的孪生兄弟。

当然,在弗洛伊德看来,道德的实质是"自我克制","一个有道德的人是一个心里一感到诱惑就对这诱惑进行反抗,而绝不屈从于它的人"。③陀思妥耶夫斯基并没有做到这一点。"向道德妥协是俄罗斯人的典型性格。陀思妥耶夫斯基在道德上所做的种种努力,最终结果绝不是十分光彩的。经过一场使个人本能要求与社会主张调和起来的激烈斗争之后,他最终落到了一种既服从俗权又服从神权,既崇拜沙皇又崇拜基督教上帝和狭隘的俄罗斯民族主义的卑微境界——这是那些二、三流的思想家毫不费力就可以达到的境界。这正是这个伟大个性的弱点。陀思妥耶夫斯基抛弃了成为人类的导师和救星的机会,而使自己与人类的看守在一起。"④

弗洛伊德还分析了陀思妥耶夫斯基的神经性病症:癫痫症。在他看来,癫痫症作为一种"神经官能症",其实质是"用肉体的方法排除大量的

---

① 《弗洛伊德论美文选》,张唤民等译,知识出版社,1987年版,第150页。
② 同上书,第151页。
③ 同上书,第150页。
④ 同上。

刺激,这些刺激已无法用精神的方法来对付。所以,癫痫的发作就成了歇斯底里症的一种症状,也就像正常的性释放过程一样"。① 这种疾病的发作类似于死亡状态,病者以死者自居,这个死者又可能是一个还活着、但病者主观上希望他死去的人。对一个男孩子来说,这个人通常就是他的父亲,因而这种发作便带有"惩罚"性质,是一个人由于希望他可恨的父亲死去而作的一种自我惩罚。陀思妥耶夫斯基便具有弑父的意向,于是需要自我惩罚,癫痫症中的"死一样的发作的症状","对于自我,死亡的症状是男性愿望和幻想的一种满足,是一种受虐狂的满足;对于超我,它是一种惩罚的满足,是一种施虐狂的满足。自我和超我,两者都行使了父亲的作用。"②陀思妥耶夫斯基因参加彼得拉舍夫斯基空想社会主义小组而被监禁、流放,在弗洛伊德看来,把他当作一个政治犯是不公平的。陀思妥耶夫斯基精神上受惩罚的需要,使他完好地度过了痛苦和屈辱的岁月,"他接受了卑鄙的父亲——沙皇给予的这个不应有的惩罚,作为他反对生父的罪过所应得的惩罚的代替。"③

弗洛伊德以"俄狄浦斯情结"解释了陀思妥耶夫斯基的"癫痫症"。与此同时,弗洛伊德也分析了包括《卡拉马佐夫兄弟》在内的三部作品:"很难说是由于巧合,文学史上的三部杰作——索福克勒斯的《俄狄浦斯王》、莎士比亚的《哈姆雷特》和陀思妥耶夫斯基的《卡拉马佐夫兄弟》都表现了同一主题——弑父。而且,这三部作品中,弑父的动机都是为了争取女人,这一点也十分清楚。"④《卡拉马佐夫兄弟》写了三个儿子不同方式的"弑父",而在弗洛伊德看来,"陀思妥耶夫斯基对罪犯的同情是无止境的,它远远超出了那些不幸的家伙可能要求得到的怜悯……这不单单是仁慈的怜悯,而是一个基于类似杀人冲动基础上的自居作用——实际上是一个稍微变化了的自恋",陀思妥耶夫斯基选择题材,从一般的犯罪和政治

---

① 《弗洛伊德论美文选》,张唤民等译,知识出版社,1987年版,第153页。
② 同上书,第158页。
③ 同上书,第159页。
④ 同上书,第160页。

犯罪、宗教犯罪,"直到他的晚年,他才回头写最基本的罪行——弑父,并在他的一部艺术作品中用它来完成他的坦白。"①

弗洛伊德还分析了陀思妥耶夫斯基对赌博的嗜好。陀思妥耶夫斯基有一段时间迷恋赌博,一方面是想要通过赢钱解脱经济困境,另一方面也在那迷人的赌博本身,让人欲罢不能。而在弗洛伊德看来:"对他来说,赌博也是自我惩罚的一种方式。他一次又一次地向他年轻的妻子发誓,或者用他的名誉许下诺言说他不再去赌博了,或者在哪一天不再赌博了;但是,正如他妻子所说,他总是失信。当他输到他和她处于极其拮据的境地,他便从中获得续发性病理上的满足。事后,他在她的面前责骂和羞辱自己,要她蔑视他,让她感到嫁给这样一个惯犯而伤心。当他这样卸掉了他良心上的负担后,第二天,他又会重新开始这一切。他的年轻妻子习惯了这种循环,因为她注意到一件事提供了挽救的真正希望:他的文学写作,当他们失去了所有的钱,典当了他们最后的东西,他的写作就会进行得十分出色。当然,她并不理解其间的联系。当他的罪恶感由于他加在自己身上的惩罚而得到满足,那加在他写作上的限制就变得不那么严厉了,于是他就让自己在通往成功的道路上向前迈进几步。"②

弗洛伊德把"道德家"与"罪人"连在一起,在弗洛伊德看来,伟大的"道德家"往往也是伟大的"罪人"。正如鲁迅先生所说:"凡是人的灵魂的伟大的审问者,同时也一定是伟大的犯人。审问者在堂上举劾着他的恶,犯人在阶下陈述他自己的善;审问者在灵魂中揭发污秽,犯人在所揭发的污秽中阐明那埋藏的光耀。这样,就显示出灵魂的深。"③

陀思妥耶夫斯基也是矛盾的,他的道德理想有多伟大,有时,起来反叛的力量也就有多强大。正像叶尔米洛夫所说,陀思妥耶夫斯基"在老年,在生活道路的结尾,起来反叛一切容忍和一切宽恕的死气沉沉的现

---

① 《弗洛伊德论美文选》,张唤民等译,知识出版社,1987年版,第162页。
② 同上书,第162—163页。
③ 鲁迅:《〈穷人〉小引》,见《鲁迅全集》(第七卷)《集外集》,人民文学出版社,2005年版,第106页。

象。自己对苦难所加上的理想化,用比他力图扑灭反叛所写的一切作品更强大得多的艺术力量来展开这个反叛,——光是这一点,就证明,怀着勉强加在自己身上的教会的温驯,他不可能活下去。并且他的天性也绝不是佐西马式的。无怪自发性的反叛、愤慨和骚动从青年时代起就诱惑了他。并且以这样巨大的力量在一生结束的时候重新响应起来"。①

三

作家的矛盾性、多重性,往往会导致他作品的复杂内涵、多重声音。但当我们将作家的矛盾性与作品意蕴的复杂性联系在一起时,常常会忽视一个问题,作为现实生活中的作者,与创作构思和创作中的作者,其实是有差异的。叙事学中的"隐含作者",决定了作品的立场与价值取向,它与作者的立场或者说创作的初衷,并不完全一致。明白了这一点,陀思妥耶夫斯基小说的矛盾性、复杂性便可以作出解释了。

作者——作品——读者,这是文学理论通常的划分。作者,顾名思义,就是指文学、艺术作品的创作者。但我们一般总是笼统地把日常生活中的作者和创作过程中的作者混为一体。而有时,他们并不完全一致。美国著名学者韦恩·布斯在1961年出版的《小说修辞学》中提出了"隐含作者"的概念。他认为作者在写作时,"他不是创造一个理想的、非个性的'一般人',而是一个'他自己'的隐含的替身",②这个"隐含的替身"就是"隐含作者",他是真实作者在文本中的替身,是作者的第二自我。一个作者不同的作品会有不同的"替身","即不同思想规范组成的理想","作家也根据具体作品的需要,用不同的态度表明自己。"③"隐含作者"代表着叙述文本体现出的价值取向,"真正的作者"与他自己的各种"替身"之间存在着一种"复杂关系",有时作者想要表达的主题可能与文本中体现的主题有偏差或是完全不同,所以从文本中读出的主题是"隐含作者"的观

---

① 叶尔米洛夫:《陀思妥耶夫斯基论》,满涛译,上海译文出版社,1985年版,第288页。
② W.C.布斯:《小说修辞学》,华明、胡苏晓、周宪译,北京大学出版社,1987年版,第80页。
③ 同上书,第81页。

点而非作者观点。另一方面,读者并不一定以真实存在的作者的人生经历、立场为依据,而是从具体的文本中去理解作品。"读者们要知道,在价值领域中,他站在哪里。——即,知道作者要他站在哪里。但是大多数值得阅读的作品具有如此众多可能的'主题',如此众多神话的可能的超验的或象征的类似事物,以致发现他们中的任何一个,宣布它是作品赞成的东西,也至多是完成了很小一部分批评任务。我们对隐含作者的感觉,不仅包括所有人物的每一点行动和受难中可以推断出的意义,而且还包括他们的道德和情感内容。简言之,它包括对一部完成的艺术整体的直觉理解;这个隐含作者信奉的主要价值不论他的创造者在真实生活中属于何种党派,都是由全部形式表达的一切。"①

有了"作者"与"隐含作者"的区分,我们也就容易理解就像文学史上经常讨论的作家的世界观与创作的矛盾了,比如巴尔扎克、托尔斯泰等等。有的确实是作家的世界观本身便充满了矛盾,有的是作家的世界观在创作中发生了偏移。比如我们在前面谈到过的托尔斯泰,现实中的托尔斯泰持一种正统的婚姻伦理观,他心目中的理想家庭是传统的男性主宰的家庭,理想女性自然是贤妻良母型的。当然他也就不会欣赏安娜式的叛逆。在《安娜·卡列尼娜》中的题词:"伸冤在我,我必报应",也就表明了作者的立场。但在故事的进行过程中,作为作者的替身——创作者的托尔斯泰,遵循其艺术逻辑,却逐渐理解了安娜的选择,给予了许多的同情。这里恐怕不仅仅是作者世界观的矛盾,而是"作者"本身就可能具有多重身份。

以肖洛霍夫为例,肖洛霍夫本身便具有多种身份:哥萨克,共产党高级官员,无产阶级作家,人道主义者。而他创作《静静的顿河》,一方面宣称要表现"伟大的人类真理",另一方面又说要表现"人的魅力",还有,他对顿河及哥萨克的那份本能的亲切感,这便构成了《静静的顿河》的多种

---

① W. C. 布斯:《小说修辞学》,华明、胡苏晓、周宪译,北京大学出版社,1987年版,第83页。

话语:关于革命和真理的话语,人性的话语,乡土的话语。① 作者创作《静静的顿河》的初衷,可能首先是要表现伟大的革命真理,表现哥萨克走向革命的艰难而必然的历程,但有时,人的魅力又可能悄悄取代了革命的真理。就像《静静的顿河》有一个情节,写当了叛军师长的格里高力,有一天住在某个村庄,房东的女婿当红军去了,房东为了讨好格里高力,让女儿去陪格里高力。夜晚,当他们一起躺在棚子里的大车上,她一整夜都把他紧紧地搂在怀里,如饥似渴地跟他亲热。早上,她恋恋不舍地贴在格里高力的胳膊上,哆嗦着说:

"我男人可不像你这样……"

"他又怎样呢?"格里高力用两只清醒的眼睛望着灰白色的苍穹,问道。

"他一点也不中用……没有劲儿……"她很信赖地朝格里高力身上贴了贴,声音中露出了哭腔。"我跟他过得一点都不甜……干床上的事儿他不行……"

一颗陌生的、像孩子那样单纯的心在格里高力面前赤裸裸地打了开来,就像一朵花儿吸饱了露水,一下子绽开了。②

在这里,"隐含作者"——作者的另一个自我起了作用,在"伟大的人类真理"与"人的魅力"之间,作了"价值置换"。在房东的女儿眼里,当红军的丈夫反而不如格里高力,人民伦理让位于个体的生命感觉,肖洛霍夫客观地表现了这一点,但拒绝作道德的评判和谴责,即使他们的选择与普遍的伦理是相冲突的。

笔者曾在一篇论文中,谈到肖洛霍夫作品的非道德化与非诗化倾向。所谓"非道德化",其实就是作家更多的是对作品中的人物的选择的理解与同情,而少作道德的评判。由此,回到本节开头提出的问题,文学中所描写的婚外情,可能与现实的伦常相冲突,但从个体的角度说,又可能有

---

① 参见何云波、刘亚丁:《〈静静的顿河〉的多重话语》,《外国文学评论》,2002 年第 4 期。
② 肖洛霍夫:《静静的顿河》,力冈译,漓江出版社,1992 年版,第 690—691 页。

它的合理性。作家不一定赞同人物的选择,但愿意去"倾听",报以充分的理解与同情。而这,正是叙述作品中的伦理的独特性所在。

四

陀思妥耶夫斯基的创作亦然。

生活中的陀思妥耶夫斯基与艺术创作中的陀思妥耶夫斯基,本来就是双重自我。

陀思妥耶夫斯基的多重面目,也可能以不同形式出现在他的作品中,构成种种的"替身"。并且有时,创作初衷与实际呈现的结果也可能是有距离的。

陀思妥耶夫斯基曾经谈到《白痴》的创作初衷,是要描绘"一个绝对美好的人物",但他又痛感,"世界上再也没有比这件事更难的了。"[①]谁想描写绝对的美,总会感到"无能为力"。在陀思妥耶夫斯基看来,"美是理想……在世界上只有一个绝对美好的人物——基督",[②]而在基督教文学的美好人物中,堂吉诃德是最完整的一个,"但他之所以美好,唯一道德原因是他同时又滑稽可笑"[③]。最终,《白痴》中描绘的"美好人物"——梅什金公爵,也成了一个既美好又"滑稽可笑"的人物。

陀思妥耶夫斯基在晚年,曾想写一部《大罪人传》,"贯穿在小说各部的一个主要问题,就是那个我有意无意之间为此苦恼了一辈子的问题——上帝的存在。主人公在自己的一生中,时而是无神论者,时而是信神的人,时而是宗教狂和教派教徒,时而重又成为无神论者"[④]。这个构思最终未能实现,但在晚年的小说,如《少年》《群魔》《卡拉马佐夫兄弟》中,都有所体现。而陀思妥耶夫斯基,在不同的小说中,作为"隐含作者",也会以不同的面目出现。

---

① 《陀思妥耶夫斯基·书信选》,冯增义等译,人民文学出版社,1986年版,第191页。
② 同上。
③ 同上书,第192页。
④ 同上书,第247页。

弗洛伊德强调艺术家的创作就是一个"白日梦",它们都是被压抑了愿望的、经过了伪装的满足。而创作过程,就是艺术家人格的一种升华。艺术家都是"被过分嚣张的本能需要所驱策前进的人","一般来说,心理小说的特殊性质无疑是由当代作家用自我观察的方法把他的自我分裂成许多部分自我的人倾向而造成,结果就把他自己精神生活的互相冲突的趋势体现在几个主角身上。"①"把内心的冲突塑造成外界的形象",这过程又是一个"升华"的过程,"改变(本能的)目标及对象为一种更富有社会价值的东西",艺术家通过这种"升华"使自己的潜意识愿望能够为社会大众所接受。艺术,成了创作家的一个升华了的"白日梦"。

创作,在某种意义上成了作家主观自我的投射。正如俄国宗教哲学家尼·亚·别尔佳科夫在《陀思妥耶夫斯基的世界观》一书中所说:"陀思妥耶夫斯基属于能够通过自己的创作揭示自己的作家之列。他的作品反映了他思想上的全部矛盾和他深不可测的全部灵魂深处。他不像许多人那样把自己的作品作为自己灵魂深处活动的掩蔽所。他不掩饰任何东西,所以他能做出关于人的惊人发现。他通过作品中主人公的命运讲述自己的命运,通过他们的怀疑讲述自己的怀疑,通过他们的人格分裂讲述自己的人格分裂,通过他们的犯罪体验,讲述自己精神上潜藏的罪恶。"②

在这里,生活中的陀思妥耶夫斯基(作者)与处在创作状态中、体现于作品中的陀思妥耶夫斯基(隐含作者)便可能既相关联,又处于分离状态。如果按照弗洛伊德的理论,那"隐含作者"的意图,可能更多地会与作家的无意识的本能愿望有关。由此,我们也许就可以理解了,在陀思妥耶夫斯基的小说中,充满了那种特有的"陀思妥耶夫斯基情调",他之耽于暴虐、情欲、犯罪素材的选择,他之津津乐道于人的苦难,那样病态地嗜好邪恶。弗洛伊德认为作家是将内心的冲突塑造成外界形象,陀思妥耶夫斯基在对人物心灵的深层挖掘中,同样渗入了自我审察、自我观照。如果说马卡

---

① 《作家与白日梦》,《弗洛伊德论美文选》,张唤民等译,知识出版社,1987年版,第35页。
② 鲍·布尔索夫:《陀思妥耶夫斯基的个性》,苏联作家出版社,1974年版,第82页。

尔·杰武什金、索尼雅、梅什金、佐西马长老,是他宗教式的道德理想的体现,是他自身的种种外化,那么,他笔下的一系列恶魔者形象,正是他人格中卑下成分的一次次投影。戈利亚德金、"赌徒""地下人"、拉斯柯尔尼科夫、斯塔夫罗金、卡拉马佐夫们,莫不如此。

在创作的过程中,作家一方面固然要表现美好的人物,他们的高尚的品德,但有时,也很容易被他未必肯定的人物带进去,产生认同感。《孪生兄弟》写一个双重人格者戈利亚德金,陀思妥耶夫斯基说他在创作时,自己也几乎成了戈利亚德金。别林斯基也指责作者跟主人公过分地混合在一起,产生了"内部的混淆"。而《地下人手记》中的"地下人",折磨他人也折磨自己,并从中获得一种满足:

> 我曾感到羞愧(也许,甚至现在也仍感羞愧);我羞愧到了这样的程度:以至于能够感受到某种隐秘的、反常的、有点下流的快感;这快感就是,走某个最令人厌恶的彼得堡之夜回到自己的角落,往往强烈地意识到今天又做了件卑鄙的事;而做过的事情又是无论如何也难以挽回的,这时,心里便会因这一点而对自己咬牙切齿,责骂自己,折磨自己,直到那痛苦转变成了某种可耻的、该诅咒的乐趣,最后,它竟变成了明显的、真正的快感![1]

"地下人"是陀思妥耶夫斯基的否定性人物,但无可否认,在"地下人"身上又有着他自身的许多体验。"地下人"的基于病态性格的自虐热忱的宣泄,在对他人及对自己的折磨中显示自身的存在、自我的优越感,与陀思妥耶夫斯基基于道德意义上的自我惩罚,并从中获得自我的解脱与超越,其中有着某种内在的契合。[2]

当作为"道德家"的陀思妥耶夫斯基与作为"罪人"的陀思妥耶夫斯基同时出现在他的创作中,也就造就了陀思妥耶夫斯基小说的巨大的难以

---

[1] 《地下室手记》,刘文飞译,《陀思妥耶夫斯基全集》(第六卷)《中短篇小说集》,河北教育出版社,2010年版,第174页。

[2] 参见何云波:《陀思妥耶夫斯基与俄罗斯文化精神》,湖南教育出版社1997年版,第231—232页。

调和的矛盾性。

陀思妥耶夫斯基曾在给一位女士的信中谈到自己的创作:"人是可能永远具有双重人格的,不过这样一来他当然会感到痛苦。如果没有希望找到出路,找到一种使大家重归于好的完善出路,那就应当尽量不伤害一切,在另一种新的活动中为自己寻找一种可以提供精神食粮、解除精神饥渴的出路……我自己始终有现成的写作活动,我乐于创作,我投入了自己的所有精力、全部欢乐和希望;用这种活动使它们找到出路。如果这种问题摆在我自己面前,那我始终会找到一种能够一下子使我脱离艰难的现实而进入另一世界的精神活动。"①这个活动就是艺术创作。在陀思妥耶夫斯基看来,"只有一个避难所,一付药方,那就是:艺术与创作……"②从文学中可以获得一种"抵制诱惑、情欲和腐蚀的巨大力量"③。

而另一方面,陀思妥耶夫斯基说他"写作时候往往很焦躁,痛苦不安,忧虑重重。我拼命工作的时候,往往会生病"④。"紧张的工作使我的癫痫症日益严重。"⑤弗洛伊德把癫痫症也看作是作家的一种"自我惩罚"。而创作,既是作家的"避难所",也可能是作家隐秘欲望的一种表达。基于这一点,在文学中,作家的道德诉求与作品的道德指向,未必完全一致,就像"作者"与"隐含作者",不一定能等同,也就可以理解了。

第三节 叙事话语与伦理困境

在陀思妥耶夫斯基的小说中,无论是政治、法律,还是宗教、信仰问题,常常与伦理纠结在一起,甚至最终成为一个伦理问题。罪与罚、恶与善、爱与上帝,成为其核心命题。陀思妥耶夫斯基试图为小说中陷入困境的人们寻找出路,但又常常陷入更大的困惑中。在陀思妥耶夫斯基的伦

---

① 《陀思妥耶夫斯基·书信选》,冯增义等译,人民文学出版社,1986年版,第442—443页。
② 同上书,第422页。
③ 同上书,第444页。
④ 同上书,第445页。
⑤ 同上书,第447页。

理叙事中,往往有着多个视角,多重话语,对话、独白、紧张、相对、模糊,正构成了其伦理叙事的特点。

一

陀思妥耶夫斯基自称是时代的孩童,一个一辈子都在寻求信仰、寻求精神的归属的孩子。而他所处的时代:"精神本性的规律被破坏了……我觉得,我们的世界是沾染了邪念的天上神灵的炼狱。我觉得,当今世界具有消极的意义,因而崇高的、优雅的高风亮节成了一种讽刺。"①生活中,善良的小人物却常常无辜受难。包括作家的母亲,母亲一生生养了七个孩子,生活上十分操劳,却常常受到父亲的无端猜忌,最终郁郁而终。母亲的遭遇引发了陀思妥耶夫斯基的思考:"一颗纯洁并富于自我牺牲精神的心灵正在无辜地蒙受痛苦,遭罹不应有的磨难,正在发生缓慢的心力衰竭。伦理问题成了陀思妥耶夫斯基创作思想的基础,母亲的形象渐渐成为精神美和道德完善的最高体现。"②

而父亲,留给陀思妥耶夫斯基的是另外的记忆。陀思妥耶夫斯基的父亲是个军医,后复员成了莫斯科马里英济贫医院的医生。据资料记载,这是一个性情暴躁、极易动怒、多疑的人,特别是因为生活的艰难越来越变得乖张任性、嗜酒成癖。陀思妥耶夫斯基从小即感受到父亲的性格给全家带来的难以忍受的压抑气氛。陀思妥耶夫斯基在向一位彼得堡夫人披露自己的生活阅历时,曾详细讲述过他童年时代令人苦恼和毫无乐趣的处境,他谈道:"至于我父亲,我压根儿就不愿意提他,我也希望别人不要询问他的事。"在长篇小说《少年》的手稿中有一片断,陀思妥耶夫斯基也曾这样回忆过自己的童年:"有些孩子,从童年起就开始思考家中的事情了,从童年起就为自己的父辈或家中其他人的不光彩行为感到羞耻,最主要的,他们从童年起,就开始懂得自己家中的一切都杂乱无章,不成体

---

① 《陀思妥耶夫斯基·书信选》,冯增义等译,人民文学出版社,1986年版,第422页。
② 格罗斯曼:《陀思妥耶夫斯基传》,王健夫译,外国文学出版社,1987年版,第27页。

统,缺乏固定的秩序和门风。"陀思妥耶夫斯基的父亲1839年在自己的田庄遇害,据说是因为对庄园的奴隶暴躁发怒、冷酷无情而被打死的。虽然陀思妥耶夫斯基并不知道父亲具体是怎么死亡的,但是却给他带来巨大的打击,据说陀思妥耶夫斯基第一次癫痫症发作,就是因为听到父亲的被害诱发的。弗洛伊德以"俄狄浦斯情结"对此做了解释。父亲尽管已经离去,但此后一辈子,陀思妥耶夫斯基都似乎没能摆脱父亲的阴影。陀思妥耶夫斯基在1871年写给妻子的信中说:"我今天晚上梦见了父亲,形象可怕,我一生中梦见过两次,预示了可怕的不幸,而且两次梦都应验了。"①作家的女儿在回忆录中谈到自己的父亲:"他一生都在分析这次惨死的原因……在塑造费奥多尔·卡拉马佐夫的形象时,他大概经常回忆起他父亲那贪婪吝啬的性格,那种性格曾使孩子们蒙受许多苦难,并使他们十分气愤,他大概还经常回忆起他父亲的狂饮无度和使孩子们极感厌恶的贪淫好色……"②

显然,在最后一部长篇小说《卡拉马佐夫兄弟》中,陀思妥耶夫斯基揉进了自己关于父亲的许多回忆和体验。小说中除阿辽沙外,德米特里、伊万、斯乜尔佳科夫,作为"冲动的肉欲主义者,玩世不恭的怀疑论者和癫痫症罪犯"都是思想上或者事实上的弑父者,都是有罪的。弗洛伊德强调,这种弑父倾向是人类天性中共有的一个特点。《卡拉马佐夫兄弟》中有一个场面:"在佐西马神父与德米特里谈话时,他发现德米特里准备弑父,于是就跪倒在德米特里的脚下。"在弗洛伊德看来,佐西马的举动"不可能意味着表示赞赏,而肯定意味着,圣徒正在抵制卑视和憎恶凶手的诱惑,并且由于这个理由,在凶手面前表示谦卑。"为什么要给罪犯下跪呢?原因正在于:每个人心中都有其弑父的本能欲望,正因为德米特里"已经杀人了,别人就不再有任何的杀人的需要了,这个别人一定要感激他,因为没

---

① 《陀思妥耶夫斯基选集·书信选》,冯增义等译,人民文学出版社,1986年版,第273页。
② 关于作家父亲的材料均参见格罗斯曼:《陀思妥耶夫斯基传》,王健夫译,外国文学出版社,1987年版。

有他,别人只好自己去杀人"①。显然弗洛伊德强调的还是:弑父作为人类的一种普遍的本能欲望,并非个别人所独有的,即使没有参与弑父行动的人,内心深处仍潜藏着弑父的动机,从而,弗洛伊德把弑父当作"人类的,也是个人的一种基本的和原始的罪恶"而使其普泛化了。②

弗洛伊德把作家选择素材与其"内心倾向"联系起来,可能有些绝对化,正像选择犯罪的素材并不意味着作家内心就有犯罪的倾向,关键是看作家对待素材的态度。陀思妥耶夫斯基对"弑父"主题的选择亦然。不过,陀思妥耶夫斯基的家庭生活体验,包括社会的分崩离析给俄罗斯家庭带来的冲突,恐怕是陀思妥耶夫斯基致力于思考家庭的伦理问题,大量描写不幸家庭、偶合家庭的重要原因吧。

有评论者认为陀思妥耶夫斯基致力于探索伦理问题的原因主要有两个方面:第一,资本主义以不可抵挡之势侵入俄国,俄罗斯社会转型已不可避免,拜金主义、个人主义、虚无主义流入俄国,社会上不稳定因素众多,恐怖事件和自杀时有发生,社会道德严重滑坡,陀思妥耶夫斯基是一个对现实敏感的作家,他提出伦理问题是对社会现实的反应,是为了解决社会道德面临的危机;第二,陀思妥耶夫斯基命途多舛,他思考伦理问题也是为了解决个人的问题,是个人情感的需要。③

二

与家庭伦理问题相比,还有一个更带普遍意义的问题,一生都在纠缠着陀思妥耶夫斯基,这就是人之恶与拯救。

1837年5月,陀思妥耶夫斯基的父亲送两个大儿子去彼得堡,打算让他们进高等军事工程学校,以后当将军。在去彼得堡的旅店里,陀思妥耶夫斯基看到了惊人的一幕。一位信差稍事休息之后跳上邮车继续赶

---

① 《弗洛伊德论美文选》,张唤民等译,知识出版社,1987年版,第162页。
② 参见何云波:《陀思妥耶夫斯基与俄罗斯文化精神》,湖南教育出版社,1997年版,第215页。
③ 张俊霞:《人的灵魂的拷问者——论陀思妥耶夫斯基小说的伦理叙事》,湘潭大学硕士论文,2012年。

路,突然他朝车夫的后脑勺用尽力气挥了一拳,挨了拳头的马夫拼命地抽打马匹,受到惊吓的马狂奔起来。后来,这一情景被写进《罪与罚》中,拉斯柯尼科夫杀死老太婆之后做过一个梦,在梦里一群人坐在一匹驽马拉的马车上拼命奔跑,他们还用马鞭不停地抽打马的眼睛,让马跑得更快,直到马精疲力竭,倒在路上。

在陀思妥耶夫斯基小说中,对人性之"恶"的揭示,常常不是抽象的议论,而是在小说故事情景中,或者在主人公的讲述里,由此充满了一种强烈的对话性。《卡拉马佐夫兄弟》中,伊万和阿辽沙有一番兄弟长谈。伊万说,他不接受上帝,是因为他不接受上帝所创造的世界。人类有太多的"兽行",如果说大人一生下来就有了"原罪",就需要受难、赎罪,那么孩子何辜?伊万谈到土耳其人的暴行:"这些土耳其人虐杀儿童其实是在取乐,而且花样翻新,或者用匕首从母腹中把孩子挖出来,或者把吃奶的婴儿往上抛,然后当着母亲的面用刺刀尖接住。让母亲亲眼所见是最主要的乐趣。"①还有,一位饱学的先生和他的夫人用树条抽打他们的亲生女儿——才七岁的小孩,"他们随着一下一下的抽打会越来越带劲儿,直到抽得性起,真正是野性勃发,一下比一下势大力沉"②。还有,因为一个孩子扔石块玩时砸伤了自己的狗,将军命令将这孩子活活撕裂。这一切使人感到,"任何人身上都潜藏着野兽,暴怒的野兽,听到受虐者的惨叫乐不可支的野兽,恣意胡为的野兽,放荡致病——痛风、肝病——的野兽"③。在伊万看来,所谓的善与恶,乃至整个认识世界,也"抵不上那小女孩向上帝哭诉时的眼泪"④,人类无权用孩子的眼泪去建造和谐的大厦。

当伊万历数人的暴行时,阿辽沙不由自主说出了两个字:"枪毙!"之后,阿辽沙问:"你为什么要试探我?"伊万回答:"我正是朝着告诉你的方向引导,你在我心中相当可贵,我不想对你撒手,我不愿把你拱手让给你

---

① 陀思妥耶夫斯基:《卡拉马佐夫兄弟》,荣如德译,上海译文出版社,2006年版,第265页。
② 同上书,第268页。
③ 同上。
④ 同上书,第269页。

的佐西马。"

伊万认为:"如果世上不存在魔鬼,那么是人创造了魔鬼,是人按照自己的模样造出了魔鬼。"①阿辽沙说"这是反叛"。"全世界有哪一个人能宽恕或有权力宽恕?但这个人是有的,他能宽恕一切,宽恕所有的人和所有的事,因为他本人就为所有的人和所有的事献出了自己无辜的血。你把他给忘了,而大厦就是在他身上建造起来的,人们就是向他高呼:'主啊,你是正确的,因为你的路开通了。'"②

在这里,道德问题成了神学问题,反过来,神又被道德化了。正如沃尔什基在《陀思妥耶夫斯基的宗教道德问题》中所说:"但是认识上帝这个问题,陀思妥耶夫斯基并不是作为独立的宗教问题而特别提出来的,而是与道德问题紧密地联系在一起的;这个问题直接来自他良心最深层的道德需求。"③陀思妥耶夫斯基把耶稣基督当做一个人,一个绝对美好的人:"因为你只要稍有了解,就会感到基督是位非凡的、不平常的、与所有的好人或优秀人物相似的人物。"④"有神论给我们提供了基督,即如此崇高的人的概念,如果缺乏虔诚的精神便不能理解他,也是不能不相信的,这是人类永恒的理想。"⑤陀思妥耶夫斯基强调:"道德的典范和理想在我这里只有一个——基督。宗教大法官只要他心里,在他的良心里能容纳必须烧死人的思想便已经是不道德的了。"⑥而耶稣基督,因为他在十字架上的受难,他便有了宽恕的权力。

上帝的存在,也成了人之去恶向善的动因。《卡拉马佐夫兄弟》中佐西马长老说:"如果现在没有基督教会,那么罪犯为非作歹便没有任何制约,甚至事后不会受到惩罚……而真正的惩罚才是唯一有效、唯一能起威

---

① 陀思妥耶夫斯基:《卡拉马佐夫兄弟》,荣如德译,上海译文出版社,2006年版,第266页。
② 同上书,第272页。
③ 弗·索洛维耶夫《精神领袖:俄罗斯思想家论陀思妥耶夫斯基》,徐振亚、娄自良等译,上海译文出版社,2009年版,第153页。
④ 《陀思妥耶夫斯基选集·书信选》,冯增义等译,人民文学出版社,1986年版,第417页。
⑤ 同上书,第177页。
⑥ 《陀思妥耶夫斯基论艺术》,冯增义、徐振亚译,漓江出版社,1988年版,第388页。

慑和驯化作用的办法,它包含在人们自身的良知中。"①伊万也强调:"没有永生,就没有德行"。而在德米特里看来:"如果没有上帝,人怎么会讲道德呢"②"罪恶行为不但应该允许,而且应当承认,对于每一个不信神的人来说那是必然的和最合理的出路。"③他在被判有罪后开始诚心接受来自上帝的惩罚,开始了道德的自新之路。

陀思妥耶夫斯基在一封信中谈道:

> 现在请你设想一下,世界上不存在上帝,灵魂也并非不朽……那么请问,我何必要好好生活、积德行善呢,既然我在世上要彻底死亡,既然不存在灵魂的不朽,那事情很简单,无非就是苟延残喘,别的可以一概不管,哪怕什么洪水猛兽。如果是这样,那我(假如我只靠我的灵活与机智去逃避法网)为何不可以杀人。而且直接投靠别人来养活,只管填饱自己的肚皮呢?要知道我一死就万事皆休了!这样一来就会产生下列情况:唯独人类这个机体不受普遍规律的约束,它活着仅仅是为了拯救自己,而并非为了保存并养活自己。假如人与人彼此为敌,那还成什么社会呢?④

这段话正道出了陀思妥耶夫斯基宗教信仰的奥秘。如果没有上帝,则人尽可为所欲为,所以需要上帝来约束人,实现人的完美,社会的理想和谐。这是一种道德宗教,基督也被人化、伦理化了。

三

陀思妥耶夫斯基的小说,故事的叙述,从叙述人称的角度说,有的是第三人称,如《罪与罚》《白痴》《群魔》等,有的是第一人称自叙,如《被侮辱与损害的》《死屋手记》《地下室手记》《赌徒》《少年》。有的情况比较复杂,

---

① 陀思妥耶夫斯基:《卡拉马佐夫兄弟》,荣如德译,上海译文出版社,2006年版,第65—66页。
② 同上书,第653页。
③ 同上书,第71页。
④ 《陀思妥耶夫斯基选集·书信选》,冯增义等译,人民文学出版社,1986年版,第356页。

如《卡拉马佐夫兄弟》,小说开头:

> 阿列克塞·费尧多罗维奇·卡拉马佐夫是我县一位地主费尧多尔·巴甫罗维奇·卡拉马佐夫的第三个儿子。老卡拉马佐夫神秘地横死于十三年前,笔者将在以后叙述这桩血案……①

这里叙述者以第一人称"我"开头,且以"笔者"自居。但在故事的进程中,"我"有时出现,更多时候是在隐身状态,很多时候连一个旁观者都说不上。第一人称向第三人称置换,而陀思妥耶夫斯基小说对话性的特点,又使人物获得很大的独立性。

在第一人称自叙的小说中,有的是第一人称外视点的视角,小说的叙述人"我"是故事中的一个人物,但更多的是充当旁观者的角色,如《死屋手记》;有的是第一人称内视点的视角,"我"就是故事的主人公,如《地下室手记》《少年》,《少年》是关于"我"的成长的故事,《地下室手记》更是主人公的内心独白;而像《被侮辱与损害的》《赌徒》则介于两者之间。

从伦理叙事的角度说,人称与视角,对故事的进程和价值判断往往会起到很重要的作用。《地下室手记》充满了自我剖析、自我辩护与自我批判。而长篇小说《少年》,是一个人的成长的故事,是那个时代特有的关于"子辈"、关于"父辈"、关于"子与父"的故事:

> 然而,在那里小孩子已经脱离了童年时期,但还是未成年的人,他既羞怯又果敢地希望尽快在生活中迈出自己的第一部。我选取的是天真无邪的、但已被玷污了的心灵危险堕落的可能性,因自己地位卑贱与自己的"偶然性"而萌生的幼稚的仇恨已经沾染了这颗心灵……②

在"少年"的成长中,过去的"我"与现在的"我"也就成了两个不同的"我"。小说《少年》中,作为现在的叙述者的"我"叙述过去了的"我"的故事:

---

① 陀思妥耶夫斯基:《卡拉马佐夫兄弟》,荣如德译,上海译文出版社,2006年版,第1页。
② 《未来的长篇小说,再谈"偶合家庭"》,见陀思妥耶夫斯基全集第十九卷《作家日记》(上),张羽译,河北教育出版社,2010年版,第177页。

> 我沉不住气,要坐下来记述我初涉人世的这段经历,虽说不这么做本来也行。但我确知,往后我再也不会坐下来写我自身的经历,哪怕我活到百岁。只有自恋到了过于下贱的人,才会恬不知耻地写他自己。唯一能替自己辩解的是,我写作的目的不同于他人,即不是为了博取读者的赞扬。如果我忽然想到想把我去年以来的一切遭遇原原本本地记录下来,那么这种想法是出自内心的渴望:发生的一切太让我震惊了。我只记录事情,尽量避免不相干的东西,主要是避免文学上的文采。①

叙述者有意强调,他的写作不在乎文采,而只是真实记录。似乎它不是虚构的文学作品,只是叙述者的生活实录、自我反省。于是,小说的叙事便成了边"叙"边"议":

> 我跟着克拉夫特走了出来。我毫不知耻。
> 当然,现在的我和那时的我有天壤之别。
> 我继续"毫不知耻",还在楼梯上就追上了瓦辛……②

由此,作为叙述者的"我"也就取得了对事件经历者的"我"的控制。

> 现在我这样说,是站在法官的立场上,我知道我有罪。……我在独木桥上走,没有栏杆,下临深渊,我却走得很开心,甚至还探头望望脚下的深渊,既冒险又开心。那么我的"思想"呢?"思想"以后再说吧,思想可以等一等,以前的一切"仅仅是一条邪路":"干吗不让自己乐一乐呢?""我的思想"坏就坏在,我再说一遍,它完全允许走各种邪路,要是它不那么坚定彻底的话,我也许就不敢走邪路了。③

"少年"的核心"思想",就是要成为罗特希尔德,为此,"金钱是唯一的

---

① 《少年》(上),陆肇明译,《陀思妥耶夫斯基全集》(第十三卷),河北教育出版社,2010年版,第3页。
② 同上书,第75页。
③ 同上书,第266—267页。

手段,它甚至可以使微不足道的人成为高人一等的人物。"①而叙述者反复强调,现在的"我"已不是当年的"我":"我最感苦恼的是,我这么饱含热情地记述自己的亲身经历,会授人以把柄,以为我现在还跟当年一样。其实读者应该记得,我已经不止一次地感叹过:'哦,但愿能改变过去,一切重新开始!'"②

叙述者不光在对过去的"我"不断地作出反省。他在某种意义上也充当了全知叙述者的角色,所知超出事件经历者的"我",而取得叙事的控制权:

> 现在我着手记述最后的惨剧,借以结束我这部札记。但是要写下去,我得提前交代并解释某些事情,这些事情在我插手干的时候我一无所知,等我知道并弄清楚却已经太晚,也即一切已经结束了。如果我不这样写,我就说不清楚:所有的记述将会写得扑朔迷离。所以我宁愿牺牲所谓的艺术性,只做直截了当的简明交代,而且我将排除个人的好恶,写得好像不是出自我的手笔,仅像报上的一则entrefilet(报道)。③

叙述者在控制叙事内容和进程、节奏的同时,又不断解释:"但愿读者能谅解我如此详尽地引述自己当时醉后的胡思乱想。……因为我写出来就是为了谴责自己。"④于是,这故事便有了类似于"忏悔录"的道德教诲的意义。

热奈特在《叙事话语》中把叙述者分为全知叙述者、人物叙述者和多重叙述者。所谓人物叙述者就是指叙述者不仅充当故事的讲述人,也作为故事中的一个特定人物参与到故事的进程中去,并作为一个人物而活

---

① 《少年》(上),陆肇明译,《陀思妥耶夫斯基全集》(第十三卷),河北教育出版社,2010年版,第114页。
② 《少年》(下),陆肇明译,《陀思妥耶夫斯基全集》(第十四卷),河北教育出版社,2010年版,第467页。
③ 同上书,第535页。
④ 同上书,第604—605页。

动。因为人物叙述者是故事的参与者,视点就是叙述人所持有的视角。人物叙述者是故事发生时的当事人,他能对发生的事和遇见的人从自身的角度评头论足,他又是故事的参与者,因此他的视点必然带有自身特定的价值判断和意识形态。"他或她必定按照从其自身的意识形态立场出发的观点去看待故事中的其他人物,并与之发生与其独特身份相符的种种关系,同时又讲述自己程度不一地参与其中的故事。"[1]与全知叙述者相比,人物叙述者只能讲述自己亲眼所见的事情,但是他的讲述又是有选择的,这种选择是由叙述人的立场和态度决定的,也就带有了较多的主观色彩。[2]

而以第三人称叙述的小说而言,如《罪与罚》《白痴》《群魔》等,它们基本上属于全知叙述,其特点是"叙述者说出来的比任何一个人物知道的都多,(可以用叙述者)人物这一公式来表示"[3]。全知叙述者有其优势,它"可以从任何角度、任何时空来叙事:既可高高在上地鸟瞰概貌,也可看到在其他地方同时发生的一切。对人物的过去、现在和未来均了如指掌,也可任意透视人物的内心。"[4]这种叙述方法给了叙述者最大的自由,叙述者可以对人物、事件,甚至文本本身进行评论的方式进行干预。相对来说,作者也最便于通过对叙述者的控制,干预作品,将作品中的人物置于其直接控制之下。

然而,在陀思妥耶夫斯基小说中,因为巴赫金所提出的复调,"有着众多的各种独立而不相融合的声音和意识,由具有充分价值的不同声音组成真正的复调"[5],作者让主人公拥有了充分的独立与自由,有时,作者的声音与意识化作了作品中许多人物的声音与意识,作者或者叙述者的视

---

[1] 谭君强:《叙事学导论:从经典叙事到后经典叙事》,高等教育出版社,2008年版,第206页。
[2] 参见张俊霞:《人的灵魂的拷问者——论陀思妥耶夫斯基小说的叙事伦理》,湘潭大学硕士论文,2012年。
[3] 申丹:《叙述学与小说文体学研究》,北京大学出版社,2004年版,第198页。
[4] 同上书,第204页。
[5] 巴赫金:《陀思妥耶夫斯基诗学问题》,白春仁、顾亚铃译,生活・读书・新知三联书店,1988年版,第29页。

角化作了许多人物的视角,叙述者通过人物的眼光看世界,使小说充满了对话性,统一的意识形态也就趋于多元。以伦理叙事而论,大一统的伦理也就可能走向暧昧、相对与模糊。

四

在陀思妥耶夫斯基的小说中,作者有时会直接站出来,以"作者的话"的形式表达其创作主旨。比如《卡拉马佐夫兄弟》中的"作者的话",一开始就点明:

> 我在动笔为本书主人公阿列克塞·费尧多罗维奇·卡拉马佐夫立传之时,心情有点儿困惑。事情是这样的:虽则我把阿列克塞·费尧多罗维奇称作本书主人公,可我自己也知道,他绝对不是一个大伟人,因而我能预见到读者必然会提出一些问题来。例如:尊驾所写的阿列克塞·费尧多罗维奇究竟有什么了不起,竟被选作本书的主人公?他干了什么了不起的事情?有谁知晓此人?此人因何而出名?凭什么要读者花费时间去研究他的生平事迹?①

这里作者首先点明,作品的主人公是阿列克塞·费尧多罗维奇·卡拉马佐夫(阿辽沙),其实在卡拉马佐夫三兄弟(德米特里、伊万、阿辽沙)中,很难说清谁是真正的主人公。就故事本身而言,老大德米特里似乎更占据主导地位。就这些人物留给读者的强烈印象而言,德米特里和伊万似更打动人心,更能吸引读者的注意力。但作者在晚年一直想写正面人物,绝对美好的人,从《白痴》中的梅什金公爵,到《卡拉马佐夫兄弟》的佐西马长老、阿辽沙,《卡拉马佐夫兄弟》要写出阿辽沙精神成长的历程,之成为作者眼中的"主人公",也就顺理成章了。

《卡拉马佐夫兄弟》中的叙述者"笔者",时隐时现,他一方面以全知的视角控制故事,透视、臧否人物:"在此笔者不想细谈这一事实,不作分析,

---

① 陀思妥耶夫斯基:《卡拉马佐夫兄弟》,荣如德译,上海译文出版社,2006年版,第1页。

只指出一点:当时他的心态便是这样。"①"笔者想超前说明一点:问题恰恰在于他也许知道哪儿有这笔卡脖子的钱,也许知道这笔钱放在何处,暂时我不想作更详细的交代,因为以后一切都将水落石出。但是,对他来说,什么是主要的不幸,我可以谈一谈,虽然我只能点到为止。"②"本书的许多作者可能会认为……我只能指出"③,"不管怎样,就米嘉这方面来说,也实在太天真了。因为他纵有许许多多的毛病,却是一个头脑非常简单的人。"④

另一方面,作为叙述者的"笔者"总体来说代表的是作者的立场。《卡拉马佐夫兄弟》开篇题词:

> 我实实在在地告诉你们:一粒麦子落在地里如若不死,仍旧是一粒;若是死了,就会结出许多子粒来。
>
> ——《新约·约翰福音》第 12 章第 24 节

这一卷首引语已经为整个小说的主旨定下了基调。之后,在小说的叙事中,叙述者对人物的臧否,会在很多方面体现出来。比如小说开始,叙述者谈到老卡拉马佐夫,直接单刀直入:"那是个奇怪的主儿,不过这号人也颇不少见,其特点是不仅品行恶劣,道德败坏,而且冥顽不灵,——偏偏此等冥顽不灵者非常精于理财敛财,不过此外看来一无所长。"⑤而叙述者对老卡拉马佐夫外貌的描述,"我已经说过,他浮肿得厉害。他的一副尊容在那时已清清楚楚地证明他以往全部生活的特征和实质。他那双永远不识羞和充满猜疑、嘲弄的小眼睛底下长出了长长的眼包儿,他那张小而肥的脸上出现了好多深深的皱纹,除此以外,他那尖尖的下巴颏儿下边还悬着个大喉结,肉鼓鼓,长溜溜的,像个钱包,使他具有一副令人恶心

---

① 陀思妥耶夫斯基:《卡拉马佐夫兄弟》,荣如德译,上海译文出版社,2006 年版,第 405 页。
② 同上书,第 406 页。
③ 同上书,第 407 页。
④ 同上。
⑤ 同上书,第 3 页。

的淫邪相"①。叙述者对老卡拉马佐夫的外貌描写,已经清楚地表明了叙述者的态度:淫邪之相,活生生一个欲望的符号。这种"卡拉马佐夫式气质",不仅体现在老卡拉马佐夫身上,还可以遗传。他所代表的淫逸、堕落、贪婪、无耻的生活,或多或少地传给了他的儿子们。其导致的"恶",贯穿了小说始终。

《卡拉马佐夫兄弟》的主旨,就是如何把人从"恶"中拯救出来,来自卡拉马佐夫式家族,也难免"卡拉马佐夫式气质"的阿辽沙,作为被作者认定的"主人公",其成长之路,也就具有了巨大的示范意义。引导阿辽沙从善去恶的精神之"父"佐西马,也就成了另外一个意义上的"主人公"。他在作品中代表作者的声音,构成了一套"独白"式的叙事话语。

《卡拉马佐夫兄弟》第六卷"俄罗斯修士"记录佐西马的生平和谈话,类似于一部"使徒行传"。叙述者标明是佐西马长老在他生前最后一天与客人的谈话,又阿辽沙凭回忆做的追记,也许也融入了长老以前与他谈话的内容。前面几节是佐西马的生平,后面是"佐西马长老的谈话及训示摘要":

略论俄罗斯修士及其可能的涵义;

略论主与仆以及主仆能否在精神上成为兄弟;
关于祈祷,关于爱,关于和别的世界的接触;
能否为同类当法官?关于终生不渝的信仰;
关于地狱与地狱之火,神秘论;

单看这些标题,就已经预示了这一卷在小说中的独特性。其中有一篇论"爱":

兄弟们,不要害怕人们的罪过;人即便有罪,也要爱他,因为这才与上帝的爱庶几近之,这才是世上最高的爱。要爱上帝创造的一切,爱其总体,也爱每一粒恒河之沙。爱每一片叶子,每一道上帝之光。

---

① 陀思妥耶夫斯基:《卡拉马佐夫兄弟》,荣如德译,上海译文出版社,2006年版,第20页。

爱动物,爱植物,爱万物。如若万物你皆爱之,你将从万物中领悟上帝的奥秘。①

这令人想起福音书,想起耶稣基督的山上布道,其对世人的教诲。陀思妥耶夫斯基以这样直白的方式,似要将《卡拉马佐夫兄弟》写成一部布道书。安东尼·赫拉波维茨基主教在《从牧人视角研究费·米·陀思妥耶夫斯基作品中的人物和生活》中将陀思妥耶夫斯基的作品称作是"牧人神学":"为什么是牧人神学的呢?这正是因为陀思妥耶夫斯基,就如前面所说的,不局限于描写重生者的内心生活,而是特别着力于充满艺术美感地表现帮助他人重生的那些人的性格。在描写生活时,他自己作为创作者所处的心境就如一名牧人(神父)一样,即对人们怀着包容一切的火热的爱,呕心沥血地关心着他们的向善和追求真理,为他们的执拗和激愤而揪心地悲痛,尽管如此却又热切地希望所有迷失的子民回到善,回到上帝身边。"②

弗·谢·索洛维约夫在《纪念陀思妥耶夫斯基的三次演讲》中也谈道:"陀思妥耶夫斯基在自己的内心承受了生活的全部仇恨、全部艰难和卑劣,用爱的无穷力量战胜了这一切,所以,他在自己所有作品中宣告这一胜利。陀思妥耶夫斯基是在内心体验了人在任何软弱状态中都会显现的上帝的力量,终于认识了上帝和作为上帝化身的人。他在爱和宽恕一切的内在力量中发现了上帝和基督的存在,他弘扬这种宽恕一切的美好力量,认为这是在地球上外在地实现他终身渴望和竭力追求的那个真理王国的基础。"③

陀思妥耶夫斯基在一封信中谈到关于佐西马的描写:"尽管我的思想与他所表达的思想完全一致,但假如要我自己表达这些思想,那我会用另一种形式,另一种语言。他不可能用如何别的语言,如何别的方式表达,

---

① 陀思妥耶夫斯基:《卡拉马佐夫兄弟》,荣如德译,上海译文出版社,2006年版,第352页。
② 弗·谢·索洛维约夫:《精神领袖:俄罗斯思想家论陀思妥耶夫斯基》,徐振亚、娄自良等译,上海译文出版社,2009年版,第123页。
③ 同上书,第6—7页。

只能以我赋予他的那种语言和方式,否则就塑造不了艺术形象。譬如长老的那些议论,什么是教士,或者主仆关系,或者能否评判别人,如此等等。我的人物都取自古俄罗斯教士和圣徒,他们温顺、谦让,他们对俄国的未来,对它在道德方面甚至政治方面的使命寄予无限的、天真的希望。"①我们无法知道,如果陀思妥耶夫斯基自己表达这些思想,那"另一种形式"会是一种什么样的形式。会不会更充满一些对话性,而非纯粹的"独白"。因为陀思妥耶夫斯基自己就是矛盾的。而在他小说中,更多的是充满不同主人公的声音,不同人物之间不仅在不断地争论,有时他们自己也经常在跟自己对话。就像《地下室手记》,作为主人公的内心独白,小说一开头:"我是一个有病的人……我是一个凶狠的人。一个不讨人喜欢的人。我认为我的肝脏有病,但我对我的病却一无所知,也吃不准我究竟哪儿有病。"自己把握不准自己是什么,自己经常在跟自己做对:

> 我经常用极端不满的眼光看待自己,这种不满发展成厌恶,因而在我的想象中,我总把自己的眼光看成是众人的眼光。譬如,我憎恶自己的脸,觉得它长得很丑,甚至猜想脸上有种猥琐的表情,因此每次上班时总要煞费苦心,尽可能摆出老成持重的神态,以免引起别人的怀疑,把我看作低下的小人;同时尽可能使自己的脸部表情必须庄重大方……我还带着病态的恐惧,害怕自己会成为众人的笑柄,因此抱残守缺,奴才般地墨守涉及仪态举止的一切陈规陋习,怀着爱护的心情遵循一般的常规,打从心底里畏惧自己有任何标新立异的表现。但是,我又怎么受得了呢?我是异常有教养的,这是我们时代的人必须具有的那种病态的教养,而他们都愚不可及,而且彼此相似,如同羊群里的绵羊一样。②

这构成了与佐西马的自述与训示完全不同的话语方式。陀思妥耶夫斯基自然是赞同佐西马,反对"地下人"的。陀思妥耶夫斯基对外界把他

---

① 《陀思妥耶夫斯基选集·书信选》,冯增义等译,人民文学出版社,1986年版,第399页。
② 《赌徒》,顾柏林译,《陀思妥耶夫斯基作品集》,上海译文出版社,1988年版,第174页。

称作"地下室诗人"颇为不满,他在为《少年》写的"前言稿"①中谈到,别的作家只不过表达了"浅薄自爱的诗意而已","唯有我一人写出了地下室的悲剧性,这种悲剧性在于受苦、自虐,意识到美好的东西却无能力去达到,而且,关键是这些不幸者深信所有人全都如此,因此连改正都无必要!"②

问题是,尽管后来的评论者经常把陀思妥耶夫斯基称为"精神领袖"和"先知",但在他那个时代,因为他写"地下室""地下室之人"太生动、太有激情、有力度了,而"白痴公爵"梅什金、"长老"佐西马式的正面主人公却常常显得苍白无力,以致同时代的人更愿意把"地下室诗人"的封号加给他。

在陀思妥耶夫斯基小说中,他要赞成的未必有足够的艺术感染力、说服力,他要反对的,却常常雄辩滔滔。在陀思妥耶夫斯基小说人物的各种"声音"中,作者或代表作者"声音"的叙述者,其实是有立场的,但有时反对的"声音"会盖过作者赞成的"声音",从而在"叙事偏移"中发生"价值置换"。就像《卡拉马佐夫兄弟》伊万与阿辽沙的那段著名的谈话,伊万的责问:是否可以宽恕"恶"? 是否有权利以孩子的眼泪建造和谐? 阿辽沙的回应软弱无力。在那一刻,仿佛是伊万"真理"在握,无可辩驳。

索洛维约夫谈到陀思妥耶夫斯基的选择:"只要社会发展的历史进程尚在继续,恶就无可避免,和恶斗争有两种权力:世俗的和精神的,世俗权力是以恶制恶,用惩罚和暴力与恶斗争,仅仅维持某种外在的社会秩序。第二种权力——精神权力,则不承认这种外在秩序表达了真理,执意通过内在的精神力量,也就是使恶不仅受制于外在的秩序,而是彻底臣服于善,以实现绝对真理。"③

陀思妥耶夫斯基一生都在寻找这种"内在的精神力量",由此索洛维

---

① 此稿写于1875年,原为《少年》而作,未发表。
② 《少年》(下),陆肇明译,《陀思妥耶夫斯基全集》(第十四卷),河北教育出版社,2010年版,第757页。
③ 弗·索洛维约夫:《一八八一年一月三十日在高级女子讲习班悼念费·米·陀思妥耶夫斯基的演讲》,弗·索洛维约夫:《精神领袖——俄罗斯思想家论陀思妥耶夫斯基》,徐振亚、娄自良等译,上海译文出版社,2009年版,第3页。

约夫把陀思妥耶夫斯基称为"精神领袖"和"先知"。陀思妥耶夫斯基为实现自己创作的思想意图,有时甚至不惜牺牲艺术性。1870年陀思妥耶夫斯基在给斯特拉霍夫的一封信中谈到拟想中的一部小说:"从倾向性方面,我希望能表达一些思想,甚至牺牲艺术性也在所不惜。在思想和感情上积聚起来的一切吸引着我;哪怕写成一部抨击性的小册子,我也要把意见全部讲出来。"①但在具体的创作过程中,艺术的逻辑经常会修正"思想",就像《卡拉马佐夫兄弟》第十一卷《伊万》、第九章《魔鬼。伊万·费尧多罗维奇的梦魇》中,陀思妥耶夫斯基坦陈,这一章可以不要,但"写得兴致勃勃,我自己说什么也不愿割爱。"②

以陀思妥耶夫斯基对"爱"的表现为例,以"爱"来拯救邪恶,这是陀思妥耶夫斯基的重要思想,也是基督精神的核心。正因为如此,在陀思妥耶夫斯基小说中,"爱"更多地体现的是基督之"爱",普泛之"爱",奉献之"爱",自我牺牲之"爱",但又常常是无"性"、无"欲"之"爱"。《穷人》中的杰武什金和瓦尔瓦拉,《被侮辱与损害的》中的"我"对娜达莎无私之"爱",《罪与罚》中的索尼雅对拉斯柯尔尼科夫的圣母般的"爱",还有《白痴》中的梅什金公爵对娜斯塔霞的"美"的倾慕……这一切都显得无比地高尚、圣洁,但总让人觉得少了些世俗的人之"性"的魅力。而在陀思妥耶夫斯基笔下,真正的男女之间的爱情,却总是充满了痛苦、折磨、自虐与他虐。"因为爱你,所以折磨你",成了一种普遍模式,而最终往往让人走向毁灭。有学者注意到陀思妥耶夫斯基爱情描写的这一矛盾,认为根据索洛维约夫的"新柏拉图的厄洛斯"哲学,其爱情悲剧的原因在于:"在强烈情欲的肉体之爱中突出的仅仅是性爱的自然本性,缺失的是性爱的理想本质,而在强烈怜悯的精神之爱中凸显的仅仅是基督之爱的理想本质,而与此同时却完全没有爱的自然本质的位置。导致这种结果的更进一步的原因就在于:爱的主体与爱的客体自始至终处于隔离的状态之中,他们自始至终

---

① 《陀思妥耶夫斯基选集·书信选》,冯增义等译,人民文学出版社,1986年版,第240页。
② 同上书,第442页。

仍然在生理和精神上保持着各种一半的状态,无论如何也达不到完全地融合为'一体'。"①

陀思妥耶夫斯基常常会把欲望与罪孽联系在一起。男女之爱,就难免充满种种世俗的"欲念",难免生出悲剧。但在陀思妥耶夫斯基大力描写无"欲"之"爱"的圣洁时,"欲"又常常会凸现出他的神秘的魅力。就像当《卡拉马佐夫兄弟》中的格鲁申卡,一个"下贱"的女人,一条毒蛇,出现在阿辽沙的面前:

> 帘子掀了起来,于是……正是那个格鲁申卡本人,喜滋滋地带着微笑走到了桌子跟前,阿辽沙的心里好像突然抽搐了一下,他牢牢地死盯着她,简直不能移开眼睛。啊,这就是她,那个可怕的女人,——那只"野兽",像半小时以前伊凡哥哥想到她时脱口说出来的那样。可是谁想到在他面前站着的,猛一看来竟好像是一个极普通、极寻常的人物,一个善良、可爱的女人,也许是美丽的,但完全跟所有其他美丽而又"寻常"的女人一模一样!她的确好看,甚至很好看,——俄罗斯式的美,使许多人为之倾倒的美。这个女人身材相当高……她的肌肉丰满,行动轻柔,几乎无声无息,仿佛温柔到一种特别甜蜜蜜的程度,也像她的声音一样。她走进来时,不像卡捷琳娜·伊凡诺夫娜那样迈着爽快有力的步子:相反地,是不声不响的。她的脚踏在地板上完全没有声音。她轻轻地坐在椅子上,轻轻地牵动华丽的黑绸衫发出一阵窸窣声,温柔地用一条贵重的黑羊毛围巾裹住自己像水沫般洁白丰满的脖颈和宽阔的肩。她年纪二十二岁,从面容看来也恰巧是这个年龄。她脸色很白,带着两朵粉色的红晕。她的面部轮廓似乎稍阔了些,下颏甚至有点突出。上唇薄,下嘴唇微微噘起,分外饱满,好像有点发肿。但是十分美丽而浓密的深褐色头发,乌黑的眉毛,带着长长睫毛的美妙的蓝灰色眸子,一定会使最冷淡和心不在焉

---

① 赵桂莲:《漂泊的灵魂——陀思妥耶夫斯基与俄罗斯传统文化》,北京大学出版社,2002年版,第77页。

的人甚至在人丛中、闲步时,在人头拥挤处,也会在这张脸的面前突然止步,并且长久地记住它。最使阿辽沙惊讶的是这张脸上那种孩子般天真无邪的神情。她像孩子似的看人,像孩子似的为了什么而喜悦,她正是"喜孜孜"地走到桌子跟前来,似乎正在怀着完全像孩子般迫不及待、信任的好奇心,期待着立刻出现一件什么事情。她的眼神可以使人心灵欢悦——阿辽沙感到了这一点。她的身上还有一种东西他却不能,或者说他没法加以理解,但也许不知不觉间对他也产生了影响,那就是她躯体的一举一动间那种娇弱和温柔,以及行动时那种猫一般的无声无息。尽管如此她的躯体却是强健丰满的。围巾下隐约可见那宽阔丰满的肩头,高耸而还十分年青的乳房。这躯体也许预示着将会重现维纳斯女神的风姿,虽然毫无疑问现在看来就已经有些比例过大之嫌——这是一眼可以看出的。[①]

有着丰满的肩、高耸的乳房、脸上粉色的红晕的格鲁申卡,又散发出神秘的魅力,吸引了众人的目光,也让读者怦然心动。

美是神秘的,也是可怕的。

叙事的伦理,与宗教伦理,与现实中需要人人遵循的伦理相比,也就有了自己的独特性。

[①] 陀思妥耶夫斯基:《卡拉马佐夫兄弟》,耿济之译,人民文学出版社,1981年版,第216—217页。

第四章

文学视野中的法律

陀思妥耶夫斯基的小说,不少都与犯罪有关。《死屋手记》写的是监狱里的苦役犯人的故事;《罪与罚》是一个杀人犯之"罪"与"罚"(救赎)的故事;《卡拉马佐夫兄弟》是四兄弟"弑父"、受审判的故事。这便带来一系列关于文学与法律的问题:文学家怎么站在自己的立场描写犯罪与惩罚?文学视野中的法律,其独特性何在?我们前面谈到,不同学科之间,共用一套话语,但也往往存在着立场、出发点的差异。就像文学中具有无限的审美魅力的描写,未必就是符合现实伦常和伦理学规范的,就像法律意义上的罪犯在文学中反而经常成为被同情的对象,关于犯罪的问题,不再仅仅是普通的法律问题,而往往成了伦理问题、人性问题、人的精神救赎的问题。这就为文学与法律等的跨学科研究,提出了一个难题:对话如何可能?话语的通约性何在?

第一节 《死屋手记》:人身上的人

我们先来看看《死屋手记》。《死屋手记》在某种意义上是作者亲身经历的记录。死刑、监禁、流放,世界闻名的作家中很少有这样的经历。而陀思妥耶夫斯基将亲历写成文字,通过对监狱及监狱里各色人等从监狱管理者到犯人的描写,为我们透视文学中的法律,留下了一份极具价值的个案。

一

陀思妥耶夫斯基参加了彼得拉舍夫斯基小组。1849年4月22日,他在参加小组组织的最后一次会议后被捕。1849年12月19日,最高审法院判处彼得拉舍夫斯基小组21名成员死刑。沙皇尼古拉一世依照惯例,取消彼得拉舍夫斯基、陀思妥耶夫斯基等的最高刑罚,但"赦免令"是在宣判死刑并举行完死刑仪式后才向他们宣布。

1849年12月22日,陀思妥耶夫斯基等被押往谢苗诺夫校场,面临被处决的命运,在"开枪"的口令发出之前,才从死亡线上又被拉了回来。20年后,陀思妥耶夫斯基曾通过《白痴》中梅什金之口,回忆这段令人刻骨铭心的经历:

> 这人跟另外几个一起曾一度被押上刑场,当时对他宣读了死刑判决书:因犯有政治罪行予以枪决。二十分钟后,却又宣读了赦免令并代之以另一等级的刑罚。然而,两次宣判之间的那二十分钟,至少也有一刻钟,他是在确信无疑的状态中度过的,肯定自己几分钟后便要突然死去……行刑台那儿站着老百姓和士兵,离台二十步左右的地上竖着三根桩子,因为犯人有好几个……神甫拿着十字架挨个儿走到所有的犯人跟前。现在顶多只剩下五分钟可以活着。他说,那五分钟在他像是无穷尽的期限,数不清的财富;他觉得在五分钟内他将度过好几生,此刻还根本谈不上最后的一瞬,所以他还作了若干安排;他估计需要跟同志们告别,为此留出两分钟时间;另外又留出两分钟时间,准备作最后一次默想;还有一分钟准备最后一次环顾四周,后来,他跟同志们告别完毕,他留出准备默想的那两分钟开始了;他事先知道自己将想些什么。他要尽快、尽可能鲜明地想象,怎么可能这样:他目前存在着、活着,而三分钟以后便将成为某个……某个还是某物?到底是某个什么?究竟在什么地方?这一切他打算在那

两分钟内想出个名堂来！不远处有座教堂，它那金色的圆顶在灿烂的阳光下熠熠闪亮。他记得当时十分固执地望着这教堂的屋顶以及从上面反射出来的光辉，他无法移开视线不去看那光华，他觉得这光芒是他新的血肉，三分钟以后他就将通过某种方式与之化为一体……那新东西究竟是什么，不知道；它使人感到极其可憎，但它必然会有，而且即将来临——想起来实在可怕。但是他说，彼时对他说来最难受的莫过于这样一个持续不断的念头："如果不死该多好哇！如果能把生命追回来，——那将是无穷尽的永恒！而这个永恒将全部属于我！那时我会把每一分钟都变成一辈子，一丁点儿也不浪费，每一分钟都精打细算，决不让光阴虚度！"他说，这个念头终于变成一股强烈的怨愤，以致他只希望快些被枪决。①

当宣布死刑改为苦役，彼得拉舍夫斯基被判直接从刑场解往西伯利亚，他跟同志们告别：

"朋友们，不要悲伤，就让他们给我们带上这铁镣好了！……这是一副珍贵的项链，它是由西方的智慧和正在传播开去的时代精神给我们锻造成的，我们戴上的是对人类的隆重的爱……"②

也就在这一天，陀思妥耶夫斯基给他的哥哥米·陀思妥耶夫斯基写信："哥哥！我不忧伤，也不泄气。生活终究是生活，生活存在于我们自身之中，而不在于外界。以后我身边会有许多人，在他们中间作一个人并永远如此，不管有多么不幸，永不灰心和泄气，这就是生活的意义和它的任务。"③

12月24晚，陀思妥耶夫斯基穿上囚犯的制服，开始了长途跋涉。陀思妥耶夫斯基曾在1854年给哥哥的信中回忆这段经历："越过乌拉尔是伤心的时刻。马和带篷马车陷在雪堆里。风雪弥漫。我们下了马车，这是在一个夜晚，我们站着等候马车从雪堆里拉出来。周围冰天雪地，下着

---

① 《陀思妥耶夫斯基作品集·白痴》，荣如德译，上海译文出版社，1986年版，第70—71页。
② 格罗斯曼：《陀思妥耶夫斯基传》，王健夫译，外国文学出版社，1987年版，第207页。
③ 《陀思妥耶夫斯基选集·书信选》，冯增义等译，人民文学出版社，1986年版，第45页。

暴风雪,这里是欧洲的边界,前面是西伯利亚和神秘莫测的命运,后面是一切都已成为过去——我感到悲伤,难过得掉下了眼泪。"①

在这痛苦悲伤的日子里,也有让人感动的时刻。1850年1月9日,陀思妥耶夫斯基到达托博尔斯克,被关进羁押站。几个十二月党人的妻子来探望"政治犯":"我只想指出:同情、热情的态度使我们感到幸福极了。旧时代的流放犯(不是他们本人,而是他们的妻子)像对亲人一样关心我们。多么美好的心灵,经受了二十五年的痛苦和自我牺牲的考验!我们见到她们只是短暂的片刻,因为对我们看管很严。但她们给我们送来了食物和衣服,安慰并鼓励我们。"

1850年1月23日,陀思妥耶夫斯基到达鄂木斯克要塞,正式开始了他的囚犯生涯。1854年1月23日,四年刑期期满,作为一名流放犯,成了西伯利亚第七边防营的一名列兵。直到1859年12月,重新返回彼得堡。

陀思妥耶夫斯基曾把西伯利亚四年的牢狱生活看作是他人生的苦刑:"我把那四年当作是我活埋并钉入棺材的岁月。这段时光有多么可怕。我都无法向你诉说,我的朋友,这是一种痛苦,难以言表,没有尽头,因为每一小时、每一分钟都像石块一样压在我的心头。"②另一方面,这又是作家精神的新生的开始。"至于在这四年里我的灵魂,我的信仰,我的思想和内心有什么变化,我就不对你说了。说来话长。可是我赖以逃避痛苦现实的不断的自我思索结出了果实。我现在有许多过去从未想过的要求和希望。"③

因为这段独特的经历,便有了《死屋手记》。小说1960年开始在《俄罗斯世界》报连载,1862年出版单行本。因为小说题材的特殊性,因为作者又是告别文坛十年的陀思妥耶夫斯基,一发表即引起广泛关注。

---

① 《陀思妥耶夫斯基选集·书信选》,冯增义等译,人民文学出版社,1986年版,第52页。
② 同上书,第67页。
③ 同上书,第56页。

二

《死屋手记》有两个叙述者,一个是"我",一个是名叫亚历山大·彼得罗维奇·高里扬契科夫的人。高里扬契科夫出身于俄罗斯贵族兼地主的家庭,由于争风吃醋在结婚的头一年就杀死了自己的妻子,之后投案自首,被判十年苦役,服刑期满以后,便以移民身份住在西伯利亚的一个小县城里,给人当家庭教师,靠授课为生。"我"身份不明,偶然遇见了高里扬契科夫,"他的脸色惨白,瘦骨嶙峋,大约三十五岁光景,小小的个子,弱不禁风的模样"①。高里扬契科夫说话极谨慎,不轻易与人往来,回答他人的问话"明确而简短",对回答的每一个字都"认真推敲"。高里扬契科夫死后,"我"从他的房东那里得到一些写满字的练习本,"这是一些关于亚历山大·彼得罗维奇所熬过的十年苦役生活的记述,虽然连贯不起来"。但是,"一个至今尚不为人所知的崭新的世界,一些离奇古怪的事实,一些关于穷途潦倒的人们的专门记载,把我深深地吸引住了"②,由此把它公布给读者。

《死屋手记》假托杀妻犯高里扬契科夫叙述故事,其实再现的是陀思妥耶夫斯基的亲身经历。陀思妥耶夫斯基曾在1854年出狱之后,给哥哥写信,谈到牢狱生活的情景:"司令官是一个很正派的人,但是少校克里夫佐夫却是一个少有的骗子,酒鬼,卑鄙而又蛮不讲理,喜欢寻事,简直想象不出有多坏。"③而那些囚犯:"这是一些性情粗暴、容易动火的凶狠的人。他们对贵族的仇恨是没有限度的,他们对我们这些贵族相见如仇,对我们的痛苦幸灾乐祸。如果听凭他们处理,会把我们吃掉。"④住的牢房也让人难以忍受:"我们住在一个牢房里,大家都在一起,拥挤不堪。你不妨想象一下,这是一所陈旧的、破破烂烂的木头房子,它早就应该拆除,而且也

---

① 陀思妥耶夫斯基:《死屋手记》,侯华甫译,上海译文出版社,1986年版,第4—5页。
② 同上书,第9页。
③ 《陀思妥耶夫斯基选集·书信选》,冯增义等译,人民文学出版社,1986年版,第53页。
④ 同上书,第54页。

无法使用了。夏天闷热得透不过气来,冬天则寒冷难熬,地板都烂了。地板脏得蒙上了厚厚一层污泥,能使人滑倒。狭小的窗上结满了白霜,因而白天也几乎不能看书。玻璃上结了一层薄冰。从天花板上滴水——八面透风。我们像是罐头里的青鱼。"①陀思妥耶夫斯基描写的这一切,在《死屋手记》里都获得了生动的再现。

如果说法律只关注犯罪嫌疑人是否被正确地判决了有罪,文学家除此之外,更关注罪犯为什么犯罪,他背后的社会的、环境的或者人性的动因,他们是否认为自己有罪,是否悔过,法律层面上的惩罚意义何在,是否有效,等等。从个体的角度说,每个罪犯被关进监牢,都有各自的原因。但是法律只通过罪行本身量刑,而很难区别对待。《死屋手记》的叙述者为此在脑海中始终被一个问题纠缠着:"这就是犯了同样的罪行而可以不受同样的惩罚的问题。固然,罪行不能作互相比较,甚至作大概的比较也不成。譬如说,这个人和另一个人都杀死了人;两起案件的全部情节都经过斟酌;对于这两起案件几乎都判处同样的惩罚。然而,还得看看这两起凶杀案有什么区别。譬如说,一个人为了点鸡毛蒜皮的小事,为了一根葱头而宰了人……另一个人是为了保卫未婚妻、妹妹和女儿的贞洁不受荒淫暴君的玷污而杀了人。有的人在流浪中杀了人,受到无数密探的围捕,保卫着自己的自由、生命,常常饥肠辘辘,饿得要死;而另一个人虐杀幼小的儿童们是出于追求快感……"②而惩罚呢,他们都是被流放到同一个地方服苦役,尽管刑期有所差别,但差别并不大。还有就是惩罚的后果:"一个人在监狱里日益憔悴,就像蜡烛一样渐渐地熔解;而另一个呢,在服苦役之前,甚至不知道世上竟有这样快乐的生活,竟有由一群胆大包天的伙伴们组成的这样有趣的俱乐部。……再譬如说,一个有教养的人,他具有成熟的良知和充沛的意识,而且心肠慈悲。可这样的人,只要心里有一点苦恼,在受任何刑罚之前,就被自己的痛苦折磨得呜呼哀哉了。为了自己

---

① 《陀思妥耶夫斯基选集·书信选》,冯增义等译,人民文学出版社,1986年版,第55页。
② 陀思妥耶夫斯基:《死屋手记》,侯华甫译,上海译文出版社,1986年版,第65页。

的罪行,他对自己所做的判决,比最严厉的法律判得还要无情,还要残酷。而就在他身边睡着另一个人,他在整个服苦役期间,甚至一次也没有想过他所犯的杀人罪。他甚至还认为他自己是有理的。还有一些人,他们故意犯罪,仅仅是为了来服苦役,以便逃避外面困苦得多的奴役生活。"①

对这一切,法律自然是无力关注,无能为力的。而文学的意义也就在于,它希望去关注每一个不同的个体,关注他们的内心。"从另一方面说,谁能够说他彻底洞察这帮堕落的人们的内心世界,并了解了他们隐藏在内心深处为世人所不知的奥秘呢?但是,经过这段漫长的岁月,本来是能够发现、觉察、捕捉到这些人心灵中的某种足以证实他们内心烦恼和悲哀的特征的。但是并没有这样做,根本就没有这样做。是啊,罪行似乎不能单从犯罪构成的事实这一现成的观点来加以理解,犯罪的哲理要比人们所想象的复杂得多。不消说,监狱和强制性苦役劳动不能使囚犯改邪归正,而这一切只能惩罚他,只能保障社会的安宁,使社会不再遭受这些凶犯的进一步的破坏。监狱和最吃重的苦役只能在犯人心中助长仇恨,激起他们对于被禁止的及时行乐的渴念和令人可怕的轻浮罢了。"②

由此,也就涉及法律层面上的惩罚的意义与效果了。犯罪者触犯了法律,自然要受到惩罚。自古以来,对于犯罪者,往往甚至通过某种示众、肉体的惩罚等,以达到一种杀一儆百、震慑世人的效果。陀思妥耶夫斯基在监狱里也亲眼所见了种种严酷的刑罚:苦役犯们随时随地都要戴枷锁,"到澡堂洗澡时戴着铁镣,因病住院时也要戴手铐脚镣。有一个枯瘦的囚犯因患严重的肺结核而死去,直到人死后,看守才去找铁匠给死者摘除脚镣"。囚犯们在入狱时,往往都要经受一番杀威棒的残酷考验,并且是法律以正义的名义判决某某犯人需要挨多少军棍。受刑者往往被打得皮开肉绽,无法动荡,甚至可能一命呜呼。犯人亚历山大·彼得洛维奇曾炫耀自己如何因"善于装死"而分三次挨过三千军棍的经历,可就在他为自己

---

① 陀思妥耶夫斯基:《死屋手记》,侯华甫译,上海译文出版社,1986年版,第66页。
② 同上书,第20页。

没有死在酷刑之下而庆幸的时候,却死在了原来住过的医院,原来睡过的病床上。"这种惩罚方式,其野蛮程度不亚于,甚至超过犯罪本身",它"使刽子手变得像罪犯,使法官变得像谋杀犯,从而在最后一刻调换了各种角色,使受刑的罪犯变成怜悯或赞颂的对象"。①

陀思妥耶夫斯基也在《死屋手记》中多次谈到,行刑的效果应该是使作恶者不可能再有重犯自己罪行的愿望,而且也不再有仿效者。但实际上残酷的刑罚和强制性苦役并不能使囚犯改邪归正,反而容易让受刑者觉得,因为他所受到的肉体的惩罚,使其跟所犯的罪行扯平了,大家互不亏欠,犯罪者反而可以心安理得了。"几年以来,我不曾在这些人中间看见过丝毫忏悔的迹象,也没有看见他们对于自己的罪行有一点点痛心疾首的表示,而他们的大多数人在内心里还认为自己是清白无辜的哩。"②

并且,酷刑不仅没能惩戒罪犯,有时反而激发出了施刑者内心中的残忍之魔。就像小说中写到的舍列比亚特尼科夫中尉,"当派他做执刑官的时候,非常喜欢用棍棒拷打和惩治犯人",之前也有一些竭尽全力、狂热地履行自己职务的刑罚执行官。但是他们多半是出于幼稚,并无特别的兴趣。"中尉则不然,他在执行刑罚方面好像是一个讲究口味的美食家一样。他酷爱用刑的艺术,喜欢把它看作艺术的唯一目的。他以此为乐,并且像罗马帝国时代厌倦于享乐的腐朽没落的贵族一样,给自己发明出各种各样精炼的口味,各种各样违反自然的口味,以便把自己被油腻包住了的灵魂稍微搅动一下,痛痛快快地搔一下痒。"③当打人成了一种乐趣,就会想出种种消遣作乐的花样,先装出慈悲怀柔的样子,然后再吩咐士兵们狠狠地打。"于是士兵们使出吃奶的力气打他,打得这个可怜虫眼前金星直冒,拼命急叫。可舍列比亚特尼科夫却在队列前面跟着一路跑,一路笑,笑啊,笑啊,笑得前仰后合,双手支腰,简直笑得直不起腰来,最后甚至

---

① 米歇尔·福柯:《规训与惩罚》,刘北成、杨远婴译,生活·读书·新知三联书店 2009 年版,第 9 页。
② 陀思妥耶夫斯基:《死屋手记》,侯华甫译,上海译文出版社,1986 年版,第 19—20 页。
③ 同上书,第 244 页。

使人要可怜他这副样子了。"①

《死屋手记》中曾谈到"刽子手的特性,在胚胎状态上,几乎是每一个现代人都有的。不过,人的兽性的发展却不是一样的。……刽子手有两种:一种是志愿的,另一种是被迫的,有义务在身的"②。舍列比亚特尼科夫便是属于"自愿的"刽子手。它会让人在残暴邪恶的路上越走越远。"残暴是一种习惯;他具有向前发展的可能,最后就会发展成为一种病态。我认为,即令最高尚的人,由于习惯,也会变得粗暴和呆钝到野兽的地步。鲜血和权力使人陶醉,于是粗野和道德滋长起来;即令最不正常的现象,在人的头脑和感情里也会接受下来,甚至会感到甜滋滋的。……一言以蔽之,一个人对另一个人拥有实施肉刑的权力,是社会的痈疽之一,是毁灭社会上任何一种萌芽、任何一种文明尝试的最强有力的手段之一,是社会必将无可救药地解体的充分依据。"③

法律本来是为了抑制人的"恶"性,建立秩序,实现社会的安宁和谐。而旧时代法律的惩罚不仅没能让罪犯悔改,连施刑者心中之"恶"也被激发了出来。沙俄时代实行的严刑峻律,由此显示出了它不合理、非人性的一面。

三

那么怎么才能拯救恶,让法律变得更人性化、更有效一些呢?法律的终点也许就是文学的起点。陀思妥耶夫斯基也曾一度相信,制度可以改良社会,防范邪恶。但最终发现,"人"才是最重要的,人的良知觉醒、道德提升,才是拯恶向善之路。为此,陀思妥耶夫斯基更希望深入每个人的灵魂深处,既正视人性中的"恶",又发掘他们的"善",发现"人身上的人"。他在1854年出狱后给哥哥的信中说:"在狱中四年,我终于在强盗中间看到了人。你信吗:存在着沉思的、坚强的、美好的人,在粗糙的外壳下面挖

---

① 陀思妥耶夫斯基:《死屋手记》,侯华甫译,上海译文出版社,1986年版,第246页。
② 同上书,第255页。
③ 同上书,第254—255页。

掘金子是多么愉快。"①陀思妥耶夫斯基也正是在苦役中了解了下层民众,开始了世界观的转变,转向"人民根基",以此为基础去构建俄罗斯的未来。因为他在普通人身上,哪怕在罪犯中,也发现了美好的"人""人性":"我在狱中得到了多少民间的典型和人物啊!我和他们一起住惯了,因而,我觉得,对他们很了解。有多少流浪汉和强盗的故事以及一般平民不幸生活的故事啊,足够写出几大本书。多么好的人民!总之我的时间没有白过。如果我对俄罗斯还不够了解,至少我很好地了解了俄罗斯人,而且了解得如此充分,能达到这样深度的人大概是不多的。"②

就像《死屋手记》中写到的阿列依,就是这样一个"民间的典型"。阿列依是鞑靼人,在不明真相的情况下,被兄长们叫去拦路抢劫,就这样进了监牢。而他的内心是纯洁的。"他的整个心灵都表现在他那张漂亮,甚至可以说是非常英俊的脸庞上。他的笑容是那样的轻信,那样的天真无邪,他那双乌黑的大眼睛是那样的温柔,那样的和蔼可亲,以致我看着他时,永远感到特别的愉快,甚至连心中的烦闷和忧伤都有所减轻了。"③作品中的"我"由此感到,"有些人的性格生来就美好得如同上帝赋予的一般,甚至连他们什么时候会变坏的念头,您都会觉得是不可能的。"④为此,"我"教阿列依读《圣经》,从耶稣所说的"要饶恕,要爱,不要欺侮人,仇敌也要爱"中去领悟人生之真谛。当阿列依离开监狱时,"搂住我的脖颈,失声痛哭起来",说:"你使我成为一个人"。⑤

当然,苦役犯中也有以犯罪为乐的"恶人"。无论哪种人,作者都强调要以对待常人的方式对待这些"罪人":"一般来说,囚犯们尽管胆大妄为,放荡不羁,但对他们来说,得到人们信任的时候要愉快得多。通过信任,甚至可以赢得他们的欢心。"⑥

---

① 《陀思妥耶夫斯基选集·书信选》,冯增义等译,人民文学出版社,1986年版,第58页。
② 同上书,第59页。
③ 陀思妥耶夫斯基:《死屋手记》,侯华甫译,上海译文出版社,1986年版,第79页。
④ 同上书,第80页。
⑤ 同上书,第84页。
⑥ 同上书,第68页。

小说有一章关于圣诞节演戏的描写,最生动地写出了只要把囚犯当人看,给他们提供一点娱乐,一点表现自我的机会,哪怕是短暂的时刻,他们的快乐与满足是多么的巨大:

> 在幕幔拉开以前,整个屋子呈现出一片奇异而欢腾的景象。首先,那从四面八方挤压成堆的观众,脸上流露出幸福的笑容,耐着性子,等待着演出开始。站在后面几排的人,你推我搡地彼此挤压着。他们中间有许多人从火房里取来了木柴;一些人好歹把一根粗木材竖立在墙角下,然后站在上头,双手搭在站在前面的人的肩膀上,就这样不变姿势地站上两个来钟头,竟也怡然自得,十分满意自己所选的位置。……由于又闷又热,每个人的脸都汗水淋漓,涨得通红。在那刻满皱纹、打着烙印的前额和脸颊上,在那迄今郁郁寡欢、成天阴沉着脸的人们的目光中,在那有时闪射着可怖的火焰的眼睛里,闪耀着一种什么样的孩童般的喜悦、可爱、真正欢乐的奇异光芒啊!①

还有那些在舞台上演戏的囚犯,当他们忘记了自己的现实身份,而成为舞台上的一个"角色",他们身上所焕发出来的智慧、才能、艺术天赋,让人赞叹。"这些可怜的人只被允许按自己的方式生活一会儿,和一般人一样地快活一会儿,哪怕能过上一小时非牢狱的生活——人在精神上也会发生变化,哪怕只有几分钟也好……"②原来,"人身上的人",是每个"罪人"身上都潜藏着的。"我们人民的最崇高、最显著的特点,便是正义感和对正义的渴望。在所有的地方,不论碰到什么情况,不管值不值得,那种像公鸡般好斗的作风,在我们人民中间是没有的。只要把表面的、非固有的硬皮剥掉,并且不怀任何偏见地、更仔细地靠得更近一些看看内核,——有的人就会在他身上看到一些他过去所不曾预料到的东西。我们的圣贤们能够指教我们人民的地方并不多。我甚至可以肯定地

---

① 陀思妥耶夫斯基:《死屋手记》,侯华甫译,上海译文出版社,1986年版,第200—201页。
② 同上书,第213页。

说,——恰恰相反,他们自己还得向人民学习。"①

正因为如此,陀思妥耶夫斯基强调任何时候都要以人道的态度对待人,正如《死屋手记》中所说:"世上无论哪个人,不管他是什么人,不管他是本能地或是无意识地忍受屈辱,但他还是要求人们赋予他以人的尊严的,……因为他确实是个人,所以就应该以对待人的态度来对待他。我的上帝啊!人道主义的哲理,甚至能使那些连上帝的形象都在心里早已变得黯淡无光的人们也会重新恢复人性。对待这些'不幸的人',也应当采取最人道的态度。这是他们重新做人之道,是他们得到快乐的源泉。"②

陀思妥耶夫斯基由此深入人的心理深层,既写出他们内心的邪恶,又发掘出他们(哪怕是在罪犯身上)的人性的闪光。正如斯特拉霍夫在回忆录中所说:"陀思妥耶夫斯基之所以如此大胆揭露那些可怜的、可怕的人物和各种心灵创伤,是因为他善于或者自认为善于对他们进行最高的审判,他在最堕落的、最反常的人身上看到了上帝的灵光;他注视着这种灵光最微小的闪耀,并且往往能从那些我们惯于以鄙视、嘲笑或者厌恶的态度加以对待的现象中发现心灵美的特点……这种温柔的、崇高的人道主义精神可能就是他的缪斯,正是他给了他一种衡量善与恶的尺子,他带着这把尺子到了最可怕的灵魂深渊……"③

《死屋手记》中的主人公,在出狱之前这样谈到自己在苦役生活中的精神状态及其思考:"我在精神上处于孤寂状态之中,重新审核了过去的全部生活,对一切作了细致之至的分析,对过去的生活加以沉思,严格而毫不容情地批判自己,甚至有时还感谢命运给我带来这与世隔绝的机会,否则就不会有对自己的批判,对昔日生活的严格的审核。当时我的心里充满了多大的希望啊!我心中思忖,下定决心,暗自发誓,在我未来生活中再也不会发生过去曾经发生过的错误和过失。……我期待着自由,我

---

① 陀思妥耶夫斯基:《死屋手记》,侯华甫译,上海译文出版社,1986年版,第199页。
② 同上书,第146页。
③ 转引自布尔索夫:《陀思妥耶夫斯基的个性》,苏联作家出版社,1974年版,第31页。

呼唤着它早早地到来；我要在新的斗争中重新考验自己。"①这也是陀思妥耶夫斯基的夫子自道。陀思妥耶夫斯基在监禁中既经受了种种的苦难与折磨，又在考验中获得了精神的新生。他希望每个苦役犯人也是如此。在陀思妥耶夫斯基看来，人性的复苏比法律的惩罚更重要，也更有效。

另一方面，《死屋手记》也关注到那些犯人所受到的不公平的待遇。"在这四垛墙里白白地葬送了多少青春，徒然地毁掉了多少伟大的力量！要知道……这些人都是不寻常的人。他们也许是我们全体人民中最有才华、最强有力的人。但是，那些强大的力量白白断送了，不正常地、不合理地无可挽回地断送了。究竟是谁的错？"②

究竟是谁的错？

对这一问题的追问，使陀思妥耶夫斯基在寻求人性救赎的同时，又展开了社会批判。谁的罪？怎么办？也是整个俄罗斯文学一直在追问的问题，陀思妥耶夫斯基做出了他自己的回答。

第二节 《罪与罚》：罪与救赎

《罪与罚》是陀思妥耶夫斯基的代表性作品。这是一个与刑事案件有关的故事：一个大学生杀人及其悔过、受罚的历程。格罗斯曼的《陀思妥耶夫斯基传》把它称作是"一部忏悔录式的长篇小说"。"罪"与"罚"，罪孽与惩罚。《罪与罚》要表现的，正是拉斯柯尔尼科夫在某种思想的指导下杀了人之后，又如何忍受心灵的折磨、良知的拷问，最终走向悔罪的历程。在这里，法律意义上的"罪"与文学意义上的"罪"又是不一样的，文学意义上的"救赎"也有别于法律层面的"惩罚"。《罪与罚》典型地体现了文学透视、再现法律的独特视角。

---

① 陀思妥耶夫斯基：《死屋手记》，侯华甫译，上海译文出版社，1986年版，第365页。
② 同上书，第382页。

一

《罪与罚》讲的是一个关于杀人的故事。

杀人的故事可以有很多种讲述方式。希腊悲剧《美狄亚》中的杀子是为了报复变心的丈夫；莎士比亚《哈姆莱特》中克劳狄斯弑兄是出于对权力的贪恋与情欲；《奥赛罗》中的杀妻是出于嫉妒；司汤达《红与黑》中的于连枪杀德·瑞那夫人是因为在他眼看就要娶到贵族小姐，人生即将"成功"之际，曾经的情人德·瑞那夫人的一封检举信使他梦想即将破灭。还有很多电影关于"杀人"的叙述，会把焦点集中在主人公为什么会杀人，他的悲惨处境，或者把重心放在法庭审判、辩护上，以此揭示社会的不公，激发观众对杀人者的同情。对"杀人"问题的思考、透视也就有了种种社会学的意义。

陀思妥耶夫斯基也在不断地讲述与"杀人"有关的故事。《死屋手记》中就有不少杀人犯。《卡拉马佐夫兄弟》则围绕几兄弟的"弑父"展开心灵的拷问。而《罪与罚》主人公拉斯柯尔尼科夫是一个思想杀人者，受一种流行的观点的影响，说如果杀死一个有钱却对社会毫无用处的人，将他的钱用于更需要的人，造福社会，那么这杀人便有了正当的理由。小说的叙事重心便在主人公"正当"地杀人之后（特别是还误杀了一个无辜者）心理、良知上所承受的种种负荷。最后终于不堪其"沉重"，忏悔其罪孽，接受"罚"，开始精神重生的历程。

早在1859年10月9日，陀思妥耶夫斯基在给长兄的信中就谈到与《罪与罚》相关的最初的构思：

> 十二月份我将开始写一部长篇小说……你是否还记得，我曾对你讲过一部忏悔录式的长篇小说，并说我想等到把其他作品写完以后再动手写它，因为我还需要亲身体验。目前我已下定决心立即动手写这部小说……我将把我全部心血倾注在这部小说上。早在服苦役期间，当我躺在通铺上，愁肠百结，发生思想裂变的时候，我就开始

构思它了……这部忏悔录将会最终确定我的名声。①

格罗斯曼认为,陀思妥耶夫斯基所说的《忏悔录》②就是指拉斯柯尔尼科夫的故事。在服苦役期间,陀思妥耶夫斯基也接触到不少杀人者,在这些人身上,也许陀思妥耶夫斯基发现了拉斯柯尔尼科夫的一些最初的原型。

陀思妥耶夫斯基在阅读普希金的《茨冈》时,也曾评价其主人公:"阿乐哥杀了人……他意识到他本人配不上他自己的最高理想,那种理想折磨着他的心,这就是罪与罚。"③

其实,陀思妥耶夫斯基一辈子都在思考"罪与罚"的问题,都在讲述关于"罪与罚"的故事。1860年,陀思妥耶夫斯基在阅读法国刑事案件汇编时,其中一篇《拉赛涅尔诉讼案》也曾引起陀思妥耶夫斯基的注意。这是19世纪30年代在法兰西曾经轰动一时的案件。拉赛涅尔曾埋头研究法律,1829年因为决斗杀死了一个人,被判入狱。从狱中出来后,他曾打算从事文学活动——写诗。但由于对金钱与享乐的渴望,又与曾经的狱友勾结,准备干更大的犯罪勾当:行凶杀人,抢劫财物。但他又力图以虚伪的"思想"为自己的罪行进行辩解,表明他不是一般的罪犯,而是反对不公正社会的战士,是向普通的不公正进行决斗的受难者。这引起陀思妥耶夫斯基极大兴趣。不光是犯罪本身,更重要的是罪犯的心理活动。拉赛涅尔案件也就成了陀思妥耶夫斯基创作《罪与罚》的一个诱因。

格罗斯曼谈道:"艰难困苦、严峻可怕的一八六四年,为陀思妥耶夫斯基的主要艺术构思提供了丰富的素材"。④ 哥哥的死,自己和哥哥一家的生存压力,沉重的债务,随时面临有被关进债务监狱的危险,不断地跟债

---

① 转引自格罗斯曼:《陀思妥耶夫斯基传》,王健夫译,外国文学出版社,1987年版,第433—434页。

② 《陀思妥耶夫斯基全集》(第二十一卷)《书信选》将此作品名译为《自白》,河北教育出版社。

③ 转引自格罗斯曼:《陀思妥耶夫斯基传》,王健夫译,外国文学出版社,1987年版,第433—435页。

④ 格罗斯曼:《陀思妥耶夫斯基传》,王健夫译,外国文学出版社,1987年版,第438页。

权人、诉讼代理人、高利贷者、警察打交道,金钱与贫困的压力,让作家不堪重负。从1865年陀思妥耶夫斯基从国外寄回的信中,我们可窥见作家的生存状况:"一大清早,旅馆里有人通知我,老板吩咐不再供给我午餐、茶水和咖啡……我已经三天没有吃午饭了,早上和晚上只能喝上几杯茶。说也奇怪,我一点也不想吃东西。可恶的是,老板总是对我施加压力,一连几个晚上拒绝供应蜡烛。"①

在这样的处境与心境之下,创作《罪与罚》,主人公的贫困、饥饿及由此生发的痛苦与犯罪欲念,也许作家也感同身受吧。

二

《罪与罚》的核心问题,首先就是"罪"。

法律意义上的"罪",当然主要是以行为为依据来作出界定。而文学作品中所描写的"罪",却可能复杂得多。为何犯罪,其背后的社会的、思想的、心理的、人性的原因,犯罪的心理过程,等等,都可能成为作家关注的焦点。

陀思妥耶夫斯基曾把他的《罪与罚》看作是一份"犯罪的心理报告"②。

拉斯柯尔尼科夫是个学法律的大学生。小说一开始,写他住在橱柜样的"斗室"里,避不跟人往来,"从某个时候开始,他动不动就发火,情绪紧张,仿佛犯了忧郁症似的"③。当他走到街上,"街上热得可怕,又闷又拥挤,到处是石灰、脚手架、砖块、尘土和夏天所特有的恶臭,这是每个没有条件租别墅去避暑的彼得堡人闻惯了的臭味,——这一切一下子就使这个青年本来不健全的神经又受到了令人痛苦的刺激"④。小说一开始就揭示出主人公的生存环境与人之间的紧张关系,为其带有神经不健全性质的犯罪做了铺垫。

---

① 格罗斯曼:《陀思妥耶夫斯基传》,王健夫译,外国文学出版社,1987年版,第442页。
② 《陀思妥耶夫斯基选集·书信选》,冯增义等译,人民文学出版社,1986年版,第58页。
③ 陀思妥耶夫斯基:《罪与罚》,岳麟译,上海译文出版社,1979年版,第1页。
④ 同上书,第2页。

拉斯柯尔尼科夫每天心神不宁地在街上游荡,因为他心里有了一个不可告人的秘密:"我要去干的是一件什么样的事啊,但却害怕一些微不足道的小事!"①他经常问自己:"我怎么会有这么可怕的念头?我的良心竟能干这种坏事!这到底是卑鄙的、下流的,可恶,可恶!……我足足有一个月……"②有时,他又会怀疑,"咳,假如我错了呢"。

小说就这样以主人公的不断的内心独白、追问,开始了"犯罪的心理报告"。拉斯柯尔尼科夫曾做了一个梦,梦见在他童年时,马车夫狠狠地揍一匹瘦弱的马,用鞭子,用木棍,用斧头,直到把可怜的马活活砍死。"他哭起来了。他一阵心酸,泪水就扑簌簌地掉下来了。"③当他醒来:

> "天啊!"他忽然大叫起来。"难道,难道我真的会拿起斧头砍他的脑袋,打碎他的脑壳……溜滑地踏过一滩发黏的温血,撬开锁,偷窃,发抖……躲藏起来,浑身溅满鲜血……拿着斧头……天啊,难道?"④

拉斯柯尔尼科夫一方面放不下那个念头,另一方面又觉得受不了,不敢,希望能抛弃那个"该死的梦想",卸下压在身上的那"可怕的重担"。却因为一个偶然的机会,他知道了,他想要谋害的高利贷老太婆在某一个时刻将独个儿在家,于是,一切也就注定了。"最后一天来得那么突然,一切都一下子就决定了。这最后一天对他起了几乎是机械的作用,仿佛有人拉住了他的手,无法抗拒地、盲从地,用超自然的力量,不容反对地把他拉走了。仿佛他的衣服的一角被车轮轧住了,连人带衣服都被拖进车子底下去了。"⑤最终,拉斯柯尔尼科夫用斧头砍死了老太婆。只是,因为老太婆的妹妹提前回家,把一个无辜者也砍死了。

拉斯柯尔尼科夫为什么要杀人,当然首先是因为贫困。同时他又相

---

① 陀思妥耶夫斯基:《罪与罚》,岳麟译,上海译文出版社,1979年版,第2页。
② 同上书,第9页。
③ 同上书,第66页。
④ 同上书,第68页。
⑤ 同上书,第80页。

信了一种流行的理论,为了正义,为了实现某种理想,某些人有权越过法律,乃至去犯罪、杀人。有一次,他在一个小酒馆里,偶然听到一个大学生和一个军官的谈话:一方面是一个愚蠢的、不中用的、卑微的、凶恶的和患病的老太婆,谁也不需要她,相反地,她对大家都有害;另一方面,年轻的新生力量因为得不到帮助而枯萎了,这样的人成千上万,到处都是。"成百成千件好事和创意可以利用老太婆往后捐助修道院的钱来举办和整顿!成千上万的人都可以走上正路,几十个家庭可以免于贫困、离散、死亡、堕落和染上花柳病,——利用她的钱来办这一切事情。把她杀死,拿走他的钱,为的是往后利用她的钱来为人民服务,为大众谋福利。你觉得怎样,一桩轻微的罪行不是办成了几千件好事吗?牺牲一条性命,就可以使几千条性命免于疾病和离散。死一个人,活百条命,这就是算学!"[①]

小酒馆的谈话对拉斯柯尔尼科夫产生了重大影响,"仿佛这里面真的有一种定数与启示"。他也构成了拉斯柯尔尼科夫杀人的理论基础。当时俄国正流行法国哲学家杰里米·边沁的功利主义伦理观:"最大多数人的最大的幸福,是边沁的功利主义的最高原则。"[②]在边沁看来:"人的任何动机都可以产生善或恶,所以,人只对行为的结果负责任。"[③]这是一种功利主义效果论的伦理观,为了一个好的结果,为了大多数人的幸福,可以牺牲少数人的利益。

拉斯柯尔尼科夫曾经在报刊上发表过一篇文章《论犯罪》。文章认为,人按照天性法则,大致可以分为两类:一类是低级的人(平凡的人),他们是一种仅为繁殖同类的材料;另一类则是具有天赋和才华的人。第一类人"大抵都是天生保守、循规蹈矩、活着必须服从而且乐意听命于人"。第二类人呢,"他们都犯法,都是破坏者⋯⋯他们绝大多数都要求为着美好的未来破坏现状。但是为着实现自己的理想,他甚至有必要踏过尸体

---

① 陀思妥耶夫斯基:《罪与罚》,岳麟译,上海译文出版社,1979年版,第75页。
② 倪愫襄:《伦理学简论》,武汉大学出版社,2007年版,第83页。
③ 同上。

和血泊"①。第二类人就是"未来的主人",是"超人",也是"刽子手"。"人类社会中绝大多数的这些恩人和建立者都是非常可怕的刽子手。"②对拉斯柯尔尼科夫来说,他之杀人,还是为了要证明自己,他也能作"第二类人",做"拿破仑式的英雄"。"当时我要知道,要快些知道,我同大家一样是只虱子呢,还是一个人?我能越过,还是不能越过!我敢于俯身去拾去权力呢,还说不敢?我是只发抖的畜生呢,还是我有权利……"③拉斯柯尔尼科夫也就成了一个"思想杀人者"。

赵桂莲在《漂泊的灵魂——陀思妥耶夫斯基与俄罗斯传统文化》中谈到,德国存在主义哲学家雅思布斯把人类的犯罪从总体上分为四种:刑事犯罪,政治犯罪,道德犯罪以及形而上的犯罪。陀思妥耶夫斯基的创作涉及以上所有的犯罪形式,而且这些不同等级的犯罪常常交汇在一个犯罪者身上。"以拉斯柯尔尼科夫为例,他的犯罪首先是刑事犯罪,由于良心的不安和折磨又属于道德犯罪,而就犯罪的初衷之一而言——为最终造福社会——它涉及了政治犯罪,及至匍匐到大地之上用火热的泪水对大地忏悔也就是对全体人忏悔使他的犯罪达到了形而上犯罪的等级。"④

陀思妥耶夫斯基的不少小说,写的都是思想的主人公,连杀人、自杀也可能是出于某种冠冕堂皇的思想。这种带有"形而上"性质的犯罪,也就有别于一般的罪犯,具有了法律之外的思想的意义。

三

杀人者杀人,可以有形而上的理由。问题是,杀人之后,他是否能承受杀人带来的心灵的重负?

作为学法律的大学生,很早以前,拉斯柯尔尼科夫就对一个问题感兴趣并展开研究:为什么几乎一切犯罪行为都那么容易被发觉和败露?为

---

① 陀思妥耶夫斯基:《罪与罚》,岳麟译,上海译文出版社,1979年版,第303页。
② 同上书,第302页。
③ 同上书,第487页。
④ 赵桂莲:《漂泊的灵魂——陀思妥耶夫斯基与俄罗斯传统文化》,北京大学出版社,2002年版,第242页。

什么几乎一切犯罪者都会留下显著的痕迹？在他看来，最重要的原因就在于犯罪者在犯罪的时候，都丧失了意志和理智。而拉斯柯尔尼科夫自认为，他在进行预谋行动的时候，是绝不会丧失意志和理智的。唯一的理由是，他进行这个预谋的行动"不是犯罪"。但实施了"不是犯罪"的"犯罪"之时与之后，想做"超人"的拉斯柯尔尼科夫也未能避免"丧失意志和理智"的结果。他一回到住处，就昏睡过去。开头他以为，他要发疯了。由于热病，打着可怕的寒战。昏睡中醒来，想着要消灭罪证，一阵没有意义的忙乱之下，他脑海中出现一个念头："啊，莫非已经开始了，莫非惩罚已经临到我身上了？"①

确实，法律意义上的惩罚还没有来，来自自我的心灵的惩罚就已经开始了。在病中，他接到警察分局的一张传票，吓了一跳，尽管到警察局之后，发现是虚惊一场，不过是张债据，但他差点忍不住要"把昨天所干的事和盘托出"，以卸下那副重担。他向警察分局的副局长伊里亚·彼得罗维奇解释那张债据的来龙去脉，想用感情去打动他们，却突然发现，从此不光是跟警察，哪怕是亲近的人，也无法推心置腹了。"他的心忽然变得多么空虚啊。他突然意识到心里出现了一种悲观情绪，感到自己令人痛苦地无限地孤独，而且没有依傍。……他已经再也不能像刚才那样流露感情或者用其他方式去向这些坐在区分局里的人们申诉了。即使这些人是他的同胞手足，而不是警官，甚至不论生活情况如何，他也不会去向他们申诉的；以前，他从来没有过如此奇怪而又可怕的感觉。最令人痛苦的是，这与其说是知觉，倒不如说是意识或者意念；一种直觉，他一生中所有的最痛苦的感觉。"②之所以痛苦，是因为当一个人藏着不可告人的秘密，无处诉说，并且生怕被他人察觉了你的秘密，每天担惊受怕，惶惶不可终日，这将注定了你的孤独，你被排除在了正常的生活之外，你的心灵的苦难的历程也就开始了。

---

① 陀思妥耶夫斯基：《罪与罚》，岳麟译，上海译文出版社，1979年版，第101页。
② 同上书，第115页。

这种恐惧不光在清醒的状态下,有时还让人在梦中也不得安宁。主人公曾梦见警察局分局长伊里亚殴打女房东,源于他犯罪后对负责侦破此案的伊里亚的畏惧。还有一个梦,重现的是杀人时的情景:

> 他小心翼翼地把大衣掀开,原来这儿放着一把椅子,这把放在角落里的椅子上坐着一个老太婆,浑身抽搐着,低下了头,所以他怎样也看不清楚她的脸,但这就是她。
>
> 他站住了,俯下身去看个仔细:"她害怕啦!"他心里想,悄悄地从环圈里拿出斧头,一下又一下地猛击老太婆的天灵盖。但是很奇怪?她挨着斧头的猛击,却一动也不动,像根木头似的。他害怕起来,身子俯得更低,想把她看个清楚,可是她也把头俯得更低。于是他把身子弯倒地板上,从下面看她的脸,瞅了她一眼,不觉吓呆了。
>
> 老太婆坐着发笑——发出了一阵轻轻的、无声的笑,并极力不让他听见她的笑声。他忽然觉得,卧室的门打开了一点儿;那儿仿佛也有人笑起来,在窃窃私语。他要发疯了:他用足力气揍老太婆的脑袋,可是斧头每砍一下,卧室里的笑声和窃窃私语更响更清晰了,而老太婆却笑得前仰后合。他狂奔逃命,可是通道上已经站满了人,楼梯上的门都开得很大。平台上、楼梯上以及下面各处都是人。他们在交头接耳,望着他——可是都躲起来了,等待着,默不作声!……他的心揪紧了,两脚挪不动了,粘合在一起了……他想叫喊,突然醒了。①

这是杀人后带来的恐惧后遗症。拉斯柯尔尼科夫能够杀死一个人,却无法摆脱杀人后所带来的负罪感、良心的自我惩罚。拉斯柯尔尼科夫曾无力解答一个问题,是"疾病产生犯罪行为呢,还是犯罪行为本身,由于它独特的性质,常常引起一种类似疾病的现象?"②但作家在小说的进程中其实已经给出了答案:正是犯罪行为本身引发了拉斯柯尔尼科夫的精

---

① 陀思妥耶夫斯基:《罪与罚》,岳麟译,上海译文出版社,1979年版,第323—324页。
② 同上书,第81页。

神的疾病。

拉斯柯尔尼科夫杀人的动机,本来一方面是要拿高利贷老太婆的钱去拯救自我和大众,第二是要做拿破仑,证明自己是不平凡的人。结果两者都告落空。他杀人后拿走了一个钱袋,却在慌乱、恐惧之下看都没看,就埋在某块石头下面:

> 他忽然站住了,一个新的完全意料不到的、但异常简单的问题一下子把他弄糊涂了,并且使他痛苦不堪。
>
> "如果你干这件事当真是一种蓄意的行为,而不是由于一时糊涂,如果你当真抱着一个明确的、坚定不变的目的,那你为什么直到现在连那个钱袋里藏着什么东西都没有瞧过一眼呢?你为什么连你拿到了什么东西,为了什么而忍受种种痛苦,并且有意识地去干这种卑鄙龌龊和下流的勾当也不知道呢?可是现在你要把这个钱袋连同所有东西都一股脑儿扔入水里,而这些东西你看也没有看过一眼……这到底是怎么回事啊?"①

既然这样,那以前的一切谋划,杀人以后所受的一切的苦,岂不变得毫无意义。这正是让拉斯柯尔尼科夫最痛苦的。陀思妥耶夫斯基在《作家日记》中《环境》一文中说:"把犯罪称为不幸,把罪人称作不幸的人,就属于俄罗斯人民的这种蕴诸内心的思想——俄罗斯人民的思想。"②确实,只要是犯了罪,他就很难放下犯罪带来的心灵的负担,这个人从此就是"不幸的人"了。

四

拉斯柯尔尼科夫出自自救的本能,曾竭力想逃避法律的惩罚。由此,他与代表法律寻找罪犯的警局之间,也就形成了一种紧张的对抗性的

---

① 陀思妥耶夫斯基:《罪与罚》,岳麟译,上海译文出版社,1979年版,第123页。
② 《作家日记》(上),张羽译,《陀思妥耶夫斯基全集》(第十九卷),河北教育出版社,2010年版,第24页。

关系。

拉斯柯尔尼科夫与警察局负责刑侦的侦查科长波尔菲里·彼得罗维奇,有过三次交锋。第一次,拉斯柯尔尼科夫的同学拉祖米兴拉他去波尔菲里住处拜访(后者托话说早就想认识一下拉斯柯尔尼科夫了),请求把抵押给高利贷老太婆的物品要回来。波尔菲里说:"要知道,我在这儿等你好久啦。",这话语含双关,意味深长,让拉斯柯尔尼科夫"不觉一愣"。他们谈到犯罪的问题,社会上有一种观点认为"犯罪是对社会组织的不正常现象的抗议",一切犯罪都是"环境的影响","如果社会组织是正常的,那么一切犯罪行为一下子就会消灭,因为失去了抗议的对象,一切人立刻都会变为正直的。天性是不被考虑的"。① 波尔菲里由此谈到拉斯柯尔尼科夫的那篇文章《论犯罪》,说文章有一个暗示:"说什么世界上仿佛有这样一些人,他们能够……就是说,他们不但能够而且有充分权利为非作歹和犯罪,仿佛他们是不受法律约束的。"② 还说文章把所有的人分成"平凡的"和"不平凡的"两类:"平凡的人活着必须俯首帖耳,惟命是从,没有犯法的权利……但是不平凡的人就有权利干各种犯法的事。"③ 拉斯柯尔尼科夫把这看作是一种"挑衅",强调他根本没有坚持"不平凡的人一定而且必然常常为非作歹……我不过暗示,'不平凡的人'有权利……也就是说,不是有合法的权利,而是这种人有权利昧着良心去逾越……某些障碍,但只是在为实现他的理想(有时对全人类来说也许是个救星)而有必要这样做的情况之下"④。

当拉斯柯尔尼科夫开始阐述自己的理论,波尔菲里又步步追问,那么怎么区分平凡的和不平凡的这两类人呢?还有,如果发生混淆,这一类人中的一个人会认为他是属于另一类的人,然后试图"排除一切障碍"。之后,他问拉斯柯尔尼科夫,如果您免不了把自己也看作一个"不平凡的"、

---

① 陀思妥耶夫斯基:《罪与罚》,岳麟译,上海译文出版社,1979 年版,第 297 页。
② 同上书,第 300 页。
③ 同上书,第 301 页。
④ 同上。

能发表新见解的人,"要是这样,难道您就决意——因为生活上某些挫折或贫困,或者为了使全人类幸福,——去逾越一切障碍吗?比方说杀人、抢劫?"①

这已经是明显的诱导了,波尔菲里一边说,一边向拉斯柯尔尼科夫"挤挤左眼,无声地笑了起来"。

拉斯柯尔尼科夫厉声问:"你想要按照法律程序正式审问我?"

波尔菲里说:"为什么?目前还没有这个必要。您误会了我的意思。要知道,我不放过一个机会……我已经跟所有押户都谈过话,我已经从一些人口中得到了证词……请问,您是七点多钟上楼的吗?"

拉斯柯尔尼科夫作了肯定的回答。波尔菲里又问可曾看见两个油漆匠,拉斯柯尔尼科夫神经紧张起来,说没有看见。

"你说什么啊!"拉祖米兴仿佛清醒过来,领悟了似的,忽然叫道。"在谋杀案发生那一天有两油漆匠在油漆,而他是在三天前上那儿去的?你问这干什么?"②

这是一个圈套,只不过被拉斯柯尔尼科夫识破了。拉斯柯尔尼科夫一开始与波尔菲里接触,就对波尔菲里猫玩老鼠似的勾当大为恼火。"最令人痛恨的是:他们甚至毫不掩饰,不讲礼貌!……他们活像一群狗,公然监视着我!他们公然污蔑我!……但这也许是好事;我在演一个病人的角色……他在摸我的底。他会把我搞糊涂的。我来要干什么啊?"③结果自然是不欢而散。

在街上,拉斯柯尔尼科夫被一个神秘人物指认,他就是凶手。在惶惑不安之下,第二天,拉斯柯尔尼科夫去分局侦查科长办公室,请求见波尔菲里。一方面是交退还抵押物的申请书,另一方面也是为探听虚实,"准备进行一场新的战斗",但他的身子却不由自主在发抖,这使他心里怒火

---

① 陀思妥耶夫斯基:《罪与罚》,岳麟译,上海译文出版社,1979年版,第308页。
② 同上书,第310页。
③ 同上书,第295—296页。

直冒。当波尔菲里谈到马上就能住上挺不错的公家的房子,并重复说了几句"挺不错",拉斯柯尔尼科夫把这看作是嘲讽和挑衅:

> "您可知道,"他忽然问,几乎大胆地望着他,仿佛从自己的大胆行为中感到乐趣似的。"我认为有这样一种司法程序,一种对各种侦查人员都适用的法学上的方法:首先从远处开始,从细小的事情开始,或者,甚至从重要的但毫无关系的事情开始,可以说,为的是鼓励或者不如说分散受审人的心思,使他疏于防范,然后出其不意,突然向他提出具有决定意义的、关系重大的问题,问得他仓皇失措;是这样吗?直到如今,在所有法律书上似乎还提到这个方法吧?"①

双方的交锋由此开始。拉斯柯尔尼科夫提出要不就直接把他抓起来审问吧。波尔菲里却强调,侦查员的工作,是一种自由的艺术,一种独特的艺术。"如果我让某位先生自由行动,虽然我不逮捕他,不惊动他,但是让他时刻知道,或者至少让他起疑,全部底细我都知道了,我日益密切监视着他;如果他经常意识到被人怀疑,提心吊胆,那么他一定会发慌,就会来投案自首,也许又会干出什么事来,这将是一个像二乘二等于四,可以说,有数学般明确的罪证,——这是令人高兴的。"②至于担心犯罪嫌疑人逃跑,他能去哪儿呢,就像飞蛾扑烛火,"永远逃不脱我,好比在蜡烛周围盘旋"。波尔菲里甚至告诉拉斯柯尔尼科夫:"我知道天色将晚的时候你去租过房,我知道您拉过门铃,问过那滩血……要知道,我也了解您的心境,那时候……可是说实在的,您这样又会发疯!您昏头转向!您怒火直冒,这是正义感的愤慨,因为您受了侮辱。开头由于命运,后来由于警察分局,于是您一会儿跑到这儿,一会儿又跑到那儿,可以说,叫大家快些说出来,好把事情一下子结束,因为您对这些蠢话和怀疑讨厌透了。是不是这样?我猜透了您的心理吗?"③

---

① 陀思妥耶夫斯基:《罪与罚》,岳麟译,上海译文出版社,1979年版,第389—390页。
② 同上书,第395页。
③ 同上书,第401页。

波尔菲里就是这样,以他的"独特的艺术",他的"犯罪心理学",把拉斯柯尔尼科夫置于在他的控制之下,让拉斯柯尔尼科夫受到刺激,不能忍受,自己露出马脚。波尔菲里还准备让"昨天那个从地下钻出来的人",那个指认拉斯柯尔尼科夫是凶手的人突然露面,给拉斯柯尔尼科夫最后一击。只是因为一个叫尼古拉的人突然冒出来承认自己是杀人凶手,把波尔菲里的计划完全打乱了。

第三次,波尔菲里来到拉斯柯尔尼科夫的住处,向拉斯柯尔尼科夫袒露心扉,说出自己办案过程,包括如何怀疑他的心路历程。警察局起初认定凶手是案发时也去找高利贷老太婆典当的两个人中的一个米柯尔卡,后来又出来一个尼古拉主动认罪,但波尔菲里在对拉斯柯尔尼科夫表示一番歉意之后,突然单刀直入,对拉斯柯尔尼科夫说:"是您杀的!就是您杀的。"尽管没有直接的证据,但他劝拉斯柯尔尼科夫去自首,以减轻法律的惩罚。"受苦也是一件好事。您去受苦吧"①;"在受苦中会产生一种理想"②。波尔菲里如是说。

应该说,波尔菲里很好地扮演了一个法律人的角色。他最后也信守诺言,没有揭发拉斯柯尔尼科夫,而等着拉斯柯尔尼科夫去自首,使其获得了减刑的机会。但实际上,促使拉斯柯尔尼科夫去自首的,并不是波尔菲里。他与拉斯柯尔尼科夫一直以来的紧张关系,拉斯柯尔尼科夫对他的不信任、愤恨,在一定意义上,也宣告了法律的惩戒的失败。

五

那么,真正的救赎之路何在?

拉斯柯尔尼科夫之杀人,从法律的层面说,毫无疑义属于刑事犯罪。但当犯罪的主人公为自己的犯罪找到了思想的理论的基础,也就使犯罪具有了形而上的色彩。那么,从惩罚的角度说,法律意义上的找到罪犯并

---

① 陀思妥耶夫斯基:《罪与罚》,岳麟译,上海译文出版社,1979年版,第534页。
② 同上书,第536页。

予以合理的判决也就不够了,关键是犯罪者是否意识到了有罪,是否忏悔,只有在此基础上才谈得上救赎,犯罪者精神上的新生。

陀思妥耶夫斯基在《作家日记》中有一篇《环境》,说当时社会上曾流行一种"环境论",认为"根本就没有犯罪行为,一切都是'环境的罪过'",由此犯罪甚至有可能被当作是一种"义务",一种"反抗'环境'的义举"。① 既然罪在"环境",那只要改变"环境",一切就都好了。由此,每个个体也就不需要为自己的犯罪承担责任了。而在陀思妥耶夫斯基看来,犯罪也与人的天性、人心中的"恶"有关。冯川在《忧郁的先知:陀思妥耶夫斯基》中说:"在陀思妥耶夫斯基眼中,导致犯罪的原因,在许多情况下是源于'精神的'原因。在不同的犯罪冲动中,存在着不同的、迄今尚不清楚的精神动机。甚至不妨说:犯罪在一定程度上基源于人的天性,它在一定程度上是人的一种精神本性。"②

由此,人的救赎之路,也就不光是"环境"的改变,更重要的是人的良知的觉醒,精神的新生。人只有意识到自己有罪,才会诚心悔过,才会有真正的救赎。"再也没有比那种居然不承认自己是罪人的罪犯更不幸的了:这是畜生,是野兽。他不明白自己是畜生,他扼杀了自己的良心,这说明什么呢? 他只是双重的不幸。是双重的不幸,而且是双重的犯罪。"③

由此,在法律与道德之间,他们构成了一种外在律与内在律,既相互对立又互相依存。法律所代表的外在律只能规范人的行为,法律对罪犯的惩罚也只能针对行为,所以人很多时候又需要内在的道德律令规范人的行为,提升人的精神。所以救赎也就既需要法律的惩罚,更需要道德的、人性的、精神的提升。就像强者认为有权杀人:"然而,他原以为只是违背外界毫无意义的法律,勇敢挑战社会成见的义举,突然成了他良心的重负,成了罪孽,违反了他内心的道德准则。违反外界法律受到来自外界

---

① 《作家日记》(上),张羽译,《陀思妥耶夫斯基全集》(第十九卷),河北教育出版社,2010年版,第 22 页。
② 冯川:《忧郁的先知:陀思妥耶夫斯基》,四川人民出版社,1997 年版,第 75 页。
③ 《作家日记》(上),张羽译,《陀思妥耶夫斯基全集》(第十九卷),河北教育出版社,2010年版,第 26 页。

的惩罚:流放和苦役,但内心狂妄的罪孽:把强者和人类分开,导致他最终杀人——这一自称上帝的内心罪孽,只能用自我否定这一内在的道德功勋来救赎。极度的自信应该消失殆尽,因为面对的是信仰上帝(上帝高于自己),自作聪明的辩解应当服从上帝的最高真理,它活在最普通的弱势民众的心中,尽管强者把他们视作微不足道的虱子。"①弗·谢·索洛维约夫《纪念陀思妥耶夫斯基的三次演讲》中的这段话,很好地阐析了《罪与罚》之"罪"和"罚"的精髓。

拉斯柯尔尼科夫在杀了人之后,曾在大街上见到醉酒后被马踩死的马尔美拉陀夫,他帮助将马尔美拉陀夫送回他的家,并将身上仅有的20卢布给了丧夫的卡捷琳娜。这一善行使他负罪的心灵得到了些许安慰。"现在他心里充满一种从未有过的、突然涌现的具有一股充沛强大的生命力的广大无边的感觉。这种感觉可以和一个被判处死刑,突然获得出乎意料的赦免的囚犯的感觉相似。"②

也是因为这一善行,拉斯柯尔尼科夫认识了马尔美拉陀夫的女儿,为了养活全家不得不去当妓女的索尼雅。索尼雅从此成了拉斯柯尔尼科夫的精神支柱。他们——一个杀人犯和一个卖淫妇——曾一起读《圣经》,耶稣基督说:"复活在我,生命也在我。信我的人。虽然死了,也必复活。凡活着信我的人,必永远不死。"③

如果说,法的惩罚与神的恩惠,是犯罪之人面临的两种出路。对拉斯柯尔尼科夫来说,他并不相信法律的惩罚可以使他的精神获得救赎,相反,是索尼雅的出现,让上帝在拉斯柯尔尼科夫心中种下了改过自新的种子。在《罪与罚》中,如果说波尔菲里是法律的代表,索尼雅则代表了来自上帝的救赎。法律与"罪人"处在一种紧张的对抗关系中,而索尼雅则成了拉斯柯尔尼科夫的"精神母亲",这个世界上唯一可与之倾诉之人。当

---

① 弗·索洛维约夫:《精神领袖——俄罗斯思想家论陀思妥耶夫斯基》,徐振亚、娄自良等译,上海译文出版社,2009年版,第14—15页。
② 陀思妥耶夫斯基:《罪与罚》,岳麟译,上海译文出版社,1979年版,第215页。
③ 同上书,第383页。

不堪心灵重负的拉斯柯尔尼科夫向索尼雅坦白了杀人的事实:

> "您,您要对自己干什么啊!"她忧伤绝望地说着,站了起来,向他直扑过去,双手勾住了他的脖子,拥抱他,紧紧地搂住了他。
>
> 拉斯柯尔尼科夫赶忙往后一让,脸上浮出了忧郁的微笑,望着她,说:
>
> "索尼雅,你多么奇怪呀,我告诉了你这件事,你就拥抱我,吻我。你自己却不知道在做什么。"
>
> "不,现在世界上再也没有比你更不幸的人了!"她没有听到他的话,发狂似地大声说道,并且像歇斯底里发作一样,突然痛哭起来。
>
> 在他的心坎里突然浪潮般地涌起一股已经好久没有过的感情,他的心一下子就软下来了。他没有抑制这股感情:从他的眼眶里滚出来两滴泪水,挂在睫毛上。
>
> "索尼雅,你不离开我吗?"他说,几乎满怀希望地望着她。
>
> "不,决不!我任何时候都不离开你,任何地方都不离开你!"索尼雅大声叫道。"我跟着你走,跟随你到天涯海角!哎呀,天哪!……唉,我这个苦命人!……为什么,为什么我不早认识你!为什么你不早来?啊,天哪!"
>
> "现在我不是来了。"
>
> "现在!啊,现在怎么办呢!……咱们一块儿,一块儿!"她仿佛出神似地反复说,又拥抱他,"我同你一起去服苦役!"他仿佛突然怔了一下,在他的嘴角上勉强地浮现出和以前一样的、痛恨的和近乎傲慢的微笑。①

这使我们想起雨果《巴黎圣母院》中卡西莫多在受刑后,焦渴难忍之际,因为曾被他抢劫过的爱斯梅哈尔达的一碗水而滚出的那两滴泪珠;想起《悲惨世界》米里哀主教对从牢里放出的冉阿让的善行。这是一种基督之爱,一种爱亲人,爱所有的人也爱罪人的广大无边的爱。有

---

① 陀思妥耶夫斯基:《罪与罚》,岳麟译,上海译文出版社,1979年版,第477—478页。

一次,走在大街上,拉斯柯尔尼科夫想起索尼雅的话:"到十字街头去,向人们跪下磕头,吻土地,因为你对它们也犯了罪,大声地告诉所有的人:'我是凶手'。"

> 他一下子浑身瘫软了,泪如泉涌。他立即在地上伏倒了……
> 他跪在广场中央,在地上磕头,怀着快乐和幸福的心情吻了这片肮脏的土地。①

就是在这一刻,拉斯柯尔尼科夫在向大地的俯伏、忏悔中,蒙受了神恩。小说最后,索尼雅跟着拉斯柯尔尼科夫去流放地,当有一次,他们坐在一起:"在这两张病容满面、苍白的脸上已经闪烁着新的未来和充满再生和开始新生活的希望的曙光。爱情使他们获得了新生,对那一颗心来说,这一颗心潜藏着无穷尽的生命的源泉。"②正是在索尼雅的高尚无私的爱的感召下,拉斯柯尔尼科夫看到了自己新生活的曙光,走上了自新之路。

> 可是一个新的故事,一个人逐渐再生的故事,一个他逐渐洗心革面、逐渐从一个世界进入另一个世界的故事,一个熟悉新的、直到如今根本还没有人知道的现实的故事正在开始。这个故事可以作为一部新的小说的题材——可是我们现在的这部小说到此结束了。③

在法律的惩罚与爱的救赎、俗世的"正义"与上帝的"最高真理"之间,陀思妥耶夫斯基选择了后者。正如有学者所说:"如果说恩惠精神是以人的灵魂为最高意义上的现实的具体'静观'的结果,则与之对立的法就是无视人性的抽象推理,是人对人执行的审判,在陀思妥耶夫斯基看来,人对人的审判是永远也靠不住的,一个人永远都不可能洞悉另一个人内心世界里瞬息万变的微妙之处,或者用圣经的术语来表达,这些瞬息万变的微妙之处就是'人心和肺腑',用不变的法来判决拥有变化着的灵魂的人

---

① 陀思妥耶夫斯基:《罪与罚》,岳麟译,上海译文出版社,1979年版,第613页。
② 同上书,第637页。
③ 同上书,第639页。

是荒谬的。"①法律通过对人的自由的强制性剥夺的惩罚,其效果是有限的。相反,只有罪犯主动认罪,主动去承受苦难,诚心接受来自上帝的惩罚,才能真正地获得精神的新生。陀思妥耶夫斯基以他独特的关于"罪"与"罚"的叙事,很好地诠释了什么是文学视野中的"法律"。

第三节 《卡拉马佐夫兄弟》:法律误判与良知审判

《卡拉马佐夫兄弟》被看作是一部史诗般的"综合性的长篇小说"。②以某个小城中一个家庭为主线,以一个关于"弑父"的案子为核心,展开宗教的、道德的、哲学的、法律的问题的讨论。这个"弑父"案子除了被杀的父亲,涉及四个儿子:实际的"弑父者"——私生子斯乜尔佳科夫;不断扬言要杀死父亲被法庭误判为"弑父者"——长子德米特里·卡拉马佐夫;思想上的"弑父者"伊万·卡拉马佐夫;最小的儿子,纯洁的却也曾经希望父亲死去的阿辽沙。他们是否都有"罪","罪"如何界定,是法律意义上的"罪"还是思想、道德意义上的"罪","罪"如何承担,如何救赎,是一系列的问题。小说结尾,斯乜尔佳科夫自杀了,伊万不堪心灵的折磨导致精神分裂;德米特里没有杀人,但认为自己确实有"罪",也就在心理上接受了对他的"惩罚"。而小儿子阿辽沙,则扮演了一个救赎者的角色。小说花了大量的篇幅再现"侦讯""审判"的过程,各色人等在这里表演、表达自己的社会主张,或受精神的折磨、历经灵魂的考验。文学视野中的法律,自有其不一样的视角,在某种意义上也体现了叙事中的"法律"的独特性。

一

《卡拉马佐夫兄弟》是陀思妥耶夫斯基的最后一部小说。但其创作动因,却可以追溯到很多年前,陀思妥耶夫斯基还在鄂木斯克监狱的时候,

---

① 赵桂莲:《漂泊的灵魂——陀思妥耶夫斯基与俄罗斯传统文化》,北京大学出版社,2002年版,第231—232页。
② 格罗斯曼:《陀思妥耶夫斯基传》,王健夫译,外国文学出版社,1987年版,第720页。

所接触到的一个退伍少尉伊林斯基的故事。伊林斯基被控犯有弑父罪，判了二十年苦役。《死屋手记》第一章借叙述者的视角，有这样一段描写：

> 有一个弑父凶手特别留在我的记忆里，使我难以忘怀。他是贵族出身，干过差使。他在他六十岁的父亲的心目中，是类似浪子一类的货色。他全然不务正业，而且是债台高筑。父亲限制他，规劝他；但父亲有一幢房子和一处庄园，人们疑心他还有一笔款子，于是儿子为了贪图遗产，便下毒手把他给杀了。这桩凶杀案在一个月之后才被侦查出来。凶手自己跑到警察局报了案，说他父亲下落不明，失踪了。整整一个月里，他醉生梦死，过着花天酒地的生活。最后，警察终于趁他外出不在的时候，发现了尸体。……他矢口否认，没有招供，但仍被判 夺其贵族身份和官衔，受到流放服苦役二十年的惩罚。……不消说，我开头并不相信这种罪行。但是，那些对他的经历了如指掌的他的乡亲们，把他的案子一五一十地告诉了我。事实明显得不能不使人相信。①

《死屋手记》第一章最初发表于1860年，小说中写到的"弑父者"的故事很快传到西伯利亚托博尔斯克——犯人的故乡。陀思妥耶夫斯基在1862年5月收到西伯利亚的一封来信，说那个"弑父者"并没有罪。于是在《死屋手记》第二部第七章中，陀思妥耶夫斯基交代，《手记》的作者已去世，《手记》的出版者有必要告读者，尽管据那些据说了解案情的人看来，一切似乎"事实俱在，铁证如山"，但从西伯利亚寄来的通知，这个罪犯确实没有罪，白白地熬受了十年的苦役。真正的罪犯已经落网。作者由此感叹："关于这一事实的悲剧性有多么深刻，关于在如此骇人听闻的指控下，从青年时代起就被葬送的生命的经历，也没有什么好加以赘述的了。事实本身太明显了，太令人惊愕了。"②

伊林斯基的遭遇，便成了《卡拉马佐夫兄弟》"弑父"故事的最初的原

---

① 陀思妥耶夫斯基：《死屋手记》，侯华甫译，上海译文出版社，1986年版，第21页。
② 同上书，第324页。

型。在他人眼中,"弑父者"的"生活放荡,行为不检,债台高筑,醉生梦死,花天酒地",这一切特征,也似乎在德米特里·卡拉马佐夫身上得到了体现。还有,在似乎"事实俱在,铁证如山"下的法庭的误判,也给陀思妥耶夫斯基巨大的震动。为何会如此?其中包含了什么样的悲剧性?也成了《卡拉马佐夫兄弟》的作者需要面对和思考的问题。

1874年,陀思妥耶夫斯基在自己的草稿本上写到未来的小说的构思:

> 悲剧。托博尔斯克,大约二十年前,类似伊林斯基那样的经历。弟兄二人,父亲年事已高。老大有了未婚妻,老二出于嫉妒,偷偷爱上了哥哥的未婚妻。但她喜欢老大。老大,一位年轻的准尉,吃喝玩乐,纵酒无度,同父亲发生了口角。父亲失踪。很多天渺无音讯。正当兄弟俩商谈如何分遗产时,当局突然从地窖里发现了尸体。罪证俱在,老大受到指控(老二不和他们住在一起)。老大受审,被判服苦役……①

这故事构成了后来的《卡拉马佐夫兄弟》的轮廓。而陀思妥耶夫斯基理想中的《大罪人传》,也在《卡拉马佐夫兄弟》中得到了部分的实现。

如果说《卡拉马佐夫兄弟》的核心情节是"弑父"。但是同样是"弑父",一个事件,或一个事实,可以有不同的叙述者,不同的视角,不同的立场,由此得到的"真相"也可能不一样。

我们先来看小说的叙述者叙述出来的关于德米特里·卡拉马佐夫的"故事"。

《卡拉马佐夫兄弟》的叙述者以"笔者"的身份出现,他有时是一个旁观者,有时干脆就无所不在、无所不知。德米特里是老卡拉马佐夫的大儿子,却从小就被寄养在别人家里。当长大成人的德米特里回来的时候,是为了向老卡拉马佐夫讨回他该得的那份遗产。要命的是,他们又看上了同一个女人,父子俩为此大打出手,德米特里为此多次扬言要杀掉老头

---

① 格罗斯曼:《陀思妥耶夫斯基传》,王健夫译,外国文学出版社,1987年版,第722页。

子。德米特里本来有了未婚妻卡捷琳娜,却喜欢上格露莘卡。他在等待着格露莘卡在他和父亲之间做出选择,万一格露莘卡答应了他,当务之急就是需要一笔钱,可是,有什么办法筹措费用?上哪儿去弄这笔卡脖子钱呢?"笔者想超前说明一点:问题恰恰在于他也许知道哪儿有这笔卡脖子钱,也许知道这笔钱放在何处。暂时我不想作更详细的交代,因为以后一切都将水落石出。但是,对他来说什么是主要的不幸,我可以谈一谈,虽然我只能点到为止。为了取出放在某处的这笔钱,为了名正言顺地取这笔钱,必须把三千卢布先行归还卡捷琳娜·伊万诺芙娜",因为之前德米特里把卡捷琳娜托他寄走的"三千卢布"挥霍掉了,这成了德米特里的沉重的心理负担。因为,如果不还上钱,"我就是一个掏包的小偷,一个十足的混蛋,我不想作为混蛋开始新生活。"[①]

作为叙述者的"我"知道所有的一切,所谓"全知",但出于小说的需要,只能让读者处在"限知"的状态。"本书的读者可能会认为……我只能指出"便构成了一种基本的叙事模式。以下叙述者叙述德米特里如何到处借钱,未果,如何用自己的手枪做抵押借到十卢布(叙述者为此插话:但这样一来又确定了一个事实:在下文我将讲述的变故发生之前才三四个小时,米嘉身无分文,他用自己心爱之物作抵押借得十卢布,然后三小时后他手里竟有成千卢布);如何找霍赫拉科娃太太借钱,霍赫拉科娃太太许给他的只是未来的"金矿",米嘉冲到街上:

> 他像个疯子边走边捶自己的前胸,两天前的晚上,最近一次与阿辽沙在黑暗的路上见面时,他也曾当着阿辽沙的面捶自己的胸膛,捶的正是同一个地方。他锤击自己胸前的这个地方意味着什么,他这个动作究竟何所指——暂时还是个秘密,世上没有人知道这个秘密,当时他甚至向阿辽沙也没有透露。[②]

这又为后面的情节发展埋下了一个伏笔。德米特里去莫罗佐娃宅子

[①] 陀思妥耶夫斯基:《卡拉马佐夫兄弟》,荣如德译,上海译文出版社,2006年版,第406页。
[②] 同上书,第429页。

找格露莘卡未果,出门时,顺手从研钵中抓起了一根杵子,去找老头子,看格露莘卡是否在那里。同时老卡拉马佐夫为格露莘卡准备的三千卢布,在米嘉看来也是属于他的(他在很多场合强调过这一点)。当米嘉翻过围墙跳进园子里,用斯乜尔佳科夫告诉的暗号,引老头子以为格露莘卡来了,推开了窗。一看到父亲,米嘉"骤然觉得怒从心上起,恶向胆边生","失去自持,忽然从兜里拔出那根铜杵……"①

恰好在这时,老仆格里果利醒了,来院子巡查,发现园门"洞开",继而发现了离开的米嘉。米嘉正要翻墙而去,被格里果利抱住了腿。他叫着"杀父的逆子",却被米嘉击倒了。米嘉跳下墙,查看被击倒的老仆,用白手帕擦他头上的血,但不能确定老仆是否被他打死了,匆忙中扔下铜杵,跑了。

之后,当米嘉知道格露莘卡去莫克罗耶见他的旧相好、五年前扔下她一走了之的那个军官去了,他手上带着血,攥着一大把的钱,赎回了手枪,又买了一大批东西,号称跟上次一样,有三千卢布,然后,在莫克罗耶,"一场人人参加,百无禁忌的狂欢豪饮开始了"。然后,警察出现在了德米特里面前。

这就是叙述者叙述的"事实":德米特里"弑父"的经过。德米特里曾到处借钱,为何突然有了大把的钱,是此叙事留下的"空白",也是其后德米特里案情发展的关键。

二

接下来就是小说的第九卷《预审》。

第九卷本来没在创作计划内,陀思妥耶夫斯基曾在1879年11月16日给柳比莫夫的信中谈到要增写这一卷的原因:"起初我只想局限于法庭调查,已经到了法庭上。后来跟一位检察官商量(他有非常丰富的实际经验),我突然发现这样一来我小说中这个完整的、非常有趣的、胡断滥判的

---

① 陀思妥耶夫斯基:《卡拉马佐夫兄弟》,荣如德译,上海译文出版社,2006年版,第434页。

刑事诉讼部分(刑事诉讼的弱点)将消失得无影无踪了。诉讼这一部分的标题就是《预审》,既墨守成规,又带有最时髦的抽象议论,其代表就是几位年轻的法院侦查员等。"①与此同时,增加这一章也是对主人公性格刻画的需要:"我要把米嘉·卡拉马佐夫的性格刻画得更鲜明些。在不幸和误判的暴风雨中他的灵魂和良心受到洗刷。他内心受到惩罚并非因为他所做的事情,而是因为他如此不成体统,以致可能并且企图犯下法庭将要误判的那种罪行。他的性格纯粹是俄罗斯式的:响了雷声,才求雷神。他道德上的忏悔在预审前几小时就已经开始。"②正因为如此,《预审》的小节,作家取名为"灵魂的磨难历程"。

预审主要由预审推事尼古拉·帕尔菲诺维奇和检察官伊波里特·基里洛维奇负责。米嘉一切都照实回答,他"说得很快,话很多,有点神经质和松弛过了头,委实把听他说话的人统统当做知心朋友"③。他对曾想杀父亲的念头供认不讳,也坦陈他把父亲给格露莘卡准备的三千卢布"看作是我自己的,等于是我的财产"。他强调自己是"一个正人君子",他"充满诚意,愿意道出全部真相"。但是,信任必须是相互的。德米特里感觉,审讯者并不相信他的话,不断地刨根问底,他为此大为恼火:"特别要请你们别再这样在我的心灵深处乱挖一气,别再用琐事折磨我的心灵,请你们只问正题和事实,我一定立刻使你们满意。让鸡毛蒜皮的细节见鬼去吧!"④

可审案者恰恰需要的就是细节。为何要抓起一根铜杵?在见到父亲的那一刻,举起了铜杵,据米嘉说,却并没有砸下去,为何如此?面对审案者的追问,米嘉觉得不被"信任",越来越愤怒:

"哎,真见鬼,呸!二位,跟你们简直没法说话!"恼火到了极点的米嘉终于咆哮起来,他转身面对文书,气得面红耳赤,用狂怒的口气

---

① 《陀思妥耶夫斯基选集·书信选》,冯增义等译,人民文学出版社,1986年版,第412页。
② 同上。
③ 陀思妥耶夫斯基:《卡拉马佐夫兄弟》,荣如德译,上海译文出版社,2006年版,第510页。
④ 同上书,第515页。

冲他说：

"你立刻记下来……快写……'我抓起一根杵子,准备跑去杀死我的父亲……砸他的脑袋!'现在你们满意了吧,二位,这下该称你们的心了!"

这是在米嘉看来"按你们的说法"说的话。米嘉交代,"按我的说法"是这样的:"不知是谁的眼泪,也许是我母亲的眼泪感动了上帝,就在那一瞬间天使吻了我——我不知道究竟是怎么回事,反正恶魔给打败了。我扭头离开窗户,拔腿就往围墙那儿跑……"①

这番充满浪漫主义色彩的告白之后。米嘉注意观看听者的反应:"那两位官员似乎全然不动声色,只是聚精会神注视着他,米嘉心中掠过一阵愤激的痛楚"。②米嘉也意识到,他的充满"悲剧色彩"的描述,在审讯者看来,简直是"神话故事""天方夜谭""只能骗三岁小孩"。

接下来是关于老仆格里果利。当米嘉听说,以为被他打死的老仆格里果利并没有死,压在他心上的一块石头落了地。但他为什么在用铜杵砸了格里果利脑袋后要返回来,而不是马上逃走,米嘉解释"我只是想确定他是否还活着"。这可以解释为是米嘉出自对老仆的一份关心,检察官却由此得出结论:

此人"在这样的时刻,处在这样仓皇的情势下"跳回去,仅仅为了确定唯一目击他所犯罪行的见证是否还活着。由此可见,此人在这样的时刻也是何等厉害、果决、头脑冷静和老谋深算……等等,等等。检察官感到满意:"我用'细枝末节'刺激这个有些病态的人,他就走嘴了。"③

显然,当被审者与审讯者处于不同的角色、不同犯人立场时,哪怕被审者再坦诚,再不为自己掩饰、狡辩,双方的"信任"也是不可能建立的。

---

① 陀思妥耶夫斯基:《卡拉马佐夫兄弟》,荣如德译,上海译文出版社,2006年版,第523页。
② 同上。
③ 同上书,第528页。

米嘉感到在这两个"像臭虫一样吸他血的"冷酷的人面前不胜其烦,只想快刀斩乱麻。可他还要面对一个致命的问题:那么钱是从什么地方来的呢?

一开始,米嘉拒绝回答这样问题,因为在他看来,回答这一问题乃是"奇耻大辱"。特别是在他把身上所有的钱——八百三十六卢布四十戈比——全部掏出来之后,还被命令脱光搜身。他们对他采取的"侮慢和鄙视"的姿态,使他"深感屈辱"。最后,在无可奈何之下,米嘉终于说出了那笔钱的来源:卡捷琳娜给他的三千卢布,上一次只挥霍掉一半,还有一半缝在小布袋里挂在了他的胸前。

在米嘉看来,只要这一千五百卢布还挂在胸前,他就还不算是贼。可是一旦撕下来,拿未婚妻卡捷琳娜的钱跟另一个女人私奔,他就永生永世是一个贼,一个无耻之徒了。所以在昨天之前,他一直不肯动用这笔钱。

可是,这太让人觉得匪夷所思了。米嘉说:"如果你们听了这样的自白照样无动于衷,那就是对我缺乏最起码的尊重,那么,我可以告诉二位,我会为自己向你们这样的人袒露隐私而羞死的!"①米嘉如此让自己觉得羞辱的坦白,却不可能让他人相信。要命的是,几乎所有的目击者、证人都信誓旦旦,米嘉上次和这次挥霍的钱都在三千卢布甚至以上,米嘉自己也曾宣称他身上有三千卢布。另一方面,却没有一个人能证明挂在他胸口上的那笔钱,包括他的兄弟阿辽沙。

法律判案常常说"以事实为依据",问题是,这"事实"又是需要证据证明的。米嘉说的一些"事实"常常超出常理,让人难以置信,而他又经常提不出有力"证据",反过来,对他不利的"证据",他又常常不能提出反证,或者作出合理的解释,他之被怀疑为杀父凶手,也就很难避免了。

三

接下来就是法庭审判。

---

① 陀思妥耶夫斯基:《卡拉马佐夫兄弟》,荣如德译,上海译文出版社,2006年版,第547页。

《卡拉马佐夫兄弟》1878年开始创作,1880年完成。篇首《作者的话》中交代,"第一部小说写的是发生在十三年的事"。十三年前,也就是1865年。1864年12月2日,沙皇亚历山大二世批准颁布了司法改革法令,其中包括四个具体法案:《审判机关章程》《民事诉讼程序条例》《刑事诉讼程序条例》《治安法官适用刑罚条例》。针对俄国旧的司法体制中行政干预司法、效率低下、司法腐败等问题,1864年司法改革的核心主要体现在:司法权与行政权相对分离,口头辩诉原则的引入,陪审制度的建立,对抗式诉讼模式的确立,律师与律师协会的引入,审判公开的实行等。[1] 可以说,1864年司法改革标志了俄国在西方资本主义影响下的现代司法体系的建立,被认为具有重要的意义。

《卡拉马佐夫兄弟》第十二卷《错案》便完整地再现了司法改革后的一整套新的审判程序。

此案由专区法院开庭。改革后的俄国法院组织系统包括五个层级:乡法院、治安法院、区法院、省级司法合议庭和参政院。区法院应该属于较高层级了,也显示了这一案件的重要性。因为这桩弑父案已经成了"全俄有名的大案"。

此案实行公开审判的方式。这也是司法改革的一项重要成果,为了让审判更透明,更具公正性。"此案引起了太多的关注",光临本地的客人有省城来的,还有来自彼得堡和莫斯科,来宾中有法学界人士,也不乏显要。到场的女士尤其多。男士与女士的立场截然对立,大部分男士希望"严惩罪犯",几乎所有的女士则都站在米嘉一边,认为他"无罪"。只有那些"吃法律饭的","他们看中的不是案件的道德方面,而仅仅是它对现代法学的意义"。[2]

以下是控辩双方的证人出庭作证。司法改革引入了口头辩诉原则。传统的纠问式、侦查式诉讼程序,实行秘密侦讯,不公开审判,法庭只注重

---

[1] 郭响宏:《俄国1864年司法改革研究》论文摘要,陕西师范大学博士学位论文,2011年。
[2] 陀思妥耶夫斯基:《卡拉马佐夫兄弟》,荣如德译,上海译文出版社,2006年版,第725页。

由负责侦讯的一方提供的书面证据,被告方无法为自己辩护。辩论式或曰对抗式诉讼程序的引入,让控辩双方都取得了平等的地位。这是为了保证被告的基本权利,同时也是为了在双方的"辩论"中更接近事实的"真相"。这一程序首先是控辩双方证人出庭作证,另一方代表或被告可针对证人提问。奇怪的是,这一案子开庭之前。"也许,人们从一开始就明白这是一宗没有争议的案子,不存在疑问,实际上用不着如何辩论,将要进行的辩论无非是例行公事,反正被告有罪,明摆着有罪,铁案如山。我甚至认为,所有的女士尽管个个焦急地期盼着宣告赢得他们好感的被告无罪,但同时完全确信,他彻头彻尾有罪。"①女士们深信不疑的是:"他是有罪的,但从人道精神出发将宣告他无罪,如今时兴这种新思想、新感情。"②

由此,人们关注的已经不是案件本身,被告人是否真的杀了人,真的有罪,而是"检察官与名律师菲久科维奇的较量"。在名律师询问控方证人时,"后来人们津津乐道他如何把所有的控方证人及时'引入圈套',并尽可能使之晕头转向,更重要的是,让他们的道德名声蒙上阴影,从而自然而然地使他们的证词贬值。不过人们认为,他这样做无非是显显身手,也算是展示名律师的风采吧,表明作为辩护人的种种招数都没有被忽略"③。

由此,控辩双方包括做医学证明的医生,都把法庭当做了自我表演的舞台,或者诋毁对方的良机,反而没有人真正关心罪犯本人包括案情的"真相"了。负责主审的法院院长"对卡拉马佐夫一案的看法相当激烈,但仅仅停留在一般意义上。他注重的是这一社会现象,此案作为我国社会基础的产物,作为俄罗斯民族性的典型案例属何种类型,应如何看待,等等。至于对案件涉及个人的方面,对他的悲剧性质,以及对案中人(从被告开始)的个性,院长的态度相当淡漠,投入程度有限,不过也许应该如此"④。

---

① 陀思妥耶夫斯基:《卡拉马佐夫兄弟》,荣如德译,上海译文出版社,2006 年版,第 729 页。
② 同上书,第 730 页。
③ 同上。
④ 同上书,第 725 页。

从案情本身来看,控方指控德米特里犯罪的证据主要有以下几点:证据之一,是老卡拉马佐夫被凶手砸开脑袋死在自己的书房里。作为犯罪事实,这是确凿无误的物证也是无法改变的事实;证据之二,是老卡拉马佐夫书房的窗子是开着的,而且进入住宅必须经过的后花园的门也是开着的,要想使老卡拉马佐夫打开窗子必须是熟悉暗号的人;证据之三,是后花园的围墙下躺着浸在血泊里的见证人老仆人格里果利,而且德米特里从格露莘什卡家拿来的作案用的凶器铜锤还依然躺在后花园的小径上;证据之四,人们从现场发现,书房的地板上扔着一个曾装过三千卢布的空的寄公文用的厚纸大信封,而且上面写明打算把这些钱送给格露莘卡这个女人以及"给……小乖乖"……还有"三千卢布"等字样;证据之五,店家老板、车把式等其他一些"知情人"证明德米特里在乡下同格露莘卡共同挥霍了三千卢布之多,可事实上只有一千五百卢布;证据之六,格露莘卡的女仆证明德米特里·卡拉马佐夫在盛怒之下拿走了铜杵后再次来找女主人时,浑身身上到处沾有鲜血,别尔霍金证明米卡匆匆跑来用十个卢布赎回了他昨日下午才抵押的手枪,同样见他身上溅有鲜血,帮他清洗了手上的血污,而且还看见德米特里的衣兜里露出一叠一百卢布面额的钞票。①

而代表检察院一方起诉的公诉人伊波里特·基里洛维奇的演说,重心并没有在分析案情本身,而是把德米特里杀父看作了一个当然的"事实",而后展开心理分析和道德批判。"这么多年一直没有人愿意听他的宏论,不料今天终于有机会向全俄国畅所欲言!"②他先从分析卡拉马佐夫一家的性格入手,被害人作为一家之长如何"胡作非为,放荡不羁",还有代表"民粹思想"的老三,"全盘欧化"的老二,还有本案的主角体现着"不加藻饰的俄罗斯","具有大起大落的卡拉马佐夫性格"。以下是案情分析"历史的回顾",伊波里特开始分析被告如何在脑海中萌生杀父的念

---

① 刘莉萍:《堕落与救赎——论陀思妥耶夫斯基的小说与法律》,湘潭大学硕士论文,2010年。
② 陀思妥耶夫斯基:《卡拉马佐夫兄弟》,荣如德译,上海译文出版社,2006年版,第763页。

头,如何实施杀父,如何撕开信封把钱拿走了,如何在击倒了老仆之后,跳下来只是为了确定一下:他所犯罪行的唯一见证是不是还活着?……伊波里特用"严格的史学叙事手法",辅以充沛的激情,做出"有罪推定",然后呼吁陪审团:"请记住你们是神圣的俄罗斯的卫士,你们在捍卫我国的根基、我们的家庭和一切神圣的事物!"神圣俄罗斯的三驾马车在飞奔,不要"作出容忍亲子弑父逍遥法外的判决"。①

辩护人,来自莫斯科的名律师菲久科维奇的辩护,则首先讽刺公诉人如何醉心于"很有艺术性的游戏,沉湎于艺术创作的欲望",在心理刻画方面显示出来的天赋。然而,在他看来,心理学也是一种双刃剑,也有可能伤及自己。辩护人强调三千卢布根本不存在,盗案也没有发生,谋杀也是没有的事,这些说法虽语惊四座,但并无有力的证据,缺少强有力的说服力。辩护人最后退一步,强调"他只是在憎恶与愤怒的驱使下挥了一下那个杵子,并没有杀人的愿望,也不知道会打死人。当时他手中如果没有那根致命的杵子,他也许只会把父亲打一顿,但不会杀了他。他逃跑的时候并不知道被他击倒的老卡拉马佐夫是否死了。这样杀人其实并不是谋杀。这样杀人并不是杀父。杀死这样的父亲不能称之为杀父。这样的命案仅仅由于偏见才能归入杀父案。"②

名律师的辩护的自相矛盾显露出来,他的辩护也就近似于"诡辩"了。他最后祭出绝技,提出这是谁之罪:"他明明有不错的禀赋,有一颗知恩图报、感觉敏锐的心,而受到的竟是如此荒唐的教育,这该由谁负责?有谁教过他理智地做人?"③法律的定罪只会使他感到轻松,我们应该着眼于"精神和内涵",我们需要的如何拯救他的灵魂,如何用仁慈去感化这样的人,向他展现一片爱心。"你们将拯救真理,捍卫真理,向世人证明有人维护真理,真理掌握在好人手中。"④

---

① 陀思妥耶夫斯基:《卡拉马佐夫兄弟》,荣如德译,上海译文出版社,2006年版,第791页。
② 同上书,第816页。
③ 同上书,第812页。
④ 同上书,第818页。

米嘉在开庭之前见了律师,便断定"那是个表面上客客气气的京都骗子,一个贝尔纳!他对我的话愣是半句也不听。你想,他认定是我杀了父亲——我看得出来。我问他:'既然这样,您又干吗大老远的来为我辩护?'这帮家伙我算是看透了"①。既然这样,律师更多的是因为这桩案子的轰动性,把法庭当作了他自我表演的舞台。虽然照样地,"这一回听众的热烈反应竟像暴风雨一般势不可挡。要加以遏制已无法想象:女士们纷纷哭泣,许多男士同样唏嘘不已,甚至有两位要人也掉下了眼泪"②。也不过是律师自我导演的一出戏,表演成功而已。

如果说司法改革引入辩论式诉讼,法律赋予控辩双方在法庭上通过质疑、辩驳对方来证明被告人有罪或者无罪,或者说共同去寻找某个事件的"真相",他大大提升了司法的公开、公正性。"控、辩、审三方围绕一个事件进行,最终在三方共同的努力下做出对当事人来说公正的判决,但《卡拉马佐夫兄弟》的庭审中,无论是控方检察官的公诉还是辩方律师的抗诉都是从一己之见出发,法庭成了他们展示个人才智的一个舞台,当事人的存在对他们而言无足轻重。"③对事件"真相"的寻找被代之以洋洋洒洒的"雄辩",辩论演变成了某种意义上的"独白","误判"也就在所难免了。

四

《卡拉马佐夫兄弟》中"弑父"案的审理中,面对辩护律师的"雄辩",陪审团的乡下人却不买账,对审判长的第一个问题:"是否蓄意谋财害命?"陪审团的回答是"有罪"。接下来对所有问题逐条的回答都一样:有罪。

问题是,这里的"罪",是法律意义的"罪"还是道德意义上的"罪"。

司法改革引入陪审员制度,被认为是一个重要变革。陪审团行使两

---

① 陀思妥耶夫斯基:《卡拉马佐夫兄弟》,荣如德译,上海译文出版社,2006年版,第653页。
② 同上书,第818页。
③ 刘莉萍:《堕落与救赎——论陀思妥耶夫斯基的小说与法律》,湘潭大学硕士论文,2010年。

项重要职责:其一,确定被告是否就是犯罪实施者;其二,确定被告是否有罪。而各种法典对于"罪"的定义的共同点在于:有罪必然是对已经完成行为的事实认定。"裁定有罪的过程就是对已有事实和行为进行分析判断的过程。这个过程类似于揭开事实真相,不仅要确定每个细节的重要性,还要对法律负责,对良心负责,对事实负责。因此裁决过程是对案件事实进行缜密分析的过程,但由非法学专业人员组成的陪审团又难免受到感性因素的影响。"①

在俄国,司法裁决又特别容易受到道德因素的影响,这也被认为是俄罗斯法律文化的一大特点。与此相应,俄国人的"宽容与仁慈",作为俄罗斯人特有的伦理价值观,又特别容易使他们宽恕罪犯,很多时候犯罪之人就是"不幸之人"。所以在19世纪后期,司法改革后的俄国,一些法律上分明有罪的被告,因为道德的因素,却被陪审团裁决无罪的案例时时出现。而就《卡拉马佐夫兄弟》中这一"弑父"案而言,却恰恰相反,德米特里法律意义上其实无罪(前文已经分析,错案为什么会出现,也不能指望缺乏专业素养的陪审团"对案件事实进行缜密分析"),但在道德意义上,"弑父"已经是罪大恶极之事,哪怕你真的没有杀父,动了念头,已经是"有罪"了。

所以,陪审团的裁定,其实更多是道德意义上的判决。或者说,法律在这里对德米特里更多地实施的是良知的审判。德米特里在法庭最后的陈述中,仍然不承认自己杀了父亲,"那不是事实",但他强调:"对我审判的时日到了,我感到上帝的手正指着我。……如果你们饶了我,放了我,我要为你们祈祷。我保证做个比原先好的人,我向上帝保证。如果你们定我的罪——我也要把我的剑高举过头折断后吻它的残片!"②其实,在审判之前,德米特里就曾经跟小弟阿辽沙说:"最近两个月我觉得自己换了一个人,一个新人在我身上诞生了。"③被判刑后,德米特里也拒绝

---

① 郭响宏:《俄国1864年司法改革研究》,陕西师范大学博士学位论文,2011年版,第108页。
② 陀思妥耶夫斯基:《卡拉马佐夫兄弟》,荣如德译,上海译文出版社,2006年版,第821页。
③ 同上书,第851页。

了他人的营救计划,而诚心接受了来自法律、来自良知、来自上帝的对他的惩罚。

《卡拉马佐夫兄弟》中的"有罪"之人其实不止一个。法律意义上的罪犯当然首先是实际上的杀人者——老卡拉马佐夫的私生子斯乜尔加科夫。斯乜尔加科夫也曾向伊万承认了他杀人的事实:怎样装病,怎样在德米特里跑了后用镇纸的铁尺(不是大家都认为的犯罪工具铜杵)砸了老卡拉马佐夫的脑袋,怎样拿了藏在神龛后面(不是纷纷传说的压在床单下面)的装了三千卢布的信封,又怎样撕开信封伪造现场,使人误认为是德米特里拿走的……但这些事实随着斯乜尔加科夫的自杀,也就彻底湮灭了(伊万在法庭上的陈述被当成了精神不正常状态下的"呓语")。但斯乜尔加科夫的自杀,同样意味着他受到了良知的审判。

而斯乜尔加科夫的杀人受到的是伊万的哲学的影响,伊万的"无所不可","既然没有永恒的上帝,也就没有任何道德可言"①,深深影响了斯乜尔加科夫。伊万提出的被认为"乃是一切时代和民族的最主要、最核心的哲学问题之一,这是苏格拉底甚至与他对立的先行者诡辩学派就已经提出的问题,即伦理学问题,关于善恶标准和道德制裁的问题"②。既然上帝是不存在的,灵魂不朽也是不存在的,那么人做什么都是可以的,包括杀人。由此斯乜尔加科夫认为,他之杀老卡拉马佐夫,就是伊万教唆、默许甚至鼓励的结果。因为斯乜尔加科夫曾暗示家里可能出事,而伊万却借故到莫斯科去了:"是你谋杀了他。"最后伊万在内心里也认可了这一点,他作为一个"思想"上的杀人犯,最后走向了精神分裂。

其实,连卡拉马佐夫家最纯洁的阿辽沙,其实也不是完全没有"罪"的。因为在阿辽沙心里,也曾经有过弑父的欲念。有一次,伊万在街上遇到阿辽沙,伊万问他:

"你可记得,那天饭后德米特里闯进来打了父亲,事后我在院子

---

① 陀思妥耶夫斯基:《卡拉马佐夫兄弟》,荣如德译,上海译文出版社,2006年版,第694页。
② 弗·索洛维约夫:《精神领袖:俄罗斯思想家论陀思妥耶夫斯基》,徐振亚、娄自良等译,上海译文出版社,2009年版,第336页。

里对你说过,你保留有自己愿望的权利? 告诉我,当时你是否有这样的想法:我但愿父亲死去?"

"有这样的想法,"阿辽沙平静地回答。

"其实,这也是意料中事,用不着费心去猜。但当时你是否还有这样的想法:我但愿'一条爬虫吃掉另一条爬虫',也就是说,但愿德米特里杀了父亲,而且越快越好……我甚至愿意促成其事?"

阿辽沙脸色有些变白,他默默地注视着二哥的眼睛。

……

"原谅我,当时我连这样的想法也有,"阿辽沙低声言毕,就不再开口,没有附加任何"缓冲说明"。

连阿辽沙都有这种念头,也许说明这个父亲实在太不称职,太不够资格做父亲了。但这样的"父亲"是否就该死,哪怕真的"该死",凡人是没有裁决权的。也许只有上帝可以。凡人如果有人认为可以,或者有权擅自处置他人的生命,哪怕是为了高尚的目的……这就又回到了《罪与罚》中拉斯柯尔尼科夫所面临的问题。从道德意义上说,如果他动过杀人的念头,哪怕没有实施或者想实施而没有成功,他都是"有罪"的。

《卡拉马佐夫兄弟》出版后,针对小说所涉及的法律问题,当时的俄国报刊上也有种种争论。阿·费·科尼在俄国法律协会的一次会议上指出,陀思妥耶夫斯基对于罪与罚的态度是"实事求是和宽大为怀"。他认为这与俄国实行司法改革的精神相一致,有助于在思想上和实践上完善俄国的法理学。而尼·康·米哈伊洛夫斯基则认为陀思妥耶夫斯基珍藏于心的理想是"受苦受难"。正因为如此,作家坚决反对陪审团尽可能宣判案犯无罪的倾向,而要求实行"严厉的惩罚、拘禁和苦役"。而作为《卡拉马佐夫兄弟》基础的法理思想,则是"犯罪的思想也应当与犯罪的行为一样受到惩罚"。[1]

---

[1] "题解",《卡拉马佐夫兄弟》(下),臧仲伦译,《陀思妥耶夫斯基全集》(第十六卷),河北教育出版社,2010年版,第1238页。

所以,《卡拉马佐夫兄弟》中四兄弟都或多或少有罪。当然,有的"罪"不是法律意义上的,而是思想、伦理乃至宗教意义上的。"罪行并不是行为本身,那已经是后果;罪行,这是允许越过良心界限的意识形态。他扼杀了原则,这才是最重要的。假如他根本没有开枪,那他还是应该作为杀人犯受到审判,因为他起过杀人的念头。当然,他受到的不会是尘世的这种陪审团的审判。那是另一种最高的审判:自己良心的审判。不过就是判他死刑的政府也犯下了罪行:对罪犯实行人间审判的同时,它也违反了同一个最高法则:恶只能产生恶,善倒能产生善。判决罪犯死刑,这反倒为他免除了最重要的惩罚——使他躲过了他那受到震撼、充满痛苦的良心的可怕审判。"① 由此,陀思妥耶夫斯基在《卡拉马佐夫兄弟》中,将法律问题又变成了一个伦理问题,一个哲学问题。

第四节　在文学与法律之间

陀思妥耶夫斯基的《死屋手记》《罪与罚》《卡拉马佐夫兄弟》,都与法律案件有关,涉及犯罪、刑事侦讯、审判、监狱等。而本质上,陀思妥耶夫斯基要讨论的,是人的罪孽与救赎。而文学视野中的"罪"与"罚"与法律层面的"罪"与"罚",他们的内涵其实是有差异的。文学视野中的法律,自有自己的独特的立场。文学何为,法律何为,有何差异,如何通约,便成为需要我们讨论的问题。

一

我们先来看看学界对文学与法律问题的讨论。

1973 年,美国小布朗公司出版了两本书,一本是芝加哥大学法学院波斯纳教授的《法律的经济学分析》,一本是密歇根大学詹姆斯·怀特教授的《法律的想象》。它们分别开创了法学研究中的两个新的领域:法律

---

① 谢列兹尼奥夫:《陀思妥耶夫斯基传》,刘涛等译,海燕出版社,2005 年版,第 339 页。

经济学与法律文学。当法律经济学在美国法学界日益占据主导地位的时候,法律与文学这一交叉学科的出现,被看作是用文学的"想象"对经济学的"分析"的一种抵抗。奇怪的是,1988年,法律经济学的领军人物波斯纳,也转向法律文学,在哈佛大学出版社出版了《法律与文学——一场误会》,尽管波斯纳把法律与文学的联姻看作是一场误会,对法律与文学运动颇有些微词,但毕竟承认了它们之间的亲缘关系。10年后,波斯纳把《法律与文学》作了重大修订,重新出版,并删掉了副标题。《法律与文学》[①]分四编:作为法律文本的文学文本,作为文学文本的法律文本,法律学术中的文学转变,法律对文学的规制。其中又主要涉及两个问题:文学中的法律和作为文学的法律。前者讨论文学中所涉及的种种法律问题,法律的视角、立场与文学的视角、立场的联系与差异。后者则涉及法律文本的文学性,文学解释学是否适用于法律文本的解读的问题。对此,波斯纳都作了卓有新意的探讨。

中国学界关于文学与法律的研究,起步于20世纪90年代,其中既有自身的文学传统及现实中的所面临的问题所触发的思考,更有来自美国文学与法律运动的影响、启示。1995年,余宗其就在春风文艺出版社出版了《法律与文学的交叉地》,全书分四个单元,论述文学中的法律的表现形态,文学中法律现象的法学内涵,从法学的角度对中国当代文学的阐析,对文学中的法律描写进行历史、哲学、宗教、哲学的综合研究。它力图回答的基本问题是:文学中的法律是什么样子?它同现实生活中的法律是什么关系?该书被认为旨在探索一个新的交叉学科,即文学法律学,是比较文学跨学科研究的一种实践。[②] 进入新世纪,作者又在这一领域继续探索,在中国政法大学出版社出版了《中国文学与中国法律》(2002年)、《外国文学与外国法律》(2003年),更全面、系统地探讨了中外文学与法律的关系。

[①] 理查德·波斯纳:《法律与文学》,李国庆译,中国政法大学出版社,2002年版。
[②] 唐建清、詹悦兰编著:《中国比较文学百年书目》,群言出版社,2006年版,第145页。

苏力的著作《法律与文学——以中国传统戏剧为材料》,则被看作是在美国法律与文学运动的影响下,基于中国社会的历史与现实经验而作出的思考。它以元杂剧的一些代表性作品为案例,讨论中国传统社会中与法律相关的种种制度、现象,例如复仇、婚姻、冤案、法律职业、清官、道德与法律以及戏剧叙事等等。如第一编第一章《复仇与法律》以《赵氏孤儿大报仇》为例讨论复仇制度发生的历史条件、在传统社会中的作用、其制度要求及其弱点,由此探讨制度变迁的历史必然与逻辑。第二章《制度变迁中的行动者》借《梁祝》来讨论中国古代的婚姻制度,包办婚姻与媒妁之言的婚姻制度的历史合理性与个人愿望的合理性及其冲突。

从跨学科研究的角度说,对法律与文学的研究,多是法学家所为。他们多是把文学作品当作法学研究的素材,以作品中的"故事"作为法学研究的"案例",去讨论法学的理论问题,或者从文学史的线索中去勾勒法律制度的变迁。这些都是属于法律视野中的文学,他和文学视野中的法律相比,视角和出发点其实是不一样的。冯象在《木腿正义》序《法律与文学》中谈道:法律与文学强调的,首先是法律故事的伦理意义。文学名著中的法律故事有个特点,就是法律往往做了助纣为虐的工具,司法执法者更鲜有正面的形象(19世纪俄国文学中,像陀思妥耶夫斯基、托尔斯泰的作品也都是这样)。法律人本来是为维护社会的公平、正义的,为什么在文学作品中常常会以负面的形象出现,而现实生活中的罪犯,为什么在作家笔下反而常常获得巨大的同情?这里就有一个文学与法律的立场差异的问题。

理查德·波斯纳在《法律与文学》中强调文学对法律的表现,有着自己的叙事逻辑与价值评判尺度。正像关于《威尼斯商人》写到的"一磅肉"的契约与审判,波斯纳谈道:"《威尼斯商人》的法律层面从一定角度来讲是荒谬的,而且那场审判,因为其中的(鲍西娅进行的)冒名顶替以及技术细节,几乎可以作为对法律和律师的讽刺,尽管它并没有给人以讽刺的感觉。……该剧对法律的处理缺乏现实主义,这不但表现于实体法,而且也表现于程序法。鲍西娅不仅是冒名顶替者,而且对审判的结果有着未披露的利益。"①在波斯纳看来,莎士比亚是牺牲了可信性以换取戏剧效果,体现了一种文学浪漫主义。而在文学批评者看来,剧本的意义正在于它所表现的人文主义主题:"讴歌真挚的友谊、爱情和仁慈,谴责卑劣的贪婪、冷酷和凶残。"②这正是文学视角的独特之处。

文学与法律,他们的出发点、立场本来就有差异。法律多关注程序的合法性,文学则更关注人的精神;法律倚重理性,而文学诉诸感情;法律的立场常常体现为对主流意识形态的维护,文学则常常充满了批判的反思;法律追求一般意义上的社会"公理""正义",文学则更关注普遍的人性;法律设置的是普遍的准绳,文学更注重一己的生命感觉,注重揭示人性的深度与复杂性。

如此,在不同学科互释的过程中,无论是文学与法律,还是文学与其他学科,他们有不同的立场、视角,属于不同的知识系统,这里便有一个话语的通约性的问题。其实,任何学科、社会系统都有它特有的领域,都发挥着各自的作用。同时又都有其局限性,都需要以它者为参照的互证互补。就像作为文学家的陀思妥耶夫斯基要关注思想、心灵之"罪"与"救赎",基耶斯洛夫斯基在《十诫》中说他对"存在于谋杀戏背后"的人物灵魂的东西更感兴趣,这些都是属于宗教家和文艺家们的事,但它们又是对法律的有益补充。因为无论是政治、经济、法律,还是宗教、文艺、伦理等,它们的终极目标其实是一致的,都是为了社会的公平、正义,为了人类社会变得更美好、和谐、幸福,只不过各有其实现的途径、方式、手段而已。终极目标的一致,也就决定了各学科间话语通约、互补的可能。③

二

1989年,波兰导演基耶斯洛夫斯基拍摄了一部电视系列短片《十

---

① 理查德·波斯纳:《法律与文学》,李国庆译,中国政法大学出版社,2002年版,第141—142页。
② 聂珍钊主编:《外国文学史》(第一卷),华中科技大学出版社,2004年版,第226页。
③ 参见何云波:《越界与融通——论比较文学跨学科对话的途径与话语的通约性》,《中国比较文学》,2010年第3期。

诫》。《十诫》的灵感来自基督教的"十诫",但讲述的是现代人的故事。其中《十诫》之五题为"杀人短片",借用宗教戒律的"不可杀人",但作了全新的阐析。

跟《罪与罚》一样,《杀人短片》讲的也是一个关于杀人的故事。但这个"杀人者"不同于《罪与罚》中的拉斯柯尔尼科夫的"思想"杀人,而是一个无目的、无动机的杀人者。主人公雅克那天在街上游荡,表情阴郁、冷漠,似乎就是想杀一个人,至于杀谁,不重要。这种"无故杀人者",使一切都变得无序、随机,充满了偶然性。雅克最终杀死出租汽车司机,也不过是因为正好坐了这一辆车。雅克用事先准备好的绳索勒紧了司机的脖子,没死,又用钢钳朝司机的头部打去,之后用毯子包了司机的头,往河边拖去。司机还在动弹,发出微弱的求救声,他举起一块大石头,砸下去,毯子下面渗出血浆来……

杀人的场面持续了有五分多钟。接下来,是雅克被法庭判处死刑,处决。雅克被几个威武的穿制服的大汉扭着,送上绞架。处决像是一个仪式。大幕拉开,行刑者、检察官、监狱长、神父和医生鱼贯而入,神父上前行临终礼,行刑者把绳索套上犯人的脖子,按动按钮,人被吊了起来……行刑场面持续了很长时间,跟雅克杀人的过程一样长。它给我们一个共同的联想,这就是杀戮与恶。或者,使人产生疑问,法律以正义的名义杀人,是否就是天经地义,无可置疑的。

《杀人短片》开头就是一段关于法律的议论:

> 法律不应该效仿天性,而是要改良它。法律是人类的理念,用于规范私人间的关系。时下人们的生活方式都是法律运作的结果,不管我们是遵守还是违反它。人类是自由的,他的自由是以不妨害另一人的自由为前提。惩罚是一种报复,尤其是当他意在伤害罪犯,而不是预防犯罪时。现在法律带有报复意味,它真的是为无辜的人着想吗?立法之人真的很无辜吗?[①]

[①] 基耶斯洛夫斯基,皮斯维茨:《十诫》,陈希米译,南海出版社,2003年版。

就像陀思妥耶夫斯基在《死屋手记》中的疑问，带有报复意味的法律的惩罚，果真有效吗？陀思妥耶夫斯基更关注的是人的灵魂，人精神的救赎。基耶斯洛夫斯基也说："我对审判没有兴趣，我们知道律师会说些什么，然后判决又会是怎么样。我最感兴趣的是存在于人物灵魂背后的东西，存在于谋杀戏背后的东西。"①雅克很冷酷地杀了一个人，而当临刑前辩护律师彼得去看他，他谈起自己的过去，自己的母亲和妹妹，他一下子显得温情起来，有了对生命的眷念。但会见只给了半小时，监狱长派人来催问谈话完了没有，彼得说没有完。于是，当雅克谈起他妹妹喜欢绿色、喜欢树，所以他们为妹妹找了块有树的墓地，他也想去那儿长眠的时候，谈话被强行打断，因为执行死刑的时间到了。

旧约《十诫》中讲"不可杀人"，被认为实际上是讲"不可没有理由地杀人"。雅克的杀人就是属于这种类型。而对雅克的审判、处决，是以国家、以法律、以正义的名义惩罚邪恶，这"杀人"便具有了正当性、合理性。而基耶斯洛夫斯基的质疑也就是从这里开始的：以神圣的名义杀人，果真就是正当的么？

有人说："从该隐杀弟以来，惩罚既不能使这个世界变得更好，也不能防止犯罪。"惩罚不能达到警示的目的，反而可能因为以暴制暴，导致更大的邪恶。福柯在《规训与惩罚》一书中，一开始就以一个试图谋杀国王的犯人遭受酷刑为例，讨论古典时期的惩罚机制如何以国王的名义惩治犯上者，通过示众性的肉体惩罚威慑普通民众，结果却导致对犯人的同情、行刑过程的骚乱和更大程度的反抗。现代人道主义的"惩罚"开始更多地致力于规训人的身体，感化人的灵魂。特别是面对每一个独立的个体，司法制度永远只能在一般的意义上维持社会的正义，而无法顾及个人的性情。有时，制度性的"杀人"与个体的"杀人"，其冷漠的本质并无差别。正如刘小枫所说：

---

① 转引自安内特·因斯多夫：《双重生命，第二次机会》，广西师范大学出版社，2008年版，第111页。

司法暴力维护最低限度的社会公义,但它面对的经常是生活中人的性情的随机因素导致的意外事件。司法制度能惩罚不正当的故意行为,却不能填补生活中因个人性情而产生的偶然性裂缝。司法制度惩罚随机且偶然的生存事件的恶是合法的,但不是一定是正当的。如果自然而偶然的性情因素是每一个人都可能遇到的,人的自然性情都是有欠缺的,那么,谁可以决定惩罚的正当性?①

曾经,全能的上帝拥有着惩罚的正当性。《旧约》中的上帝便经常操纵着人的生死,不敬神者,作恶者,异教徒,都在被杀之列。而《新约》中的耶稣,却慈祥也软弱得多。基耶斯洛夫斯基把他称作一个"蓄着白髯,宽容而善良的老头子,任何事都得到他的原谅"。他深知世上罪人太多,"常行善而不犯罪的义人,世上实在是没有","我们若说自己无罪,便是自欺……"于是,耶稣只好以自己的血肉之躯,通过上十字架,来替人类赎罪。至于惩罚,既然每个人都是有罪之身,谁又能具有绝对的"仲裁""惩罚"的权利呢?② 由此,陀思妥耶夫斯基也经常把对罪人的惩罚与救赎的权利交到了上帝手上。

三

陀思妥耶夫斯基的《罪与罚》,写一个关于"罪"与"罚"的故事,这看起来是个典型的法律问题。但陀思妥耶夫斯基关注的更多的不是法律意义上的"罪",而是思想之"罪"、人性之"罪",因而"惩罚"也就不仅限于法庭中的"判决"。作为作家而非法官的陀思妥耶夫斯基,最关心的不是程序是否合法,判决正确与否,而是罪人是否意识到了自己有罪。因为如果没有悔罪之心,即使法律正确地判了他有罪,他也不肯服罪,反而可能认为自己是在为某种正当、正义的事业遭受苦难,甚至会因此生出一种使徒般

---

① 刘小枫:《沉重的肉身——现代性伦理的叙事纬语》,上海人民出版社,1999 年版,第 263 页。
② 参见何云波:《不可杀人的现代阐释——从基耶斯洛夫斯基〈杀人短片〉看文艺与法律的关系》,《湘潭大学学报》,2013 年第 1 期。

的崇高感,服完刑之后,他依旧会去从事他认为"正当""正义"的事业。而这是法律管不了的问题。法律的空白地带常常就是文学的用武之地,陀思妥耶夫斯基写的便是一个杀人者如何悔罪、如何在精神上获得救赎的故事。

而在《杀人短片》中,关于杀人者的故事,也不再仅仅是一个普通的法律的问题,而成了一个伦理问题,一个关于个体的生命感受的问题。文学致力于对人性的探究、对人类精神的揭示,也就是说,文学更多关注的是人性的、伦理性的问题。从法律的角度说,像加缪的《局外人》、基耶斯洛夫斯基的电影"《十诫》之五"、陀思妥耶夫斯基的《罪与罚》,都是关于杀人的故事,法庭对他们的判罪,其实是没有问题的。但《局外人》写法庭对主人公莫尔索的审判,莫尔索在母亲的葬礼上没落一滴泪,足见其冷酷,也被当做了最后被判死罪的依据之一。于是,小说在表现法律的荒谬的同时,作家又让主人公在读者心中赢得了巨大的同情。波斯纳在《法律与文学》中称《局外人》"卖弄了让罪犯变成英雄的新浪漫主义"。当法律的"正义"不断地被文学质疑,当法庭上的"罪犯"经常摇身一变又成了对不公正的社会的控诉者,当"执法者"与"罪犯"的身份经常被悄悄地置换,"法律上有罪的人和法律上无罪的人都是无辜的,而法律和执法者是有罪的"[①],这种文学上的"浪漫主义"在正统法律的视野中可能是"荒谬"的,不"道德"的,而正是这种充满批判与反思意识的文学,在一定程度上又可能发挥法律所起不了的作用。

在《杀人短片》中,作为辩护律师的彼得,影片并没有表现他辩护的过程,而让他更多地充当了一个陪伴者、倾听者的角色。当雅克向他倾诉其过去的生活、家人,坚硬的心柔软了,曾经冷漠的杀人者有了对生命的眷恋、有了眼泪,同时也就让我们感受到了人世间的一份脉脉温情。当基耶斯洛夫斯基痛感到现实社会的"冷漠"成了滋生"罪恶"的温床,他以艺术家的方式对代表正义的"冷漠"的法律提出了质疑。法律关乎世道人心,

---

① 理查德·波斯纳:《法律与文学》,李国庆译,中国政法大学出版社,2002年版,第216页。

有时,代表正义的正确的判决,如果缺乏人性关怀,缺乏对人的起码的尊重,它也可能成为一种杀戮与恶。基耶斯洛夫斯基要表现的就是这种因冷漠带来的法律之"恶"。

  刘小枫说,叙事伦理是一种倾听的伦理、陪伴的伦理,文学艺术在现实生活中更多地充当的就是陪伴、倾听、理解、同情的角色。就像《罪与罚》中的拉斯柯尔尼科夫,因为一张借据被警察局传讯。借据是九个月前拉斯柯尔尼科夫出立给他的房东、寡妇扎尔尼采娜,扎尔尼采娜又把他转给了七等文官契巴洛夫的。拉斯柯尔尼科夫想说说借据之来源:三年前,他从外省来到彼得堡,租了扎尔尼采娜的房子,答应娶房东的女儿……伊里亚·彼得罗维奇粗鲁地插嘴说:"先生,根本没有人叫你谈男女间的暧昧关系,而且我们也没有功夫听。"拉斯柯尔尼科夫解释说一年前,房东的女儿死了,女房东让他立一张一百五十卢布的借据,然后许诺又会借钱给他,并保证绝不拿这种借据去控告他,除非他自愿还钱:"现在,我丢了教书工作,没有饭吃的时候,她却来控告了。"伊里亚·彼得罗维奇粗暴无礼地打断他:"您应该提出保证,设法还债,至于您的恋爱故事和这悲剧跟我们风马牛不相及。"①

  拉斯柯尔尼科夫非常沮丧,感到奇怪:"他怎么会在一分钟前跟他们谈这样的话,甚至用自己的感情去打动他们?"当代表法律的"正义之士"人不肯花一点点时间倾听涉案者的"解释",倾听他的内心的声音,另一方在无限的"痛苦"与"孤独"中也就把心门关上了。涉及一个杀人案的拉斯柯尔尼科夫,也就把自己裹得越来越紧了。当拉斯柯尔尼科夫与警察形成一种紧张的对抗关系,反而是卖淫妇索尼雅充当了拉斯柯尔尼科夫内心的唯一的倾听者。很多时候,罪人们的忏悔与新生其实就是从一方的"倾诉"与另一方的"倾听"开始的。而在《死屋手记》中,严苛的惩罚并不能使那些囚徒改过,反而是偶尔的温情与尊重,把他们当人看,激发了他们心中的"善性"。

---

 ① 陀思妥耶夫斯基:《罪与罚》,岳麟译,上海译文出版社,1979年版,第115页。

文学与法律,很多时候扮演的角色确实不一样。如果说法律常常是以维护现行制度为己任,文学则往往是批判的。而文学的批判,并不一定都是历史评价,而可能是一种道德评判。就像19世纪现实主义文学对资本主义的批判,资本主义取代封建主义,金钱关系取代等级关系无疑是一种历史进步,但文学家们更关注的是金钱关系带来的人的道德沦丧,人与人关系的疏离。而1864年俄国司法改革,在俄国法制史上,甚至在俄国现代化进程中,都具有重要的意义。正如有研究者指出,1864年司法改革法律的颁布,"它改变了过去以等级为基础的司法体制,法院向所有人开放,过去的农奴也拥有了司法权利,农民也可以走上正式的法庭去诉讼,这标志着俄国的臣民开始向公民转变,也标志着俄国司法由过去维护等级特权,维护专制王权开始转向保护人的基本权利。这是人权的胜利,也是俄国司法走向现代化的起点。1864年改革强调保护个人的权利,强调以私法为基础的经济及社会关系的调整,因此对近代俄国社会的转型及俄国现代化的整体推进有着重要的意义。"[①]

但陀思妥耶夫斯基在《卡拉马佐夫兄弟》中,却对完全按司法改革后的程序做的那场审判,做了讽刺性的描写。前面已经谈到了控、辩、审三方在庭审过程中的"表演",如何共同成就了一桩"错案"。当检察官出于证明自我的一种虚荣心,把对德米特里的指控演绎成了一篇"艺术顶峰的杰作""天鹅之歌",律师的辩护也成了卖弄自己的才情表演,"文学性""艺术性"取代了法律文本所需要以事实为依据、以法律为准绳的客观、严谨,错位也就难免了。而其背后,隐含的是他们的自恋、自私和对当事人的漠不关心(陀思妥耶夫斯基在《作家日记》中也多次写到俄国现代司法体制下的审判,检察官如何把仅仅偷了一条床单的小偷推理成了杀人犯和纵火犯,律师则如何让一个仅仅因为一颗果子把女儿打得遍体鳞伤的父亲,经过辩护使其无罪)。而《卡拉马佐夫兄弟》写到的医生们出庭所做的关于被告是否精神正常的医学鉴定,同样荒唐可笑。本地的赫尔岑什

[①] 郭响宏:《俄国1864年司法改革研究》,陕西师范大学博士学位论文,2011年,第54页。

图贝大夫认为"被告的不正常是显而易见的",不仅是他以前的行为,从眼前被告的表现也可看出:"按说他应该朝左边女士们的方向看去才对,因为他特别喜爱女性,对于女士们会怎么说他肯定想得很多。"①而莫斯科来的名医也认为被告精神状态不正常,并且极不正常,犯罪乃是因为被病态所控制。至于目光,他用呆滞的目光正视前方,的确是精神失常的迹象:"但我同时认为,他不应该向左朝女士们那边瞧,恰恰相反,应该向右用目光去寻找他的辩护人,这正是他的全部希望所在。"②年轻的瓦尔文斯基医生则认为被告正常。至于被告的目光,照他"仅供参考的意见","被告走进法庭时应该直视自己的正前方,他也正是这样做的。因为他正前方坐着审判长和三位法官,他们现在将左右他的整个命运"。他现在看着自己的正前方,恰好证明"此刻他的头脑完全正常"。③

陀思妥耶夫斯基对法庭审判中的种种荒唐可笑之处的描写,并不意味他对司法改革的否定,对俄国现代司法制度的批判。因为他关注的重心,本来就不是法律制度,也不是审判中的程序正义,而是人,是人的心灵,是法律如何对待那些有"罪"之人,如何在寻找真相,作"正义判决"的同时,倾听一下那些"不幸的人"的故事,他们内心的声音,如何让罪犯获得真正的救赎。"法律"与"文学","正义之剑"与"慈悲之泪"有时并不矛盾。文学视野中的法律,体现的是一种独特的视角,自有它不可替代的价值与意义。

---

① 陀思妥耶夫斯基:《卡拉马佐夫兄弟》,荣如德译,上海译文出版社,2006年版,第739页。
② 同上书,第740页。
③ 同上。

第五章

小说中的诗学

陀思妥耶夫斯基小说中的诗学，包括几个层面的内涵：其一，就像我们在前面几章讨论陀思妥耶夫斯基小说是怎么进行哲学、宗教、伦理、法律叙事的，他的小说也经常会在叙事中表达各种诗学思想，它们构成了诗学叙事；其二，叙事诗学，则是指他的小说叙事所遵循、体现的种种诗学原则；其三，陀思妥耶夫斯基的小说诗学，经常跟哲学、宗教、伦理学、心理学等紧紧联系在一起。他小说中关于"美"的阐发，其诗性的言说，正体现了感性与理性、欲望与精神、肉体狂欢与启示真理的高度紧张的对峙与奇妙的融合，从而构成了别具一格的"陀氏诗学"。

第一节　诗学叙事

关于诗学的讨论，我们经常会依据文艺理论家的理论文本，或者创作家的创作谈，来了解其诗学主张。陀思妥耶夫斯基研究亦然。我们一般会以作家的书信、日记、随笔等，来总结、概括陀思妥耶夫斯基的诗学观，而很少注意，陀思妥耶夫斯基小说叙事，其实本身就有不少与诗学相关的言说，比如作家的创作、典型人物的塑造、艺术真实与"幻想"，何为"美"，何为"诗"，何为"偶合家庭"……它们经常成为主人公们关注、讨论的话题。而这些话题不光在某种程度上同样体现了陀思妥耶夫斯基的诗学观,它们作为叙述元素也直接参与了小说的意义建构,构成一种独特的"诗学叙事"。

一

陀思妥耶夫斯基的小说,塑造了众多的思想性格各具特色的人物形象。而其中也不乏作家的画像。这些画像有的是虚构的人物,但却是有着作家自我的影子。有的则是以小说中的人物之口,点评文学,臧否作家,曲折地体现了陀思妥耶夫斯基自己的文学喜好与诗学主张。

陀思妥耶夫斯基的第一部小说《穷人》,以书信体的方式,写一个小公务员马卡尔·杰武什金和一个孤女瓦尔瓦拉·杜勃罗谢洛娃的真挚、感伤、无私、无望的爱情。陀思妥耶夫斯基以此成名,也使文坛把他纳入了俄国自然派写小人物、"不幸的人"的作家系列中。而《穷人》也把它的先驱——普希金的《驿站长》,果戈理的《外套》纳入主人公的视野中。瓦尔瓦拉送了杰武什金一本书——普希金的《别尔金小说集》。杰武什金谈到读其中的一篇《驿站长》的感受,喜欢这部小说,觉得亲切,一是因为这本书"详尽地展示了自己的整个生活。有些事自己过去没想到,现在看了这本书,一切都慢慢记起来,对上号,看清了"。还有一个原因:"有的作品,尽管看了又看,花费很大的力气,却还是高深莫测,仿佛怎么也没法看懂……可是看这本书呀,就像我自己写出来的,打个比方,仿佛拿我的一颗心在人们面前翻转过来,然后详详细细地描写——就是这么一回事!事情很简单,我的天,一点儿也不难!真的,我本该自己动手写,为什么不写呢?要知道我的感受跟书中描写的一模一样,我自己有时就处在同样的境地。"①

真实,让杰武什金在《驿站长》找到了自己的影子。对于生活中的穷人来说,他们的痛苦不光是物质上的贫困,更重要的是精神上所受到的伤

---

① 陀思妥耶夫斯基:《穷人》,见《陀思妥耶夫斯基作品集 中短篇小说》(一),上海译文出版社,1983年版,第67页。

害。他们最关心别人会以什么目光看他们:"一个穷人,总不免多心。他用另一种眼光看人世间,斜着眼睛打量每一个过路人,惶惶不安地朝四下里张望,留神听人家说的每一句话,——人家是不是在讲他?是不是在说他非常难看?"①所以他们读小说,会因为有的小说的真实觉得亲切,有时也会因为过于真实而难以接受,觉得是不是作者在揭他们的老底。就像杰武什金读了果戈理的《外套》,"为什么去写人家的穷相,说他连茶也不喝呢?就好像人人都非喝茶不可!难道我去朝每个人的嘴里望,看看他们吃什么东西吗?我用这种方法侮辱过谁没有?"②杰武什金认为《外套》是一本"坏书":

> 为什么要写这样的作品呢?有什么用呀?难道读者看了之后会给我做一件外套吗?会给我买一双新鞋子吗?不会的。瓦兰卡,他们看完作品还要求作者把故事讲下去。有时候你只好东躲西躲,躲到十分隐蔽的地方去,不敢在任何场合露面,因为害怕人家造谣中伤,因为有人会捕风捉影,给你编造个荒唐的故事,把你的公私生活统统搬进文学里,全部印在纸上,让大家阅读,取笑,议论!这样一来,你就不敢在街上走,因为作品里描写得十分细致,现在一看走路的模样就能把我们这号人认出来。其实,作者哪怕在结尾的地方弥补一下,讲几句婉转的话也好,譬如,作者写了人们把碎纸头撒在主人公头上以后,可以再说上这么几句:然而他心地善良,是个好公民,不应该受同事们欺侮,他听从上司(这方面可以作为榜样),对任何人不存坏心,笃信上帝,死了(如果作者非要他死不可的话)有人哀悼。当然最好不要叫这个可怜的人死掉,小说换上一个结尾:他的外套找到了,那位将军详细了解了他的美德,重新要他回到部里,给他晋级加薪,于是正如俗话所说,善有善报,恶有恶报,他的同事们到头来白费心思,一无所得。我是会这样写的。现在像作者那样的写法,有什

---

① 陀思妥耶夫斯基:《穷人》,见《陀思妥耶夫斯基作品集 中短篇小说》(一),上海译文出版社,1983年版,第80页。
② 同上书,第71页。

么好,有什么出众的地方? 只不过是日常平庸生活中一桩微不足道的事例。①

这段话涉及文学创作的许多话题:文学创作的真实性原则,如实地写出生活本身,还是去做一些粉饰,以满足读者的阅读期待;读者既然看了之后也不会帮人做一件外套,那么文学的意义何在,等等。日常平庸生活叙事,构成了自然派文学的一大特点。而杰武什金对《驿站长》《外套》的评论,事实上本身就是小说叙事的一个有机组成部分。杰武什金作为《驿站长》《外套》中"小人物"系列的一员,他在他们身上看到了自己的生活。他那种觉得被人窥伺而产生的羞辱感,正体现了这些"小人物"精神上的巨大悲剧。

其实,杰武什金既是读者,他也是一位"写作"者。《穷人》以书信体第一人称叙事的方式,男女主人公各自讲述自己的生活,向对方倾诉自己的情感:"我爱你如同我爱上帝的光辉一样,我爱你如同我爱亲生女儿一样,我爱你的一切,亲人儿,我的心肝! 我就为你一个人才活在世上! 我工作,我抄公文,我奔来走去,我散步,我把我的感受倾诉在纸上,写成亲切动人的信",②这成了主人公生存的希望。他们其实很少见面,他们就活在自己的文字中。杰武什金说,他已经形成了自己的"写作风格",他希望一直写下去,但随着女主人公的离去,这一切也就要结束了。

杰武什金故事,后来又以另一种方式成了陀思妥耶夫斯基小说叙事的一部分。

《被侮辱与损害的》以小地主伊赫缅涅夫一家为主线,同样写的是小人物的不幸的故事。作为叙事者的凡尼亚、主人公之一"我"是个小说家,偷偷地写小说,在他人眼里,"过着游手好闲的生活,既没有固定工作,也不想法谋得一个职位"。后来,小说终于出版了。"早在它问世之前很久,文学界就对它纷纷议论了。Б读了我的原稿,高兴得像小孩一样。不! 假如我曾经快乐过,那并不是成功使我陶醉的最初一瞬,而是在我还没有

---

① 陀思妥耶夫斯基:《穷人》,见《陀思妥耶夫斯基作品集 中短篇小说》(一),上海译文出版社,1983年版,第72—73页。

② 同上书,第136页。

把手稿读给人听过,送给人看过的时候;是在许多漫漫的长夜,在我兴奋地怀着希望与梦想,对自己的作品怀着热烈的爱的时候;这时候,我和我的幻想,和我创造的人物一同生活着,仿佛他们是我的亲属,是现实生活中的人;我爱他们,和他们同命运共欢乐,有时还为我那朴实的主人公流出了最真诚的眼泪。"①这里写小说创作中,作家与人物经历的"同命运共欢乐"的过程,小说出版后的成功,显然都有陀思妥耶夫斯基创作与出版《穷人》的影子。而Б,也即别林斯基对小说的赞赏,读小说手稿时的兴奋激动,陀思妥耶夫斯基在给他人的书信中也有生动描写。杰武什金曾谈读《驿站长》和《外套》的感受。而穷人杰武什金的故事,也进入《被侮辱与损害的》中小人物的视野中。小说写"我"在一个晚上给伊赫缅涅夫一家读小说,"老人一上来皱着眉头。他本来以为这是一部极其崇高,也许他本人还不能理解,但肯定是高超的作品。但事实并非如此,他听到的竟是一些平常熟悉的事情——同每天在他周围发生的事情一模一样。如果主人公是一个伟大或有趣的人物,或者像罗斯拉夫列夫或尤里·米洛斯拉夫斯基那样的历史人物倒也罢了,但情况并不是这样,他写的却是一个低首下心,有点傻气的小官吏,他连制服上的扣子都掉了;而且这一切又都是用我们普通的,不折不扣的口语写出来的……"②就是这样的普通的小人物的故事,把伊赫缅涅夫一家都感动了。伊赫缅涅夫评论说:"你这不过是一篇小故事,不过却能抓住读者的心……它能使你明白并记住周围发生的事情,使人懂得,最受践踏的、最卑微的人也是人,而且是我们的兄弟。"③

与此同时,"穷人"们的悲剧也在《被侮辱与损害的》中重演。伊赫缅涅夫为瓦尔科夫斯基公爵当管家尽心尽职,却被误解侵吞主家的财产,由此引发官司。伊赫缅涅夫为官司来到彼得堡,女儿娜塔莎却爱上了仇家瓦尔科夫斯基公爵的儿子阿辽沙,背叛父母出走,却最终被弃……这使我们想起普希金的《驿站长》,同样是女儿的出走与被弃,他们构成一种互文

---

① 陀思妥耶夫斯基:《被侮辱与损害的》,李霁野译,上海译文出版社,1984年版,第30页。
② 同上书,第34页。
③ 同上书,第34—35页。

关系,遥相呼应。

《被侮辱与损害的》就是以这种方式,将《驿站长》《外套》《穷人》连成了一个整体。其主人公也构成了一个小人物系列。以最朴实的、真挚的笔触,写出普遍的人的日常生活,在表现他们的悲苦生活的同时,也高度地尊重他们,把他们当人、当做自己的兄弟,也正体现了作家陀思妥耶夫斯基的诗学主张。

而与娜塔莎青梅竹马的"我",深深爱着娜塔莎,他们也有了口头的婚约。当娜塔莎爱上了他人,"我"却无怨无悔地为之奔走……这种无私的自我牺牲的甚至带点病态性质的爱,从《穷人》到《被侮辱与损害的》,再到以后的小说,也贯穿了陀思妥耶夫斯基小说的始终。

二

1875年,陀思妥耶夫斯基的《少年》在《祖国纪事》发表,1876年出版单行本。就是在这本小说中,陀思妥耶夫斯基首次提出了一个重要概念:偶合家庭。

《少年》以主人公阿尔卡季自叙的方式,写他少年时代的一段成长史,"我的思想"的一段产生与演变的过程。小说的"结尾","我"把手稿寄给"我在莫斯科时的收养人"尼古拉·谢苗诺维奇那里,请他发表意见。尼古拉回了封长信,"我"把长信摘录了几段出来。它们与前面的文本——少年阿尔卡季的札记,构成了一种奇妙的对应关系。

尼古拉的回信,总体来看,属于一种议论性文体。尼古拉谈到"少年"的思想,一方面肯定"少年"的思想具有独创性,另一方面又认为:"您和您那孤独的少年时代确实令人担心。像您这样的少年人为数不少,他们的才能确实随时都有向坏的方向发展的危险。"但在他们早年的疯狂冲动里,又蕴藏着"对秩序的渴望,对真理的探求"。[①] 在尼古拉看来,少年的

---

① 《少年》(下),陆肇明译,《陀思妥耶夫斯基全集》(第十四卷),河北教育出版社,2010年版,第749页。

"思想"的形成与他所处的环境相关。一个社会需要秩序,需要有所建树,"而不是没完没了的破坏,不是到处乱飞的碎木片,不是折腾了两百年,却始终毫无结果的那些垃圾和糟粕"。带有斯拉夫派倾向的尼古拉的言论,也是对彼得大帝改革经常颇有微词的陀思妥耶夫斯基的心声。

也许正是社会的混乱导致了家庭的解体。尼古拉由此谈到韦尔西洛夫的两个家庭。"已经有许许多多这类俄国家庭,不用说,是正统的贵族家庭,正在大批大批地、势不可挡地转化为偶合家庭,并在普遍的无序和混乱之中,跟正统的贵族家庭融为一体。"①在尼古拉看来,阿尔卡季就是"偶合家庭的成员"。但他自己又坦陈:"我可不愿当一个描写来自偶合家庭的主人公的小说家",因为"这种写作吃力不讨好,而且没有形式美。何况不管怎么说,这些典型还只是眼前的事,因此艺术上不可能写得完美。可能出现重大的失误,可能夸大其词或疏忽。至少有太多的东西需要推测。可是,对于一个不愿以采取历史体裁写作,苦苦要写眼前事的作家来说,他又有什么办法呢? 只能去推测和出错了"。②

这是陀思妥耶夫斯基第一次提出"偶合家庭"的概念,但却不是在创作谈中,而是在小说文本中。首先,他与小说叙事构成一种对应,在某种意义上也是对小说叙事的理论概括与补充。小说以贵族地主韦尔西洛夫一家为主线。这个家庭包括维尔西洛夫和他实际上的妻子索菲娅及他的四个儿女——安德烈、安娜、阿尔卡季、丽莎,他从前的家仆、索菲娅法律上的丈夫马卡尔·多尔戈鲁基,他们之间构成一种错综复杂的关系:法律上的韦尔西洛夫家,包括韦尔西洛夫和他的一对婚生儿女安德烈、安娜;实际上的维尔西洛夫家,包括维尔西洛夫、索菲娅及他们的一对私生儿女阿尔卡季、丽莎;法律上的多尔戈鲁基家,包括多尔戈鲁基及名义上的妻子儿女。这个偶然凑合起来的家庭,首先从居住这一角度来说,它已经丧失家庭成员共同生活在一起这一家庭的起码前提。他们分居在不同地

---

① 《少年》(下),陆肇明译,《陀思妥耶夫斯基全集》(第十四卷),河北教育出版社,2010年版,第753页。

② 同上书,第754页。

方。而从社会地位来说,其家庭成员也分属不同的社会阶层,维尔西洛夫及其婚生儿女安德烈、安娜,他们属于俄国上层贵族阶层,而索菲娅和多尔戈鲁基,则作为家奴处于社会的最底层。阿尔卡季和丽莎,作为贵族韦尔西洛夫与其家奴索菲娅的私生儿女,则正好处在既非贵族又非奴仆的尴尬境地。①

陀思妥耶夫斯基在谈到《少年》时曾说道:"主要的,在一切里面有着瓦解的概念……瓦解是小说的主要的显著的思想。"②瓦解,构成了陀思妥耶夫斯基心目中19世纪70年代俄国社会的特征,也是这个时代的家的特征。而韦尔西洛夫一家,作为"偶合家庭"的代表,成了在俄国从封建农奴制向资本主义的过渡时期日益"瓦解"、分崩离析的社会的一个缩影。他们体现了一种新的时代特征。陀思妥耶夫斯基在1876年4月9日致赫·达·阿尔切夫斯卡娅的一封信中谈道:"对我来说,现实中最需要研究的是年轻一代以及现代的俄国家庭,我预感到它早已不是二十年之前的那种状况了。"③

而新的时代需要有新的再现现实的方式。尽管这种探索有可能"吃力不讨好",没有"形式美",但少年的"札记"可以"为未来的艺术作品、为未来的画面——描绘那个一片混乱,但已经逝去的时代的画面——提供素材"。也许,未来的艺术家在描绘逝去的一片混乱时,也能找到"美的形式"。④

显然,《少年》提出"偶合家庭"概念并为"未来的艺术作品"规划前景的尼古拉,在某种意义上就是代表了陀思妥耶夫斯基,在少年阿尔卡季的"札记"叙事之外,直接站出来表达自己的艺术主张。与此相应,陀思妥耶夫斯基在《作家日记》中也谈到"偶合家庭"。一篇刊载于1876年1月号《作家日记》,名为《未来的长篇小说。再谈"偶合家庭"》,作为对《少年》中

---

① 何云波:《陀思妥耶夫斯基与俄罗斯文化精神》,湖南教育出版社,1997年版,第121页。
② 叶尔米洛夫:《陀思妥耶夫斯基论》,满涛译,上海译文出版社,1985年版,第232页。
③ 《陀思妥耶夫斯基选集·书信选》,冯增义等译,人民文学出版社,1986年版,第324页。
④ 《少年》(下),陆肇明译,《陀思妥耶夫斯基全集》(第十四卷),河北教育出版社,2010年版,第754页。

提出的"偶合家庭"的回应。文章谈到本来想写一部名为《父与子》的小说,但只写了《少年》。《少年》成了实现其"构思的第一次尝试"。少年"既羞怯又果敢地希望尽快在生活中迈出自己的第一步。我选取的是天真无邪的、但已被玷污了的心灵危险堕落的可能性,因自己地位卑贱与自己的'偶然性'①而萌生的幼稚的仇恨已经沾染了这颗心灵,这颗纯洁的心灵由于自己的豁达不羁而允许邪恶念头进入自己的思想并在自己的心灵中孕育它,它还羞怯,但已在大胆而热烈的幻想中欣赏它,——这一切都听凭自己的力量、自己的理智,当然还听凭上帝的支配。所有这些人都是社会的早产儿,都是'偶合'家庭中的'偶然'成员"②。

1877年7—8月号的《作家日记》,陀思妥耶夫斯基再次谈到"偶合家庭"。文章从在旅途上看到父亲与未成年的孩子一起抽烟,由做父亲的责任想到"当代家庭的偶合性"的问题。作者为此解释何为"偶合性":"我认为,当代俄国家庭的偶合性就在于,当代做父亲的人丧失了对待家庭的一切共同思想,也就是对所有父亲都普遍适用的共同思想,将他们相互联结在一起的思想。他们不仅自己相信这种思想,而且还要教育自己的孩子们也相信,将这种生活信念传授给他们。"也许这种思想可能是错误的,需要修正,但是,"这种联结社会和家庭的共同思想的存在本身——已经是一种行为准则的基础,也就是道德情操行为准则的基础"。③ 而现在有的不过是:"一、对过去事物的彻头彻尾的全盘否定;二、也试图说些肯定的东西,但并非共同的、能起联结作用的东西,而是各执一词,莫衷一是……最后是对事业的懒散态度,萎靡不振和懒惰成性的父亲。"④

"偶合家庭"的产生,首先是这些父亲失去了信念、准则,失去了做一个父亲的责任,而不成其为真正的"父亲"了。就像《少年》中的一家之主

---

① 指他是私生子。
② 《作家日记》(上),张羽译,《陀思妥耶夫斯基全集》(第十九卷),河北教育出版社,2010年版,第177页。
③ 《作家日记》(下),张羽译,《陀思妥耶夫斯基全集》(第二十卷),河北教育出版社,2010年版,第785页。
④ 同上书,第785—786页。

安德烈·彼得罗维奇·韦尔西洛夫,尼古拉说他是个"真正沉湎于幻想的人,他热爱俄国,可又全然否定俄国;他没有任何宗教信仰,可又几乎甘愿为某种尚不明确的东西而献身"①。韦尔西洛夫在25岁丧妻后,"天晓得为什么"占有了自己的女仆、多尔戈鲁基的妻子索菲娅,此后与索菲娅之间20多年来若即若离,似夫妻非夫妻,始终处在一种暧昧不明的关系中。他的大女儿安娜·安德烈耶夫娜成了一个"女修道院院长米特罗法尼式的人物",为修道院的利益可以伪造期票和遗嘱等文件的野心家。作为私生子的阿尔卡季,则从来没有从父亲那里得到过关心和爱,只能自己去探索人生。而像《白痴》中的退职将军伊伏尔金,作为一家之主的父亲,却在家庭中丧失了作为父亲的基本职能。而家庭成员之间,也相互敌视,他们在物质上和精神上都失去了任何能将他们纽结在一起的联系,从而宣告了家庭的血缘关系的解体。陀思妥耶夫斯基最后一部小说《卡拉马佐夫兄弟》同样是以卡拉马佐夫一家作为小说的结构中心,成了"偶合家庭的典型范例"。老卡拉玛佐夫作为一个"色鬼""卑鄙之徒",他分别以蒙骗、诱拐乃至强奸的方式,折磨了三个女性,而留下四个儿子:与第一任妻子生的大儿子德米特里,与第二任妻子生的伊万与阿辽沙,强奸疯女子而留下私生子斯乜尔佳科夫,四个儿子分别代表着四种不同类型的人物:放纵情欲者、思想矛盾者、纯洁的天使、卑鄙无赖者;他们都憎恶自己的父亲,最后都成为不同意义上的"弑父者",家庭成员之间形同陌路乃至相互仇视,家庭的职能几乎全部丧失,家已经完全不成其为家了。

可以说,陀思妥耶夫斯基敏锐地看到了俄国社会的转型、混乱给家庭带来的影响:过去时代长期形成的家庭成员之间的正常关系、道德规范、行为准则都在衰落,人们熟悉的典型俄罗斯家庭正在演变、消失,处处充满混乱,各行其是。② 针对这种状况在小说《少年》中首先提出了"偶合家

---

① 《少年》(下),陆肇明译,《陀思妥耶夫斯基全集》(第十四卷),河北教育出版社,2010年版,第753页。
② 《作家日记》(上),张羽译,《陀思妥耶夫斯基全集》(第十九卷),河北教育出版社,2010年版,第176页。

庭"这一概念,并在小说叙事中予以艺术表现,同时在《作家日记》中进行进一步的理论阐发。诗学与叙事相互补充,互为印证,它们共同建构了作品的意义。

三

陀思妥耶夫斯基在自己的小说中,在叙事的进程中,经常会插入关于创作的议论。有的是以"作者的话"的方式,有的是在第三人称叙事中叙述者插入议论,有的则是通过评论文坛人物表达自己的艺术趣味和主张。

《作家日记》1876 年 11 月号有一篇小说《温驯的女人》,故事写一个温驯的女人的自杀,它以丈夫内心独白的方式,从结局开始写起:"……她暂时还在这里,一切都还好;我时而走过去,过一会就看一眼,可是明天就要把她抬走了,我一个人留下来可怎么办呢?"①男主人公回顾他们的婚姻,女主人公为什么会一步一步最终走向自杀。小说据说与陀思妥耶夫斯基在报上读到的一个自杀事件有关:一个女裁缝从六层的窗户跳下,自杀身亡。小说副标题取名《虚构的故事》,主要不是针对内容,而是就形式而言。小说前面有一个"作者的说明":"我给小说加的标题是'虚构的',其实我认为它本身是高度真实的,不过里面也真的有幻想的成分,这就是小说的形式。"②作者为此解释,一个丈夫在妻子自杀后,他在房间里走来走去,竭力要把发生的事情思考个明白。"他有时自言自语,有时又像在对一个看不见的听众,对某一个陪审员讲话",这是在现实生活中常有的情景。但是,如果"设想有一个速记员把一切都记录下来(此后我会对记录进行加工),这也就是我所指的故事中的幻想成分"。③

这里涉及艺术创作中的一个重要问题:写实与虚构,真实与幻想。高度真实的作品有时在表现上也离不开"幻想"的成分。陀思妥耶夫斯基以

---

① 《作家日记》(上),张羽译,《陀思妥耶夫斯基全集》(第十九卷),河北教育出版社,2010年版,第 485—486 页。
② 同上书,2010 年版,第 484 页。
③ 同上书,第 485 页。

雨果的《死囚末日记》为例,认为它也几乎使用了同样的手法:"他虽然没有设想一名速记员,但是他假定,一名死囚能够(也有时间)不仅在自己生命的最后一天,甚至在最后一个小时,简直是在最后一分钟撰写札记,这就更加难以置信了。但是他假如不这样去幻想,他也就不可能写出这篇作品——这篇在他所写的全部作品中最现实的和最真实的作品"①。

这构成了艺术创作的"假定性原则",这种"假定性"有的在现实生活中是可能的,比如《死屋手记》中,叙事人假定是从一位死去的苦役犯人的遗物里发现了他的"札记"。有的在现实生活中根本不可能发生,比如一个死囚在生命的最后一分钟还在撰写札记。有的如《温驯的女人》的"虚构",假设速记员把一个人的内心独白记录下来,不大可能发生但符合艺术"真实"的逻辑。正是这些"虚构""幻想",使艺术"真实"有别于生活"真实",而有自己的逻辑。

如果说《温驯的女人》中的"作者的说明"还是在"叙事"之外对小说形式的一种解释,关于"诗学"的叙事还是游离于"故事"的叙述之外。像《白痴》《卡拉马佐夫兄弟》等关于人物典型、还有"美"的阐发,则完全融入小说的叙事进程中,成了小说的一个有机组成部分。关于"美"的阐发,我们将另辟专节讨论。下面我们来看看《白痴》中关于人物典型塑造的"叙事"。

《白痴》的男一号无疑是梅什金。梅什金是被当作一个"绝对美好的人物"来塑造的,因为过于"美好",反而缺少现实的根基,成了现实生活中的特殊人物,他人眼里的"白痴"。而现实生活中,大部分是"普通人"和"大多数人",如何写他们,给人留下印象,让读者记住,才是最难的。

《白痴》中除了梅什金和女主角纳斯塔西娅·菲利波芙娜,还写到两个家庭,叶潘钦将军一家,退役将军伊沃尔金一家。伊沃尔金有两儿一女,大儿子加夫里拉,曾追求叶潘钦将军的小女儿阿格拉娅。还有女儿纳

---

① 《作家日记》(上),张羽译,《陀思妥耶夫斯基全集》(第十九卷),河北教育出版社,2010年版,第485页。

斯塔西娅、瓦尔瓦拉。这些人物虽然不是小说的主人公,但在小说的"故事"中不可或缺。第四部第一章在写到瓦尔瓦拉时,叙述者插入一段议论性的话语:

> 有这样的人,通常很难一下子把他们最典型和最有代表性的特点完全说出来;这样的人一般被称为"普通人"和"大多数人",他们确实构成任何社会的绝大多数。作家们在他们的中长篇小说里大多择取社会的典型,对其进行形象的和艺术的表现,虽然在现实生活中很少能够遇见与典型完全相同的人物,然而这些典型几乎比现实生活本身还要真实。①

这些"普通人"和"大多数人"在现实生活中时时可见,他们"比现实生活本身还要真实"。然而,"现实生活中的人物的典型性仿佛掺了水似的被冲淡了"。于是,作家就会面临一个问题:"一个小说家应该如何写平凡的、'普普通通的'人物,如何把他们展示在读者面前,使得读者多少对他们感兴趣呢?在叙事中完全避开他们是不行的,因为平凡的人时时刻刻因其人数众多构成日常生活事件的联系中的一个必不可少的环节;因此避而不谈他们就会失真。如果小说里满篇都写典型人物,或者只不过为了引起人们的兴趣写古怪的和虚构臆想的人物,那也是不真实的,而且大概是枯燥乏味的。依我之见,一个作家甚至也应当在平凡性格当中努力寻找有趣的和有教育意义的特点"。②

如何塑造平凡人、普通人中的典型,就成了作家面临的一个问题。在《白痴》的叙述者看来,像加夫里拉、瓦尔瓦拉等,就属于这一类"普通人"或"平凡的人"。世界上这样的人特别多,他们可以分为两大类:"一类智力有限,另一类'聪明得多'。第一类人比较幸福。譬如说,智力有限的'普通人'最容易把自己想象成一个非凡的和与众不同的人,并且毫不犹

---

① 《白痴》(下),张捷、郭奇格译,《陀思妥耶夫斯基全集》(第十卷),河北教育出版社,2010年版,第623页。
② 同上书,第624页。

豫地因此而自得其乐。"①而像加夫里拉一类的"聪明得多"的人,他们更为不幸,因为他们既充满要显得与众不同的愿望又内心保留着使他不得安宁的怀疑。"他不断地深感自己无才,同时又不可抑止地想要相信他是一个最有独立精神的人,这种矛盾几乎从他少年时代就使他大为伤心。"②

《白痴》以这种方式,既阐发作者关于如何塑造普通的、平凡的人的典型的观点,又把对小说中那些普通的、平凡的人的性格分析融合进来,从而把诗学的叙事与人物的塑造、故事的叙述高度地融合在一起,成为"诗学叙事"参与小说意义建构的典型一例。

四

陀思妥耶夫斯基的小说常常通过不同人物之口,评点俄罗斯作家,或者以某位作家为原型,塑造小说中的形象,陀思妥耶夫斯基也由此表达自己的思想与艺术观点。

《白痴》中有一章写到叶潘钦将军家的聚会,不同思想观点的人在那里展开对话,在涉及关于自由主义、虚无主义的话题时,小说有一段描写:

"难道文学中也没有任何带有民族特点的东西吗?"亚历山德拉·伊万诺夫娜打断话头说。

"我在文学方面是外行,但是依我看俄国文学除了罗蒙诺索夫、普希金和果戈理之外,全都不是俄罗斯的。……因为所有俄国作家中至今只有这三个人能各自说出确实是自己的、自己本人的。不是从别人那儿搬来的东西,因而这三位就立刻成为民族的作家了。在俄罗斯人当中,如果有谁能够说出、写出或做出自己的、与自己血肉相连而不是从别人那里搬来的东西,那么他即使俄语讲得不好,也必然会成为具有民族特点的人。"③

---

① 《白痴》(下),张捷、郭奇格译,《陀思妥耶夫斯基全集》(第十卷),河北教育出版社,2010年版,第625页。
② 同上书,第626页。
③ 同上书,第456—457页。

这是小说中的一个人物叶夫根尼的观点,但也体现了作者本人的看法。《作家日记》1877年7—8月号有一篇《〈安娜·卡列尼娜〉是具有特殊意义的事实》,其中就谈到,在俄国文学中,"无可争辩的天才,说出了'新颖的话'的无可争辩的天才,在我们的文学中只有三位:罗蒙诺索夫、普希金,部分地还有果戈理"①。后来俄国文学也出现了不少文学巨擘,包括《安娜·卡列尼娜》的作者托尔斯泰,都直接继承自普希金。普希金身上主要有两种思想:第一种思想——俄罗斯的全世界性;另一种思想——就是他的转向人民和他只寄希望于他们的力量。"这两种思想都蕴含着俄罗斯全部未来使命以及全部未来目的的形象,因此也就是我们全部未来的命运。"②

陀思妥耶夫斯基肯定了托尔斯泰对普希金所代表的俄国文学传统的继承。但有时他又把自己跟托尔斯泰区别开来。正像当他在《少年》中借小说中的人物尼古拉之口提出"偶合家庭"的概念,阐述"偶合家庭"所体现的"当代性"时,说到托尔斯泰的《战争与和平》《安娜·卡列尼娜》:"他将无法写别的种类的小说,而只能写历史小说之类的作品,因为美的典型在我们当代已经不复存在,即使还留下一些残余,按流行的舆论看来,已经不能保持原有的美了。……这样的作品如果出自天才的大手笔,那么与其将他归入俄国文学,倒不如归入俄国历史更贴切些。"像《战争与和平》这样的作品,"描写了中上等文明阶层的俄国家族,接连写了三代,写出了他们与俄国历史的联系。可是写到这些主人公的孙子时,也即写到这些祖先的后裔时,因为是当代人物,就不能不写成有点儿厌世、孤僻并且无疑是忧郁的形象③,甚至应该写成无足轻重的怪人,好让读者一眼就能看出他是个退场人物,并且确信人生舞台不再给他留下位置了。再往后,连这种厌世的孙辈也会消失,将会出现目前还不知道的新的人物,出

---

① 《白痴》(下),张捷、郭奇格译,《陀思妥耶夫斯基全集》(第十卷),河北教育出版社,2010年版,第457页。

② 《作家日记》(下),张羽译,《陀思妥耶夫斯基全集》(第十九卷),河北教育出版社,2010年版,第803页。

③ 指《安娜·卡列尼娜》中的列文。

现新的幻景;但究竟是什么样的人物呢?如果他们不美,那么往后的俄国小说就会令人十分难堪了"①。

陀思妥耶夫斯基以这种方式展开与托尔斯泰的对话,在评价托尔斯泰的作品时,也表达出自己的艺术主张。在尼古拉看来,"少年"阿尔卡季作为"偶合家庭"的成员,"您跟我们前不久出现的贵族的典型不同,他们的童年和少年跟您有天壤之别"②。托尔斯泰也写过《童年》和《少年》,包括《战争与和平》中写的家庭,都还是传统意义上的家庭。而这种家庭在陀思妥耶夫斯基所写的《少年》的时代,已经分解了,不存在了。传统的家庭被代之以"偶合家庭",正体现了俄国社会内部的解体。陀思妥耶夫斯基的小说,也正是在这个意义上,体现出它的"当代性"。其实家庭的这种"分解",托尔斯泰在《安娜·卡列尼娜》中也有反映,两位作家可谓殊途同归。

《少年》中尼古拉称自己是"斯拉夫派",其实也是陀思妥耶夫斯基夫子自道。陀思妥耶夫斯基在其小说中,经常会提到各类作家。他对普希金推崇备至,对果戈理、托尔斯泰也不乏赞美之词,但对一些自由主义、民主主义阵营的作家,如赫尔岑、车尔尼雪夫斯基、屠格涅夫等,对这些作家包括他们的作品,在提及时,便难免语多揶揄、讽刺。如《群魔》中,写游乐会的文学朗诵会上,上台朗诵的卡尔马济诺夫,被认为就是以屠格涅夫为原型塑造的。小说写卡尔马济诺夫"嗓音过于尖细刺耳,甚至有点儿女人气"③,被认为影射屠格涅夫"软绵绵的带点娘娘腔的嗓音,声调尖锐,同他的魁伟的个子很不相称"(见费·阿·科尼、阿·雅·帕纳耶娃等人的回忆录,俄编注)。卡尔马济诺夫装腔作势,声称"起初说什么也不同意朗诵","有的语句是从心灵深处吟咏出来的,难以言传,因此这样神圣的东西

---

① 《少年》(下),陆肇明译,《陀思妥耶夫斯基全集》(第十四卷),河北教育出版社,2010年版,第751—752页。
② 同上书,第751—753页。
③ 《群魔》(下),冯昭玙译,《陀思妥耶夫斯基全集》(第十二卷),河北教育出版社,2010年版,第587页。

无论如何不能公之于众",①被认为也是对屠格涅夫某些创作谈的讽喻。至于卡尔马济诺夫朗诵的作品,则被认为酷似屠格涅夫的小说《幽灵》和《够了》。卡尔马济诺夫朗诵的作品描写爱情,"在他接吻的时候四周一定得长着荆豆(一定是荆豆木或者其他什么要查考植物学才知道的草),并且天上一定是一种紫罗兰的色彩……"作品的情节:主人公"在莫斯科的苏哈列瓦塔里往下掉,不住地掉,掉了三年,忽然在地底的深处,在一个岩洞里他发现一盏长明灯,长明灯前坐着一个苦行僧……"乃是对屠格涅夫小说的抒情风格与神秘色彩的讽刺性模拟。

1863 年 12 月 23 日,陀思妥耶夫斯基在给屠格涅夫的一封信中曾谈到《幽灵》,谈到艺术虚幻与艺术真实的关系。他认为时下文坛流行狭隘的实用主义,艺术的真实被认为是奇谈怪论,只要求模拟现实中的事物。而《幽灵》使人印象强烈,它既包含丰富的现实内容,"一个生活在我们的时代,修养有素和自觉的人的忧伤"。它像音乐,有着丰富而难以言说的意蕴,它的形式很出色。陀思妥耶夫斯基由此提出一个问题:"艺术中的虚幻有无权利存在?"②

显然,陀思妥耶夫斯基在与屠格涅夫直接交流时,是肯定作品的风格及其由此做的探索的。而在 1864 年 3 月 24 日给哥哥米·米·陀思妥耶夫斯基的信中,陀思妥耶夫斯基却对《幽灵》作了否定性评价。"前天我收到了《时代》……有些作品很有分量,如《幽灵》(我觉得其中有许多败笔,存在着某种令人厌恶的、病态的、老朽的、由于软弱而丧失了信仰的东西,总之,屠格涅夫的全貌,包括他的信念都表露无遗,但诗意可以弥补许多缺陷,我又读了一次)。"③这可能是陀思妥耶夫斯基的真实想法。因而给屠格涅夫写信,可以说点客套话,而一旦到了虚构性的小说中,以屠格涅夫为原型的卡尔马济诺夫的作品及其朗诵,则变得颇为可笑了。

---

① 《群魔》(下),冯昭玙译,《陀思妥耶夫斯基全集》(第十二卷),河北教育出版社,2010 年版,第 588 页。
② 《陀思妥耶夫斯基选集·书信选》,冯增义等译,人民文学出版社,1986 年版,第 119 页。
③ 同上书,第 123 页。

陀思妥耶夫斯基在现实生活中与自由派、民主派作家有过不少的论争。他们曾经走得比较近,后来又分道扬镳。他的小说,也处处充满了与这些作家的潜对话,以此曲折地表达自己的艺术主张。陀思妥耶夫斯基在其小说中种种关于文学艺术的议论、描写,与他的理论性文本,还有其他作家的作品,它们构成一种"互文"关系,构成了一种独特的"诗学叙事"。

第二节　美是一个谜

在陀思妥耶夫斯基小说的诗学叙事中,"美"可以说是其中的一个最重要的概念,其内涵也最为复杂。陀思妥耶夫斯基小说通过不同的人物之口,言说什么是"美":美是理想,美能拯救世界,但美又在肉欲之中,美是可怕的、神秘的……总之,"美"成了一个"谜"。在陀思妥耶夫斯基那里,"美"既充满肉性,又代表了启示的真理,具有最高的神性。如此矛盾的"美"与作家的思想与艺术追求有何关联,它在小说的叙事与思想表达中起着怎样的作用,正是本节需要探讨的话题。

一

陀思妥耶夫斯基的不少小说,都有关于"美"的言说,令人印象最深刻的,是《卡拉马佐夫兄弟》中德米特里的那段自白性的陈词:

> 咱们卡拉马佐夫家的人都是这样,你虽然是天使,可是在你身上也潜伏着这虫子,它会在你的血液中兴风作浪。对,确实会兴风作浪,因为情欲就是狂风恶浪,甚至比这更凶猛!美是很可怕的,怪吓人的!之所以可怕,因为它神秘莫测,之所以神秘莫测,是因为上帝尽出些让人猜不透的谜。这里好多界限是模糊不清的,各种各样的矛盾交织在一起。兄弟,我没什么学问,但我对这事儿想得很多。其中的奥秘多得不得了!世上有太多太多的谜压得人喘不过气来。你得想尽办法去解答,还得干干净净脱身。美!不过,有的人心地善良,智慧出众,他们眼里的美以圣洁的理想开始,却以肉欲的化身告

终,那我实在受不了。更可怕的是,有的人心中已经有了肉欲的化身,却又不否定圣洁的理想,而且他的心也能为之而燃烧,就像在白璧无瑕的少年时代那样不折不扣地燃烧。确实如此,人的想法幅度宽得很,简直太宽了,可惜我没法把它变得窄一些。鬼知道那究竟是怎么回事,真的! 理智认为是耻辱的,感情偏偏当作绝对的美。美是否意味着肉欲? 相信我,对于很大很大一部分人来说,美就在肉欲之中,——这奥妙你知不知道? 要命的是,美这个东西不但可怕,而且神秘。围绕着这事儿,上帝与魔鬼在那里搏斗,战场便在人们心中。①

这段话,出自被看作"肉欲的化身"的德米特里,未必代表作家的观点,但可以说,它作为小说的诗学宣言,成了解开《卡拉马佐夫兄弟》艺术奥秘的一把钥匙。

我们先来看看这段话出现的语境。它出自第三卷《酒色之徒》,中间有三小节"一颗炽热的心的自白",是德米特里见到阿辽沙,向他叙述他与卡捷琳娜和格露莘卡的故事。德米特里说,卡拉马佐夫一家,都潜伏着"情欲的虫子"。"我性好放荡,也爱制造放荡的丑闻。我以残忍为乐,难道我不是臭虫? 难道我不是可恶的虫子? 谁让我是卡拉马佐夫呢!"②卡捷琳娜为了救自己的父亲,接受了德米特里的帮助,奉献自己,成了德米特里的未婚妻。然而德米特里又喜欢上了格露莘卡。德米特里说自己"倾向了一个恶魔",永远不能收敛自己胡作非为的德性。他动身去找格露莘卡,他分明知道"她贪财,拼命捞钱,放高利贷,是个心狠手辣的女吸血鬼",③他去的时候是准备揍她一顿,结果却在那儿留下了。他不接受卡捷琳娜高尚的爱,却愿意给格露莘卡当"看门的",或者"做她的丈夫,如果她愿意俯就的话。要是来了她的姘头,我就到隔壁房间里去。我可以

---

① 陀思妥耶夫斯基:《卡拉马佐夫兄弟》,荣如德译,上海译文出版社,2006年版,第116—117页。
② 同上书,第118页。
③ 同上书,第129页。

给她的相好们擦雨靴,生茶炉子,跑腿儿……"①老卡拉马佐夫也同时看上了格露莘卡,德米特里甚至发誓,万一格露莘卡去找老头子,他就"杀人",因为"咽不下这口气。"

德米特里说"美就在肉欲之中"。卡捷琳娜和格露莘卡,都非常"美",但卡捷琳娜留给阿辽沙的印象是"美丽、傲慢、颐指气使",②在德米特里眼里,是"高傲而又十分正派","聪明而且很有教养",③德米特里觉得这些都是他不具备的。后来卡捷琳娜答应许给他,她爱的其实不是德米特里,而是她自己的"道德高尚"。而在格露莘卡身上,德米特里感到了更多的与自己相近的气息。那"疯魔了芸芸众生的俄罗斯女性美",那丰腴的体态,婀娜的动作,"那宽阔圆润的肩膀和隆得高高的还在葆其美妙青春的胸脯",还有躯体的"维纳斯式的线条",④使德米特里一见就心旌摇荡,不能自持。

面对道德高尚的"美"与"肉欲之美",德米特里凭本能、直觉便选择了后者。但是,这"肉欲之美"可能导向"恶"。《卡拉马佐夫兄弟》写的就是沉湎于"肉欲之美"所导致的种种悲剧。"卡拉马佐夫气质"就是激情、放荡、对肉欲之美的迷恋。连最纯洁的阿辽沙,听了大哥德米特里关于自己放荡生涯的叙述,也承认:"我不是听了你的话而脸红,也不是为你的那些事儿,我脸红因为我也跟你一样。"阿辽沙声情激越地说:"你我登的是同样的阶梯。我在最低的一级,你在上面,大概第十三级左右吧。这就是我对这事的看法。可这没什么两样,本质上完全相同。谁要是踏上最低的一级,他迟早会登上最高的一级。"⑤

德米特里强调,"美"在不同的人身上的体现也是不一样的。有的人的"美"以圣洁的理想开始,却以肉欲的化身告终;有的人心中乃肉欲的化身,却又不否定圣洁的理想,而且他的心为之而燃烧。阿辽沙要竭力避免

---

① 陀思妥耶夫斯基:《卡拉马佐夫兄弟》,荣如德译,上海译文出版社,2006年版,第130页。
② 同上书,第109页。
③ 同上书,第121页。
④ 同上书,第163页。
⑤ 同上书,第118—119页。

的就是前者。而德米特里可算得是后者。在他的"肉欲"中又不乏高尚的情怀。他之最终悔悟,也就是"肉欲之美"不断升华的过程。

耐人寻味的是,在德米特里关于那段"美就在肉欲之中"的陈词中,他先引用了《欢乐颂》一诗,讲到是欢乐女神既赐给人们葡萄汁、花环,而"给虫子的是情欲",也就是说,情欲的"虫子"也是上帝所赐予的。"让天使得以见到上帝",①首先得经受情欲的考验,各种各样的矛盾交织在一起,上帝与魔鬼在那里搏斗,战场便在人们心中。所以,美是可怕的,也是神秘的。

二

《卡拉马佐夫兄弟》中的德米特里宣称,"对于很大一部分人来说,美就在肉欲之中",显然强调的是一般人心目中的"美",更多是与世俗的欲望联系在一起的,这种肉欲中诞生的"美"更容易把人引向"恶",而不是"善",它并不符合陀思妥耶夫斯基的理想。其实,陀思妥耶夫斯基在《白痴》中就曾表达过用一种理想的"美"来拯救世界的愿望。小说中的主人公梅什金说:美能拯救世界。

《白痴》从1867年开始构思、创作,1869年1月完成。小说最初的构思和第一稿,只是想表现彼得堡的两个"偶合家庭",里面写到一个"白痴"只是一个具有利己主义倾向,"在高傲中寻找出路与生路"的人。后来,陀思妥耶夫斯基慢慢改变了创作构思。具有革命民主主义倾向的作家,他们努力塑造"新人"形象,以表达其社会理想,车尔尼雪夫斯基的《怎么办》便是其中的代表。陀思妥耶夫斯基在与他们论战的过程中,也产生了强烈的愿望,塑造自己心目中的理想人物,以表达自己的立场。1868年1月13日,在给索·亚·伊万诺娃的信中,他就谈到自己的创作构思:

> 长篇小说的主要思想是描绘一个绝对美好的人物。世界上再也没有比这件事更难的了。……美是理想,而理想,无论是我们,还是

---

① 陀思妥耶夫斯基:《卡拉马佐夫兄弟》,荣如德译,上海译文出版社,2006年版,第116页。

文明的欧洲,都还远未形成。在世界上只有一个绝对美好的人物——基督。因此这位无可比拟、无限美好的人物的出现当然也是永恒的奇迹(《约翰福音》也是这个意思,他把奇迹仅仅看作是美的体现、美的表现)。①

基于这种创作构思,便有了梅什金公爵形象的诞生。梅什金便成了一种象征:绝对之美、理想之美的象征。

梅什金因为从小就有癫痫病,被送到瑞士的一处山庄治疗。美好的大自然,与世隔绝般的环境,单纯善良的人,使梅什金长大了,还像个"不折不扣的孩子"。当他因为继承一笔遗产,回到俄国,来到彼得堡,便仿佛一个纯真的孩子,从乐园般的世界来到地狱般的人间,整个的生活都改变了。梅什金向叶潘钦将军的夫人和三个女儿讲述自己的经历:"我坐在车厢里,心想:'现在我正向人们走去;我也许一无所知,但是新生活终于到来了。'我决心真诚而坚定地去完成我的事业。与人们相处我也许会感到无聊和难受。首先,我决定对所有的人都谦恭有礼和以诚相待;恐怕有人不会对我苛求。也许,在这里人们也会认为我是孩子——那就随他们去说吧!不知为什么大家还认为我是白痴……"②梅什金公爵被看作一个"孩子",并且"无辜","无辜"也即"无罪"之人。世上只有一个人是"无罪"并且是"绝对美好"的,那就是耶稣基督。而梅什金公爵也就成了"基督公爵"。

显然,陀思妥耶夫斯基也是要把梅什金公爵当作"绝对美好的人物"来塑造的。不过,"绝对美好的人物"是要在现实中经过不断的考验、历劫才能成就其"绝对美好"的,就像耶稣基督,到尘世间来替人类赎罪、传道、不被人理解、历经磨难、被送上十字架,"基督公爵"梅什金来到人间,也要经受种种考验,包括绝对之"美"如何面对世俗之"美"、肉欲之"美"。与梅什金有交集的有两个女性:一个是纳斯塔西娅·菲利波芙娜,一个是阿格

---

① 《陀思妥耶夫斯基选集·书信选》,冯增义等译,人民文学出版社,1986年版,第191页。
② 《白痴》(上),张捷、郭奇格译,《陀思妥耶夫斯基全集》(第九卷),河北教育出版社,2010年版,第99页。

拉娅·叶潘钦娜。

梅什金曾说,美是一个谜。

那是在叶潘钦将军家,夫人让梅什金评价阿格拉娅,梅什金说阿格拉娅是一位绝色美女,简直叫人不敢仰视。将军夫人又问:那么秉性呢?梅什金回答:"对于美是很难下评语的;我还没有做好思想准备。美是一个谜。"①

梅什金说阿格拉娅"美极了"的时候,又带了一句:几乎跟纳斯塔西娅·菲利波芙娜一样,虽然容貌完全不同。

两个女人就以这种方式,同时出现在了梅什金的视野中。在回国的火车上,从罗戈任那里,梅什金第一次听说了纳斯塔西娅。在叶潘钦将军家,从加尼亚那里,梅什金看到了纳斯塔西娅的照片,他"凝神而又好奇地瞧了瞧那种照片说,'美极了'!"②

将军夫人问:你欣赏这种美吗?梅什金答是的,因为"这张脸上……有许多痛苦……"③

加尼亚也曾经问梅什金,是否愿意娶这样的女人,公爵的回答是:"我不能跟任何人结婚,我有病。"

梅什金的癫痫病决定了他的"无性"状态,"不能结婚"。而纳斯塔西娅吸引他的,除了她的外貌之"美",还因为那里有许多痛苦:"我相信,她的命运很不一般。脸色是欢快的,可是她遭遇过很大的痛苦。"④这决定了,梅什金对纳斯塔西娅的爱,是一种怜悯之爱,"无性"的精神之爱。

从照片到实际的人,梅什金对纳斯塔西娅,更多地取的就是"凝视"的视角。他也曾试图走近纳斯塔西娅的世界,第一次,在纳斯塔西娅的生日聚会上,他答应娶她,但最终纳斯塔西娅还是跟罗戈任走了,因为纳斯塔西娅尽管从公爵身上"第一次看到一个真正的人!"但她不想害了这么一

---

① 《白痴》(上),张捷、郭奇格译,《陀思妥耶夫斯基全集》(第九卷),河北教育出版社,2010年版,第103页。
② 同上书,第40页。
③ 同上书,第108页。
④ 同上书,第47页。

个人,一个"孩子"。后来,好几次她们在一起了,纳斯塔西娅最终都选择了"逃走",因为她受不了公爵的过于无私的怜悯的爱:"在他对她的爱情中确实包含着一种像是对一个可怜的和有病的孩子的疼爱。"① 而对公爵来说,纳斯塔西娅既代表了"痛苦",也是"完美"之象征,"面对这样的完美他只能去看,去凝视,去凝视完美并体味'美自身'"②。对"痛苦"只能怜悯,对"完美"只能膜拜,但都不能走近,以世俗的"爱"去玷污它。

而梅什金对阿格拉娅的爱,则更多一些"人"性、世俗性,而非"神"性、精神性。他们更多是在作为一个正常的男人、女人在爱,而非抽象的精神在爱。当他们在爱中掩饰不住"脸红"、怀疑、嫉妒、吃醋、冲动时,"神"性之爱便被代之以"肉"性之爱,在这个过程中,"基督公爵"也就越来越成了一个凡人,"随着小说情节的发展,我们已经越来越清晰地感受到梅什金的'蜕变',他的心态从宁静、平和、泰然处之、静观四周的世界变得越来越不耐烦、急躁、情绪化,从不判断变得忍耐不住地要去评判,要去表明自己的意见,更要命的是,他的怀疑心变得越来越严重,他渐渐从一个大写的人变成了一个小写的普通人"③。于是,梅什金的烦恼也越来越多。最后,在两个女人的对峙中,梅什金在两难抉择中,留在了纳斯塔西娅身边,因为,"要知道她是……多么的不幸!"他用双手抚摸着他的脑袋和脸,"好像一个孩子似的"。④ 但纳斯塔西娅受不了这种爱,在婚礼举行时,叫着"救救我",又一次跟着罗戈任逃走了。

对纳斯塔西娅的爱,被认为有三种类型:其一,直接的情欲的爱——罗戈任;其二,出于虚荣的爱——加尼亚;基督之爱——公爵。而所谓"基督之爱",其本质在于"个体毫无保留地、不计任何个人私利地、不求如何

---

① 《白痴》(下),张捷、郭奇格译,《陀思妥耶夫斯基全集》(第十卷),河北教育出版社,2010年版,第796页。
② 赵桂莲:《漂泊的灵魂——陀思妥耶夫斯基与俄罗斯传统文化》,北京大学出版社,2002年版,第82页。
③ 同上书,第38页。
④ 《白痴》(下),张捷、郭奇格译,《陀思妥耶夫斯基全集》(第十卷),河北教育出版社,2010年版,第773页

回报地为全体而牺牲个人的利益乃至生命,实现这种目的首先并且唯一需要的就是蕴藏在怜悯、忍耐和宽容之中的美的力量"①。但是,对于高傲的、既自卑又自尊心极强的纳斯塔西娅来说,接受这种高尚的、怜悯的爱,本身就是屈辱的、痛苦的。

罗戈任的"肉欲之爱",同样没能给纳斯塔西娅带来幸福。有着一头"浓密的淡黄色头发",几乎"全白"的山羊胡子的梅什金,和一头"黑色"头发,穿着"黑色呢面"皮衣的罗戈任,被认为代表了俄罗斯的"白王"基督和"黑王"魔鬼撒旦。② 他们同时爱着纳斯塔西娅,他们既是情敌、对手,又结拜为"兄弟",互相依赖,仿佛一体两面。

小说最后,罗戈任受不了纳斯塔西娅的反复无常,对他的蔑视、轻贱,把纳斯塔西娅杀死了。两个男人在纳斯塔西娅的尸体旁,显得异常平静。他们把沙发上的垫子取下来,在帷幕旁并排铺上,"让我们睡在一起"。梅什金没完没了地问这问那:"再等一等!帕尔芬,我还想问你……我有很多事要问你,什么都想问……"③也许,纳斯塔西娅的死,对他们三方都是解脱。梅什金表面上安然接受了这一现实,然而:"他心里又一次感到无限的忧伤。这时天已大亮了;最后他在垫子上躺下,似乎已完全处于无能为力和绝望的状态,把自己的脸贴在贴近罗戈任的苍白的和表情呆滞的脸;泪水从他的眼里流到罗戈任的双颊上,但是也许他那时已感觉不到自己的泪水,已一点儿也不知道自己在流泪了……"④

梅什金公爵曾宣称:美能拯救世界。不过两次都是他人的转述。一次是思想自杀者伊波利特在聚会时,在他的自杀宣言《必要的解释》宣读前,在争论中,伊波利特对大家高声喊道:"公爵断定说,美能拯救世

---

① 赵桂莲:《漂泊的灵魂——陀思妥耶夫斯基与俄罗斯传统文化》,北京大学出版社,2002年版,第 65 页。
② 同上书,第 16 页。
③ 《白痴》(下),张捷、郭奇格译,《陀思妥耶夫斯基全集》(第十卷),河北教育出版社,2010年版,第 821 页。
④ 同上书,第 824 页。

界。"①一次是叶潘钦将军家的聚会,目的是让公爵"亮相",含有公开公爵与阿格拉娅的婚约之意。阿格拉娅警告公爵,如果"你谈起诸如死刑和俄国经济状况之类的事,或者谈起'美能拯救世界'",今后就不要再来见她了。

饶有意味的是,"美能拯救世界"两次出现,都跟阿格拉娅,跟"爱"有关。因为第一次,伊波利特紧接着补充,公爵之所以那么说,是因为"公爵在恋爱"。

伊波利特接下来问:什么样的美能拯救世界?

在陀思妥耶夫斯基小说中,美,绝对的美好,是与基督联系在一起。而基督同时代表了"爱",无私的、怜悯的、自我牺牲的爱,而"美好",同时还包含着善。美、爱、善,三位一体,这样的"美"能拯救世界吗?

《白痴》的结局,似乎并不乐观。梅什金的"爱",给两个"美极了"的女人,都只带来了痛苦。如果说卡拉马佐夫们肉欲之"美"、之"爱"只能带来邪恶,基督无"性"的精神之"爱"、之"美",因为缺少了"欲望"的人性基础,同样是不完美的。"美"没能拯救世界,梅什金的"爱"也没能拯救纳斯塔西娅,反而使纳斯塔西娅走向了毁灭。"基督公爵"自己也旧病复发,成了一个真正的"白痴"。

现实是残酷的,"美"终究只能是一种"理想"。

三

陀思妥耶夫斯基说想要在《白痴》中"描绘一个绝对美好的人物",而世界上只有一个绝对美好的人物——基督。这里的"美好"不再是感官意义上的"美",也不是"肉欲"中诞生的"美",而是一种伦理意义上的美,一种"善性"。耶稣基督便成了道德完美的典范。

"美"是与"丑"相对的一个概念,"善"则对应"恶"。"美"需要以"善"

---

① 《白痴》(下),张捷、郭奇格译,《陀思妥耶夫斯基全集》(第十卷),河北教育出版社,2010年版,第520页。

作为基础,才是真正的"美"。"美"寓于"肉欲"之上,则可能导致"恶"。这是陀思妥耶夫斯基在《白痴》《卡拉马佐夫兄弟》中强调的。当梅什金凝视着纳斯塔西娅的照片,为其外在之"美"而惊叹,然后说"不知道她是否善良","要是善良就好啦,一切就有救啦!"①

当人世间充满了种种"恶",梅什金公爵就成了上帝派他来拯"恶"扬"善"的"基督"。梅什金在叶潘钦将军家,讲述过他在瑞士治病时玛丽的故事。玛丽被一个法国推销员诱奸,把她拐走,又把她遗弃了。她一路要饭回来,满身泥污,衣衫褴褛。她母亲用怨恨和轻蔑的态度对待她,人们斥责她,辱骂她,耻笑她,牧师在教堂里羞辱她。玛丽也觉得自己有罪。梅什金用一枚钻石别针换了八个瑞士法郎,交给玛丽,并吻了她一下,梅什金说"我吻她不是因为我爱上了她,而是因为我非常可怜她"。村里的孩子们也慢慢改变了对玛丽的态度,开始跟她打招呼,把一些食物送给她。玛丽死的时候,"他们把她的棺材整个用鲜花装饰起来,还给她头上戴上花冠"。玛丽死得很幸福,"多亏这些孩子,她忘记了自己悲惨的命运,仿佛从他们那里等待了宽恕,因为她至死都把自己看做一个不可饶恕的罪人"②。

这是一个"爱"的故事。但这里的"爱",这里的"吻",没有"欲"而只有"善"。陀思妥耶夫斯基将男女之情爱,上升到人与人之爱,施之于所有人之博爱,也即基督之"爱"。而"美",与"爱"联系在一起,更多地被赋予了"善"的意义。

陀思妥耶夫斯基弘扬的"美",更多也是"精神"的,而非"物质"的。"石头和面包"的问题,是各个时代所面临的普遍的社会问题。而陀思妥耶夫斯基更关注的,不只是物质的贫困,"面包"的缺乏,更是人的精神的悲剧。"面包"与精神哪个更重要:

> 基督对此的回答是:"人不单靠面包而活着"……倘若缺乏精神

---

① 《白痴》(上),张捷、郭奇格译,《陀思妥耶夫斯基全集》(第九卷),河北教育出版社,2010年版,第47页。
② 同上书,第97页。

生活,缺乏美的理想,人就会忧伤,死亡,发疯,自杀,或者沉湎于种种多神教的幻想。由于基督本身和他的言行体现了美的理想,因而他决定:最好把美的理想播种在人们的心里,内心有了这样的理想,彼此就会亲如兄弟,那时候彼此就会互助,大家也就会富裕起来。其实,如果你给他们面包,他们也许因为无聊而彼此成为仇敌。

假如同时给美和面包呢?那样的话,人的劳动、个性、为亲人作出自我牺牲的精神将荡然无存,一言以蔽之,人的整个生命,生活理想将消失殆尽。①

《群魔》中,斯捷潘在游乐会上演讲时也说:"没有科学也行,没有面包也行,唯独不能没有美,因为没有美世界上完全无事可做了。"②

"美"是精神的,"美"与"善"不可分,那么"真"呢?"真"一定就"美"吗?或者,"美"是否一定要以"真"为前提、基础?

《白痴》中的伊波利特曾在罗戈任家中看到一幅画:

> 这幅画上画的是刚从十字架上卸下来的耶稣。我觉得,画师们在画十字架上的和从十字架上卸下的基督时,通常都习惯于把他的脸画得依旧很美;甚至在基督经受最可怕的痛苦时,他们也想方设法让他的脸保持这种美。在罗戈任的那幅画里,根本谈不上有什么美;这完全是一个在上十字架前就受尽折磨的人的尸体,他遍体鳞伤,在背着十字架和倒在十字架下时受到了看守和民众的毒打,最后被钉上十字架后又受了六个小时的煎熬。……不错,这,这是一个刚刚从十字架上卸下来的人的脸,也就是说,脸上还保留着很多活着的、温暖的东西;一切都还没有僵硬,因此死者的脸上始终流露出似乎现在他还感觉到的痛苦(画家很好地抓住了这一点);可是画家画这张脸时笔下毫不留情;画的是他应有的本相,不管是什么人,在受了这样

---

① 《陀思妥耶夫斯基选集·书信选》,冯增义等译,人民文学出版社,1986年版,第329页。
② 《群魔》(下),冯昭玙译,《陀思妥耶夫斯基全集》(第十二卷),河北教育出版社,2010年版,第600页。

的折磨后，他的尸体确实应当就是这样的。我知道，基督教会早在最初几个世纪就认定，基督不是从外形上看受了苦，而是确实受了苦，因此他的身体被钉上十字架后应完完全全服从自然规律。画上的这张脸被打破了，而且肿了起来，布满可怕的、带着肿块和瘀血的青伤，眼睛睁着，眼珠歪斜；睁开的眼睛里的很大的眼白闪现出一种呆滞无神的反光。①

当至善至美的基督以这种过于真实凡俗的面目出现时，他的信徒还会相信他是"神"，相信这个受难者果真能"复活"吗？既然基督也不能战胜死亡和自然规律，那人们还会相信"女儿，起来吧"之类的"神迹"吗？"存在着一种神秘的、蛮横无理的、毫无理智而又永恒的力量，一切都服从于它。"②那么这种"力量"又是什么呢？

伊波利特说，基督的尸体将打破围在他身边的那些门徒的所有希望和信仰，让他们在惊恐万状中散去。而伊波利特自己，面对这幅画，他仿佛看见了"一只巨大的令人厌恶的蜘蛛"，在感官上就会产生一种"厌恶"。伊波利特说："这个幽灵使我屈辱。我不能屈服于以蜘蛛的模样出现的神秘的力量。"③他之选择主动的自杀，就是对这种神秘力量的反抗。

伊波利特选择用主动消灭自己的肉体来反抗"神秘力量"，梅什金选择用"美"来拯救世界。那么，遍体鳞伤的基督是否还是"美"的，日益"人"化了的基督是否还保有他的"神"性。美是神秘的，美也是一种"神秘力量"吗？"美"一定要在痛苦、苦难、"遍体鳞伤"中生发出来吗？一般的画家习惯于受难的基督也"画得依旧很美"，这是一种不真实的"美"。陀思妥耶夫斯基跟这幅画的作者一样，更愿意从残酷的真实、从苦难中去发现"美"，表现"美"，这便构成了被称作"残酷的天才"的陀思妥耶夫斯基的诗学。

弗·谢·索洛维约夫在《纪念陀思妥耶夫斯基的三次演讲》说陀思妥

---

① 《白痴》(下)，张捷、郭奇格译，《陀思妥耶夫斯基全集》(第十卷)，河北教育出版社，2010年版，第551—552页。

② 同上书，第553页。

③ 同上书，第555页。

耶夫斯基"在自己的信念中,他从不把真与善和美分开,在自己的艺术创作中,他从不把美与善和真分开。他是对的,因为这三者的生命就是相互结合。善脱离了真和美只是一种不确定的感情,无力的冲动,抽象的真只是空话,而美脱离了善和真,只是被盲目崇拜的偶像。对陀思妥耶夫斯基来说,这只是一个无可置疑的思想的三个永不分离的形式。基督显示人心的无所不能足以容纳神的无所不能——这一思想既是最大的善,又是最高的真,也是最好的美。真是人的智慧能及的善,美也是善,也是物质地体现在活的具体形式中的真。美的完全体现,就是一切方面都已达到极致,达到目的,完美无缺,所以陀思妥耶夫斯基说,美将拯救世界"[①]。当然,如果说梅什金的"美将拯救世界"也代表了陀思妥耶夫斯基的诗学理想,它是否能够在现实中实现,那是另外的话题了。

第三节 叙事诗学:诗性叙事

所谓叙事诗学,是指小说家在叙事中遵循的诗学原则,采用的叙事方式,体现出的叙事特点,它有别于前面讨论的诗学叙事——叙事中关于诗学的言说。关于陀思妥耶夫斯基的诗学,有不少的研究著述。巴赫金称陀思妥耶夫斯基的小说是"复调小说",这是一种"对话诗学";也有很多文章讨论陀思妥耶夫斯基小说心理叙事的特点,将其归为"心理现实主义";有的将陀思妥耶夫斯基小说叙事的主要特点概括为:戏剧化……这些关于陀思妥耶夫斯基诗学的言说都有其合理性,体现了"陀氏诗学"的不同侧面。而我以为,陀思妥耶夫斯基诗学还有一个重要特点未引起关注,这就是他小说的诗性叙事。这种诗性叙事首先体现为他小说中直接引用诗歌参与叙事及其意义的建构;其次,他小说的充满肉欲的激情,以"我"观物的视角,人物描写的心理化,使他的小说有别于俄国传统的现实主义小

[①] 弗·索洛维约夫:《精神领袖——俄罗斯思想家论陀思妥耶夫斯基》,徐振亚、娄自良等译,上海译文出版社,2009年版,第20页。

说,具有了一种将现实主义、浪漫主义、现代主义融为一体的"诗性";其三,这种诗性既与人的欲望、激情相关,又超越感性的肉体,超越智性、理性的思辨,与灵性、神性结合,在心灵的交流、感悟中,寻找"生命的最高综合",又构成了一种充满"神性"色彩的"启示的诗学",也即陀思妥耶夫斯基所追求的"最高意义上的现实主义"。

一

陀思妥耶夫斯基的诗性叙事,第一个层面就是他小说中经常引用各种各样的"诗歌",参与小说的叙事、人物塑造、意义建构。

陀思妥耶夫斯基是小说家,但也偶尔兴来写点诗。《陀思妥耶夫斯基全集》"文论卷"就收有他的一些诗稿。这些诗,多涉时事、政治,如《有感于1854年欧洲事件》写于英、法、土联盟向俄国宣战之际;《1855年7月1日》写于尼古拉一世皇后亚历山德拉·费多罗芙娜的生日,算是献诗,还有《加冕与和约》等,这些诗,政治热情可嘉,但说实话,艺术上乏善可陈。

> 你们哪里弄得懂俄罗斯的命运!
> 它的使命你们一无所知!
> 东方属于俄罗斯!人们世世代代,
> 不停地向俄罗斯伸手联谊。
> 而俄罗斯主宰着亚洲腹地,
> 给一切注入青春的生命,
> 于是一个时代来临了(上帝的意旨!):
> 俄罗斯复活了古老的东方。
> 那是新的罗斯,沙皇的臣民,
> 是未来的辉煌的曙光!①

---

① 《有感于1854年欧洲事件》,《陀思妥耶夫斯基全集·文论(下)》(第十八卷),河北教育出版社,2010年版,第687页。

还有一些戏谑诗、讽拟诗、讽刺诗,如《拟巴伐利亚团长》:

> 我飞呀飞,往回飞,
> 一心想着摔回去。
> 活在人世太烦心,
> 今天被将军,明日是输棋。①

奇怪的是,在最适合表达个人情感的诗体中,我们很少能看到作者的"诗情",反而是在叙事性的小说中,我们可以不断地感受到隐藏在陀思妥耶夫斯基内心中的火热的激情。

在陀思妥耶夫斯基小说中,其"诗性"表达当然也更多是内在意义上的。但也不能忽视,从叙事形式的角度说,"诗"在其小说叙事中发挥的作用。有的,是小说在描写各种游乐、狂欢的场合中,"诗"与"歌"本身就是其狂欢的一部分。有的,则是出于心理描写、人物塑造的需要,如《白痴》中阿格拉娅朗诵的《可怜的骑士》:

> 世上有一位可怜的骑士,
> 他沉默寡言,心地纯朴,
> 外表忧郁,脸色苍白,
> 却勇敢无畏,光明磊落。
>
> 他曾见过一个幻影,
> 觉得它不可思议,——
> 于是它留下的印象
> 深深铭刻在他心里。
>
> 从此他心中燃起了烈火,
> 再也不对女人瞧上一眼,

---

① 《陀思妥耶夫斯基全集·文论(下)》(第十八卷),河北教育出版社,2010年版,第698页。

直到生命结束，

也不想对女人说只字片言。

……

《世上有过一位可怜的骑士》是普希金的诗，阿格拉娅却有意把原文中"他用自己的鲜血/在盾牌上写上 A. M. D. 三个大字"中的 A. M. D.（意为"祝你欢欣,圣母"），念成了"А. Н. Б."（指纳斯塔西娅·菲利波芙娜·巴拉什科娃）。而"可怜的骑士"则暗指梅什金公爵，人们以此来嘲讽梅什金对纳斯塔西娅的情感。梅什金公爵为此苦恼：怎么可以把这种真正的、美好的感情与如此明显的恶意嘲讽搅和在一起呢？而阿格拉娅本也有开玩笑之意，但在朗诵时又"神情严肃,好像对诗歌作品的内容有了深刻的理解"①。阿格拉娅解释为什么对"可怜的骑士"产生"深深的敬意"："是因为这首诗直接描写了一个有理想的人；其次，这人一旦为自己树立了理想，就坚信不疑,既然坚信，就能够盲目地把自己的一生都贡献给它。这在我们这个时代是难能可贵的。在那首诗里,并没有说明"可怜的骑士"的理想是什么，但是看得出来，这是一个光辉的形象,'纯真的美的化身'……"②

"纯真的美的化身"出自普希金的《致凯恩》，凯恩被普希金看作是"纯真的美的化身"。阿格拉娅借"可怜的骑士"来表达对梅什金，对"一个有理想的人"的敬意，另一方面，也暗示了阿格拉娅对梅什金的"爱"。因为"爱"，对纳斯塔西娅便有了嫉妒之心。此诗也揭示了梅什金对纳斯塔西娅的"爱"的内涵及其最终的结局，这是一种"纯洁的爱"，也是难以表达的"爱"。"可怜的骑士"甚至只能隐藏自己的面目："无论在谁面前/都不把脸上的钢罩。""可怜的骑士"为心上人去征战，结果却只能：

他又回到他那遥远的城堡，

---

① 《白痴》（上），张捷、郭奇格译，《陀思妥耶夫斯基全集》（第九卷），河北教育出版社，2010年版，第344页。

② 同上书，第340页。

> 离群索居,孑然一身,
> 还是那样寡言少语,那样愁容满面,
> 最后像疯子一样一命归阴。

这也暗示了梅什金的命运。可以说,关于"可怜的骑士"的诗,为塑造梅什金形象,为揭示梅什金与阿格拉娅、纳斯塔西娅的情感,都做了很好的铺垫。

《卡拉马佐夫兄弟》第三卷《酒色之徒》,中间三节"一颗炽热的心的自白",第一节直接标明为"诗体"。德米特里碰到阿辽沙,在一个园子里,在一种亢奋之中,德米特里反复吟咏着"荣耀归于人世间的至高无上者/荣耀归于我心中的至高无上者",园子一角小亭子的桌上,已经放着半瓶白兰地和一只小酒杯。德米特里把阿辽沙当作"人间的天使",在酒的刺激下,急于表明自己的心迹,如何爱上了一个"坏女人"。接着,他又向阿辽沙吟咏起了席勒的《欢乐颂》:

> 永恒的欢乐女神
> 哺育着众生的心,
> 她那神秘的发酵力
> 能让生命的酒杯燃烧,
> 她令小草朝向光明
> 从占星家视野以外的
> 一片混沌中
> 发展出太阳系。
> 凡是能呼吸的一切
> 都在大自然的杯中吮吸欢乐,
> 欢乐女神所到之处,
> 吸引着所有的飞禽走兽爬虫,
> 她给人们的是患难之交
> 是葡萄汁,是花环

给虫子的是情欲，

让天使得以见到上帝。①

酒、大自然、欢乐女神、葡萄汁、花环、情欲的虫子、天使、上帝……《卡拉马佐夫兄弟》中的核心叙事要素，似乎都包含在这首诗中了。正是《欢乐颂》引发了德米特里关于卡拉马佐夫气质，关于美是可怕的、美就在肉欲之中的那一大段议论。不顾一切，痛饮生命之杯，去感受那痛苦到极顶的欢乐，正是德米特里所追求的生命之"诗"、欲望之"美"。

二

德米特里典型地体现了一种"卡拉马佐夫气质"，这是一股"土生的卡拉马佐夫力量"，它是"原始、狂暴、放荡不羁的……甚至有没有神灵御风凌驾于这股力量之上——我也不知道"②。这种气质贯穿于卡拉马佐夫家族，也使围绕他们的叙事，常常充满了激情。陀思妥耶夫斯基小说中的人物，似乎经常处在一种倾诉、演说的状态，就像德米特里为了一个女人，整天在一种亢奋状态中，心神不宁，不惜动杀父之念，而当他见到人，他就忍不住要掏出心窝子来，诉说他的爱恋、痛苦。他的行为，也多是任由本性的冲动，是即兴的、随机的、盲目的。当他被捕，面对审讯，也是完全袒露一切，毫不掩藏。当他觉得一个新人在他身上诞生了：

"……主啊，让人在祈祷中受到感化吧！在那边的地下，我怎能没有上帝？……如果上帝从地面上被赶走，我们在地底下欢迎他！苦役犯没有上帝不行，他们甚至比非苦役犯更需要上帝！那时我们这些地下人将从地下深处为随带欢乐的上帝高唱悲壮的颂歌！上帝和他的欢乐万岁！我爱上帝！"

米嘉这篇狂热的演说几乎使他自己喘不过气来。他脸色刷白，嘴唇发颤，泪如雨下。

---

① 陀思妥耶夫斯基：《卡拉马佐夫兄弟》，荣如德译，上海译文出版社，2006年版，第116页。
② 同上书，第245页。

"不,生活是无所不在的,地底下也有生活!"他又说开了……

这种狂热的"演说体"在《卡拉马佐夫兄弟》,在陀思妥耶夫斯基的许多作品中经常出现。主人公们不断地在说,在倾诉,似乎倾诉本身,就有一种巨大的快感。

别林斯基曾惊叹陀思妥耶夫斯基"在探索微妙的心理活动方面达到如此令人惊叹的地步"。别林斯基认为情感的外露是陀思妥耶夫斯基小说的特点,也是疏漏。其实,这正是陀思妥耶夫斯基诗学的独特之处。陀思妥耶夫斯基不同于他之前和同时代的自然派作家,追求冷静、客观,不动声色的叙事,而往往具有浓烈的情感性和主观色彩。《穷人》以书信体的方式,两个生活中可怜的、不幸的又美好的人互诉衷肠,相互取暖。《孪生兄弟》,一个人的人格分裂,两个"我"既同体又互相对立的故事……陀思妥耶夫斯基一开始,便与其他自然派作家有了区别。

当陀思妥耶夫斯基把自己的激情灌注在小说中的人物身上,创作,对陀思妥耶夫斯基,成为倾诉他火热情感的一道洪流。他小说中的人物,往往也被激情所驱使。而有的,表面上特别平静,甚至是沉默寡言,内心的活动却犹如翻江倒海。别尔加耶夫说:"思想,在陀思妥耶夫斯基那里,不是凝结的静止的范畴,而是火的激流"[1],他作品中的人物"被内在的精神之火烘烤,燃烧"[2]。

陀思妥耶夫斯基曾在 1838 年 8 月 9 日给哥哥的一封信中说:"我有一个计划,做一个疯子。"[3]后来,陀思妥耶夫斯基在创作中,在"一颗炽热的心的自白"中,似乎找到了那边"疯狂"的感觉,这是一种"不疯的疯狂"。陀思妥耶夫斯基小说中的人物,在激动、痛苦、受刺激,甚至在爱恋中,经常都会处在一种疯狂乃至歇斯底里的状态:

现在我又一次扪心自问,我爱不爱她?我又一次难以回复这个

---

[1] 别尔嘉耶夫:《陀思妥耶夫斯基的世界观》,耿海英译,广西师范大学出版社,2008年版,第2页。
[2] 同上书,第8页。
[3] 《陀思妥耶夫斯基选集·书信选》,冯增义等译,人民文学出版社,1986年版,第3页。

问题,更确切地说,我又第一百遍回答自己:我恨她……我真想豁出命去掐死她!我发誓,如果能用尖刀刺进她的胸膛,我是会这么干的,很高兴这么干。不过,我也可以指天发誓,她如果真的在什兰根贝尔格,现今最吸引游人的秀女峰上对我说:'跳下去,'那我会立刻往下跳的,甚至很高兴这样做。①

这是爱情带给人的疯狂。有时,爱情不再仅仅是"爱",而是"爱"的背后带给人的心灵的喜悦、痛苦与折磨。

这使我们想到陀思妥耶夫斯基一度迷恋的赌博。作家之迷恋赌博,当然首先是源于金钱,源于在轮盘赌上赢钱的幻想,但另一方面也在那迷人的赌博本身,那在轮盘的转动中上灌注的热忱,那在骰子的跳动中带动的心跳,那大喜大悲、起落不定的人生体验……陀思妥耶夫斯基在好几部小说中都曾写到赌博。《少年》中的阿尔卡季也曾一度迷恋赌博,因为除了赢钱,还可以"为赌博而赌博",因为那里有"冒险、狂热"。主人公说自己找到了一种赢钱的法子:"在狂热的赌博中只要做到充分的沉着坚定,保持头脑清醒和计算精确,就一定能克服轻举妄动,一定能赢。"②这也是现实生活中的陀思妥耶夫斯基自以为找到的赢钱之道,但就像阿尔卡季"发现自己在赌博中竟然片刻都沉不住气,入迷得完全像一个孩子",好走极端的陀思妥耶夫斯基同样经常控制不住自己,无法"沉着坚定"。在小说《赌徒》,"老太太"也像个孩子,一见到赌场就被迷住了,无法控制自己,在失去理性的疯狂中,直到把钱输光。而"我"在赌台上带着"疯狂的冒险的渴望","当时我只感觉到遏制不住的痛快,把钞票、期票、本票抓过来,耙过来,在我面前堆成一堆,越来越大"。③

陀思妥耶夫斯基的小说,在某种意义上,也如同赌博中"冒险、狂热",构成了一种"激情叙事"。而他小说情节的大起大落,人物命运的悲喜交

---

① 陀思妥耶夫斯基:《赌徒》,周朴之、翁文达译,上海译文出版社,1988年版,第308页。
② 《少年》(上),陆肇明译,《陀思妥耶夫斯基全集》(第十三卷),河北教育出版社,2010年版,第378页。
③ 陀思妥耶夫斯基:《赌徒》,周朴之、翁文达译,上海译文出版社,1988年版,第421页。

加,与轮盘赌上的起伏不定、紧张刺激,似有着一种内在的关联。

三

陀思妥耶夫斯基的小说叙事,又经常被人称作是"心理叙事"。这种心理叙事本质上就是一种"诗性叙事"。科学与诗,科学是理性的,诗是感性的。科学将主体与客体分离开来,以我"看"世界,构筑一套知识的、逻辑的、哲学的系统。诗则永远是在主体与客体的相互观照、体悟中,去体验人神合一、物我交融的感觉。自然主义的作家追求以科学的、实证的眼光看世界,写出现实存在的本来状态;陀思妥耶夫斯基则更注重以主人公内心的眼光去感知世界,于是便有了陀思妥耶夫斯基式的"心灵的""诗性的"诗学。

早年的陀思妥耶夫斯基就曾立志研究人。他在 1839 年 8 月 16 日给哥哥的信中说:"人是一个谜。需要解开它,如果你一辈子都在解这个谜,那你就别说浪费了时间。我在研究这个谜,因为我想成为一个人……"①

研究"人",当然最好不过的就是当作家了。而对陀思妥耶夫斯基而言,他最关注的不是"人"外在的生存状态,而是他们的内心。就像《穷人》,当作家关注的焦点不再是主人公是否买得起"外套",而是当"外套"有一处地方有一块无法清除的污渍,或者少了一个铜纽扣,主人公最关心的是:他们会怎么看我了。这便注定了,同是写小人物的不幸的悲剧,陀思妥耶夫斯基区别于传统的自然派作家,有了自己看世界、表达世界的独特的视角。

巴赫金曾谈到陀思妥耶夫斯基小说观照世界的方式有别于传统的现实主义的一个重要特点:"重要的不是主人公在世界上是什么,而首先是世界在主人公心目中是什么,他在自己心目中是什么。"②当把一切纳入主人公的视野,统一的客观世界被分解为不同主人公心目中的许多个世

---

① 《陀思妥耶夫斯基选集·书信选》,冯增义等译,人民文学出版社,1986 年版,第 9 页。
② 巴赫金:《陀思妥耶夫斯基诗学问题》,白春仁、顾亚铃译,生活·读书·新知三联书店,1988 年版,第 82 页。

界,全部现实生活成了主人公自我意识的一个因素。而"作为作者观察和描绘对象的主人公自我意识,以纯粹的形式整个地留在作者的视野之中"①。与此同时,"不仅主人公本人的现实,还有他周围的外部世界和日常生活,都被吸收到自我意识的过程之中,由作家的视野转入主人公的视野"②。当内在世界与外在世界,都被纳入了主人公的视野,决定了陀思妥耶夫斯基小说诗学的主观性、内在性、诗性。

陀思妥耶夫斯基曾在给他人的信中谈到自己的创作:"人们称我为心理学家,不对,我只是最高意义上的现实主义者,即刻画人的心灵的全部奥秘。"③陀思妥耶夫斯基致力于对"人的心灵的全部奥秘"的揭示,使他更多地关注人内在的心灵世界,并不断地往深处掘进,陀思妥耶夫斯基也就成了"人的灵魂的伟大的审问者"。④

陀思妥耶夫斯基对人的内心世界的揭示,往往不是从作家的视角去透视人物的心理,而是让主人公直接展示与呈现。正如巴赫金所说,我们看到的"不是他是谁,而是他是如何认识自己的"⑤。于是,在小说叙事中,独白、梦境、幻觉、回忆等也就成了常用的方式。⑥

独白是陀思妥耶夫斯基小说的主人公在自我"呈现"中用得最多的方式,因为它最便于主人公直接袒露自己的内心,或者借助主人公的视角,去观照世界。陀思妥耶夫斯基小说中的独白,有的是片段性的,有的则整篇小说都近似于"独白"。正如《地下室手记》:"我是一个有病的人……我是一个凶狠的人。一个不讨人喜欢的人。我认为我的肝脏有病,但我

---

① 巴赫金:《陀思妥耶夫斯基诗学问题》,白春仁、顾亚铃译,生活·读书·新知三联书店,1988年版,第83页。
② 同上书,第85页。
③ 《陀思妥耶夫斯基论艺术》,冯增义、徐振亚译,漓江出版社,1988年版,第390页。
④ 鲁迅:《〈穷人〉小引》,见《鲁迅全集》(第七卷)《集外集》,人民文学出版社,2005年版,第105页。
⑤ 巴赫金:《陀思妥耶夫斯基诗学问题》,白春仁、顾亚铃译,生活·读书·新知三联书店,1988年版,第85页。
⑥ 焦静芳:《"最高意义上的现实主义"——陀思妥耶夫斯基诗学研究》,湘潭大学硕士论文,2011年。

对我的病却一无所知,也吃不准究竟哪儿有病。"①小说就是以这种方式展开了主人公近乎呓语般的自白。主人公不仅不断地自我审视、剖析,还经常想象他人如何看自己。"别人像对待一只苍蝇那样对待我",这对"地下人"来说才是最难受的。《地下室手记》最初曾名为《忏悔录》,这是一个那个时代特有的"多余人"的自白,一部伟大的忏悔录。并且因为这种"独白"写得过于有力,使作者自己也受到牵连,被人称为"地下室诗人"。

人在自我审视的过程中,有些隐藏在内心深处的东西,有时连自己也意识不到,就像弗洛伊德的心理学,因此要致力于对人的深层心理——无意识的探索。陀思妥耶夫斯基也是这样,"人类心灵的奥秘具有魔力般地吸引着他,无意识、下意识与未探明的一切是他真正的世界"②。不过,有别于弗洛伊德,陀思妥耶夫斯基是从文学的角度,在叙事中展开"心理分析"。陀思妥耶夫斯基小说,经常写梦,这些梦便成为隐藏在人物心中的各种本能欲望、恐惧与希望的再现。

陀思妥耶夫斯基不仅善于写梦境,也善于表现人物的幻觉。《孪生兄弟》几乎全由人物的幻觉构成。在《卡拉马佐夫兄弟》中也曾写到伊万的梦魇。伊万在精神错乱中见到魔鬼出现在他面前。魔鬼纠缠着他,挥之不去,使伊万对魔鬼说:"你是谎言,你是我的一种疾病,你是幻影",但同时,他又感到魔鬼就是他自己:"因为这是我,我自己在那里说话,而不是你!"事实上魔鬼就是伊万内心深处的另一个自我。陀思妥耶夫斯基通过对人物梦魇的描写,揭示出人物的潜意识、内心的种种复杂性,从而达到一种深度真实。③

陀思妥耶夫斯基的小说,不光借助人物的视角,揭示心灵的内在世界,也不断地在打量"周围的外部世界"的过程,发现自己的"世界",而客

---

① 《赌徒》,顾柏林译,《陀思妥耶夫斯基作品集》,上海译文出版社,1988年版,第137页。
② 斯蒂芬·茨威格:《三大师:巴尔扎克、狄更斯、陀思妥耶夫斯基》,姜丽等译,西苑出版社,1998年版,第144页。
③ 何云波:《陀思妥耶夫斯基与俄罗斯文化精神》,湖南人民出版社,1997年版,第208页。

观世界也就具有了自我的"主观性"。当《罪与罚》中拉斯科尔尼科夫不断地以厌恶的眼光打量自己的橱柜样的"斗室",当他杀人前后在不同的心境中在彼得堡的街头闲逛,同样的一座桥却有着不同的面貌;当《被侮辱与损害的》的主人公、以写作谋生的凡尼亚觉得"住在狭窄的住所里,就连思路也会变得狭隘的"①。彼得堡的空气也在日益损害他的健康;当许多住在彼得堡的主人公们把彼得堡当作了一个"潮雪之城""魔鬼之城""疯疯癫癫的人的城市";当他们经常在回忆中想念自己的童年、故乡:"在那些时日,天上的太阳是多么明亮,和彼得堡的太阳毫不相同,我们幼小的心灵是那么活泼而欢快地跳动。那时候我们的周围都是田野和树林,不像现在全是一堆堆死气沉沉的石头。"②外在的客观世界,作为人生存的环境,也就成了一种"心理空间"。

陀思妥耶夫斯基的小说,被人称为"心理现实主义"。正如瑞士学者海尔曼·黑塞在《艺术家与精神分析》一文中所说:"在以往的作家中有几个人与精神分析的基本原理十分接近。最接近的是陀思妥耶夫斯基。他凭着直觉比弗洛伊德弟子们更早地走上了心理分析的道路,而且,已经具有这种心理分析的实践与技巧。"③而陀思妥耶夫斯基采取的是文学的方式,将人的心理既向纵深挖掘,又向广阔的空间拓展,而后呈现在读者面前。只在叙事中展示、呈现而不做心理学意义上的分析、归纳,从而构成了艺术创作领域里的独特的"精神分析学"。

四

陀思妥耶夫斯基曾在给他人的信中谈到写作《地下室手记》的过程:"我开始工作,写小说。我想尽快脱手,同时又想写好。这篇小说比我想象的要难写得多。但必须写好,这是我自己的要求。这篇小说的基调十分奇

---

① 陀思妥耶夫斯基:《被侮辱与损害的》,李霁野译,上海译文出版社,1984年版,第3页。
② 同上书,第17页。
③ 卡尔文·霍尔:《弗洛伊德心理学与西方文学》,包华富等译,湖南文艺出版社,1986年版,第175页。

怪,尖刻而乖戾,可能不受欢迎,因此需要由诗意来中和、弥补……"①

《地下室手记》在陀思妥耶夫斯基的创作中具有重要的意义,陀思妥耶夫斯基甚至因此被人称为"地下室诗人"。可以说,《地下室手记》是最具"陀思妥耶夫斯基性",最能体现陀氏创作风格的独特性,相对于别的作家的作品,其辨析度最高的一部作品。小说自始至终以独白的方式进行描述,主人公对自己的自我审视、剖析,心灵探索的深度,灵魂拷问的坦率,尽管体现了陀思妥耶夫斯基小说一贯的风格,但其紧张、尖锐的程度,却大大超出别的作品,其"尖刻而乖戾"甚至使被称为"残酷的天才"的陀思妥耶夫斯基自己也感到了不安。"我曾是个凶狠的小官吏。我曾粗暴无礼,并因此感到愉快。"②

"地下人"经常自己也不相信自己,自己与自己作对。"在我此刻写出的东西中,我一个字也不信。"③他一方面呼唤"地下室万岁",一下又马上否定自己:"让地下室见鬼去吧!"

当"地下人"的这种"尖刻而乖戾"让陀思妥耶夫斯基担心"可能不受欢迎",他觉得"需要由诗意来中和、弥补",令我们感兴趣的是,这"诗意"指的是什么?陀思妥耶夫斯基何以需要"诗意"?

《地下室手记》第一章"地下室"是主人公纯粹的"独白",第二章"由于潮雪"是主人公的"回忆"。那时,他只有二十四岁,却极度孤独,不与如何人交往,越来越深地躲进自己的角落。一度他想"闯入社会",结束自己的孤独生活,有一次主动加入过去的同学的聚会,却遭受了更大的羞辱。几位同学聚餐后去找乐,他也跟去,要去"复仇",打他们一个耳光,却扑了个空。在妓院里碰到丽莎,然后报复般地、残忍地向丽莎描述她可能的"未来"。他鼓励丽莎去努力改变自己的生活,学会"生活"。"这是天国的幸福吗!你喜欢小孩子吗,丽莎,我非常地喜欢。你知道吗,一个粉嫩粉嫩

---

① 《陀思妥耶夫斯基选集·书信选》,冯增义等译,人民文学出版社,1986年把,第122页。
② 《地下室手记》,刘文飞译,见《陀思妥耶夫斯基全集》(第六卷)《中短篇小说集》,河北教育出版社,2010年版,第170页。
③ 同上书,第204页。

的小男孩,含着你的乳房,丈夫专心地面向妻子,看着她抱着他的儿子坐在那里!……这一切难道不就是幸福吗?"①之后,丽莎为这种"幸福",来到"地下室":

> 请你像丰腴的女主人那样,
> 大胆、自由地走进我的家门!
>
> ——尼·阿·尼涅克拉索夫

"地下人"告诉丽莎,当初说那些话,是为了"报复","别人侮辱了我,我也要去侮辱人","人家不让我……我不能做……善人!"在"我"真正的歇斯底里的号啕中,"她来到我身边,拥抱着我"。"地下人"感到"我已经无法去爱了……爱情就是被爱对象自愿提供的对它施行虐待的一种权利。我在自己那些地下室的幻想中,永远把爱情想象为一种斗争,我总是自仇恨开始爱情,用精神的征服来结束爱情"。而她来这里完全不是为了听抱怨的话,"而是为了爱我,因为,对一个女人来说,所有的复活,所有摆脱各种灭亡的救赎,所有的再生,都包含在爱情之中。除了爱情,不可能再有其他的表现形式"②。最后丽莎走了,"那么多年过后,回忆起这一切,我仍觉得非常地不好",主人公痛感到"我们每个人都或多或少地脱离了生活",脱离那"活生生的生活","我们是死胎",③主人公在这种忏悔、反省,也许便意味着,主人公的内心,开始慢慢苏醒了,开始有了对"活生生的生活"的渴望。

丽莎就如同《罪与罚》中的索尼雅一样,给小说提供了一抹亮色。虽然丽莎不能拯救"地下人",但毕竟对"地下人"有了心灵的触动,以报复、折磨始,以自我忏悔终,也许这就是小说在"乖戾与尖刻"之外的诗意。诗是美好的,有爱才会有诗,就像"美"同样需要以爱为基础一样。

---

① 《地下室手记》,刘文飞译,见《陀思妥耶夫斯基全集》(第六卷)《中短篇小说集》,河北教育出版社,2010年版,第266页。
② 同上书,第295页。
③ 同上书,第298—299页。

五

在陀思妥耶夫斯基小说中,对现实、对美、对人的心灵的观照,又从来不是分析的、思辨的,而是直觉的、感悟的,它构成建立在诗性基础之上的充满神秘性、神性的启示诗学。

罗赞洛夫指出:陀思妥耶夫斯基是"最具直觉性的作家,最内在的作家",阅读他的作品仿佛就是在阅读自己的心灵。陀思妥耶夫斯基创作的奇迹就在于消除了主体(作者)与客体之间的距离,因此"他成为现有甚至未来全部可能的作家中最亲爱的作家",这里所指的亲爱的是一种水乳交融的血缘关系。① 陀思妥耶夫斯基的那些思想性的主人公,永远处在紧张的思考过程中,他们都希望为自己的行动找到一个思想的理由,就像那些思想自杀者和杀人者,自杀也不仅是一种冲动,而是按照某种理论、信仰,为证明自我的"自杀"。而杀人,更是需要有行动的依据,无论是拉斯柯尔尼科夫为"崇高的目的"的自杀,还是伊万的"无所不可"(真正的弑父者斯乜尔加科夫就是在此思想引导下的行动者),他们一直在自我思考和与他人的争辩中建构自己的思想与行动体系。他们对上帝、对信仰的怀疑,也经常是有理有据、振振有词的,就像"信仰者"阿辽沙经常被"思想者"伊万所诱导,被伊万的怀疑主义的雄辩弄得张口结舌、哑口无言。拉斯柯尔尼科夫也在思辨中完成了杀人之前的思想准备。当他与索尼雅在一起,他的"思"与索尼雅的"信"也经常会发生"对撞"。在父亲的丧仪中,在索尼雅受到卢仁的无端诬陷之后,拉斯柯尔尼科夫问索尼雅:"是谁应该在地上活着,即:是卢仁应该活着并且作恶,还是卡捷琳娜·伊万诺夫娜(索尼雅的继母,因为卢仁的行为疯了,带着两个孩子在街上乱跑)该死? 他们当中谁该死?"索尼雅回答:

> 可我没法知道天意……你为什么要问不能问的事? 问这些没意

---

① 赵桂莲:《漂泊的灵魂——陀思妥耶夫斯基与俄罗斯传统文化》,北京大学出版社,2002年版,第99页。

义的事情干吗？这由我来决定,哪会有这样的事？谁委我做法官来决定让谁死,让谁活？①

索尼雅没怎么读过书,自然辩不过身为大学生的拉斯柯尔尼科夫。索尼雅凭借的更多是信仰,是直觉的智慧,去领悟上帝的最高意志。与理性相对,这是一种诗性、神性的智慧。

陀思妥耶夫斯基曾谈到自己的创作:"人们称我为心理学家;不对,我只是最高意义上的现实主义者,即刻画人的心灵深处的全部奥秘。"②陀思妥耶夫斯基将自己定位为"最高意义上的现实主义者",其诗学当然也就是"最高意义上的现实主义诗学",它指向的不只是日常的客观现实,更是人的精神世界的现实。有文章指出:陀思妥耶夫斯基的"最高意义上的现实主义"可以引申为三个层面的内涵:心灵的现实、形而上之思、神学的终极对话,这三个层面依次递进,最终指向的是神学的完美理想。③

陀思妥耶夫斯基小说所体现的"心灵的现实",我们前面已经做过讨论。而"形而上之思",如果把它理解为"哲学之思"的话,"诗"就在哲学与神学之间。"诗"一方面源于人的情感,关乎人的感性、欲望,另一方面"诗"又是沟通现实世界与精神世界、此岸世界与彼岸世界的桥梁,诗性与灵性、神性相通,所以诗人在灵感的突发中能猜透"上帝的意志"。而通向"上帝"之路,并不是理性、哲学之"思",而是灵感、直觉、体悟。

当代俄罗斯学者帕纳林在《全球化世界中的正教文明》一文中谈道:正教作为一种体系,它不是压抑而是改变多神教之厄罗斯的生命创造能量,为此正教需要一种与西方的理性区别开的特有的天赋类型,即认识到存在起源本身是上帝的艺术。上帝创造世界不是依据图纸而是根据灵感,上帝在创造世界的过程中内心充满了喜悦,体会到这种喜悦并把上帝

---

① 陀思妥耶夫斯基:《罪与罚》,岳麟译,上海译文出版社,1979年版,第473页。
② 陀思妥耶夫斯基:《陀思妥耶夫斯基论艺术》,冯增义、徐振亚译,漓江出版社,1988年版,第390页。
③ 焦静芳:《"最高意义上的现实主义"——陀思妥耶夫斯基诗学研究》摘要,湘潭大学硕士学位论文,2011年。

创造的宇宙当作一部包含一切的艺术作品来阅读,这构成了信仰上帝的人的财富。①

陀思妥耶夫斯基小说的主人公也是这样,他们认识上帝的过程,更多地不是凭理性,而是凭借自己的内心,用心去感受上帝,在灵魂的欣悦中得见上帝的荣光。就像阿辽沙,他对伊万说,每个人在世上都首先应该爱生活,"发自五内、发自肺腑的爱","超越逻辑地去爱",②爱生活本身甚于爱生活的意义。而当他离开修道院,面对广袤无垠的天穹,把贴在地上,拥抱着大地,边哭边吻,狂热地发誓要爱大地:

> 他是抑制不住心中的狂喜而哭泣,他甚至在为深不可测的太空中向他发光的这些星星哭泣而且并不羞于表现这种狂态。这些不可胜数的星星一个个都是上帝创造的世界,星光犹如无数条线一下子全部交织在他心头,他的整个心灵因"接触到别的世界"而战栗。他想宽恕所有的人、所有的事,也想得到宽恕。……仿佛触摸到一般,他越来越分明地感到有一股坚定的、像这天穹一样不可动摇的力量正在注入他的灵魂。某种思想已经在他头脑里登堂入室——终其一生不变。他趴下时是个脆弱的少年,站起来将成为一名矢志不移的坚强战士。③

正是这人与苍穹、与大地融为一体的感觉,在内心的喜悦中,阿辽沙窥见了上帝的奥秘。德米特里在"一颗炽热的心的自白(诗体)"中也曾朗读席勒的诗《依洛西亚的节日》:

> 人要把自己的灵魂
> 从卑污中拯救出来,
> 必须与古老的大地母亲

---

① 参见赵桂莲:《漂泊的灵魂——陀思妥耶夫斯基与俄罗斯传统文化》,北京大学出版社,2002年版,第187页。
② 陀思妥耶夫斯基:《卡拉马佐夫兄弟》,荣如德译,上海译文出版社,2006年版,第257页。
③ 同上书,第399页。

永远结合在一起。①

德米特里的人生，更多地不是凭借"思想""理智"，而是在激情的驱使下，听从"心的声音"，一步步从"罪"的深渊中走出来。《罪与罚》中的拉斯柯尔尼科夫也是跪倒在大地上，开始了自己的忏悔与救赎之路。这是一首关于人与大地、与上帝的"诗"，一首来自神的启示的"诗"。

在陀思妥耶夫斯基小说中，人与神的神秘交融，也体现于某些类似于"圣愚"的形象中。有学者概括俄罗斯"圣愚"的标准形象："1.愚痴、软弱、被藐视；2.赤身露体，劳苦而居无定所；3.忍耐，受辱愈重而虔诚愈甚。"②但在"愚痴"中又可能有着某种基督般的与生俱来的"神性"。就像《卡拉马佐夫兄弟》中老卡拉马佐夫的第二任妻子、伊万和阿辽沙的母亲索菲娅，自幼失去双亲，寄人篱下，性情"温顺"，"惟命是从"，纯洁无瑕，这位苦命的孤女嫁给卡拉马佐夫后，备受折磨，后来得了一种神经兮兮的病，叫"鬼号婆娘"："患这种病的女人歇斯底里发作起来十分可怕，有时甚至会丧失理性。"③母亲留给年幼的阿辽沙最深印象就是：

> 他记住了夏季里一个寂静的傍晚、洞开的窗户，夕阳的余辉（斜晖是记得最牢的），屋角供着神像，神像前一灯如豆，母亲就跪在他面前歇斯底里地号啕痛哭，不时发出狂呼和尖叫，她双手把他抓住，紧紧地搂着，搂得他都生疼了，她为他祈求圣母，用双手把他从怀中捧向圣母，好像要把他置于圣母的庇护之下……"④

这种歇斯底里般的状态，有可能又成为人与神的对话。就像陀思妥耶夫斯基小说也经常写到癫痫病患者的体验。梅什金癫痫病发作之前："总有那么一个阶段，那时他的心情忧郁、沉闷、压抑，但是他有时会突然振奋起来，他的全部生命力会一下子调动起来，产生一种非同寻常的冲

---

① 陀思妥耶夫斯基：《卡拉马佐夫兄弟》，荣如德译，上海译文出版社，2006年版，第129页。
② 王志耕：《圣愚之维：俄罗斯文学经典的一种文化阐析》，北京大学出版社，2013年版，第16页。
③ 陀思妥耶夫斯基：《卡拉马佐夫兄弟》，荣如德译，上海译文出版社，2006年版，第10页。
④ 同上书，第15—16页。

动。在那些像闪电般短促的瞬间,他的生命感和自我意识感几乎增强了十倍。他的智慧和心灵会一下子被一种不寻常的光所照亮;他的一切焦虑、一切疑惑、一切不安仿佛一下子平息了,变为一种高度的宁静,其中充满了明朗又和谐的欢欣和希望,充满着理性和最终原因的领悟。"在这一刻,有着一种高度的和谐与美:"能够给人一种闻所未闻和意想不到的充实感、分寸感,一种与生命的最高综合体热烈而虔诚地融为一体的感觉。"①这是"美与虔诚",在"最高的瞬间"之后人会陷入"神志不清、心灵迷惘和痴呆状态",但是这一瞬间已经抵得上整个生命。在这一瞬间,"不再有时日了"。

陀思妥耶夫斯基在给斯特拉霍夫的信中说:"我对现实(艺术中的)有自己独特的看法。而且被大多数人称之为几乎是荒诞的和特殊的事物,对我来说,有时构成了现实的本质。事物的平凡性和对他的陈腐看法,依我看来,还不能算现实主义,甚至恰好相反。"②而在给迈科夫的信中,他又说道:"我对现实和现实主义的理解与我们的现实主义作家和批评家完全不同。我的理想主义比他们的现实主义更为现实。"③陀氏的现实主义追求的是"使文学作品立足于当前现实生活真实而又具体的事实之上,并使之上升到进行广泛的哲学评价"④。当这种"哲学评价"上升到形而上的层面,在对事物的本质问题的探讨中,走向直觉的领悟,它便成了"诗"。而"诗人在灵感突发的时候能猜透上帝的意志,也就是完成哲学的使命。因而诗的激情也就是哲学的激情,因而诗也是哲学,只是他的最高级"⑤。

叶夫多基莫夫在《俄罗斯思想中的基督》一书中谈到俄罗斯式的宗教思维传统:

---

① 《白痴》(上),张捷、郭奇格译,《陀思妥耶夫斯基全集》(第九卷),河北教育出版社,2010年版,第310页。
② 《陀思妥耶夫斯基选集·书信选》,冯增义等译,人民文学出版社,1986年版,第222—223页。
③ 同上书,第214页。
④ 格罗斯曼:《陀思妥耶夫斯基传》,王健夫译,外国文学出版社,1987年版,第746页。
⑤ 《陀思妥耶夫斯基选集·书信选》,冯增义等译,人民文学出版社,1986年版,第6页。

人类精神的接受能力永远不是被动的,其中存在着一种主动的反应,一种对呼唤的个人回应,正是在这种创造性的行动中,人才会实现、理解和思索自身的命运……俄罗斯灵魂首先思索的是神性的慈爱,上帝对人的不可言喻的爱……和上天的经常性的亲密关系把人置于两个世界的边缘,形成了一种本质上是神秘的、"着魔般的"思维品质,也就是说,他的灵魂被神性真理之绝对所拥抱。由此可以理解,对于俄罗斯人来说,凡是暂时的、尘世间的事物,都是平淡无奇的、无足轻重的。……俄罗斯文化就其渊源来说是从一种独特的宗教源泉汲取营养的……表现了对绝对者的永恒而牢固的渴望以及纯粹是神秘本性的灵感。①

这也构成了陀思妥耶夫斯基艺术思维的特点。别尔嘉耶夫在《陀思妥耶夫斯基的世界观》中也认为陀思妥耶夫斯基对世界的把握凭借的是一种艺术的直觉,一种"灵知"。舍斯托夫在《旷野呼告》中认为世上存在两种真理:思辨的真理和启示的真理,陀思妥耶夫斯基显然属于后者。它也由此决定了陀思妥耶夫斯基的叙事诗学是诗性的、直觉的、灵知的。"你真美啊,请停留一下!"当在人生的某一瞬间,在人与大地、人与神的交融中,达到"生命的最高综合","不再有时日了","诗性"便有了"神性"。这是最高级、最完美的诗,"最高意义的现实主义",它构成了陀思妥耶夫斯基的启示诗学。

---

① 叶夫多基莫夫:《俄罗斯思想中的基督》,杨德友译,学林出版社,1999年版,第27—31页。

结　语

巴赫金在《长篇小说的话语》一文中,认为"长篇小说作为一个整体,是一个多语体、杂语类和多声部的现象"①。在巴赫金看来,一部长篇小说,通常包括以下修辞类型:

(1)作者直接的文学叙述(包括所有各种各样的类别);

(2)对各种日常口语叙述的摹拟(故事体);

(3)对各种半规范(笔语)性日常叙述(书信、日记等)的摹拟;

(4)各种规范的但非艺术性的作者话语(道德的和哲理的话语、科学论述、演讲申说、民俗描写、简要通知等);

(5)主人公带有修辞个性的话语。

它们构成了一个修辞统一体。"长篇小说是用艺术方法组织起来的社会性的杂语现象,偶尔还有多语种现象,又是个人独特的多声现象。……不同话语和不同语言之间存在着特殊的联系和关系。主题通过不同语言和话语得以展开,主题可分解为社会杂语的涓涓细流,主题的对话化——这些便是小说修辞的基本特点。"②

巴赫金这里说到的"杂语",虽然更多指的是不同文体、不同

---

① 巴赫金:《长篇小说的话语》,见《巴赫金全集》(第三卷),白春仁、晓河译,河北教育出版社,1998年版,第39页。
② 同上书,第40—41页。

阶层的人组成的"多声部",但以跨学科研究而言,它也给我们一个启发,哲学、心理学、宗教、伦理、法律、诗学……也以各种方式、不同面目进入小说中,构成了另外一种意义上的"杂语"。陀思妥耶夫斯基的小说,既是文学文本,我们也可以把它看作是一个哲学文本、宗教文本、法律文本、伦理学文本、心理学文本,甚至是一个诗学文本。正像《卡拉马佐夫兄弟》开篇即引用《新约·约翰福音》第12章第24节中的话:"我实实在在地告诉你们,一粒麦子落在地里如若不死,仍旧是一粒,若是死了,就会结出许多子粒来。"这是宗教文本的话语直接进入小说中,成为小说的一个组成部分。还有,基督教及其《圣经》也以其他的各种方式进入小说中,如圣徒式的人物、宗教训诫、原型意象、信与不信的争辩等,构成小说的"宗教性"。而"哲学"既可能蕴含在小说故事中,也可能以"议论"的方式直接呈现。还有,法律、伦理等,陀思妥耶夫斯基小说大量涉及与法律、伦理相关的话题,就像在《卡拉马佐夫兄弟》中,侦讯、审问、公诉、辩护、判决……法律审判的一整套程序,在小说中几乎都有完整的再现。"法庭审理中的认罪问题(即迫使和诱导认罪的方法问题),仅仅是从司法、道义和心理等方面做过研究。而为从语言(话语)哲学的角度提出这一问题,是陀思妥耶夫斯基提供了最深刻的材料(真实思想、真实愿望、真实缘由的问题,如伊万·卡拉马佐夫其人,以及如何用话语揭示的问题;他人的作用;审讯的问题,等等)。"[①]跨学科研究,需要关注的正是法律体系如何进入小说中,如何被叙述。或者小说叙事如何揭示"伦理","例如描写一个人心中良知与其他声音的争斗,又如悔罪中的内在的对话性"[②],怎么体现了叙事中的"伦理"的独特性。如果我们把各学科都看作是不同的"话语"系统,"语言的分化,包括体裁上、职业上、社会上(狭义)、世界观上、流派上、个人特色上的分野,还有社会上的杂语和多语(指方言)的事实,进入长篇小说之后受到特殊的整顿加工,形成别具一格的艺术体系,从而把反映作者意向的主

---

① 巴赫金:《长篇小说的话语》,见《巴赫金全集》(第三卷),白春仁、晓河译,河北教育出版社,1998年版,第137页。

② 同上。

题变成了一首合奏曲"①。小说中不同声音的"合奏",也正为文学的跨学科研究,提供了许多可施展的空间。

当哲学、心理学、宗教、伦理、法律、诗学等以各种方式进入陀思妥耶夫斯基的小说中,它们便具有了哲理性、宗教性、心理分析、道德指向、诗歌话语等,我们也正是在这个意义上把陀思妥耶夫斯基称作是哲学家、心理学家、道德家等,他们构成了陀思妥耶夫斯基小说与哲学、心理学、宗教、伦理等的内在的相通之处。通常意义上,我们在说到比较文学跨学科研究时,主要说的就是文学与其他学科的这种"同",它们之间的相互影响。如果把每个艺术门类、学科都比作一个"圆",各种"圆"既相互独立,又互为重合。不同的"圆"之间的相互交集、重合,便构成了它们的相通之处。

但是,即便相通,当哲学、心理学、宗教、伦理、法律、诗学等进入陀思妥耶夫斯基的小说中,它们便成了"叙事"中的一个有机的组成部分。就像无论是哲学还是诗学,它们尽管充满了"理论"色彩,但一旦被纳入小说的叙事中,它们就开始参与叙事中的意义的建构。德米特里与梅什金关于"美"的论断,一个强调美就在"肉欲"之中,一个宣称"美能拯救世界",便典型地体现了他们不同的精神、个性、人生追求。《少年》中关于"偶合家庭"的概念的提出,与小说中关于一个充满"偶合"色彩的家庭的叙事,也构成了一种相互呼应、诠释的互文关系。

"思想"一旦进入小说中,就需要遵循叙事的逻辑。比如,小说中的"哲学",它需要被纳入"故事"的讲述中,在人的精神的追寻、命运的悲欢离合、情感的喜怒哀乐中表现出来,理论哲学追求体系的周全、逻辑的严谨、结论的明确,陀思妥耶夫斯基的小说叙事中的"哲学"则永远是矛盾的,对话性的,非体系的,未完成的。叙事中的"伦理"也是这样。现实生活中的作者可能有明确的伦理价值取向,但一旦进入创作状态,作者的替

---

① 巴赫金:《长篇小说的话语》,见《巴赫金全集》(第三卷),白春仁、晓河译,河北教育出版社,1998年版,第80页。

身——"隐含作者"遵循艺术的逻辑,去讲述每个个体的悲欢离合的故事,其"伦理"评判可能就会显得复杂得多。因为"隐含作者"与小说中的人物同呼吸、共命运,他更容易对每个个体做出的人生选择,哪怕未必完全"正确"的、符合现实的伦理规范的选择,报以充分的理解与同情。有时,作者过于"正确""正派""奉公守法"了,从"故事"中跳出来,像上帝一般,做"大义凛然""义正辞严"的规训,反而会影响艺术的感染力。正像有研究者谈到《白痴》中纳斯塔西娅形象,作者对待这一形象的态度:"在这里,如同在小说中许多地方一样,当作为艺术家的陀思妥耶夫斯基占上风时,纳斯塔西娅·菲利波夫娜的形象就鲜明生动而有感染力,而当作者作为思想家和道德家出现时,这个形象往往会发生变形而显得暗淡无光。"①

所以,"思想"与"道德"可以使艺术作品显得厚重、有内涵,但小说家如果过于像"思想家"和"道德家"了,又未必是艺术的幸事。伟大的小说家,常常是把"思想"与"道德"蕴含在精彩的叙事中,表现出思想的深度、高度与广度、其丰富复杂的内涵,而三流的小说家则更喜欢"正确"的思想,明确的主题,苦口婆心的劝诫。当然,如陀思妥耶夫斯基这样的一流的大作家,有时也难免因为对"思想"、某个"主题"过于迷恋,或者过于想做"思想家"和"道德家"了,有时也难免控制不住,喋喋不休,就像《卡拉马佐夫兄弟》中的佐西玛长老,作长篇的训示。当小说直接变成了"哲学"、道德训诫的文本,反而有可能削弱叙事作品的思想力量。

昆德拉强调现代小说的精神是暧昧、相对、模糊,它是对话性的,而非"真理"的专断与独白。小说在叙事中表达哲学的、宗教的、伦理的思想,叙事的逻辑决定了它表达的"暧昧性""相对性",因为现实本身就是复杂的,无法纳入某种统一的"思想"之中。也正因为如此,在陀思妥耶夫斯基小说中,主人公们永远在顺从与反叛、信与不信中挣扎、辩论,永远没有结论。哪怕有结论,连作者自己也未必完全相信。他小说中的"伦理叙事"

---

① "题解",《白痴》,《陀思妥耶夫斯基全集》(第十卷),张捷、郭奇格译,河北教育出版社,2010年版,第835页。

也是这样,尽管作家不断地试图扮演一个"道德家"的角色,他小说中"美好"的人物是那样纯洁和高尚,他小说中的"爱情"是那样无私、纯粹得只剩下精神,但那些"恶人"似乎比"美好"的人更具有强大的力量,而邪恶的"情欲",也总会比那些美好的无性之"爱"更打动人心。有时,陀思妥耶夫斯基要反对的,可能正是他内心所迷恋的,这也决定了陀思妥耶夫斯基叙事中的"伦理"的复杂性。

这种复杂性一方面跟作家的矛盾有关,另一方面也跟叙事中的宗教、伦理与现实的宗教、伦理,其出发点与立场的不同有关。不光是宗教、伦理,法律也是这样。文学中的法律,自有自己的逻辑。文学视野中的"罪"与"罚",不同于法律意义上的"罪"与"罚"。法律意义上的"罪"主要针对行为,文学视野中"罪"则更关注犯罪者之思想、动机与心理,法律的惩罚主要针对人的身体,是外在的,文学家则更关注罪犯的心理,更看中来自道德、精神的惩罚与救赎。正像《罪与罚》中的拉斯柯尔尼科夫犯的是杀人之"罪",这是刑事之罪,但陀思妥耶夫斯基更关心的是拉斯柯尔尼科夫是否悔罪,是否受到了来自道德的、惩罚,因为只有罪犯自己"在道德上要求得到法律的惩罚",才能真正获得精神的救赎。就像《卡拉马佐夫兄弟》中的德米特里,尽管没有"杀人",但在道德层面他自认为已经犯了"罪",因此尽管他不服法律的错判,但在上帝面前,他又悔罪了。这也就意味着,他有了精神上的新生的可能。而这一切,是法律无法涉及的领域,是法律所无能为力的。法律的终点,也许正是文学的起点。更关注人性,人的精神、灵魂的救赎,也许正是文学的价值、意义所在。小说家更希望去陪伴各种不同命运的人去度过他们人生的漫长岁月,去理解每一个个体的艰难选择,去倾听他们内心的声音,然后予以充分的理解与同情。正如刘小枫所说,小说叙事的伦理,本质上是一种倾听的伦理,陪伴的伦理。

参考文献

一、陀思妥耶夫斯基研究文献

1. 弗·索洛维约夫.精神领袖——俄罗斯思想家论陀思妥耶夫斯基[C].徐振亚、娄自良等译.上海:上海译文出版社,2009.

2. 安德烈·纪德.陀思妥耶夫斯基[M].沈志明译.北京:燕山出版社,2006.

3. 安·格·陀思妥耶夫斯卡娅.永生永世的爱[M].樊锦鑫译.桂林:漓江出版社,1992.

4. 巴赫金.陀思妥耶夫斯基诗学问题[M].白春仁、顾亚铃译.北京:三联书店,1988.

5. 别尔嘉耶夫.陀思妥耶夫斯基的世界观[M].耿海英译.桂林:广西师范大学出版社,2008.

6. 波诺马廖娃.陀思妥耶夫斯基:我探索人生的奥秘[M].张变革、征钧、冯华英译.北京:商务印书馆,2011.

7. 陈文杰.论陀思妥耶夫斯基小说的自杀意识[D].长沙:中南大学比较文学与世界文学专业,2003.

8. 茨威格.三大师[M].姜丽、史行果译.北京:西苑出版社,1998.

9. 多米尼克·阿尔邦.陀思妥耶夫斯基[M].解薇、刘成富译.上海:上海人民出版社,2009.

10. 费·陀思妥耶夫斯基全集.二十二卷[M].石家庄:河北教育出版社,2010.

11. 冯川.忧郁的先知:陀思妥耶夫斯基[M].成都:四川人民出版社,1997.

12. 冯增义.陀思妥耶夫斯基论稿[C].上海:上海文艺出版社,2011.

13. 格·弗里德连杰尔.陀思妥耶夫斯基的现实主义[M].陆人豪译.合肥:安徽文艺出版社,1994.
14. 格罗斯曼.陀思妥耶夫斯基传[M].王健夫译.北京:外国文学出版社,1987.
15. 格·米·弗里德连杰尔.陀思妥耶夫斯基与世界文学[M].施元译.上海:上海译文出版社,1997.
16. 耿海英.别尔嘉耶夫与俄罗斯文学[M].上海:上海书店出版社,2009.
17. 何怀宏.道德·上帝与人:陀思妥耶夫斯基的问题[M].北京:新华出版社,1999.
18. 何云波.陀思妥耶夫斯基与俄罗斯文化精神[M].长沙:湖南教育出版社,1997.
19. 黄美红.陀思妥耶夫斯基笔下的女性形象[D].长沙:中南大学比较文学与世界文学专业,2006.
20. 季星星.陀思妥耶夫斯基小说的戏剧化[M].北京:首都师范大学出版社,1999.
21. 焦静芳."最高意义上的现实主义"——陀思妥耶夫斯基诗学研究[D].湘潭:湘潭大学文艺学专业,2011.
22. 克纳普.根除惯性:陀思妥耶夫斯基与形而上学[M].季广茂译.长春:吉林人民出版社,2003.
23. 赖因哈德·劳特.陀思妥耶夫斯基哲学:系统论述[M].沈真等译.北京:东方出版社,1996.
24. 冷满冰.宗教与革命语境下的《卡拉马佐夫兄弟》[M].成都:四川大学出版社,2007.
25. 列夫·舍斯托夫.在约伯的天平上[M].董友等译.北京:三联书店,1989.
26. 刘莉萍.堕落与救赎——论陀思妥耶夫斯基的小说与法律[D].湘潭:湘潭大学比较文学与世界文学专业,2010.
27. 刘翘.陀思妥耶夫斯基创作论稿[M].长春:吉林大学出版社,1986.
28. 罗赞诺夫.论宗教大法官的传说[M].张白春译.北京:华夏出版社,2007.
29. 马尔科姆·琼斯.巴赫金之后的陀思妥耶夫斯基[M].赵亚莉等译.长春:吉林人民出版社,2004.
30. 梅列日科夫斯基.托尔斯泰与陀思妥耶夫斯基[M].杨德友译.北京:华夏出版社,2009.
31. 尼娜·施特劳斯.陀思妥耶夫斯基与女性问题[M].宋庆文、温哲仙译.长春:吉林人民出版社,2003.

32. 彭克巽.陀思耶夫夫斯基小说艺术研究[M].北京:北京大学出版社,2006.
33. 乔治·斯坦纳.托尔斯泰或陀思妥耶夫斯基[M].严忠志译,杭州:浙江大学出版社,2011.
34. 苏珊·安德森.陀思妥耶夫斯基[M].马寅卯译,北京:中华书局,2004.
35. 田全金.陀思妥耶夫斯基与白银时代的俄国文化[M].上海:华东师范大学出版社,2014.
36. 田全金.言与思的越界——陀思妥耶夫斯基比较研究[M].上海:复旦大学出版社,2010.
37. 陀思妥耶夫斯基.被侮辱与损害的[M].李霁野译.上海:上海译文出版社,1984.
38. 陀思妥耶夫斯基.卡拉马佐夫兄弟[M].荣如德译.上海:上海译文出版社,2006.
39. 陀思妥耶夫斯基论艺术[M].冯增义,徐振亚译.桂林:漓江出版社,1988.
40. 陀思妥耶夫斯基.死屋手记[M].侯华甫译.上海:上海译文出版社,1986.
41. 陀思妥耶夫斯基选集.书信选[M].冯增义等译.北京:人民文学出版社,1986.
42. 陀思妥耶夫斯基.罪与罚[M].岳麟译.上海:上海译文出版社,1979.
43. 陀思妥耶夫斯基作品集.白痴[M].荣如德译.上海:上海译文出版社,1986.
44. 陀思妥耶夫斯基作品集.赌徒[M].顾柏林译.上海:上海译文出版社,1988.
45. 王圣思.静水流深[M].上海:上海教育出版社,2002.
46. 王志耕.宗教文化语境下的陀思妥耶夫斯基诗学[M].北京:北京师范大学出版社,2003.
47. 谢列兹尼奥夫.陀思妥耶夫斯基传[M].刘涛等译.郑州:海燕出版社,2005.
48. 杨芳.仰望天堂:陀思妥耶夫斯基的历史观[M].广州:中山大学出版社,2007.
49. 叶尔米洛夫.陀思妥耶夫斯基论[M].满涛译.上海:上海译文出版社,1985.
50. 伊戈尔·沃尔金.陀思妥耶夫斯基:家族往事[M].金亚娜、刘锟等译.哈尔滨:黑龙江大学出版社,2014.
51. 伊琳娜·帕佩尔诺.陀思妥耶夫斯基论作为文化机制的俄国自杀问题[M].杜文鹃、彭卫红译.长春:吉林人民出版社,2003.
52. 约瑟夫·弗兰克.陀思妥耶夫斯基:反叛的种子,1821—1849[M].桂林:广西师范大学出版社,2014.
53. 张变革主编.当代中国学者论陀思妥耶夫斯基[C].北京:北京大学出版社,2014.
54. 张俊霞.人的灵魂的拷问者——论陀思妥耶夫斯基小说的叙事伦理[D].湘潭:湘

潭大学比较文学与世界文学专业,2012.

55. 赵桂莲.漂泊的灵魂——陀思妥耶夫斯基与俄罗斯传统文化[M].北京:北京大学出版社,2002.

56. Сост：Карен Степанян. Достоевский в конце XX века. Издательство：Классика плюс. 1996 г.

57. Сост：Тоефуса Киносита XXI век глазами Достоевского. Перспективы человечества. Издательством：Грааль. 2002 г.

58. Людмила Сараскина Достоевский в созвучиях и притяжениях（от Пушкина до Солженицына). М：Русский путь，2006 г.

59. Ред：Татьяна Касаткина Достоевский иXX век. М：ИМЛИ РАН，2007 г.

60. Людмила Сараскина Испытание будущим. Ф. М. Достоевский как участник современной культуры. М：Прогресс－Традиция，2010 г.

61. Редакторы：Константин Баршт，Нина Буданова Достоевский. Материалы и исследования. Том 20. М：Нестор－История. 2013 г.

62. Ред. Волгин И. Л. Хроника рода Достоевских. Родные и близкие. М：Фонд Достоевского，2013 г.

二、比较文学跨学科研究文献

63. W·C·布斯.小说修辞学[M].华明,胡苏晓,周宪译.北京:北京大学出版社,1987.

64. 安内特·因斯多夫.双重生命,第二次机会[M].黄渊译.桂林:广西师范大学出版社,2008.

65. 巴赫金.巴赫金全集[M].白春仁,晓河译.石家庄:河北教育出版社,1998.

66. 本杰明·卡多佐.演讲录:法律与文学[M].董炯,彭冰译.北京:中国法制出版社,2005.

67. 曹顺庆主编.比较文学论[M].成都:四川教育出版社,2002.

68. 弗莱.伟大的代码——圣经与文学[M].郝振益等译.北京:北京大学出版社,1998.

69. 弗洛伊德.弗洛伊德论美文选[C].张唤民等译.北京:知识出版社,1987.

70. 福柯.词与物——人文科学考古学[M].莫伟民译.上海:三联书店,2001.

71. 福柯.知识考古学[M].谢强,马月译,北京:三联书店,1998.
72. 郭响宏.俄国1864年司法改革研究[D],西安:陕西师范大学博士学位论文,2011.
73. 汉斯·昆、瓦尔特·延斯.诗与宗教[M].北京:三联书店,2005.
74. 何云波.不可杀人的现代阐释——从基耶斯洛夫斯基《杀人短片》看文艺与法律的关系[J].湘潭大学学报,2013.1.
75. 何云波.《卡拉玛佐夫兄弟》与陀思妥耶夫斯基的叙事哲学[J].俄罗斯文艺,2011.3.
76. 何云波,刘亚丁.《静静的顿河》的多重话语[J].外国文学评论,2002.4.
77. 何云波.上帝如何叙述——《卡拉马佐夫兄弟》与陀思妥耶夫斯基的"叙事神学"[J].燕赵学术,2012年秋之卷.
78. 何云波.文学与伦理学:对话如何可能[J].湘潭大学学报,2015.1.
79. 何云波.越界与融通——跨文化视野中的文学跨学科研究[M].北京:北京大学出版社,2011.
80. 何云波.越界与融通——论比较文学跨学科对话的途径与话语的通约性[J].中国比较文学,2010.3.
81. 何云波.中国比较文学跨学科研究:困局与出路[J].南国学术,2015.4.
82. 加缪.西西弗的神话[M].杜小真译.北京:三联书店,1987.
83. 蒋济永.过程诗学[M].北京:中国社会科学出版社,2002.
84. 昆德拉.小说的艺术[C].董强译.上海:上海译文出版社,2004.
85. 乐黛云、王宁主编.超学科比较文学研究[C].北京:中国社会科学出版社,1989.
86. 理查德·波斯纳.法律与文学[M].李国庆译.北京:中国政法大学出版社,2002.
87. 梁工、卢龙光编选.圣经与文学阐释[C].北京:人民文学出版社,2003.
88. 梁工主编.《圣经》与欧美作家作品[C].北京:宗教文化出版社,2000.
89. 刘建军.基督教文化与西方文学传统[M].北京:北京大学出版社,2005年.
90. 刘小枫.沉重的肉身——现代性伦理的叙事纬语[M].上海:上海人民出版社,1999.
91. 刘意青.《圣经》的文学阐释——理论与实践[M].北京:北京大学出版社,2004.
92. 罗森.诗与哲学之争[M].张辉译,北京:华夏出版社,2004.
93. 聂珍钊等著.英国文学的伦理学批评[M].武汉:华中师范大学出版社,2007.

94. 任光宣.俄国文学与宗教:基辅罗斯——十九世纪俄国文学[M].北京:世界图书出版西安有限公司,1995.

95. 申丹.叙述学与小说文体学研究[M].北京:北京大学出版社,2004.

96. 苏力.法律与文学——以中国传统戏剧为材料[M].北京:三联书店,2006.

97. 谭君强.叙事学导论:从经典叙事到后经典叙事[M].北京:高等教育出版社,2008.

98. 王志耕.圣愚之维:俄罗斯文学经典的一种文化阐析[M].北京:北京大学出版社,2013.

99. 叶夫多基莫夫.俄罗斯思想中的基督[M].杨德友译.上海:学林出版社,1999.

后　记

读研究生的时候，开始接触陀思妥耶夫斯基。1988年，硕士论文《论陀思妥耶夫斯基》顺利通过答辩，一晃30多年过去了。

硕士论文得到答辩专家的首肯。三节，分解成三篇论文：《论陀思妥耶夫斯基的人道宗教》《道德需要与情感愉悦——陀思妥耶夫斯基宗教皈依心理之分析》《陀思妥耶夫斯基小说中的〈圣经〉原型》，分别发表在当时的三家外国文学刊物《外国文学研究》《外国文学评论》《外国文学欣赏》上。这极大地增加了我继续从事陀思妥耶夫斯基研究的信心。1994年，申报的国家社科基金青年课题《陀思妥耶夫斯基及其小说的文化阐析》顺利通过评审，然后，在1997年，有了我的第一本学术著作：《陀思妥耶夫斯基与俄罗斯文化精神》。10年，陪伴陀思妥耶夫斯基，在那个充满苦难与煎熬的世界里流连，人生的许多况味，也都尽在其中了。

因为陀思妥耶夫斯基，1996年，破格晋升教授。眼看有望修成正果，却因为一样好玩的东西：围棋，研究兴趣逐渐从俄罗斯文学转向中国文化。刘小枫在《拯救与逍遥》一书中，以"拯救"与"逍遥"来概括西方和中国文化。陀思妥耶夫斯基与围棋，也许便典型地代表了这两种文化。我在2001年出的《围棋与中国文化》一书的后记中谈到这种转型：

陀思妥耶夫斯基的小说，充满了人生的苦难、灵魂的分裂与煎熬，有一种让你不敢不想不忍面对又不得不面对的真实与残酷。当我以一种使徒殉道般的悲壮，风萧萧兮易水寒，与作家一道经历了一番"苦难"的洗礼，自以为从此深刻了，超越了，永恒了。但最终我发现，其实我骨子里，还是一个典型的中国传统文人，执着于此生此世，一卷书，一杯酒，一盏茶，一局棋，"林间扫石安棋局，岩下分泉递酒杯"，真是一种挡不住的诱惑。我敬佩陀思妥耶夫斯基，却无法亲近他，这注定了，我辈凡俗中人，终于走不到天国去。

挡不住围棋这只"木野狐"的诱惑，沉溺其中，又有了博士论文《弈境：围棋与中国文艺精神》。围棋向竹林，"诗思长桥蹇驴上，棋声流水古松间"，中国文化对审美式人生的追求，自有一种动人的魅力。

然而，对俄罗斯文学、对陀思妥耶夫斯基的那份牵挂，却又始终萦绕心头，挥之不去。2014年，因为种种原因，从中南大学外国语学院调到湘潭大学文学与新闻学院。湘大俄罗斯文学研究是有传统的，我的硕士导师张铁夫先生开辟了普希金研究的一片天地，也培养了一批又一批的弟子。中文系本科生中有俄苏著名作家研究课程，比较文学与世界文学专业的博士生也开了俄苏文学的翻译与传播课，俄苏文学在这里薪火相传，生生不息。只是近年来，湘大的俄苏文学研究颇有逐渐零落之势。而我自己，做围棋文化研究，也念兹在兹，欲罢不能。2015年，刚做完国家社科基金项目《中国围棋思想史研究》，完成了两项成果《中国围棋思想史》和《中国历代围棋棋论选》，在申报新的课题时，是继续做围棋还是回到俄罗斯文学，踌躇良久，最后还是陀思妥耶夫斯基占了上风。不知道是因为内心的那份牵挂起了作用，还是某种使命感使然。也许，人生光有"审美"式的"逍遥"是不够的，生命中总有一些沉重的东西，让你无可回避，不得不去面对。陀思妥耶夫斯基，让你直面苦难，直面过于真实的残酷，然后去寻求十字架上的救赎之路。

承蒙国家社科基金评审专家不弃，《跨学科视野中的陀思妥耶夫斯基小说研究》获得批准，然后，在离别20年后，再一次回到陀思妥耶夫斯基的世界。我在《陀思妥耶夫斯基与俄罗斯文化精神》的后记中说:"曾发誓写完这部书稿就永远跟这位残酷的作家告别,说不定哪一天又会自动去赴这灵魂的'苦役'",不料一语成谶。也许,这就是宿命。

2019年,《陀思妥耶夫斯基与俄罗斯文化精神》入选"中外语言文学学术文库",由华东师范大学出版社重新出版。这对我是个莫大的鼓励。因为,那里有我那一去不复返的青春。往事并不如烟。2019年,我刚完成关于陀氏的这部新的书稿。如果说文学批评就是对话,批评者与作家的对话,面对陀思妥耶夫斯基,20余年的时光,足以改变很多东西,包括心境,包括对待人生、学术的态度。20年前,似乎是在用生命做学术,激情满怀,"痛"且"快"也。而今,更多了一分理性、平实与淡然。以切入的视角论,当年努力发掘陀思妥耶夫斯基小说的文化意蕴,算是文学的文化研究,关注的焦点是作家说了什么,表达了什么样的思想。而本书名为"跨学科视野中的陀思妥耶夫斯基小说研究",则更关注作家是如何言说的;叙事文本与理论文本,其言说的方式有什么不一样;叙事中的哲学、宗教、伦理、法律等,其呈现方式、独特性何在。

而这种研究思路,其实源于我的博士论文《围棋与中国文艺精神》讨论围棋与中国文学艺术的关系。中国传统的琴论、棋论、书论、画论包括文论,共用一套话语,言说不同的对象,便决定了它们的同与异。而后来做一个国家社科基金项目《跨文化视野中的文学跨学科研究》,乃是基于一方面中国传统之"文"与"艺"与西方的文学艺术,乃是两套知识体系,所以需要在跨学科研究中引入跨文化的视野;另一方面,不同学科之间,就像文学与哲学、文学与伦理学等,各有自己的一套概念范畴、言说方式,它们既相联系又相区别,在跨学科的比较研究中,就需要从清理各种"话语规则"开始。而将陀思妥耶夫斯基小说置于跨学科的视野中,讨论其与哲学、宗教、伦理、法律、诗学的关系,正是将跨学科研究的理论构想用于实际操作的一次尝试。

学术研究的新的增长点,往往是在不同学科的边缘、交叉地带。陀思妥耶夫斯基与围棋,在比较文学跨学科研究的视野中,也就有了关联。世界上的许多东西,看似陌路,其实相通。阴阳之道、正反相合,也许这就是学术、就是人生吧!

何云波

2020年8月20日于湘潭大学